果肽

世界超级畅销小说大系

全世界都在读

谨以此书

献给我的丈夫菲利普

并以此书中的《玛丽》一章

纪念

约瑟夫·威廉森神父和达芙妮·琼斯

CALL THE MIDWIFE

呼叫助产士

［英］ 珍妮弗·沃斯 / 著

房小然 / 译

中国出版集团
现代出版社

希望是守护，
而爱，是灵药

1998 年 1 月，特里·科茨在《助产士月刊》上刊登了一篇名为"助产士文学印象"的文章。在细致研究了欧洲和英语文学之后，特里得出一个颇为无奈的结论：任何文学作品中都见不到助产士的踪影。

天啊，为什么会这样？文学作品中关于医生的书可如夜空繁星，数不胜数。护士，无论好与坏，也从不缺席。可助产士呢？谁又能说出一本以助产士为女主角的书呢？

然而，助产士本身做的事情却称得上是充满戏剧性的工作。每个宝宝或始于爱，或始于欲望，随分娩之痛呱呱降临人世，为世界带来了喜悦，有时则是悔恨。所有婴儿的降生都少不了助产士的身影，她们置身其中，见证了一切，可为什么却只能遮掩身影，躲在产房门后，不为世人所知？

在文章结尾，特里·科茨深感凄凄然，为如此重要的职业被忽视而唏嘘不已。

读过文章之后，我毅然拿起笔，决定接受这个挑战。

引 言

───────

　　农纳都修道院位于伦敦码头区①　中心，其服务范围涵盖斯特普尼区、莱姆豪斯区、米尔沃区、道格斯岛区、丘比特镇、波普拉区、弯弓街、麦尔安德和怀特查佩尔区。码头区人口密集，大多数家庭世居于此，即便搬家，距离出生地也仅隔一条或两条街而已。家族成员相邻而住，宝宝一出生就生活在由姑婆、祖父母、表亲和哥哥姐姐组成的大家庭中。如此庞大的家族只能蜗居在几所房子内，相距最远不过临街而已。所以孩子们成天在各个房子里跑进跑出，我在那里生活和工作时，印象中家家大门只有晚上上锁，白天可随意进出。

　　孩子到处都是，街道成了孩子的儿童乐园。20世纪50年代，背街僻巷见不到汽车的踪影，因为大家都没有汽车，所以这些街道就成了颇为安全的游乐场所。主街是另外一番景象，车水马龙，

────────────────

① 伦敦码头区曾为世界最大港口伦敦港的作业区。第二次世界大战后，随着船舶的大型化和集装箱化等物流革命的进行，伦敦码头区日益萧条。"伦敦码头区"这一名称是在1971年英国政府再开发计划报告中首次使用的。

拥堵不堪，主要都是来往码头的汽车。侧街则畅行无阻。

　　轰炸留下的废墟变成了探险乐园。大量的断壁残垣令人不禁回想起十年前那场可怕的战争，以及码头区所遭受的密集轰炸。大片街区成了废墟，每片街区占两到三条街。对这些废墟不过采用木板封闭了事，再在某处钉上一条"此处危险——禁止进入"的警示语。对七岁以上活泼好动的孩子来说，这条警示语无异于斗牛场里挑逗公牛的那块红布。每处废墟都有几处地方，封闭的木板被小心移开，成了小孩子刚好可以挤进去的秘密入口。政府禁止任何人进入废墟，可大家，包括警察在内，似乎都对孩子们的做法视而不见。

　　码头区的人生活困苦，这点毋庸置疑。持刀械斗、街头打架司空见惯，酒吧里的拳打脚踢更是家常便饭。房少人多，家庭暴力亦可想而知。但我从未听说有针对老人和儿童的无端暴力事件，人们对老弱病残心怀怜悯。那时正值科雷兄弟[①]当道、黑帮火拼、有组织犯罪和恩怨纷起的年代，大街上警察随处可见，但从不单独巡逻。我也从没听说有老妇人被打倒，救济金遭抢，或者绑架孩子撕票这类事。

　　码头区的大部分男人都在码头工作谋生。

　　这里就业率虽高，可工资低，工时长。精通某门手艺的人挣的相对要多，工时合理；可手艺通常有严格限制，往往以家族形

---

① 罗纳德·科雷和雷金纳德·科雷双胞胎兄弟，是 20 世纪五六十年代活跃于伦敦东区的犯罪团伙首领。

式传承，父传子或传给侄儿。对从事普通工作的人来说，生活就像地狱一样艰苦。没船卸货时，大家就都失业了，整天在门口闲逛、抽烟拌嘴。有船到港卸货则意味着长达十四小时，甚至十八个小时不停歇的体力劳动。工作从凌晨五点开始，直到晚上十点才歇工。这也难怪人们会涌入酒吧，喝得天昏地暗、神志不清了。男孩儿十五岁就开始在码头工作，与成年男人一样辛苦。所有人必须加入工会，工会致力于为工人争取合理的工资和工时。可封闭的工厂制度①却让他们吃尽苦头，在令工人颇为受益的同时，也在工人间引发了同等麻烦，播下了仇恨。但不管怎样，20世纪50年代的工人多亏有了工会的帮助，才没像一百年前工人那样受到剥削，这点毋庸置疑。

　　早婚逐渐盛行。在对待男女关系这件事上，伦敦东区的体面人家持有高度的道德感，用审慎来说也不为过。未婚同居这类事几乎闻所未闻，女孩儿绝不会和男友住在一起。如果哪个女孩儿胆敢越雷池一步，她是绝过不了家族这一关的。至于发生在废墟或垃圾棚里的浪漫事则从来都秘而不宣。一旦女孩儿怀孕，男方就必须娶其过门，面对的压力之大，根本无人可以反抗。各家族人丁兴旺，但几乎没人离婚。夫妻间打得鸡飞狗跳并不鲜见，可通常不会离婚。

　　女人几乎不出门工作。当然，年轻女孩儿可以。可一旦结婚成家，再工作就会遭到反对。女人一旦生了孩子，养育孩子更是

---

① 只雇用某一工会会员的制度。

见不到头的工作，根本别想出门。女人大部分时间耗在打扫卫生、洗洗涮涮和购物做饭上。她们往往要抚养十三四个孩子，一家人蜗居在两居或三居的小房子里，我经常纳闷她们是如何做到的。有些人口众多的大家庭还只能住出租房，只有区区两间卧室和一个小得可怜的厨房。

至于避孕的方法，前提是如果采用的话，并不可靠。避孕是女人的事，所以女人们对安全期、榆树皮、杜松子酒和姜、热水冲洗等避孕方法有聊不完的话，可几乎没人去计划生育诊所。据我所知，大多数男人拒绝使用避孕套。

在女人一天的操劳中，洗、晾和熨衣服占据了大部分时间。那时洗衣机几乎不为人知，滚筒烘衣机也还未发明，晾衣服的院子里总飘荡着各种衣物。我们助产士常常要在随风飞扬的亚麻衣物中杀出一条路，才能抵达产妇的住处。即便进了房子，也还要辗转腾挪，穿过晾晒在门厅、楼梯、厨房、客厅和卧室里的更多衣物。直到20世纪60年代，自助洗衣店和内有投币自动洗衣机的洗衣店才进入人们的生活，在此之前，所有衣服都要在家手洗。

20世纪50年代，大多数人已经可以在家中用自来水了，院子外也有了自动冲水卫生间，有些人家甚至还拥有浴室。出租房则还没有这么幸运，大多住户还需去公共澡堂洗澡。强硬的母亲们每周带着心不甘情不愿的男孩儿们洗一次澡。而男人们大约也是在妻子的耳提面命之下，一周洗一次澡。每个周六下午，你都可以瞧见男人们拿着小毛巾和香皂向澡堂走去，看着他们脸上阴郁的表情你就知道，一周一次的抗争再次以男人的失败而告终。

　　收音机几乎家家都有，可我在伦敦东区从没见过电视，也许是因为家家居住面积太小的缘故吧。当时人们主要的消遣是去酒吧、男人俱乐部，跳舞、看电影、去音乐厅和赛狗。令人意外的是，教堂竟然成了年轻人社交生活的中心，每所教堂都设有多个年轻人俱乐部，每周晚上举办活动。位于东印度码头路上的诸圣堂，外观雄伟，是一座维多利亚时期的建筑，教堂的青年俱乐部有几百名年轻会员，由牧师和至少七名精力充沛的年轻助理牧师打理。教会需要这些年轻助理牧师的活力和精力，因为每天晚上要为五百到六百名年轻人举办活动。

　　成千上万的船员从世界各地来到码头，但似乎没有对码头区的生活造成太大影响。"我们会维持本色。"当地人如此说道，也意味着他们会与外界保持距离。家家户户小心翼翼紧盯着自家姑娘。海员们可以在码头区数量众多的妓院满足生理需求。我因为工作原因去过两三家妓院，那里的环境无一例外令人发指。

　　我见过妓女在主街招揽生意，但没在偏僻的街道上见过，连船员首先登陆的道格斯岛也不例外。老练的妓女绝不会在毫无希望的偏僻街道浪费时间，如果哪个新入行的妓女头脑一热，去偏僻街道招揽生意，很快就会被愤怒的当地人或男或女，赶出来，很可能还会挨一顿打。这些妓院极负盛名，生意红红火火。我猜它们应该是非法经营，因为警察时不时就会突袭一番，可这并没有影响妓院的生意。妓院的存在在维持街容整洁上，确实起到了一定作用。

　　半个世纪过去，沧海桑田。如今的码头区已与记忆有着云泥之别。过去的大家庭和社会生活已无迹可寻，十年内发生的三件事——码头关闭、贫民窟拆迁和避孕药的出现，彻底终结了曾延续几个世纪的古老传统。

贫民窟拆迁始于 20 世纪 50 年代末，彼时我还在码头区工作。贫民窟的房子确实破烂不堪，这点毋庸置疑，可它们却是人们深爱的家。我依然记得很多人，无论男女老少，手里拿着市里下达的信函，通知他们房子被拆迁要迁往新居时，多数人失声痛哭的情景。他们生于斯，老于此，对外面世界一无所知，迁往四公里之外无异于到了地球尽头。曾经彼此相邻的家族因为动迁而四分五裂，孩子们也跟着四散而去。再无孙辈承欢膝下，没人倾谈，连卖伦敦最棒的啤酒的邻居也搬到了四公里之外，很多老人无法适应这种生活，感觉与死无异。即使住上统一供暖、配有浴室的崭新公寓，又有什么意义呢？

避孕药的出现始于 20 世纪 60 年代初，现代女性亦随之诞生。女人不再沦为生孩子的机器，从此摆脱了无休止生育的束缚，她们要做真正的自己了。避孕药带来了我们现在所谓的"性革命"。女性首次可以破天荒地像男人一样，享受纯粹的性爱。20 世纪 50 年代末，根据助产士的新生儿登记，每个月有八十到一百名新生儿诞生；而到了 1963 年，新生儿诞生数量已跌到每月四到五名。这完全称得上社会变革了。

码头的关闭则不是一朝一夕的事，前前后后用了十五年之久，在 1980 年左右，码头上就再也见不到商船了。男人想保住工作，工会也努力试图捍卫工人的利益，因此在 20 世纪 70 年代发生了许多码头工人停工事件。可一切已成定局，任谁也无法改变。事实上，停工不但没起到积极作用，反而加速了码头的关闭。对于码头区的男人来说，码头代表的不只是工作和生活方式，码头即是生活本身。在他们看来，码头的关闭意味着整个世界的坍塌。过去几个世纪，一直作为英国经济主动脉的码头竟然关闭了，码头工人也失去了存在的意义。我所熟知的码头区也从此湮没在记忆之中。

　　时至维多利亚时期，社会变革之风席卷全国。生活中那些从不为人所知的丑陋经过文章披露，唤醒了人们的公众意识。变革中，很多拥有远见卓识的知识女性意识到，医院护理质量亟须提高，而且护士和助产士的境况堪忧。因为在许多受教育女性眼中，护士和助产士都是不体面的工作，这就导致了从业者多为目不识丁的女性。查尔斯·狄更斯曾在其讽刺漫画中塑造过两个护士形象——莎瑞·坎普和贝琪·普瑞格，她们愚昧无知、卑鄙无耻，大口喝着杜松子酒，读来令人忍俊不禁。可如果由于囊中羞涩，不得不将自己托付给她们护理时，你就一定笑不出来了。

　　弗洛伦斯·南丁格尔是护士中最著名的代表人物，其卓越的组织能力彻底改变了护士在世人心中的形象。但她并非一个人在战斗，在护士发展的历史长河中，有很多妇女组织一直致力于提高护理标准，其中有一个名为"圣赖孟多·农纳都助产士"的组织①。其成员由圣公会修女组成，她们致力于让贫苦家庭的宝宝更安全地

---

① "圣赖孟多·农纳都助产士"是虚构的组织，该名称来源于助产士、产科医师、产妇、生育和新生儿的守护神——圣赖孟多·农纳都（St.Raymund Nonnatus）。1204 年，圣赖孟多·农纳都诞生于西班牙的加泰罗尼亚，为剖官产所生（拉丁文"Nonnatus"的意思是"非自然生产者"），正因为如此，他一出生就失去了母亲。圣赖孟多·农纳都后来成了牧师，于 1240 年去世。

来到这个世界。她们在伦敦东区以及英国各重要工业城市的贫民区都设有修道院。

在 19 世纪（之前亦如此），穷苦人家的女人根本无法支付医生的接生费用，只好依靠没有受过医学培训，自学成才的助产士，即她们所谓的"接生婆"。有些接生婆确实起到了应有的作用，但有些人则带来了令人震惊的死亡率。19 世纪中叶，最贫困人群中产妇死亡率为 35% ~ 40%，婴儿死亡率约为 60%。像妊娠子痫①、大出血或胎位不正这些情况都意味着产妇难逃一死。有时候，当分娩出现异常时，接生婆甚至会遗弃产妇，任由其陷入痛苦甚至是死亡的境地。毋庸置疑，接生婆的工作没有卫生可言，退一步说，她们也会导致感染和疾病的传播，并常常引发死亡。

接生婆不但没接受过医学培训，其人数和工作也不受监管。圣赖孟多的助产士组织认为，要想根除这个社会恶习，关键在于为助产士提供适当培训，通过法规监管其工作。

然而，在争取立法的过程中，勇敢的修女和支持者们却遭到了强烈的反对。大约从 1870 年开始，这场立法之战就渐趋白热化。她们被认为是"荒谬的""浪费时间的""吹毛求疵的"和"令人讨厌的好管闲事者"。从误入歧途到贪得无厌地敛财，各种罪名层出不穷，但农纳都的修女们却从未因此退缩。

这场旷日持久的战争一直持续了三十年，直到 1902 年，首部

① 妊娠子痫是指孕妇妊娠晚期、临产或新产后，眩晕头痛，突然手足抽搐、全身僵直、少顷即醒，醒后复发甚至昏迷不醒的疾病。妊娠子痫由先兆子痫症状和体征加剧发展而来。妊娠子痫可发生于妊娠期、分娩期或产后 24 小时内，被分别称为产前子痫、产时子痫和产后子痫，是产科四大死亡原因之一。

助产士法案获得通过，英国皇家助产士学会从此成立。

"圣赖孟多·农纳都助产士"的工作以宗教信仰为基础。我坚信这在当时是必不可少的先决条件，因为她们的工作环境如此恶劣，强度如此之大，只有蒙上帝召唤的人才会从事这种工作。弗洛伦斯·南丁格尔曾写道，在二十岁出头时，她曾亲眼见过上帝，上帝告诉她，她应该将其一生奉献给自己的工作。

圣赖孟多的助产士们奔波于伦敦码头区的贫民窟，为最可怜的穷人提供帮助。在 19 世纪近一半的时间里，她们是当地可以指望的助产士。她们冒着被霍乱、伤寒、肺结核传染的风险不知疲倦地工作着。20 世纪，她们经历了两次世界大战。20 世纪 40 年代，她们留在伦敦，经历了伦敦大轰炸[①]，每天要面对德国飞机对码头的狂轰滥炸。防空掩体、防空洞、教堂地下室和地下铁车站里都留下了她们接生的身影。她们为这项无私、永无尽头的工作奉献了自己的生命，整个码头区的人们都熟知她们，对她们崇敬有加，提起时无不带着真挚的爱意。

既是信仰上帝，发誓遵守清贫、贞洁和顺从戒律的修女，同时又是称职的护士和助产士，这正是"圣赖孟多·农纳都助产士"给我的第一印象。正因为如此，我才会成为她们中的一员，没想到的是，这竟然成了我一生中最重要的经历。

———————————

① 伦敦大轰炸是指在第二次世界大战中纳粹德国对英国首都伦敦实施的战略轰炸。轰炸范围遍及英国的各大城市和工业中心，但以伦敦受创最为严重。

目 录

一

呼叫助产士

当初为什么选择当护士？我那时一定是疯了！模特、空姐、游轮服务员，明明有那么多光荣体面、报酬丰厚的工作可选，白痴才会选护士。而且，现在成了助产士[①] ……

此刻才深夜两点半，我迷迷糊糊挣扎着套上制服。工作十七个小时，睡了不到三个钟头，整个人还处于半梦半醒之中。谁会喜欢这种工作呢？室外冰冷刺骨，淅淅沥沥下着雨。农纳都修道院已经够冷了，自行车棚里更冷。我在黑漆漆的车棚里扭转自行

[①] 护士为协助医生从事治疗、负责病人护理的专业护理人员。而助产士则为在社区或医院从事接生、孕妇产前产后护理以及提供相关咨询及支持的护士。

车时不小心撞到了小腿，接下来凭经验摸黑把助产包挂到车上，脚用力一蹬，冲上空荡荡的大街。

转过弯儿，上了利兰大街，穿过东印度码头路，向道格斯岛而行。雨水赶走了瞌睡，心情也随着蹬车渐渐平复。我为什么要做护士？琢磨着这个问题，思绪不禁回到了六年前。我十分确定，对那时的我来说，"护士"这两个字并没有闪耀着神圣的光芒，彼时内心也未强烈感受到护士救死扶伤的责任感。那到底是什么原因呢？没错，那时我心如刀割，希望逃离一切，迎接挑战。别忘了，还有那卷边裤脚、领口留有飞边、紧致收腰、性感的护士制服和小而雅致的护士帽。这些算得上理由吗？我不知道。性感的护士服，想到这儿我忍不住想笑。瞧我现在的样子，一身海军蓝华达呢^① 大衣，帽子下拉遮住整个头，蹬着自行车被雨淋，还真是性感呢！

自行车驶上干船坞^② 旁边的跳桥。白天，巨轮在干船坞里卸货装货，这里总是一片熙熙攘攘的热闹景象，经常有几千号人聚集于此：码头工人、搬运工、司机、引航员、水手、修理工、吊车员。个个风风火火，忙个不停。但此刻夜色正浓，除了耳边的流水声，整个船坞陷入一片寂静之中。

我经过公寓，成千上万的人正沉浸在梦乡。不大的两间房里，一张床兴许要睡四到五个人。每个两居室内都住着一户人家，抚养着十到十二个孩子。真不知道他们是如何挤下的。

---

① 一种斜纹防水布料。

② 将水抽掉，供船舶在此进行出水检查、修理的封闭船池。

　　我骑车继续前行。路上碰到两个警察对我挥手，大声打着招呼。耳闻人声，让我精神一振。护士和警察关系通常十分融洽，尤其在伦敦东区这个地方。我发现有件事很有趣，出于安全原因，警察巡逻时总是成双成对，你在大街上看不到落单的警察。而护士和助产士，或步行，或骑自行车，总是独来独往，却从未出过事。因为就连最粗鲁无礼的码头工人对我们也敬重有加，甚至可以说敬仰，所以不管白天黑夜，我们去哪儿也不用提心吊胆。

　　前方没有路灯，一片漆黑，道路沿道格斯岛向前延伸，与多条狭街相连；街道相互交叉，几千间房子成排分列于路边。随处可闻的水流声为这条路平添了些许浪漫。

　　不一会儿，我沿着西渡路进了侧街，一进街就瞧见了产妇的家——黑暗中唯一一个依然亮着灯的房子。

　　一支由女性组成的代表团应该正等着"接见"我。代表团成员包括待产妇的母亲，她的祖母（或许是两位祖母），两三位阿姨，姐妹，好友，还有一位邻居。感谢上帝，没瞧见詹金斯夫人的身影。

　　在这阵容强大的女性代表团背后，出现一个男人孤零零的身影，他正是这一切的始作俑者。我常常对这时的男人心存怜悯，此情此景下，他们看起来是那么势单力薄。

　　一进门，就听到女人们叽叽喳喳的声音，这种喧闹声好似毯子，顷刻间把我团团围住。

　　"嗨，亲爱的，你好吗？你人真好，这么快赶过来。"

　　"把大衣和帽子给我们吧。"

"今晚天儿真够冷的，快进来暖和暖和。"

"来杯热茶怎么样？那能让你彻底暖和过来，好不好，宝贝？"

"她还在楼上之前的房间里。现在大约五分钟疼一次。自从昨晚十二点左右你走之后，她就一直在睡。大约是在深夜两点钟醒的，痛得更厉害，频率也提高了，于是我们觉得应该给助产士打个电话。我说得没错吧？"

待产妇的妈妈先对此表示赞同，然后指挥着大家继续忙碌，说道："水已经烧好了，准备了好几条干净毛巾，火也生上了，屋里烧得暖暖的，一切就绪，就等宝宝出生了。"

我一直插不上话，不过这时也无须多言。我将我的大衣和帽子递给她们，但拒绝了喝茶，因为我的经验告诉我，波普拉区的茶太浓，味道浓烈到足可以漆篱笆，要煮几个小时，里面还要加入黏黏的甜炼乳。

我很欣慰，因为担心晚上光线不好伤到穆里尔，趁白天光线充足时，我已经为她做了备皮①，还给她灌了肠。我讨厌灌肠，谢天谢地，现在不用遭这个罪了。谁会喜欢深夜两点半用两品脱② 肥皂水做灌肠呢？尤其在没有卫生间的房间里，想想那狼藉的场面吧。

我上楼去找穆里尔，一个身材丰满的二十五岁女人，即将迎来她的第四个宝宝。房间里洒满了煤气灯温暖轻柔的灯光。炉火

---

① 指为相应部位剃除毛发并进行体表清洁准备。

② 容量单位，主要用于英国、美国及爱尔兰。1 英制品脱 = 20 液盎司 = 568.26125 毫升。

也烧得正旺，房间里热得有点让人喘不上气。一瞧见穆里尔，我就知道她马上要进入第二产程① 了——汗水、轻微的气喘、脸上反复出现奇怪的表情，说明她此刻正集中精神，积攒体力，为分娩，为即将诞生的奇迹做准备。穆里尔看见我进来一言不发，只用力握住我的手，忐忑不安地对我一笑。三个小时前我走的时候，她还处于第一产程。穆里尔整个白天都担心快生了，这令她疲惫不堪，于是晚上十点左右，我给她注射了水合氯醛②，想让她晚上睡个好觉，恢复精神，可镇静剂并没起到作用。生孩子这事从来不以我们的意志为转移，不是吗？

　　我准备给穆里尔做宫检，确定分娩情况。在给身体消毒时，又一阵宫缩开始了——我能瞧见子宫正在积聚力量，似乎要将眼前这个可怜人的身体撕裂才肯罢休。据估计，分娩最用力时，宫缩的力量相当于地铁车门关合的力度。瞧着眼前的穆里尔，我确信这个说法没错。穆里尔的母亲和姐妹都坐在身旁陪着她。穆里尔身子依偎着她们，痛得直咧嘴，大口喘着气，完全无法说话。每次宫缩，她都会大声呻吟，像要断了气；待疼痛消失，刚挺起的身子又疲惫地落回床上，为迎接下一次宫缩积蓄力量。

　　我戴上手套，使双手润滑，要求穆里尔支起双膝，以便检查。她知道我要做什么，也清楚为什么这样做。我将无菌垫垫在穆里

---

① 自然分娩一般分为三个过程，初产约需 14 — 16 小时，经产约需 7 — 8 小时。第一产程：从子宫有规律宫缩开始，至宫颈口完全扩张达 10 厘米，能使胎头娩出为止。第二产程：从宫颈口完全扩张到胎儿娩出为止。第三产程：从胎儿娩出后到胎盘排出为止。

② 一种镇静剂。

尔臀部下面，将两根手指插入宫颈。胎儿头位于正下方，是左枕前位①，子宫壁很薄，但羊水显然还没破。我测了一下胎心，每分钟 130 下。一切检查过了，产妇情况良好。我告诉穆里尔，目前情况一切正常，宝宝要出生了。这时，又一阵疼痛向穆里尔袭来，在巨大疼痛面前，她什么话也听不进去，也不能做任何检查。

我现在应该先把工具准备好。抽屉已提前清空以作为工作台。我拿出剪刀、脐带钳、脐带胶布、胎儿听诊器、肾形盘、纱布、棉拭子和动脉钳。由于必须考虑助产包的便携性，所以只需要携带接生必需工具。助产包既要便于放在自行车上，还要适合提在手中，这样上下出租房的楼梯和阳台，走上几公里也不感到吃力。

穆里尔的家人已经提前铺好了产床。距离分娩还差一到两周时，待产妇的丈夫会将我们提供的待产包取回家。待产包内包括待产垫——我们称之为"兔子"——巨大的一次性吸水垫，以及防水的棕色床纸。这种纸看上去虽然老掉牙，但非常实用。先将这种纸铺在床上，再在上面铺上吸水的垫子和被单，分娩之后，用纸包住床上的所有东西，再做焚烧处理。

婴儿床已经准备好了，大洗脸盆也有了，楼下正烧着一加仑热水。那个年代房子里还没有热自来水，我纳闷过去房子里没水的时候人们是怎么生孩子的。他们肯定要辛苦一晚上，先出去找水，然后烧开。用什么烧水呢？厨房里的炉子必须一直烧着，能够负担得起的人家烧煤，否则只能用柴火。

---

① 枕是指胎儿的后脑勺。枕前位是指胎儿后脑勺位于母体骨盆前，即胎儿与母亲面对面。这是最有利于分娩的胎儿体位。

可我没时间坐下琢磨这些事了。虽然待产通常需要熬一晚上，可直觉告诉我，今天不会那么久。宫缩疼痛的强度和力量正越来越强。另外，别忘了，这是穆里尔的第四个宝宝，也就是说，她很快会进入第二产程。此刻，宫缩的频率已达到三分钟一次，穆里尔还能再承受多久的痛苦，女人还能再承受多少痛苦？突然，胎膜破了，羊水浸湿了床垫。这是好现象，如果羊水早破，情况就复杂了。待宫缩停止，我和穆里尔的母亲抓紧时间换掉被浸湿的床单。穆里尔这时已经不能起身了，只好由我们帮她翻身。随着第二次宫缩开始，我已经瞧见了胎儿的头。现在，我需要全神贯注，集中我的全部精神。

出于自身本能，穆里尔开始用力。顺利的话，一般只需几秒钟，产妇就可以让胎儿的头露出体外，可这么做是错误的。每个合格的助产士都会尽量让胎儿缓慢稳妥地来到这个世界上。

"穆里尔，这次宫缩停止时，我需要你向左侧身。仰躺，不要用力。对的，转过身，亲爱的，脸对着墙。将你的右腿向下巴方向抬起。深呼吸，继续深呼吸。将注意力集中在深呼吸上。你姐姐会帮你的。"我俯下身，将身子悬于床凹陷处的上方。好像所有床的中间部位都会凹下去，我心中暗想。这让我有时不得不跪着接生。不过现在没时间想这些了，宫缩又开始了。

"深呼吸，用一点儿力，但别过于用力。"等宫缩停止，我又听了听胎心，心率每分钟 140 次。依然处于正常范围，胎心心率上升的数值代表着胎儿通过出生考验的强度。又一次宫缩袭来。

"再加一点儿力，穆里尔，只加一点儿力，你的宝宝很快就出来了。"

穆里尔此刻正痛不欲生，不过在分娩最后阶段，女人会体验到一种狂喜，从而降低痛苦。宫缩又开始了。胎儿的头出来得有点快，太快了。

"别用力，穆里尔，吸——呼——快一点儿，就这样。"

我用手抵住胎儿的头，以防胎儿被突然挤出来撕裂会阴。

利用宫缩间隔，让胎儿头渐渐露出母体，这点至关重要。当我抵住胎儿的头时，我发现自己因为手上用力、全神贯注，再加上室内的温度和此刻紧张的心情，正在出汗。

宫缩停止时，我稍微松了一口气，又听了听胎心——依然正常。胎儿很快就要降生了。我将右手掌掌根放在穆里尔扩张的肛门后，稳稳用力向前顶，直到胎儿的头顶与阴户分离。

"穆里尔，下次宫缩宝宝的头就出来了。现在彻底放松，别用力，放松腹部肌肉。只放松，大口呼吸。"

我站直身体，等宫缩开始，宫缩这次来得出乎意料地快。穆里尔开始不停地喘气。我轻轻移开裹住胎儿头顶的阴部，宝宝的头终于出来了。

大家都松了一口气。穆里尔则无力地躺在床上。

"做得好，穆里尔，你真是太棒了，宝宝马上就出来了。下次宫缩，我们就知道它是男是女了。"

宝宝的小脸皱巴巴的，面色发紫，脸上覆盖着黏液和血液。我检查了他的心率，依然正常。然后，观察着胎儿刚从八分之一圆形状洞口挤出的头部的恢复情况。小家伙露出的肩膀已经可以从耻骨弓下出来了。

又一次宫缩袭来。

"穆里尔，就是现在，用力，使劲。"

我手斜向上拉，帮助婴儿露出的肩膀顺利从母体中滑出。接着出来的是剩下的肩膀和胳膊，随后婴儿整个身体轻松滑出了体外。

"又是个男孩儿，"穆里尔的母亲喊道，"感谢上帝。他健康吗，护士？"

穆里尔喜极而泣："哦，上帝保佑他。来，快给我瞧瞧。哦，他真可爱。"

看着宝宝平安诞生，我悬着的心终于放下了，甚至像穆里尔一样开心。我用脐带钳夹住脐带两端，从中间剪断脐带，然后手提脚踝，将小家伙提起，以免宝宝吸入黏液。

宝宝开始呼吸了。小家伙已经独立呼吸，不再需要母体供氧了。

我接过递过来的毛巾，裹住宝宝，把他交给穆里尔。穆里尔将孩子抱在怀里，低头亲吻着他，柔声说道："漂亮的宝贝，小可爱，我的天使。"说心里话，刚出生几分钟的婴儿，浑身是血，肤色略微发紫，双眼紧闭，根本无法与"漂亮"一词联系在一起。但在母亲眼里，小家伙可和我们看到的不一样，他是漂亮完美的。

但我的工作还没结束，还要继续把胎盘取出来，并且要保证胎盘完整，不能有任何破损存留在子宫里。不然，产妇会出现一系列的麻烦：感染，持续出血，甚至会因大出血而死。完整取出胎盘可能是分娩中最棘手的工作了。

经过剧烈运动，将宝宝成功排出母体之后，子宫的肌肉通常需要休息一下。分娩后十五分钟之内，一般不会出现宫缩。这对产妇来说是好事，她们此刻只想躺在床上，抱着自己的小宝贝，已经不再关心身下的事了，可这正是助产士需要担心的时候。宫缩再次开始时，力量一般很弱。取胎盘往往靠的是时机和判断力，但最重要的是经验。

据说，需要七年的经验才能成为一名优秀的助产士。而这只是我成为助产士的第一年，既没有同伴，又正值深更半夜，身边只有指望我的产妇和她的家人，房子里还没有电话。

"求求你，上帝，可千万别让我犯错。"我心中暗暗祈祷道。

清理过床上的狼藉后，我让穆里尔仰躺在干爽暖和的产垫上，身上盖上毯子。穆里尔的脉搏和血压一切正常，宝宝正安静地躺在她的怀抱里。我现在别无他法，只能等待。

坐在产床旁的椅子上，我把手放在宫底上来感知和评估情况。第三产程有时需要二十到三十分钟。我默默告诫自己要有耐心，做到这点至关重要，并想象着急于求成可能导致的可怕后果。宫底软而平，胎盘显然还没有与上部脱离。整整十分钟过去了，没有任何宫缩的迹象。至于脐带，我已经将脐带钳夹在脐带刚探出体外的位置，如果脐带变长——说明胎盘开始分离，正下降到子宫底部。现在脐带长度没有任何变化。我突然想到那些报道，出租车或公交车司机在危机时刻替孕妇接生的报道，可报道里从没提过胎盘的事。在紧急时刻，公交车司机可以为孕妇接生，可谁又知道该如何应对产妇的第三产程呢？我猜非专业的多数人会想去拉脐带，以为有助于取出胎盘，可那样只会导致灾难。

穆里尔正在亲吻逗弄宝宝，她的母亲在收拾床铺。炉子里的柴火发出噼里啪啦的响声。我静静坐着，一边等，一边陷入沉思。

助产士为何没有获得应得的认可？为何如此默默无闻？她们本该获得所有人的无上赞美，可事实并非如此。她们担负着无比重大的责任，掌握着独一无二的技能和知识，却被所有人视为理所当然，遭到大家忽视。

20 世纪 50 年代，医学院的学生都接受过助产士的培训。当然，在课堂上授课的是产科医师，可理论只有与实践相结合才有意义。所有医院教学时，都会为学生指派一位助产士老师，她和学生们一起走街串巷，传授助产士的实践技能。全科医师（GPs）① 都接受过助产士课程的培训，可这个事实却几乎不为人所知。

这时，穆里尔的肌肉因为宫缩发力，宫底开始收紧，我能够感觉到它在肚子里稍微突起。胎盘可能要出来了，我心中暗想。不，不是，感觉不对。宫缩过后宫底依然太松弛了。

继续再等。

我回想着助产术在一个世纪里取得的了不起的进步，以及致力于争取和推行助产士培训的女性所做的斗争。助产士培训获得世人认可距今还不到五十年。我母亲和她的兄弟姐妹都是由未受过任何医学培训的女人接生的，这些人通常被称为"产婆"或"接生婆"。据说，他们出生时并没有医生在场。

又一阵宫缩开始了。我的手感到宫底在升高，一直在收紧。与此同时，夹在脐带上的脐带钳动了一下。我拉了拉脐带，轻松拉长了四到六英寸。胎盘已经与子宫脱离了。

------

① GPs, General Practitioners 的简称，是指经过全科医学专门训练、学习，取得全科医师执业资格证书，工作在基层的临床医生。

　　我让穆里尔把怀中的宝宝递给她母亲，她知道接下来我要做什么。我用手按摩宫底，直到它变硬变圆开始移动，随后用力抓住宫底，向下向后推进骨盆。随着我的用力一推，胎盘出现在阴道中，我用另外一只手取出胎盘。胎膜滑出体外，带出一股鲜血和些许血块。

　　我疲惫地松了口气，终于结束了。我将胎盘放进肾形盘，然后放在抽屉里留待检查，之后在穆里尔身边坐下，又为她按摩了十分钟宫底，让其保持坚硬圆润，这样有利于排出残留的血块。

　　近年来，分娩后立刻采用催产剂促进子宫收缩，从而在分娩后三到五分钟内将胎盘排出体外已成常规。这是医学的进步。但在 20 世纪 50 年代，我们还没有这种办法。

　　战役结束，只剩打扫战场了。趁霍金斯太太给女儿洗澡换衣之际，我查看了胎盘。它看上去完整无缺，胎膜也没有破损。接着我给新生儿做检查，宝宝也很健康。我给宝宝洗澡穿衣，穿上衣服的宝宝竟然显得特别大，回想着穆里尔分娩后欢喜欣慰的面容，那时她虽面色疲惫，但用力的表情完全不见了，消失得无影无踪。女性体内肯定有某种清除记忆的生理机制，分娩后，某种化学东西或荷尔蒙立刻进入脑中掌管记忆的部位，将之前所有痛苦记忆统统抹掉。否则，谁也不会再想生第二个孩子了。

　　只有等一切清理完毕，骄傲的父亲才被获准进入房间。现在，大多数父亲会陪在妻子身旁，参与分娩的全过程，那只是最近的风潮而已。据我所知，这种事过去可前所未闻。20 世纪 50 年代的人自然也会被这个想法吓一大跳。那时的人认为，生孩子完全是女人的事。甚至让医生在场（过去医生都为男性，直到 19 世纪末期才出现女医生）也遭到抵制，直到产科学得到医学界承认之后，男医生才可以参与分娩。

吉姆是个小个子，应该还不到三十岁，可看上去却像快四十的人。他小心溜进房间，一脸羞怯不知所措。或许是因为我在场，他舌头像打了结，但我怀疑其实他英语一直都不好。吉姆小声问道："你好吗，亲爱的？"然后在穆里尔的脸颊上亲了一口。在体态丰满的妻子面前，吉姆显得愈加瘦小，穆里尔看上去至少比他重三十公斤。穆里尔刚洗过澡，皮肤由于激动呈粉色，衬托之下，吉姆看起来更加苍白消瘦。这都要怪在码头每周六十个小时的艰苦工作，我心中暗道。

吉姆瞧着宝宝，支支吾吾半晌，显然他正在斟酌合适的言辞，接着他清清嗓子，说道："噢，他真是顶呱呱。"随即离开了。

我深感后悔，没能对伦敦东区的男人多一些了解。不过，这根本没可能。因为我的工作与女人相关、与男人禁忌的话题——分娩有关。男人对我们助产士彬彬有礼，敬重有加，但却敬而远之，更别说友情了。男人和女人的工作之间隔着一条无法逾越的鸿沟，就好比简·奥斯汀[①]笔下从未出现过两个男人单独对话的情景。因为身为女人，她不知道男人在一起聊些什么，如果让我写一段波普拉区男人间的对话，我也只能写些客套话。

我准备离开了。已经忙了一个白天和漫漫长夜，不过自豪感和满足感令我步履轻盈、心情愉快。我悄悄溜出房间时，穆里尔

---

① 英国著名女小说家，其代表作有《理智与情感》和《傲慢与偏见》。

和宝宝正在熟睡。楼下翘首企盼的好人们再次提议喝点茶,我尽可能婉言拒绝了他们的好意,说农纳都修道院已经准备好早餐等我了。我告诉他们,如果有问题就给修道院打电话,我大概会在中午和晚上再来探视。

顶风冒雨摸黑赶到穆里尔家时,房子里充斥着兴奋、期待以及即将诞生新生命的孕妇的焦虑。离开时,它又归于平静,陷入沉睡,不同的是房子里多了一个鲜活的生命。我走出房门,沐浴在清晨的曙光之中。

昨晚,夜色如墨,我骑着自行车,穿过无人的大街,熟睡的码头,经过一道道紧闭的大门和空无一人的港口。现在,晨光明媚,太阳刚跃出水面。大门有的已经打开或正在打开,街上人来人往,互相打着招呼。引擎声清晰可闻,吊车也从熟睡中苏醒过来,一辆辆卡车正鱼贯而入穿过大门,耳边传来轮船起航的汽笛声。造船厂真称不上是一个令人着迷的地方,但对全天工作只睡了三个小时,将宝宝健康带到人间而满心欢喜的年轻姑娘来说,一切都是如此迷人。我现在甚至精神抖擞,一点儿也不觉得累。

平旋桥已经打开,前面的路因此暂时封闭。一艘远洋大货船正威武雄壮地缓缓驶入码头,船头和烟囱与岸两边的房子擦肩而过,相差不过几英寸。我等着船驶入码头,出神地瞧着驾驶员和领航员将货船开进它的停泊处。我很想知道他们是如何做到的。据说,这项技能极其复杂,需要多年学习才能掌握,通常是子承父业或由叔叔传给侄儿。他们是港口的君主,临时工都对他们顶礼膜拜。

　　货船驶过平旋桥大约需要十五分钟。趁这个时候，我正好回想一下我的人生为何会如此与众不同：遭到战争破坏的童年，十六岁就谈了一场充满激情的恋爱，而且知道三年后我必须离开。所以，出于现实考虑，我选择了做护士。我会后悔吗？

　　尖锐刺耳的声音将我从沉思中拉回现实，平旋桥开始关闭。随着道路解除封闭，车辆又开始动了起来。身旁的卡车让人感到有些胆战心惊，于是我紧贴着人行道一侧前行。一个肌肉结实的大个子男人脱下帽子，冲我喊道："早上好，护士！"

　　"早上好，今天天气真不错。"我一边大喊回应，一边继续前行，为我的年轻、清晨的空气、码头的喧嚣热闹，尤其是将一个漂亮宝宝带给欣喜的妈妈而欢呼雀跃。

　　当初为何选择做护士？我会后悔吗？不，绝不，我绝不后悔。即使有座金山摆在眼前，我也不改初衷。

二

农纳都修道院

两年前，我如果事先得知要去女修道院实习，早逃之夭夭了。女修道院是圣女们去的地方，枯燥乏味，不适合我这种女孩儿。我还以为农纳都修道院是家小型私人医院，因为这种情况当时很常见，全国有几百家类似这种的医院。

10月，某个天气潮湿的傍晚，我带着行李抵达了目的地，那时我只熟悉伦敦西区，对东区一无所知。公共汽车从阿尔盖特站出发，把我带入一个完全陌生的伦敦，漆黑的狭街、废墟和灰突突、脏兮兮的大楼。我好不容易找到利兰街，却找不到那家医院，也许地址搞错了。

我拦住一位路人，问她去圣赖孟多·农纳都助产士医院怎么走。

女人放下网兜，笑呵呵看着我，一脸友善，缺失的前门牙更令人觉得和蔼可亲。她头上的金属发卷在黑暗中闪闪发光。女人拿出嘴里的香烟，说的话听起来像是："亲耐的，你洗早农纳都屁吗？"

我瞧着眼前的女人，试图搞清她在说什么。我根本没说"洗"，更没说"屁"这个词。

"不是，我要找圣赖孟多·农纳都助产士医院。"

"没错，正如你苏的，小可耐。农纳都，就洗这儿，亲耐的。"

女人拍拍我的胳膊示意她说得没错，指给我一栋楼，然后将烟塞回嘴里，蹒跚而去，脚上趿拉着卧室拖鞋拍打着路面啪啪作响。

在此，我最好为深感困惑的读者略作解释。伦敦之外的人现在和过去都很难听懂纯粹的伦敦音，但假以时日，听惯了伦敦音中的元音、辅音、语调和惯用语，自然就会拨云见日了。当我落笔，回忆码头区的旧人旧事时，他们的声音依然回响在我耳边，可试图将这种口音落在纸上，却是件极其困难的事。

我好像跑题了。

我瞧着那栋紧邻废墟的楼，感到难以置信：脏兮兮的红砖、维多利亚式的拱门和角楼、铁栅栏，黑乎乎的没有灯光。我究竟来了什么地方？我心中纳闷道。这可不是医院。

我拉下门铃，屋里响起低沉的叮当声。片刻之后，传来了脚步声。开门的是一个女人，打扮很奇怪——既不像护士，也不像修女。她又瘦又高，年纪很大。她一言不发，盯着我瞧了足有一分钟，然后身子前倾，握住我的手，先瞧了眼四周，随即将我拉进门廊，神秘兮兮地低声道："亲爱的，天极偏离了①。"

这话让我完全摸不着头脑，幸好她并不等我接话，而是欢喜得几乎喘不上气，自顾自地继续道："没错，火星和金星连成了一线。你肯定知道这意味着什么，是不是？"

我摇摇头。

"哦，亲爱的，流体静力平衡②、液态和固体的融合、冬季六边形③穿过以太④的坠落，这是生命中独一无二的时刻。太让人激动了。听，小天使们在呼扇翅膀呢。"

她哈哈大笑，拍着骨瘦如柴的双手，欢欣雀跃地蹦了几下。

"进来，进来，亲爱的。你必须喝点茶，吃点蛋糕。蛋糕非常不错。你喜欢蛋糕吗？"

我点点头。

"我也喜欢。我们一起来点蛋糕吧，亲爱的。然后你必须跟我说说，你对宇宙由于天体引力而坍塌这个理论的看法。⑤"

女人转过身，迈着快步进了石廊，白色头巾在她身后荡啊荡，

---

① 天球旋转轴的两端，是两个假想的点，分别在天球南北两方。而天球是以地球为中心，半径为无限大的一个假想球，所有的天体运行看起来都在等距的天球表面上进行。

② 流体静力平衡是恒星不会向内坍缩（内爆）或爆炸的原因。恒星就像一只气球，气球内部的气体向外挤压，大气压力和弹性材料提供足够的向内的抵抗压力，使气球的内外压力平衡，维持球形。

③ 在地球北半球冬季夜空中，由数颗亮星串成一个巨大且容易辨认的六边形图案。

④ 以太是古希腊哲学家所设想的一种物质，是一种假想的电磁波传播媒质。

⑤ 即宇宙坍塌理论，在过去100年里，从阿尔伯特·爱因斯坦到斯蒂芬·霍金的大多数科学家，一直都认为宇宙最后将停止膨胀，并由于星系重心吸引力作用向内部坍缩。

留下我在原地踌躇，不知道该不该跟过去。我相信自己一定找错了地方，但那个女人似乎希望我跟着她，一边走，一边问着问题，但显然没期待我回答。

女人走进一间极其宽敞的维多利亚式厨房，石头地板、石制水池、木头沥水板、桌子和橱柜，还有一座老式煤气炉，上面放着木制餐具架，一台大阿斯科特牌热水器安在水池上方，墙上固定着铅制管线。角落里放着一台巨大的炼焦炉，烟囱向上直通天花板。

"说起蛋糕，"我的同伴道，"B太太今天早上刚做了一个，我亲眼看见的。她们把它放哪儿啦？亲爱的，你最好四处找找。"

走错门是一回事，在别人厨房里乱翻就是另外一回事了。自从进门，我第一次开口："这里是农纳都修道院吗？"

老妇人演戏般举起双手，清晰响亮地大喊道："不生则已，生则死。生则伟大。生则引领世人。"然后两眼望天，压低声音，激动地小声道："生则圣洁。"

这是个疯子吗？我目瞪口呆地瞧着她，重复了一遍我的问题："好的，可这儿是农纳都修道院吗？"

"哦，亲爱的，打我一瞧见你，我就知道你是个明白人。杳霭祥云栖于天，锦瑟年华莫吝惜。靛蓝悲伤，朱红深沉，还听风铃吟。我们可不要辜负生活的美好。烧壶水，亲爱的，别干站在那儿。"

貌似再追问下去也毫无结果，于是我拿过水壶，打开水龙头，厨房里的铅管开始颤抖摇晃，发出令人胆战心惊的声音。老妇人在厨房里四处翻找，橱柜和罐头盒无一幸免，她一边翻，嘴里一边不停念叨着宇宙射线和以太的交汇融合。突然，她喜出望外地大喊道："蛋糕，蛋糕，我就知道我找得到！"

她转过身，眼睛里闪着狡黠的光，低声道："她们还以为藏起来，莫妮卡·琼修女就找不到了，可她们还不够机灵，亲爱的。步履沉重抑或轻盈，哈哈大笑抑或绝望无助，都无处可藏，纸里终究包不住火。去拿两个碟子和刀，别干站着。茶烧好了吗？"

我们在一张巨大木桌旁坐下。我沏茶，莫妮卡·琼修女切了两大块蛋糕。修女将自己的蛋糕先切成小块，然后用干瘦细长的手指把它们分开。她喜滋滋地吃着蛋糕，一边吃，嘴里一边含混不清地念念有词，每吞下一小块蛋糕，还对我眨眨眼睛。蛋糕的味道真是好极了，当我们决定再消灭一块时，我和她的关系已然变成"同谋犯"了。

"亲爱的，她们绝不会发现的。她们会以为蛋糕是被弗雷德或是坐在门口吃三明治的那个可怜家伙吃的。"

修女瞧着窗外："天上有道亮光。你觉得那是行星爆炸还是外星人在着陆？"

我觉得那是架飞机，但只能二选一，我选了行星爆炸，然后问道："再来点茶吗？"

"正合我意，再来块蛋糕怎么样？你知道吗，她们七点后才会回来呢。"

修女继续说个不停。但其实她在想什么，说的是什么，我完全搞不明白，只听得我云里雾里，不过我觉得她很可爱。越瞧越觉得她那高高的颧骨、明亮的双眸、象牙般白皙有褶皱的皮肤，以及头与细长脖子的绝妙比例中透着精致的美。十根长长的手指像十位芭蕾舞者，富有表达力的双手不停地动来动去，仿佛具有某种催眠的魔力。我觉得我好像中了魔法。

我们一致认为，相比空罐子，剩下几块更惹人怀疑，于是整个蛋糕被我们轻松消灭了。修女孩子气地眨眨眼，咯咯笑道："那个讨厌的伊万杰琳修女会第一个发现蛋糕没有了。你真该瞧瞧她生气的样子。哦，那样子真可怕极了。本就红的脸蛋变得更红了，鼻子滴水。没错，确实会滴水，我亲眼看见的。"修女淘气地摇头晃脑道："这对我有什么启示呢？自我意识存在的奇妙之处在于，它是特定时间内某一瞬间，官能① 以及环境的结合体，可几乎没人聪明到能接受这个想法。等等，别出声。什么声音？快。"

修女一跃而起，先拂掉撒在桌子、地板和她身上的蛋糕屑，然后一把抓起罐头盒，急匆匆冲向储物柜。待回来坐下，脸上俨然摆出一副若无其事的夸张表情。

我听到有人走在走廊石地板上，还听到女人的说话声，随即瞧见三位修女一边走进厨房，一边谈着灌肠、便秘和静脉曲张。我那一刻才意识到，尽管难以置信，这儿就是我要找的地方。

其中一位修女停下讲话，对我说道："你一定就是李护士吧，我们都等着你呢，欢迎来到农纳都修道院。我是朱丽恩修女，这里的负责人。晚饭后我想让你去我办公室谈谈。你吃过饭了吗？"

修女是如此开诚布公，问的问题也如此简单，可我竟不知该如何回答。肚子里的蛋糕此刻仿佛千斤。我费劲地低声挤出几个

---

① 按官能心理学的基本观点，人类的心系由许多官能所组成，诸如意识、感情、知觉、想象、记忆、推理、意志、注意等，均属人心中的重要官能。

字"吃过了，谢谢"，然后偷偷掸掉裙子上的蛋糕屑。

"这样啊，那请你原谅，我们要吃点饭。晚餐大家一般各吃各的，因为没法按时一起吃饭。"

修女们各自从储物柜中拿出盘子、刀、奶酪、饼干和其他东西，摆在厨房桌子上。这时门后突然传来一声惊叫，一个红脸的修女从门后出来，手里拿着罐头盒。

"没了，罐头盒空了。B太太做的蛋糕哪儿去啦？今早上刚做的蛋糕。"

这位一定就是刚提到的伊万杰琳修女了。她怒目圆睁，红脸膛被气得更红了。

大家都没出声。三位修女你瞧瞧我，我瞧瞧你。莫妮卡·琼修女则闭眼静坐，不为所动，好像一切与她无关。我肚子被蛋糕撑得有点不舒服，心里清楚这种滔天大罪无法蒙混过关，于是捏着嗓子，自言自语般低声道："我刚吃了一点。"

"红脸膛"魁梧的身形逼近莫妮卡·琼修女。"剩下的都被她吃了。瞧瞧她，满身蛋糕屑。真恶心。哦，你这个贪得无厌的家伙，什么东西都逃不出你的魔爪。那蛋糕是给我们大家的。你……你……"

伊万杰琳修女居高临下地瞪着莫妮卡·琼修女，浑身气得直哆嗦。莫妮卡·琼修女依然双眼紧闭，一动不动，仿佛充耳不闻，看上去弱小又高贵。我实在看不下去了，大声道："不，你搞错了。莫妮卡·琼修女只吃了一块，剩下都是我吃的。"

三位修女惊愕地瞧着我。我则羞得面红耳赤，浑身臊得慌。

如果我现在变成一只被抓到偷吃星期日烤肉①的狗，早就夹着尾巴躲到桌下去了。进了陌生地方不说，还在主人不知情，也没经主人同意的情况下，擅自吃掉大半个蛋糕，这种失礼确实应该受到严惩。此时的我只能小声道："对不起，我饿了。我再也不会这么做了。"

伊万杰琳修女鼻子一哼，将手中的罐头盒重重放在桌上。

一直闭目不语的莫妮卡·琼修女终于开始动了，她转过头，从口袋里掏出一块手帕，递给伊万杰琳修女。她的大拇指和中指捏着手帕一角，其他手指煞是讲究地弯成弧形。"亲爱的，擦一擦吧。"莫妮卡·琼修女亲切地说道。

听到此话，伊万杰琳修女更愤怒了，红脸膛气得发紫，鼻孔里仿佛就要喷火了。

"不用，谢谢，亲爱的。我自己有手帕。"伊万杰琳修女咬牙切齿。

莫妮卡·琼修女故作一惊，用手帕优雅地擦了把脸，嘴里念念有词，像在自言自语："天好像在下雨，我可受不了下雨天，我要去休息了。恕我失陪，修女们。晚祷时见。"

她先彬彬有礼地对三位修女一笑，然后转身对我眨眨眼，那么大力，满是孩子气，我真是前所未见，随后她高傲地踱出了厨房。

莫妮卡·琼修女就这么走了，只留下我独自一人面对三位修女，我尴尬不安地扭着身子，恨不得马上找个地缝钻进去或夺门

---

① 英国家庭传统的一道美食，也就是在星期天才会做的烤肉。现在已经成了一道著名菜肴。通常是以烤猪牛羊中的某种肉，配以约克布丁、土豆和浇上勾芡肉汁的几种煮蔬菜。

而逃。这时，朱丽恩修女告诉我，我的房间在顶楼，门上有我的名字，我可以将行李拿上去。我本以为要在修女沉默注视的目光下，尴尬地走出厨房，可朱丽恩修女开始讲起她去拜访的女士，说女士的猫卡在烟囱里了，修女们听了哈哈大笑，紧张的气氛立刻轻松了起来。

在走廊里，我认真考虑着要不要立刻远走高飞。这儿好像是修道院，不是医院，这太荒唐了；还有整起蛋糕事件，简直令我无地自容。我心中已经长草，本可以拎着行李趁天黑消失。事实上，要不是前门紧锁，眼前突然出现两个欢声笑语的年轻女孩儿，我也许真就逃走了。迎面而来的两个女孩儿面色红润，被暮色衬托得越发精神，秀发在风中飘荡。几点雨滴在华达呢料子的长风衣上闪闪发光。她们和我年纪大概相仿，看上去快乐且充满了活力。

"你好！"一个低沉的声音慢声慢语道，"你一定就是詹妮·李吧。太好了，你会喜欢这里的。这儿的年轻人不多。我是辛西娅，她是特里克茜。"

特里克茜的人早已消失在通向厨房的过道里，我只听到她的声音："我快饿死了，待会儿见。"

辛西娅的嗓音很迷人——温婉、轻柔，略微带点沙哑。语速很慢，语调中透着隐隐笑意。若是换作其他女孩儿，我一定会认为这性感魅惑的声音是装出来的。学习护士的四年里，我曾见过很多这种女孩儿，不过辛西娅是个例外。她的声音浑然天生，并非做作。我刚才的不安突然消失了，心也不彷徨了，我们相视而笑，已然成了朋友，于是我决定留下来。

当天晚些时候，我被叫到朱丽恩修女的办公室。一路上我惶恐不已，知道自己会因为蛋糕的事被狠狠训斥一顿。我对医院护士等级制度的专制深有体会，所以紧咬牙关，做好了迎接暴风雨的准备。

朱丽恩修女个子不高，体形圆润。她那天一定工作了至少十六个小时，可看起来依然像雏菊一般精神抖擞。瞧见她脸上灿烂的笑容，我仿佛吃了一颗定心丸，心中的恐惧立刻烟消云散了。她对我说的第一句话是："蛋糕的事谁也不会再提了。"

听了这话，我庆幸地长出了一口气，朱丽恩修女见状哈哈大笑道："有莫妮卡·琼修女在，我们经常会碰到一些怪事。但我可以向你保证，谁也不会再提蛋糕的事了。伊万杰琳修女也不例外。"

朱丽恩修女说最后这句话时，故意加重了语气。我忍不住哈哈大笑起来，一下子就喜欢上了眼前这位修女，心中暗暗高兴，幸好刚才没急着逃离这里。

接下来的问题却完全出乎我的意料："护士，你的信仰是什么？"

"哦……嗯……没……嗯……我想是卫理公会①。"

这个问题莫名其妙，似乎跟我毫无关系，甚至有些愚蠢。若是询问学历、培训经历、护士经验或我对未来的规划，这都在意料之中。怎么突然问起信仰来了？与信仰有什么关系吗？

朱丽恩修女一脸庄重，轻声说道："上帝是我们在此工作的力

---

① 是基督教新教卫斯理宗的美以美会、坚理会和美普会合并而成的基督教教会。教会主张圣洁生活和改善社会，注重在群众中进行传教活动。

量源泉和指明灯。周日你也许可以和我们去教堂。"

　　接着，修女向我介绍了我要接受的培训和农纳都修道院的日常生活。前三周，会有经验丰富的助产士陪我探视产妇，然后就可以单独去探视——做些产前和产后工作。接生会在其他助产士的监督之下进行。每周有一个傍晚下班后去课堂听课。所有学习需要利用空余时间完成。

　　朱丽恩安静地坐着，继续跟我介绍着其他琐事，不过我大多都左耳进，右耳出了。我无心听介绍，却对修女这个人产生了好奇，为什么和她在一起，会让我感到如此舒服和快乐呢？

　　这时传来一声铃响。修女面露微笑："是晚祷铃，我必须走了。明早见，祝你晚上睡个好觉。"

　　朱丽恩修女对我的影响——我发现，或者说多数人会发现——与其言语和外表不成比例。她不是那种让人印象深刻或者让人感到威严的人，也不引人注目，甚至也谈不上特别聪明，可身上却散发着一种说不清道不明的东西。我曾仔细考虑过这个问题，却怎么也说不出个所以然来。其实，那时我并没意识到，那是信仰的力量，而非世俗之物。

三

晨诊

从穆里尔家出来，回到农纳都修道院时，已接近六点，我肚子饿得咕咕叫。没什么比工作一晚上再骑上六到八公里自行车让年轻姑娘胃口大开的了。此时的农纳都修道院寂静无声，修女们都在小教堂，夜里值班的人也还没睡醒。虽然我疲惫不堪，但必须先整理好助产包，清洗消毒工具，然后写好报告放在办公室桌上，做完这些才能吃饭。

早餐已经在餐厅里等着我了，我可以比其他人先吃，然后上床睡几个小时。我对储物柜来了一次大突击。一壶茶、煮好的鸡蛋、吐司、自制醋栗酱、脆玉米片、自制酸奶和烤饼。天啊，修女总有这么多自制食物。都是在教堂的集市购买的，这种集市很多，似乎整年不断。美味的蛋糕、饼干和松脆的面包出自修女或很多来农纳都修道院工作的当地妇女之手。如果谁因为工作错过了吃饭时间，可以自由享用储物柜里的食物，对此我感恩戴德。医院可没这种好事，不管什么原因，一旦错过饭点，你就只能求爷爷告奶奶，求人施舍点食物给你。

享受过丰盛的"皇家"早餐之后，我留了一张便条，提醒大家中午十一点半左右叫醒我，然后说服如灌了铅的双腿，把我带到楼上自己的房间去。我睡得像婴儿一样香甜，直到有人用茶将我唤醒。睁开眼的那一刹那，我完全搞不清自己人在哪里，喝了茶才清醒过来。只有善良的修女才会这么好心，给熬夜工作的护士提供一杯热茶。医院里叫醒你的可不是茶，而是砸门时发出的那声巨响，仅此而已。

我下楼查看了工作日志，午饭前只需做三件事。去穆里尔家探视，并顺路瞧一瞧出租房里的两位孕妇。经过四小时的酣睡，我感觉又充满了活力，出门取了自行车，迎着明媚的阳光，精神抖擞地上路了。

无论天气好坏，出租房看上去总是那么糟糕。其建筑结构像一座围城，四面大楼，只有一面有出口，所有房间面朝内庭。楼房大约六层高，楼中间的院子几乎终日不见阳光，这里是租户的社交中心。每座大楼里住了几百家，所以院子里满是晾衣绳，各种衣物随风摇摆永远是出租房一道独特的风景线。垃圾箱也位于院子中。

在我所写的那个时代，20世纪50年代，家家已经有了室内卫生间和自来水。但在它们没有进入人们的生活之前，大家必须下楼去院子里上卫生间和打水。一些出租房依然还保留着卫生间，但已变成存放自行车和摩托车的地方了。这种小屋数目不多，也就三十间左右，出租房里有五百多户人家，我纳闷过去这么少的卫生间怎么够用呢？

我穿过飘扬的衣物，来到要上的楼梯前。出租房的楼梯都建在楼外，沿石制台阶拾级而上，即可来到面向楼里的阳台。阳台贯穿整座楼，绕过拐角继续横贯另一侧，阳台与所有房间相连。四面楼中间的院子是出租房的社交中心，阳台则通向社交中心的小巷，拥挤且充斥着流言蜚语。对出租房的女人们来说，阳台好比连栋房子的街道。阳台距离住所如此之近，我怀疑这里的人根本毫无隐私可言，街坊邻居对各家生活了如指掌。东区人对外面的世界丝毫不感兴趣，闲聊时的主要话题集中在家长里短的琐事上，而多数时候，张家长李家短是东区人唯一感兴趣的娱乐或消遣，这就难怪为什么出租房里常常打得鸡飞狗跳了。

我去的那天正值正午，出租房瞧上去是一片和乐融融的难得景象。我绕过院子中的垃圾、垃圾箱和晾晒的衣物，小孩子们见了我都围了上来。他们对助产士的助产包格外感兴趣，以为包里装着宝宝。

我找到入口，爬了五层楼来到我要找的房间。

出租房的所有房间格局相差无几：相互连通的两三间房。主卧角落里有一个石制水池，厨房里有煤气炉和橱柜。室内卫生间刚出现时只能设在水源附近，所以它们都位于靠近水池的角落里。家家户户拥有室内卫生间堪称公共卫生环境的巨大飞跃，院子里的卫生因此得到了改善。之前家家每天都要倒夜壶，女人们将夜壶带到楼下倒进水槽里。据说，那时候院子里的景象简直令人作呕。

　　伦敦东区的出租房约出现于 19 世纪 50 年代，住户多为码头工人及其家人。在那个年代，出租房算是不错的房子，足以容纳任何一家人居住。与之前充其量只能遮风避雨、地面依然是土地的简陋小屋相比，出租房的居住环境确实改善了。砖墙再加上石板屋顶，雨天室内也不会漏水，能一直保持干爽。一百五十年前，拥有一套这样的房子会被认为是件奢侈的事，对于这点我毫不怀疑。十或十二口人的大家庭挤在两三间房里，也不会被认为过于拥挤，纵观整个人类历史，大家都曾有过这种经历。

　　可时代在进步，至 20 世纪 50 年代，出租房已然沦落成了难民窟。相比连栋的房子，出租房租金便宜很多，住户也换成了仅能糊口的特困家庭。根据社会法则，最贫困的家庭往往生的孩子最多，所以孩子在出租房里四处可见。传染病也如野火一般在楼里滋生传播，一同泛滥的还有各种害虫：跳蚤、体虱、壁虱、疥螨、阴虱、老鼠、大家鼠[①] 和蟑螂。市里负责害虫防治的人总也闲不着。到了 20 世纪 60 年代，出租房被政府认定不适宜人类居住，并对其进行了疏散，在空置了十多年之后，出租房终于在1982 年被拆除了。

　　伊迪丝个子不高，头发稀疏，性格像旧靴子一样坚韧。她看

---

① 大家鼠（Rat）和老鼠（Mice）在体形上有很大区别，大家鼠更大更壮，前者甚至会杀死并吃掉后者。

上去比实际年龄苍老许多，有六个孩子。战争时，炸弹将他们炸出了连栋的房子，幸好炸弹不是直接命中，全家人才得以逃过一劫，接着孩子被疏散[1]。伊迪丝的丈夫是码头工人，她则在军需品厂工作。房屋被炸之后，她和丈夫搬进了出租房，因为这里租金更便宜。整个伦敦大轰炸时期，他们一直居住在这里，人口最密集的出租房在战争中奇迹般地毫发未伤。伊迪丝与孩子分开了五年，于1945年再次团圆。全家人继续住在出租房里，因为租金便宜，另外，他们已经习惯了这里的生活。两个房间如何容下六个正在成长发育的儿童，对我来说一直是个谜。可他们却不以为然，认为这种小事根本不值一提。

伊迪丝对再次怀孕并不感到开心，事实上是愤怒，但像多数晚年得子的女人一样，她也沉醉在宝宝降生带来的喜悦之中，总在逗弄着他们。房间里到处挂着尿布——当时还没有一次性尿布——一辆婴儿车又侵占了原本就拥挤不堪的房间。

伊迪丝已经起床正在忙，今天是产后第十天。那时我们要求产妇产后长时间休息，有十到十四天所谓的"卧床日"。从医学角度说，这样不好，因为产妇早活动可降低并发症，如血栓症的危险系数。但当时医学还没进步到那个程度，产后卧床休息是传统，其最大好处在于能让女人光明正大地休息。家务只能由他人来做，女人从而享受一个短时间的假期，养精蓄锐。一旦起床，就要重新执掌家务。想想那些体力活吧：把购买的东西拿上楼，冬天的

---

[1] 由于担忧德国轰炸工厂而摧毁包括学校在内的整个城市，英国政府在战争初期开始了撤离计划，让母亲和孩子们撤出城镇。从1939年9月开始，大约八十万儿童撤出城镇，有一些在几周后返回家里，但是大多数都在乡村待到战争结束。

煤、柴火，炉子用的煤油，还有需要倒到楼下垃圾箱里的垃圾。再想想带宝宝出门的情景：婴儿车一步一弹地下楼梯，最后还要一步一弹地上来，车里装的可不止宝宝，往往还有杂货。想想这些，你才会理解这些女人的生活有多难。每次去出租房，总看见有女人推着婴儿车上下楼。住在顶层则意味着上下七十级台阶。车轮子必须大才能上下楼梯，而且弹性也好，把宝宝弹得乱晃。宝宝喜欢这样，开心地大笑尖叫。滑倒会很危险，婴儿车的所有重量都集中在把手上，如果妈妈脚下一滑或意外松手，婴儿车和宝宝就会沿楼梯一滑到底。每次碰见女人推婴儿车上下楼，我都会帮忙拉着车的另一侧，那只需承担一半重量可已足够沉了。可想而知，女人独自推车需要多大的力气。

伊迪丝身穿脏兮兮的晨衣，脚上穿着破烂的拖鞋，头上戴着发卷，一边给宝宝喂奶，一边抽着烟。收音机里正在放着流行歌曲。伊迪丝看上去心情很好，脸色比几个月前更好，更年轻，这显然是休息的功劳。

"你好，亲爱的。快进来，喝杯茶吗？"

我说我还要去探视其他人，谢过她的好意，然后观察着伊迪丝喂奶的情况。宝宝正狼吞虎咽吸吮着奶汁，可我觉得伊迪丝瘦小的双乳里并没太多奶水。不管怎样，继续母乳喂养比直接给宝宝喂配方奶更好，所以我没说什么。如果宝宝体重不增加或有挨饿的迹象，到时再说也不迟，我心中暗道。农纳都修道院规定，产妇分娩后需要每天探视，至少十四天，所以我们每天要探视很多人。

　　当时用配方奶哺育孩子已蔚然成风，妈妈被告知，这样对宝宝最好。可圣赖孟多·农纳都的助产士并不这么做，她们建议并帮助产妇尽可能长地进行母乳喂养。卧床休息十四天有助于母乳喂养，母亲不必为家务操劳，全部体力都可以用于产奶。

　　我瞥了一眼挤得满登登的房间，那小得可怜的厨房，很多家居用品都没有。我脑子里突然闪过一个念头，奶瓶喂奶也许是最坏的选择。房间里哪儿还有放奶瓶和配方奶罐子的地方？怎么给奶瓶消毒？她会不会嫌麻烦？即使能保证奶瓶清洁，会不会根本不在意是否消毒？房间里没有冰箱，我甚至想象得到伊迪丝会把还剩半瓶奶的奶瓶随意乱放，再次或第三次喂给宝宝，根本不知道奶放凉再加热会导致细菌快速滋生。不能那样，即便奶水不足，也要坚持母乳喂养，这么做更安全。

　　记得在接受助产士第一阶段培训时，关于奶瓶喂养的优点听起来非常有说服力。来到农纳都修道院，我还觉得修女们过于守旧，总建议母乳喂养。其实我忽略了她们面对的实际情况。课堂上教的知识本身与现实脱节，它们只适合教学，其假想的对象是理想的年轻母亲，她们属于中产阶级，受过良好教育，记得住所有规定，会一板一眼遵守书本上的教导。撰写教材的理论专家们完全忽视了还有些年轻女孩儿头脑不灵光，她们会搞错配方奶，算错剂量，没有烧开水，不洗奶瓶，不给奶瓶和奶嘴消毒。他们无论如何也想象不到，剩的半瓶奶放了一天之后，还会再喂给宝宝，也想象不到奶瓶滚在地上沾上猫毛或其他脏东西的情景。我们所学的也从没提过配方奶里或许会被添进其他东西，如白糖、蜂蜜、大米、糖浆、炼乳、小麦粉、白酒、阿司匹林、好立克① 和阿华田② 。以上这些情况，撰写教材的人或许从没想过，可农纳都修女们已经对此司空见惯了。

伊迪丝和宝宝看上去都很开心，于是我决定离开，并告诉她们，明天会来给宝宝称重，并给伊迪丝检查身体。

接下来要去探视的人是莫莉·皮尔斯，一个即将迎来第三个宝宝的十九岁姑娘，过去三个月她都没去过产前门诊。现已临近分娩，我们需要给她做检查。

来到莫莉家门口，屋里面似乎有人在吵架。我讨厌任何形式的争吵，所以下意识想打退堂鼓。可我还有工作要做，于是我敲了门。门里面立刻悄无声音了，安静了有几分钟，这种安静似乎比吵闹更让人害怕。我又敲了敲门，屋里依然鸦雀无声，随后我听到门闩被拉开的声音，锁眼转了起来——伦敦东区家家户户的大门甚少紧锁，这是我碰到的少数几次中的一次。

一个胡子拉碴儿、面容乖戾的男人，从门缝里狐疑地瞪着我，嘴里不干不净地念叨着，随后一口痰吐在我脚边，出了门沿阳台向楼梯走去。一个神情激动的姑娘，迎面冲出来，脸涨得通红，略微有些呼哧带喘，冲阳台方向大喊："走得好！"然后一脚踢在门框上。

瞧着眼前这个姑娘，她大概已经怀孕九个月了，这么做很可

---

① 一种以麦芽制成的热饮，是茶餐厅常见的饮料。

② 瑞士著名饮料。

能早产，尤其是如果发生家庭暴力。可这只是我的推测而已，并没亲眼见到。我对她说，因为她一直没去过产前门诊，所以现在需要给她做下检查。她勉强同意，让我进了门。

室内气味熏人，充斥着汗液、粪便、香烟、酒精、煤油、剩菜、变质牛奶和未洗衣物的混合味道。毫无疑问，莫莉是个不愿打理家务的懒姑娘。我见过的大多数女人都以自己为荣，以家为荣，努力保持家里整洁，可莫莉是个特例，似乎天生没有持家的本能。

她将我领进黑乎乎的卧室，脏兮兮的床上没铺床单，只有床垫和枕头。床垫上简单铺着几条灰色军用垫子，一张木制小床摆在房间角落里。这样的环境根本不适合分娩，我心中暗想。几个月前有助产士曾对这里做过评估，认为适合分娩，但显然自那之后环境恶化了。我必须把此事报告给修女。

我要求莫莉脱了衣服，躺在床上。她照做之后，我发现她胸口处有一道明显的黑色瘀青。我询问伤是怎么回事。她哼了一声，摇摇头，道："自己弄的。"然后对着地上吐了一口唾沫，再没说什么躺下了。或许我的意外到访让她免受了一顿皮肉之苦，我暗自猜测道。

我开始为她检查。胎儿头部向下位于正常位置，我感到胎儿在动。听了一下胎心，一分钟126下，十分稳定。不管怎样，莫莉和胎儿的情况都很正常，十分健康。

这时，我才注意到莫莉的其他孩子。听到黑乎乎的卧室的角落里有东西在动，我差点被吓死。刚开始，我以为是老鼠，待稳定心神定睛观瞧，发现两个小人正躲在椅子后探头探脑。听见我惊得倒抽一口凉气，莫莉说道："没事的。汤姆，过来吧。"

　　对了，这里应该还有其他孩子，我心想。莫莉怀着第三个孩子，她才刚刚十九岁，其他孩子肯定还没到上学的年纪。奇怪，刚才怎么没注意到他们呢？

　　两个小男孩儿从椅子后走出来，看年龄有两三岁。两个小家伙一言不发，这个年纪的男孩儿通常四处乱跑，吵闹不停，可他们却异常沉默，大眼睛里满是恐惧。们向前迈了一两步，紧挨在一起，似乎在寻求互相保护，随后又躲到了椅子后面。

　　"没事的，孩子们，这是护士。她不会伤害你们的。过来吧。"

　　小家伙们听了妈妈的话这才又出来，两个小男孩儿脏兮兮的，脸上还看得见鼻涕和眼泪风干的痕迹。身上只穿了件套头衫，这是波普拉区孩子常见的打扮，我很讨厌这种做法。家长们给孩子只穿件上衣，光着屁股。尤其是小男孩儿，特别流行这种穿衣方式。有人对我说这样可以不用洗衣服，学会上厕所之前，孩子可以随时随地方便，省得大人洗尿布或衣服。孩子们整天就穿成这样，在出租房的阳台和院子里四处撒欢儿。

　　汤姆和弟弟蹑手蹑脚地从角落里闪出来，向妈妈冲过去，似乎不再害怕了。莫莉亲切地伸出一只手，小家伙们抱住妈妈。好吧，莫莉起码还有做母亲的本能，我心中暗想。也不知道小家伙的父亲在家时，他们要在椅后躲多久。

　　我不是健康督察员，也不是社工，胡思乱想这类问题也毫无意义。但我决定把看到的情况报告给修女，然后告诉莫莉，本周晚些时候我还会来看她，以确保一切就绪能让她在家分娩。

接下来，我还要去看望穆里尔。离开乱糟糟的莫莉家着实让我有种如释重负的感觉。

我骑着自行车一路向道格斯岛而行，室外寒冷清新的空气让人精神一振，我加快了速度。

"嗨，宝贝，你好吗？"路上几个或认识或陌生的女人大声和我打着招呼。路上碰到行人时她们经常这样大喊着问候。"我很好，谢谢，你也好吗？"我总这样回复她们。没错，是伦敦腔，一不留神伦敦腔就脱口而出了。

真不敢相信，她竟然已经到了。转上穆里尔家那条街，我心中惊讶道。没错，眼前正是詹金斯女士。她手里拿着拐棍和网兜，卷发夹外面包着头巾，身上穿着她那件冬夏不离身、发了霉的老旧长大衣。此刻正和街上一个女人聊天，神情专注地听着对方说的每一个字。看见我慢慢走近，她马上迎上来，留着又长又脏指甲的双手抓住我的衣袖。

"她和小宝宝怎么样？"她厉声问道。

我不耐烦地抽出胳膊。不管谁家生孩子总少不了詹金斯女士的身影。无论距离多远，天气多糟糕，时间多早或多晚，总能在街上瞧见詹金斯女士。她住在哪里？是如何得知消息的？她是怎么走过来的？有时候她距离宝宝出生的地方足有三公里或四公里之远，但她总会出现，这些问题都是谜，没人知道。

我恼怒地从她身边走过，没搭理她，把她当作一个好管闲事的老家伙。我那时还年轻，太年轻了，以至于无法理解她的举动，没有注意到她眼中的痛苦，以及声音中透露出的备受折磨的迫切心情。

"她怎么样？大人怎么样？小家伙呢？"

我没有理会她，径直进了房子，甚至都没敲门。穆里尔的母亲面带微笑，急匆匆迎上来。老一辈的妈妈们清楚，这种时刻她们绝不可或缺，这让她们心中产生一种成就感，激发了她们继续生活的动力。"自从你走了之后，她就一直在睡觉。已经上过厕所了，小便。还喝了一些茶，我现在正准备给她做一顿美味的鱼。宝宝吸奶了，我亲眼看见的，可还没吸到奶。"

我谢过穆里尔的母亲，上楼走进穆里尔的房间。整洁的房间里空气清新、阳光明媚，五斗橱上摆着鲜花，与莫莉肮脏污秽的房间一比，这里简直像是天堂。

穆里尔已经醒了，但睡眼惺忪。张开嘴对我说的第一句话是："你能告诉我妈妈，我不要吃鱼吗？我不想吃，可她根本不听我的。她也许会听你的话。"

这对母女对于吃食显然有意见分歧，但我最好置身事外。我检查了穆里尔的脉搏和血压———一切正常。阴道分泌物不多，子宫摸起来也正常。正如她母亲刚才所说的，穆里尔的双乳已经分泌了初乳[1]，但还不是母乳。事实上，我此行的主要目的就是让宝宝吸出母乳。

宝宝躺在小床里正在酣睡。脸上的皱纹、出生时挤压所导致的皮肤变色都已消失不见，随之而去的还有来到崭新世界时，那

---

[1] 分娩后，乳房最初分泌的乳汁。成熟的母乳一般要在产后第三天或第四天才会分泌。

充满警惕和恐惧的哭喊声。他此刻躺在温暖的床上，一脸的平和放松。瞧着新出生的宝宝，几乎所有人都会有所触动，心生敬畏或惊讶。人类新生儿的无助常令我动容。相比人类，其他哺乳动物的幼崽一出生就多少可以自主行动了。很多在两小时内，就可以站立奔跑，最不济也能自己找到乳头吸吮乳汁。可新生儿连这点也做不到。如果不把乳头或奶嘴放进宝宝嘴里，鼓励宝宝吸奶，宝宝甚至会饿死。我自己有一个理论，人类的宝宝都是早产儿。以人类的寿命——六七十岁，与相同寿命的动物相比，人类怀孕期应该在两年左右，但那时胎儿头过大，没有女人能顺利分娩。所以人类的宝宝要提前出生，以至于出生后处于极端无助的状态。

我将小家伙从小床上抱起，来到穆里尔身前。穆里尔对此早已驾轻就熟，她从乳头上挤出一些初乳，把它抹在宝宝嘴唇上。宝宝对初乳完全不感兴趣，身子一缩，头转到一边去了。我们又试了一次，结果依旧。在耐心鼓励了至少十五分钟之后，宝宝才把嘴张大到能伸入乳头。可只吸了三口，就又香甜地睡过去了，仿佛刚刚那番折腾把他所有力气都用光了。穆里尔和我见此情景，哈哈大笑。

"就好像一直劳累的是他，"穆里尔说道，"而不是你和我一样，护士？"

我们决定今天到此为止，明天傍晚我再来。如果穆里尔愿意，第二天下午可以试着再给宝宝哺乳。

下楼时，我闻到饭菜的香味。穆里尔母亲的饭菜也许不合穆里尔的心意，可让我胃口大开。我感到饥肠辘辘，美味的晚餐正在农纳都修道院等着我呢。我和她们告了别，向我的自行车走去。詹金斯女士站在我车旁，好像在替我的车放哨。要怎样才能甩掉她呢？我暗想。我可不想和她说话，只想回去吃晚饭，可詹金斯女士趴在车把上。不说点什么，她显然是不会放过我的。

"她怎么样？大人怎么样，小家伙呢？"她两眼直勾勾地盯着我，厉声问道。

对某件事痴迷或许会令人无法忍受，而詹金斯女士的行为已经远不止于此了，简直令人感到讨厌。她年近七十，个头不高，弯着腰，一双黑眼睛射出的目光仿佛穿透了我的身体，让我对晚餐的美好幻想彻底破灭了。在我傲慢自大的眼中，她面目丑陋，满口无牙，一双爪子一般的脏手正鬼鬼祟祟地沿着衣袖向下，逼近我的手腕，这让我感觉很不舒服。我用力挣脱她，站直身子，我几乎有她两倍高，然后用公事公办冷冰冰的声音道："史密斯夫人生了一个男孩儿。母子平安。请原谅，我现在必须走了。"

"感谢上帝。"她边说边松开我的袖子和我的自行车，除此之外，未再多言。

真是个疯狂的老太太，我骑车离开时，心里嘟囔着，应该把她关起来。

一年后，当我成为总区护士，我才对詹金斯女士有了更多了解……并学会了一点儿谦卑。

四
查咪

第一眼看见卡米拉·福蒂斯丘—乔姆利—布朗①（她让我叫她查咪就好），我还以为眼前是个穿女装的男人。查咪身高一米八左右，肩膀像足球中前卫一样宽阔，一双大脚有四十六码。为了让她看上去更有女人味，她的父母为此花了不少钱，可都打了水漂。

查咪和我都是新来的，她是第二天早上，就是在那个难忘的傍晚，莫妮卡·琼修女和我消灭了原本为十二个人准备的蛋糕之后来到农纳都修道院的。辛西娅、特里克茜和我刚吃完早餐，正走出厨房，突然听到门铃响，接着就见到一个穿裙子的巨人进了

---

① 少数英国贵族家庭会在英文姓氏中采用连字符连接三个姓氏。

修道院。她眨着一双近视眼，透过镶着钢丝边、厚厚的近视镜片，俯看着我们，拿腔拿调问道："这儿是农纳都修道院吗？"

特里克茜可是个刀子嘴，她瞧瞧门外的大街，喊道："谁在说话？"然后又回到走廊，一头撞在不速之客身上。

"噢，抱歉，我没看见你。"特里克茜道，随后溜去诊室了。

辛西娅迎上前，亲切友好地和对方打着招呼，正是这声音让我昨晚打消了夺门而逃的念头。"你一定就是卡米拉吧。"

"噢，叫我查咪就好。"

"好的，查咪，进来吧，我们去找朱丽恩修女。你吃过早餐了吗？我想 B 太太肯定能给你搞点东西吃。"

查咪提起行李，刚走两步，就被门垫绊了一跤。"哦，糟糕，我真是笨手笨脚的。"她孩子气地咯咯笑道，弯腰想抚平门垫，却一头撞上帽架，两件大衣和三顶帽子随即落到地板上。

"真是太抱歉了，我马上捡起来。"辛西娅抢先一步捡起东西，担心查咪再出乱子。

"哦，多谢，伙计。"查咪道，嘴里发出噜噜噜的声音。

这是真实的她，还是故意装疯卖傻？我心中疑惑道。不过她的声音却是真的，一直也没变过，语言也一样。查咪经常说"好棒的戏"、"好棒的鸡蛋"或"嗬"，奇怪的是，尽管她身材魁梧，声音却温柔甜美。事实上，和她在一起时，我发现完全可以用温柔甜美一词来形容她的一切。除了长相之外，她哪里都不像男孩子，有着少女娴雅天真的本性，羞怯腼腆，同样，也可悲地渴望人人都能喜欢自己。

　　福蒂斯丘—乔姆利—布朗家族家世显赫。19 世纪 80 年代，她的曾祖父就曾在英属殖民地印度担任文官，之后几代人都为官。父亲曾担任印度拉贾斯坦邦（其领地面积相当于威尔士）总督，直到 20 世纪 50 年代，依然纵马驰骋。这些都是通过挂在查咪房间里的照片了解到的。她家中有六个兄弟，她是唯一的女孩儿。六个兄弟个个人高马大，不幸的是，她比他们还要高两厘米多。

　　查咪家的所有孩子都在英国上学，男孩儿们就读于伊顿公学①，查咪则去了布莱顿罗丁女子学校②。他们在英国读书，父母依然留在印度。显然，查咪自六岁起就一直在寄宿学校，所以对家庭生活一无所知。她对家人的照片有种特殊的依恋感，这也许是她和家人保持亲近的唯一方式。她最珍爱的照片是她十四岁时和妈妈的合影。

　　"那是我和妈妈过节时拍的。"她骄傲地说道，完全没意识到这话令人听着有多感伤。

　　从布莱顿罗丁女子学校毕业后，查咪就去了瑞士女子精修学校③，之后回到伦敦的露西·克莱顿魅力学校准备觐见皇室。这是那个年代女子首次进入社交界的传统，"精英上层人士"的女孩儿，富家女们要"出柜"了。那个年代"出柜"的意思可与现在的"出柜"一词大相径庭，是指去白金汉宫正式面见国王。第一张照片里的人毫无疑问就是查咪，她穿着可笑的蕾丝舞会长裙，

---

① 英国最著名的贵族中学，排名全英前十。由乔治六世于 1440 年创办。被公认是英国最好的中学，是英国王室、政界经济界精英的培训之地。

② 始建于 1885 年，为英国最好的女子中学之一，是与伊顿公学（男校）齐名的女校，许多皇室或者贵族成员都在这里就读。

③ 瑞士专门培养女性社交礼仪和风度气质的贵族学校，又称精修学校。

佩戴着丝带和装饰花，站在一群同样打扮漂亮的女孩儿中间，她那宽肩膀甚至高过女孩儿们的头。第二张照片里，查咪正在接受乔治六世的接见。在她巨大笨拙身形的衬托之下，王后、伊丽莎白公主和玛格丽特公主显得越发娇小迷人。查咪非常喜欢将这两张照片给别人看，完全没意识到照片里的她是多么滑稽可笑。

　　进入社交界之后，查咪又在蓝带学院①进修了一年，只有经过甄选的少数女子才有资格进入该学院，同样也需要寄宿。查咪在那里学习了一名优秀女主人应该具备的全部技能——如何做最棒的开胃菜、最美味的鹅肝——可这些都无法改变她庞大的身形、笨手笨脚的样子，用一句话来概括，查咪在任何时候都不适合招待客人。事实证明，伦敦最好的女工学校更适合查咪。她花了两年时间学习针织、刺绣、花边绗缝，可踩缝纫机、做垫肩和缝双褶边这些技能对她个人生活毫无帮助。当其他女孩儿一边绣着人字绣、翻着花针，一边快乐或悲伤地谈论着男朋友或爱人时，查咪总默不作声。大家都喜欢她，却没人爱她，她一直是大家嘴里谈论的怪人。

　　突然有一天，查咪自己也说不清楚是怎么一回事，她莫名其妙地找到了人生意义：成为护士和信仰上帝。查咪打定主意要做一名传教士。

　　欣喜若狂之际，查咪报了名，成了伦敦圣托马斯医院南丁格尔护士学校的护士。她很快就获得了成功，连续三年获得南丁格

---

① 法国蓝带国际学院于 1895 年创建于巴黎，是世界上第一所融合饮食文化和餐饮服务款待的世界名门学校。

尔奖。她喜欢病房的工作，人生中第一次尝到自信和被认可的滋味，认定这正是她要从事的工作。病人们喜欢她，上级敬重她，下级仰慕她。尽管她身材魁梧，却温柔体贴，打心眼里关心病人，尤其是那些年老体衰、身患重病或病入膏肓的病人。就连笨手笨脚这个早些年一直困扰她的毛病也不见了。她在病房里从没碰掉或打碎过任何东西，也没有跌跌撞撞，可依然无法融入社交生活，那些困扰和折磨她的毛病似乎只有在社交生活中才会现出魔爪。

当然了，总在寻觅漂亮护士的年轻医生和医学院的学生（百分之九十都为男性）经常取笑查咪，拿她开恶毒的玩笑，说娶她无异于小马拉重车，或者取笑谁是种马，正适合拉重车。有人拿查咪捉弄新生，说北病区有个特别迷人的护士，愿意替他们牵线搭桥，可看到查咪第一眼往往就被吓得落荒而逃，并发誓要向恶作剧的人复仇。幸运的是，这些事和恶作剧从未传到查咪耳里，她对此一无所知。即使知道，她也很可能不理解这种做法，依然面带微笑，亲切地瞧着搞恶作剧的人，令他们为捉弄如此单纯的人而心生愧疚。

作为一名助产士，查咪并未获得如护士般的巨大成功，但依然令人刮目相看。查咪离出门探视尚需时日。她的制服首先就是问题，没有一件合身。"没关系，我可以自己做。"查咪爽朗地说道。朱丽恩修女担心没有适合查咪的样式。"不用担心，我可以按报纸上的图样做。"查咪成功了，令所有人大吃一惊。查咪搞到面料，很快就做好了几件制服。

而学骑自行车就没那么容易了。上流社会教育淑女并不包括教骑自行车。骑马，必须学。骑自行车，成何体统？

"没关系，我可以学。"查咪爽朗地说道。朱丽恩修女劝慰查咪，成人学骑自行车可不容易。"别担心，我可以多练习。"查咪依然爽朗地说道。

查咪在我和辛西娅、特里克茜的陪伴下，在自行车棚里选了一辆最大号的自行车——一辆旧兰令牌①自行车。车子大约是1910年生产的老古董，纯铁打造，弯梁，高把手。实心轮胎将近八厘米厚，没有齿轮。整辆车非常重，这也正是为什么没人骑它的原因。待特里克茜给车链上了油，我们就准备开始练习了。

那时午饭时间刚过，我们决定先让查咪推着车沿利兰街来回走，等她掌握平衡后，再在人少平坦的路上一起骑。大多数成人第一次骑自行车会觉得很可怕。很多人甚至认定自己根本学不会，从而放弃。可查咪是个意志坚定的人，祖先是大英帝国的缔造者，她血管中也流淌着先人的血液。另外，想成为传教士就要先成为助产士。如果只能如此，那查咪就别无选择——必须学会骑自行车。

我们摇摇晃晃推着查咪的大自行车，嘴里指示她：蹬、蹬、上、下、上、下，个个累得筋疲力尽。查咪身材健壮有力，大约重七十六公斤，自行车也重达三十八公斤，我们就这样推着查咪。直到下午四点当地学校放学，孩子们如潮水般涌出校园后，有十几个孩子跟在自行车两侧和后面跑，他们一边推着自行车，一边给查咪加油鼓劲，这才让我们几个女孩儿有机会好好休息一下。

---

① 兰令自行车公司于1890年成立，公司以诺丁汉兰令街的名字命名。其商标为凤头，所以国人亦称之为"凤头"牌，现在依然是世界知名自行车品牌。

　　查咪重重摔在地上几次，头撞在路边，她说："别担心——反正我也没脑子。"腿擦伤，她说："只刮破点皮。"身子重重压在一条胳膊上，她说："我还有另外一只胳膊。"看着查咪毫不气馁、绝不认输的样子，我们渐渐对她产生了崇敬之情，连那些把她当作卡通人物的伦敦孩子，讲话也客气了许多。有一个大概十二岁，一脸彪悍，一开始还当面嘲笑查咪的小鬼，现在也一脸正经地瞧着查咪，满是敬佩。

　　该离开利兰街，换个地方冒险了。查咪已经掌握了平衡，能自己蹬车了，于是大家决定一起骑车去转转。特里克茜在前面开路，辛西娅和我护在查咪两侧，孩子们则跟在车队后面大喊大叫。

　　可我们的新冒险到了利兰街尽头就停止了，因为我们竟然忘了让查咪转弯。打头的特里克茜先向左转，嘴里指示道："跟着我。"就骑走了。辛西娅和我也向左转，可查咪的自行车依然沿直线一直向前。我眼睁睁地瞧着查咪向我直冲过来，随后我就昏过去记不太清了。但显然有位正在横穿马路的警察被我们狠狠撞倒，一群人连人带车摔到对面马路上。看见警察被一群助产士撞得四脚朝天，孩子们简直乐开了花，兴高采烈地尖声大叫，整条街的大门随之打开，涌出更多的孩子和好奇的大人。

　　我仰面躺在排水沟里，昏昏沉沉地不知身在何处。这时，耳边传来一声呻吟，我瞧见一位警察坐起身来，说道："这是谁干的蠢事？"我瞧见查咪坐起身，她脸上的眼镜不见了，正瞪着眼四处找眼镜。这也许可以解释她接下来的行为，但说不定也因为她昏了头。查咪抬起巨手，重重拍了警察后背一下，说道："别抱怨，开心点，老伙计。咬紧牙关，没事的，是不是？"查咪显然没意识到眼前的人是警察。

警察是个大块头，但与查咪相比略逊一筹。他被查咪一拍，身子前倾，脸正撞在一辆自行车上，嘴唇划破了。查咪又说了一句："哦，只擦破点皮，别大惊小怪的，老伙计。"话音未落，又给警察后背来了一巴掌。

警察怒不可遏地掏出笔记本，舔舔钢笔尖。孩子们见势不妙马上跑掉了，整个大街瞬间变得空无一人。警察气冲冲地瞧着查咪："我要记下你的名字和住址。袭警可是重罪，我要起诉你。"

我发誓我们能脱身要多谢辛西娅性感的嗓音。若没有她，我们第二天就必须得去面见地方法官了。我不知道辛西娅是怎么做到的，她或许根本没意识到自己的魅力。她没说什么，可警察马上将一肚子怨气抛到了脑后，对辛西娅百依百顺起来。警察扶起自行车，亲自护送我们回到农纳都修道院。临走时，他还留下话："年轻的女士们，很高兴遇见你们，希望我们能再见面。"

查咪不得不卧床休息三天，医生诊断为延迟休克和轻微脑震荡。卧床的前一天半，查咪体温升高，脉搏不稳，第四天就可以坐起来，询问发生了什么。听了我们的叙述，查咪被吓坏了，并为此深感愧疚。待身体恢复出门，查咪首先去了警察局，拜访那位因为她而受伤的巡警，并带去了一盒巧克力和一瓶威士忌。

五

莫莉

第二次去"加拿大出租房"探视，为家庭分娩做评估时，莫莉不在家，我去了三次才碰见莫莉。第二次我听见屋里有动静，敲了几次门。屋里面显然有人，可大门一直紧闭，没人应门。

第三次探视时，莫莉给我开了门，整个人看上去一团糟。刚十九岁的她苍白憔悴，油乎乎的长发垂下来挡在脏脸前，两个脏兮兮的小男孩儿紧贴着她。我的首次探视恰巧避免了一场家庭暴力，现在一周已经过去了，可一瞥莫莉的房间，屋里的环境不但没变好，反而更糟了。我告诉莫莉，鉴于她家目前的情况，我们建议她最好去医院分娩。莫莉听了我的话，耸耸肩，似乎无动于衷。我又告诉她，她一直不去生育诊所可能会有危险。可莫莉再次耸耸肩，显然对我的话毫不在意。

我疑惑不解地问道："四个月前，助产士评估认为你家适合分娩，现在怎么会变成这个样子？"

莫莉道："哦，我妈妈来了，帮我打扫了屋子。"

至少莫莉开始说话了，我还知道了她妈妈这个人。我向莫莉要了她妈妈的住址，原来就住在旁边楼里。这真是太好了。

到医院分娩必须由孕妇通过医生提前预订。我怀疑莫莉不会去找医生。她看上去漫不经心，好像对什么事都提不起兴趣。既然她都没去过生育诊所，肯定也不会去预订医院，我心中暗想。也许两到三周，深更半夜就会有人给农纳都修道院打电话，到时又不能置之不理。我决定去拜访莫莉的母亲，并将莫莉的情况告知她。

"加拿大出租房"位于黑墙隧道和黑墙海峡之间，由六栋六层高的楼组成，分别以安大略、巴芬、哈迪逊、渥太华等地名命名，楼里挤满出租户，设施极其简陋，只在每个阳台末端有一个水龙头和厕所。真不知住在这儿的人是如何保持卫生或自尊的。据说，"加拿大出租房"里住着五千人。

莫莉的母亲玛乔丽住在安大略楼，我来到她家门前，敲敲门。屋里有人欢快地说道："进来吧，亲爱的。"无论来者何人，伦敦东区人都会这样应门。门没锁，我直接进了主卧。玛乔丽转身瞧见面带微笑的我，脸上的笑意立刻不见了，双手垂下耷拉在身侧。

"哦，不，不，够了。你来是因为莫莉，是不是？"玛乔丽一屁股跌坐在椅子上，双手抱头啜泣起来。

我站着不知所措，不知该做点或说点什么。我不像有些人擅长安慰别人。事实上，越是碰到感情激动的人，我越不知该怎么办。我把手里的包放在椅子上，一言不发地坐在莫莉母亲身旁，借机打量了一下屋子。

一点也不像莫莉家那样脏乱，我原以为玛乔丽的家会和莫莉家很像，可事实上恰恰相反，屋子整洁，井井有条，气味芬芳。透明的窗户上挂着漂亮的窗帘。地毯抖过土，细心刷过，看着干干净净。烧水壶坐在煤气炉上，咕噜咕噜烧着水。玛乔丽身上穿着干净的裙子，围着围裙，梳洗过的头发看上去端庄得体。

瞧见烧水壶，我突然灵机一动，等玛乔丽啜泣声渐小，我说道："我们喝一杯茶好不好？我快要渴死了。"

玛乔丽精神一振，带着典型伦敦人的礼貌，说道："抱歉，护士。请原谅，我只顾着莫莉的事了。"

玛乔丽起身沏茶，这令她心情好了许多，也终于止住了悲伤。接下来的二十分钟里，她向我讲述了她的希望和伤心。

莫莉是五个孩子中最小的一个，莫莉打小没见过父亲，她父亲战时在阿纳姆不幸遇难，一家人被疏散到格洛斯特郡。

玛乔丽道："不知道是不是这件事令莫莉不开心，可其他孩子都没像她一样，他们都很好。"

一家人返回伦敦后，就住在安大略楼。莫莉貌似适应了新环境和新的学校，老师说她学习不错。

"她很聪明，"玛乔丽道，"在班里总排前几名。她本可以在伦敦西区某个办公室当个秘书，她可以的。哦，这真让我伤心，一想到这儿我的心就痛。"

　　她吸吸鼻子，掏出手帕。"十四岁时，莫莉遇到了那个坏人，他叫理查德，我叫他浑球理查德。"玛乔丽被自己逗得咯咯笑了几声。"那之后她就很晚才回家，说去参加青年俱乐部的活动了。于是我去问社区牧师，牧师说莫莉根本不是会员。再后来她就整夜不回家了。哦，护士，你不知道这对一个母亲来说有多心痛。"

　　戴着干净花围裙的她又开始轻轻啜泣。

　　"我整夜在大街上找她，可从没找到过她，没见过她的影子。每天早上，她回了家就跟我说一大堆谎话，好像我是个傻瓜，然后去上学。十六岁时，她说要嫁给那个浑球。那时我发现她已经怀孕了，我说：'亲爱的，你只能嫁给他了。'"

　　婚后，他们在巴芬楼租了一间两居室。从那之后，莫莉就从没做过家务。玛乔丽去过女儿家，试图教莫莉保持房间干净整洁，可一点用也没有，下次再去，莫莉家又像原来一样脏乱。

　　"真不知道她的邋遢劲是打哪儿来的。"玛乔丽道。

　　一开始，那个浑球和莫莉的生活似乎还不错，尽管莫莉的男人貌似没有正经工作，可玛乔丽觉得只要女儿开心就好。第一个宝宝出生时，莫莉看上去很开心，但没多久，生活开始陷入了黑暗。玛乔丽发现女儿脖子和胳膊上有瘀伤，眼睛上有伤口，有时还一瘸一拐的。每次莫莉都说是摔跤造成的。玛乔丽心中慢慢起了疑心，而她和女婿本就不好的关系也逐渐恶化了。

　　"他恨我，"玛乔丽道，"不让我靠近我的女儿和她的孩子。我毫无办法，不知道到底哪件事更糟糕，是知道他打我的女儿，还是打他自己的孩子。他坐牢的那半年时间我是最舒心的，因为我知道女儿终于安全了。"

　　玛乔丽又哭了起来，我向她提议，也许社工能帮上忙。

　　"不，没用，莫莉不会指证他，她不会那么做的。莫莉完全被那个浑蛋攥在手心里，我甚至觉得她已经不会用脑子了。"

　　我对这个可怜的女人和她的傻女儿深表同情，但更让我揪心的是那两个小男孩儿，在我碰巧避免了家庭暴力的那次探视中，我亲眼瞧过他们可怜兮兮的样子。而现在，莫莉又将迎来第三个宝宝。

　　我说道："此次我来主要是为了莫莉肚子里的孩子。莫莉已经申请了家庭分娩，但我知道那是因为在助产士评估时，您替莫莉打扫了房间。"玛乔丽点点头。"我们认为现在最好让莫莉去医院分娩，前提是先预约登记，需要去生育诊所，可我觉得她不会去的。你能帮我们吗？"

　　玛乔丽的泪水又涌了出来："为了莫莉和她的孩子，要我做什么我都愿意，可那个浑球根本不让我接近他们。我能怎么办？"

　　玛乔丽咬咬手指甲，擦了擦鼻子。

　　事情变得有些棘手了。也许只有拒绝莫莉家庭分娩的申请，并通知医生。莫莉会被告知，临产时必须去医院。如果拒绝，后果将由她自己承担。

　　我离开可怜悲伤的玛乔丽，向修女做了汇报。尽管莫莉没有主动申请，医院依然为她做了分娩登记，我以为莫莉的事就此告一段落，再不会见到她了。

　　可事实并非如此。三周后，农纳都修道院接到波普拉区医院的电话，问我们可否去探视产后的莫莉，分娩后第三天她就带着宝宝离开了医院。

这种事简直前所未闻。因为在那个时候，所有人，无论医生还是普通人都认为产妇应该卧床休息两周。莫莉显然是带着宝宝走回家的，这么做极其危险。伯纳黛特修女马上赶去了巴芬楼。

根据伯纳黛特修女的汇报，莫莉人在家，家里看上去干净了许多，可她依然和过去一样闷闷不乐。而莫莉入院后，本该在家照顾孩子的迪克（理查德的昵称）却不在家，谁也不知道他是否照看过孩子。玛乔丽主动要求照顾孩子，却被迪克拒绝了，他说这是他的孩子，他不会让爱管闲事的老太婆掺和他的家事。

莫莉家里一点儿吃的东西也没有，也许正因为莫莉预料到了这点，所以才擅自离开了医院。莫莉没有钱，但在带宝宝回家的路上，她去熟食店恳求店主赊给她一些肉馅饼。店主认识并敬重莫莉的母亲，于是赊给了莫莉。伯纳黛特修女赶到莫莉家时，她的两个小男孩儿只穿着脏兮兮的连体裤，正坐在地板上狼吐虎咽地吃着馅饼。

据伯纳黛特修女说，莫莉几乎一句话也不说。莫莉同意接受检查。她和刚出生不久的宝宝——一个小女孩儿，一起接受了检查，但在整个检查过程中，莫莉一直阴沉着脸，什么也不说。伯纳黛特修女对莫莉说，她想通知玛乔丽一声，就说她女儿回家了。

"随你吧。"莫莉只回了这一句话。

玛乔丽根本不知道莫莉已经从医院回来了，听说之后径直跑到了巴芬楼。不幸的是，恰好碰到迪克回家，两人在门口遇上了。迪克醉醺醺地向玛乔丽撞过来，玛乔丽闪身躲开。幸好没被撞到，不然玛乔丽就从石楼梯上跌下去了。自此之后，那位可怜的母亲就不敢再登门，只能买些食物放在女儿家门外。

　　按照我们的规定，产后十四天里，每两天要去探视产妇一次。莫莉和她的宝宝情况良好，但这只是从纯医学的角度来说，莫莉家的环境则和之前一样糟糕。迪克只偶尔在家，但我们从没在莫莉家里见过可怜的玛乔丽。如果有玛乔丽在家，莫莉和她的宝宝一定会是另外一番样子，单就玛乔丽的快活劲儿就能让这个家焕然一新，可惜她根本进不了莫莉的家门。无奈之下，她只好去农纳都修道院，向修女询问女儿和外孙的情况聊以自慰。有一天，她拿来一袋宝宝的衣物，让我们下次探视时带给莫莉。她不想把衣服放在女儿门外，害怕衣服受潮。

　　接下来的几天里，但凡探视过莫莉的护士都表达了对其居住环境的担忧。一位护士说她在莫莉家感到恶心，不得不跑出门呼吸了几口新鲜空气，才没吐出来。莫莉产后的第八天，傍晚我去探视莫莉，敲门没人回应。大门紧锁，于是我又敲了门，依然没人开门。我原以为莫莉正忙着照顾宝宝，无法开门，因为当时刚下午五点，所以我决定继续去探视别人，迟些回来探望莫莉。

　　再次回到巴芬楼，已是晚上八点左右。再爬五层楼对于已疲惫不堪的我像是一条漫长的路，我差点掉头回去了。毕竟，莫莉和宝宝的身体健康，我们也只能保证这一点了。但我好像有种预感，必须上楼去瞧一瞧才安心，于是我拖着腿爬上了五楼。

　　敲门依然没人开门。我继续敲门，这次更大声，莫莉此刻应该不忙了，我心中暗想。这时，隔壁大门打开，一个女人探头出来。

　　"她出去了。"女人说道。

"出去啦？不可能，她刚生了孩子。"

"我说了，她出去了，我亲眼瞧见的，打扮得花枝招展的。"

"她去哪儿啦？"我第一念头是去她妈妈家了，"她带着三个宝宝吗？"

女人嘴里发出一阵尖笑，烟掉到了地上。她弯腰捡起烟，头上的发卷弯腰时缠到了一起。

"你说什么呢？三个孩子？你在开玩笑嘛。带着三个孩子那不是累赘吗，是不是？"

我不喜欢这个女人，讨厌她故作神秘的那股劲儿。我转过身，一边继续敲门，一边通过信箱口向屋里喊道："请开门，我是护士。"

屋里肯定有动静，我听得清清楚楚。这小姑娘真是认死理，十头驴也拉不回来，我知道那个女人心里正对我嗤之以鼻呢，我蹲下透过信箱口向屋里观望。

信箱口内也有一双眼睛，我们正好四目相对。那是孩子的眼睛，门内那双眼睛盯着我约有十秒钟，然后消失了，我可以瞧见屋内的情况了。

一盏毫无遮挡的煤油炉闪着蓝绿色的火光。婴儿车立在灯旁，宝宝可能正在车里熟睡。我瞧见一个小男孩儿跑过房间，另外一个男孩儿正坐在角落里。

我吓得倒吸一口凉气，那个女人一定听到了，说道："哦，现在你知道我说的没错了吧？我说了，她出去了，是不是？"

我必须争取这个女人，她也许能帮上忙。"我们不能让三个孩子和煤油炉单独在一起。如果谁撞倒煤油炉，他们会被烧死的。

莫莉出去了，那他们的父亲呢？"

　　女人向前迈了几步，她显然对告知别人坏消息这种事乐在其中。"他是个浑蛋，那个迪克。记住我的话，别和他有什么瓜葛。他对她不好，莫莉也好不到哪儿去。哦，真可惜，我对我家贝特说，真是可惜了。那些可怜的孩子们。被生下来也不是他们的错，是不是？我经常说……"

　　我打断她的话："那个煤油炉很危险，我要去报警，我们必须进屋去。"

　　女人双眼放光，舔舔牙齿，一把抓住我的胳膊，道："你要报警吗？天啊！"

　　女人冲向阳台，敲起隔壁的门。我眼前已经出现这个女人将消息传遍大楼的情景了，为此即使忙一晚上她肯定也在所不惜。我顾不得疲惫，快速下楼来到大街上，几乎跑着来到最近的电话亭。警察关切地听完我的叙述，说马上就赶过来。我认为必须通知玛乔丽，于是赶到她家。

　　当我把情况告诉可怜的母亲，她一下子瘫倒在地，仿佛肚子上挨了一记重拳。

　　"哦，不，我再也忍不下去了，"她呻吟道，"我猜她一定出去干那种事了。"

　　那时我对那种事还不知道，所以一头雾水，不知道玛乔丽这话是什么意思。

　　"哪种事？"我纳闷地说道，以为是玩飞镖、打桌球或是去当地俱乐部赌博了。

　　玛乔丽对我投以同情的目光："没事，亲爱的。那种事你不需要知道，我必须过去照顾孩子。"

我们一路无言来到莫莉家。警察已经到场，正忙着开锁。我原以为警察会带锁匠来开门，可原来大多数警察都是开锁行家。他们是在警察学校学到的这个本事吗？我心中纳闷。

阳台上已经聚集了一群不想错过好戏的人。玛乔丽分开人群，告诉警察她是孩子的外婆，门打开后，玛乔丽率先进屋，我和警察跟在她身后。

屋内热得让人窒息，臭气熏天。上帝保佑，刚出生不久的宝宝正在熟睡，但没瞧见另外两个小男孩儿的踪影。我来到婴儿车前，令我吃惊的是宝宝竟然被照顾得很好，喂得饱饱的，身上也干净。除此之外，屋里的景象真令人不舒服。满是苍蝇，角落里的一堆排泄物和肮脏的尿布上面已经生了蛆虫。

玛乔丽走进卧室，柔声呼唤着小男孩儿的名字。他们躲在椅子后面。玛乔丽双臂搂住两个小家伙，泪水像断了线的珠子滑下脸庞。

"没事了，我的小宝贝。外婆来了。"

警察正在拿笔记录，这儿有孩子的外婆处理，正当我想也许可以离开时，外面突然出现一阵骚动，迪克在门口出现了。一开始，他显然没注意到屋里有警察，等他瞧见警察，转身就往外跑，却被外面看热闹的人挡了回来。他们放迪克进来，却不想放他出去，也许迪克和邻居之间曾有过什么过节。警察对迪克说，他们要对他疏于监管五岁以下三个孩子的行为提出警告。

迪克嘴里嘟囔着，吐了口唾沫，道："孩子怎么啦？他们没事。

依我看，孩子挺好的。"

"孩子没事最好。点着煤油炉，又不照看孩子，留他们单独在家，如果有个孩子撞倒了煤油炉会引发火灾。"

迪克叫屈道："这又不是我的错。煤油炉不是我点的，是我老婆点的。我不知道她出门没熄火。那个懒婆娘。等我看到她让她好看。"

警察问道："你太太去哪儿啦？"

"我怎么知道？"

玛乔丽对着迪克大喊："你这个浑蛋。你知道她在哪儿，是你让她去的，是不是？你这个猪猡。"

迪克摆出一脸无辜状："你这个老家伙又知道什么？"

玛乔丽刚想和迪克尖叫对质，警察拦住她："等我们走了你们再解决自己的事。我们已经将警告记录在案，不能单独将孩子留在险地。如果再发生这种事，你会被起诉的。"

迪克这时嘴里像抹了油："警官大人，你们就放心走吧，这事再也不会发生了，我向你们保证。"

警察刚要离开，迪克手指着玛乔丽，道："你们得把她和其他人带走。"

玛乔丽痛苦地大叫了一声，将两个小家伙搂得更紧了。她向警察哀求道："我不能把他们留在这儿，那个宝宝和这两个小男孩儿。你们明白吗？我不能就这样留下他们不管。"

迪克笑嘻嘻劝慰道："别担心，老婆子。我可以照顾好自己的孩子。你别瞎操心了。"然后，他对警察道："我会照顾他们，你们尽管放心。我向你们保证。"

两位警察不笨，迪克故作慈父的假模假样骗不了他们，可毕竟权力有限，除了警告迪克，别无他法。

其中一位警察转身对玛乔丽道："除非他们请你过来，否则你不能留在这里，只有父亲同意，你才能带走孩子。"

迪克一脸得意："听到了没有，必须父亲同意。我是父亲，我不同意，明白了吗？现在给我出去。"

进屋这么久我第一次开口："那宝宝呢？她只有八天大，需要母乳喂养，她很快就会醒过来。莫莉去哪儿啦？"

迪克这才注意到我在场。他转过身，不怀好意地上下打量着我。我几乎能感觉到他正在用目光脱掉我的衣服。真是个令人恶心的男人。但他显然自我感觉良好，还觉得自己是上帝赐给女人的恩物。他走到我身旁。

"别担心，护士。我老婆一回来就给她喂奶。她只出去一小会儿。"

迪克抓起我的一只手，开始摸我的手腕，被我一把甩开了。他色眯眯的，脸越贴越近，我甚至闻到他嘴里散发出来的恶臭，真想给他一巴掌。他贴得更近了一些，两只眼睛闪着无耻的光芒，压低声音悄声道："装腔作势，嗯？我可知道如何让你爽一爽，或两次，装腔作势小姐？"

对付这种男人我有办法。身高是关键，恰好我和他一般高。我不用说话，只需慢慢转过头，迎着他的目光，与他对视。迪克脸上得意的笑渐渐消失，转过头不敢瞧我了。在女人蔑视的目光注视下，几乎所有男人都会落荒而逃。

玛乔丽忍不住跪在地上，搂着两个小家伙，放声痛哭。警察来到她身旁，扶着她的胳膊肘帮她站起身，轻声说道："走吧，女士，您不能留在这儿。"

玛乔丽站起身，两个小男孩儿默不作声，又躲到卧室的椅子后面。玛乔丽绝望地叹了口气，任由警察扶着她走出门口。玛乔丽步履蹒跚，心如刀绞，看上去似乎比刚进门时一下子老了二十岁。警察扶着她穿过门口围观的人群，大家对此纷纷同情不已。

"哦，可怜的人。"

"哦，这真是太不像话了。"

"我都看不下去了，这可怜的人。"

"他真是个浑球。"

"这真是太糟糕了。"

玛乔丽被警察送回了自己的家，我则返回了农纳都修道院，一晚上为这件事唏嘘不已。

六
自行车

接下来的几周里，我们见识了福蒂斯丘—乔姆利—布朗家族体内蕴含的如钢铁一般的意志——自行车被查咪征服了。那次意外发生之后，朱丽恩修女担心查咪学不会骑车了，可她坚决不放弃，愿意继续挑战。

查咪把自己的休息时间都用在练车上。与此同时，出门只能靠自己的一双脚，换句话说，她的休息时间要比别人少，因为步行比骑车慢多了，可她连一分一秒也不浪费。推着兰令牌老古董自行车去利兰街，那条街是条下坡路，她上了车顺坡而下，练习了几百次，终于掌握了如何保持平衡。每天除了早上练习几小时之外，晚上还从八点练到十点，回到修道院时人已经累得筋疲力尽，上气不接下气了。"哦，实际上，没理由只在白天练车。"她美滋滋地为自己这样辩解道，还真让人无法反驳。

　　晚上练习时，车旁总围着一群孩子，或为她加油，或取笑她。若不是第一天辛西娅、特里克茜和我陪查咪练车时查咪的坚强令一个大孩子对她肃然起敬的话，情况甚至会更糟。那个大孩子名叫杰克，大约十三岁，强壮凶狠，是个习惯用拳头说话的小孩儿。他只需挥几拳、踢几脚，就把小孩儿子吓得一哄而散。然后，他走到查咪的自行车前，像是贴身侍卫。

　　"如果他们总烦你，小姐，你只管找我，叫我杰克吧。我会替你收拾他们。"

　　"哦，你真是太好了，杰克。我真对此感激不尽。这辆老自行车真像一匹难以驯服的小母马，是不是？"

　　查咪和杰克，前者谈吐优雅，后者则说一口地道伦敦土语，讲起话来其实彼此都有点听不懂，但不管怎样，他们成了好朋友。

　　自此之后，查咪骑车的技术有了质的飞跃。因为杰克陪着她早出晚归，跑前跑后，帮着推车。他还发明了一个教查咪直行和转弯的特别方法：杰克负责蹬车，查咪负责掌握方向。查咪坐在车座上，手握自行车车把，腿耷拉在车两侧，杰克双脚踩在脚蹬子上，用力蹬车。带动七十多公斤的重量可需要很大力气，可杰克并不是弱不禁风的十三岁小孩儿，他对自己的力气颇为自豪。每个清晨和夜晚你都能听见杰克的大喊大叫："左转，小姐。不对，是左转，用点力，慢点。转得不要太急。对着那个电话亭，眼睛盯住它。"

　　两人的字典里都没有"失败"这个词，他们一直练了三个星期，骑着自行车，顶着11月的夜色，一路从弯弓街骑到道格斯岛。

杰克自己没有自行车，尽管心里不情愿，可终于到了该查咪一试身手的时候了。他在自行车后用力一推，为查咪加把劲，瞧着查咪自信地蹬着车顺街而下，转个弯不见了。杰克瞧着渐渐消失的背影，悲伤地挥挥手。查咪需要他帮助的日子从此一去不复返，他们的快乐到此结束了。杰克一脚踢开地上一块石子，双手插着兜，一只脚踩在排水沟里，另一只脚踏在马路沿上，垂头丧气地回家去了。

查咪可是个珍惜友谊的人，绝不会将朋友的善意和帮助抛到脑后。午餐时，我们谈起这事，觉得应该送杰克一份礼物表达谢意。至于送什么，大家的建议可谓五花八门——罐糖果、足球、铅笔刀，但这些都不合查咪的心意。一贯聪明又务实的朱丽恩修女指出，鉴于杰克所付出的时间、努力和坚持，查咪可是欠了他一个大人情。

"我觉得不能用小礼物敷衍了事，应该送一个他真正想要又有价值的东西。至于送什么，完全取决于你这位礼物赠予人买得起什么，而且只有你知道送什么最合适。"

查咪听了这番话，茅塞顿开，脸上绽开了笑容："是的，我知道杰克最想要什么——一辆自行车！如果我向父亲说明情况，他一定会为他买一辆的，是不是？父亲热爱运动，只要合情合理，他总会点头的。我今晚就给他写信。"

查咪的父亲当然会同意，他很愿意满足自己唯一女儿的愿望。虽然他不明白女儿为何那么热衷于当助产士，一如他也无法理解女儿为何执意要当传教士，但她是自己的女儿，他永远都是她坚强的后盾。

对杰克来说，一辆崭新的自行车为他打开了一个新的天地，那个年代没有几个男孩子有自行车。对杰克来说，自行车不是身份的象征，它代表着自由。他喜欢探险，骑着自行车深入伦敦东区几公里之外的地方，还加入了达格南自行车俱乐部，参加计时赛和公路赛。他孤身一人在埃塞克斯的郊外露营，最远还骑到海边，人生中第一次看到了大海。

查咪倍感开心，他们的友谊是她生活中的最大乐事。杰克似乎认定查咪需要保护，每天放学都来农纳都修道院，傍晚陪着查咪出门探视。杰克有种预感，码头区的孩子会取笑和纠缠查咪，事实证明他的直觉没错，码头区的孩子不喜欢查咪，总跟在她身后嘲笑她。一瞧见身材魁梧的查咪，瞧着她骑着实心轮胎老古董自行车，在大街上用力蹬着，孩子们马上停下脚步，沿着人行道排成一排，一边哈哈大笑，一边喊着"好家伙"、"真有趣"或"蹬啊，老兄"。更过分的是，他们还管查咪叫"河马"。可怜的查咪总幽默地对此一笑了之，可我们知道她心里很受伤。但只要有凶狠好斗、深谙街头之道的杰克陪在查咪身边，那帮孩子就不敢撒野了。好几次，我们在大街或出租房的院子里瞧见杰克，他手里扶着两辆自行车，仰脸抬头，粗壮的双腿略微分开，一脸冷峻地环顾四周，深信自己只需摆出这副样子就能保护好那位"女士"。

二十五年之后，一位名为戴安娜·斯宾塞的羞涩女孩嫁给了英国王位继承人查尔斯王子。我看过她出席不同场合的视频片段。每次她的车停下，副驾驶的车门打开，她的保镖从车上下来，先为戴安娜王妃开门，然后站在一旁，仰脸抬头，双腿略微分开，一脸冷峻地打量着四周人群，那是长大后的杰克，正在用儿时就已掌握的本领保护王妃。

七

生育诊所

　　令人讨厌的工作必定各有不同，我讨厌生育诊所的工作，甚至用痛恨来说也不为过，所以每到周二下午我就愁眉苦脸。我讨厌的不是艰苦，当然这份工作确实十分艰苦。每到周二，助产士会提前做好一天安排，尽量在中午十二点前结束探视。早早吃过午餐后，从下午一点半开始布置诊所，以便两点接待病人。随后就会一直忙，等所有病人走了，通常已经是晚上六七点了。然后，继续进行夜间探视。

　　艰苦——那算什么，我可以吃苦。但我无法面对不洗澡的女人的身体，难以忍受翻涌的热气和潮湿，以及喋喋不休的唠叨，尤其是味道。无论我洗几次澡，换几次衣服，都要几天之后才能摆脱那令人恶心的味道：阴道分泌物、尿液、汗臭和脏衣服的气味。它们混在热气腾腾的蒸汽之中，穿透了我的衣服、头发和皮肤——穿透了我整个人。在诊所工作时，有好几次我不得不跑到室外，趴在门旁的栏杆上，忍着不让自己吐出来。

可人和人有所不同，其他助产士并没有这种感觉。如果我说起来，她们由衷地惊讶："什么味道？"或者说："哦，可能是天气太热的缘故。"于是我就打住，不再说了。为了让自己坚持工作，我必须时刻提醒自己，想想生育工作的特殊重要性，告诉自己这会大幅度降低生育死亡率。当我感觉撑不住，无法再为下一个女人检查身体时，我就回忆一下助产工作的历史，以及女人生育时所遭受的无尽痛苦。

自古以来，孕妇和分娩就遭到了人们的彻底无视。在很多原始社会，女人的月经、怀孕、分娩或哺乳被认为是不洁行为，会因此被隔离，往往不允许其他人，甚至女人触碰，只能独自一个人饱受煎熬。因此，只有最健壮的女人才能幸存下来，再经过基因突变、适应环境、畸形遗传，如胎儿头部与骨盆尺寸的不相称，以及种族灭绝，尤其是在世界偏远地区，人类的分娩最终变得容易多了。

而在西方社会，即所谓的文明世界，并没有出现孕妇被隔离的情形，但孕妇除了要面对十几种孕期并发症（其中有些是致命的）之外，各种自然灾难更是雪上加霜，如人口过度拥挤，葡萄球菌和链球菌感染，像霍乱、猩红热、伤寒和肺结核等传染性疾病，以及性病、佝偻病，频繁的分娩和疫水感染。除此之外，再加上人们对分娩的一贯冷漠无视，你就不难理解为什么分娩曾被称为"夏娃的诅咒",女人往往要牺牲自己的生命来迎接新生命。

圣赖孟多·农纳都修道院的生育诊所设在教堂大厅里。换作今时今日,如果将整间诊所设在改造过的旧教堂大厅,这简直骇人听闻。卫生督察员、公共健康督察员以及能想到的各种督察员无一例外都会赶到诊所大声斥责。但在 20 世纪 50 年代,人们并不大惊小怪,事实上,修女们还因为其积极性和独创性而备受赞誉。我们并没有改变教堂内部结构,只安装了卫生间和自来水。热水则由水龙头旁边墙上安装的阿斯科特牌热水器供应。

教堂大厅中央有一座用来取暖的巨大煤炭炉。每天清晨,锅炉工弗雷德早早将这个黑色铸铁大家伙点燃。那个年代,这种煤炭炉相当普遍,我甚至在医院病房里也见过(记得在病房里,我们用架在炉子上的平底锅和热水给针管和针头消毒)。这种炉子十分坚固,顶是平的,添煤时要先打开上面的圆盖子,用煤斗倾斜着向里面加煤。加煤着实需要一些力气。炉子之所以设在大厅中央,是为了让整个大厅都能受热。炉子的烟道从大厅中央笔直向上,一直通到屋顶。

诊室内有几张检查床,为病人遮羞的移动屏风和写报告用的木制桌椅。一个长条大理石面桌子位于水池旁,上面放着工具和其他医疗设备。桌上还有一盏煤气灯,灯旁摆着火柴,我们经常用这盏煤气灯加热尿液。那股味道,五十年后的今天我仿佛还能闻到。

这个小诊所以及全国类似的诊所,现在看起来颇为简陋,在当时却拯救了成千上万名母亲和婴儿的生命。我们的助产士诊所是波普拉区唯一一家生育诊所，直到 1948 年，波普拉医院开设了拥有八张病床的妇产科后，情况才有所改善。尽管波普拉区的人口密度据说已达到每平方公里五万五千人之多，但在此之前，波普拉区并没有妇产科。战后曾有人决定开设妇产科，却迟迟不拨款。只简单设两个小病房，一间用来接收病人，另一间用来分娩，后来又增加了两间病房，就构成了生育诊所，远不能满足人们的需求，不过聊胜于无。与现在相比，那时的住宿、吃饭、医疗设备和科学技术的重要性并不大，最重要的是助产士的知识技能和经验。

最令我头疼的莫过于诊所检查。我一边为诊所开门做准备，一边又回忆起上周那令我揪心的经历，甚至想一下都浑身发抖。感谢上帝，我当时戴了手套，我暗想。如果没戴手套，真不知道后果会怎么样？

过去一周里，我脑海里会时不时浮现出她的样子。那是下午六点左右，她急匆匆冲进诊所，头上戴着发卷，脚上穿着拖鞋，嘴里叼着烟，带着五个还不到七岁的孩子。她预约的时间原本是下午三点。当天下午工作并不累，我在打扫诊所。两名助产士学生已经走了，剩下的那个正在接待最后的病人。诊所里只有见习修女露丝在场，她让我接待莉莲·霍斯金。

莉莲的月经已有五个月没来了，今天才想起到生育诊所检查。我估计还要再忙半个小时，我一边拿出笔记本，一边暗暗叹了口气。我翻看着莉莲的病历：怀孕十三次，胎儿成活十次；没有传染病史，没有风湿热和心脏病，也没得过肺结核，有点膀胱炎，但不能确定是肾炎；生第三胎和第七胎之后还得过乳腺炎，但孩子都是母乳喂养。

读罢病历，对她的状况有了大概了解，但还要再问几个问题以了解她现在怀孕的情况。

"有出过血吗？"

"没有。"

"阴道分泌物呢？"

"有一点。"

"什么颜色？"

"主要是黄色。"

"脚踝肿吗？"

"没有。"

"感觉喘不过来气吗？"

"没有。"

"想吐吗？"

"有点，但不厉害。"

"便秘吗？"

"是的，但现在没有！"

"你确定你怀孕啦？你还没检查或测试过？"

"我就是知道。"她饶有深意地说道，嘴里发出一声尖笑。

莉莲的孩子此刻正在诊所里乱跑。在他们眼里，空荡荡的大厅无疑是个好玩的游乐场。我对此并不介意——但凡健康的孩子都忍不住想在空地上撒欢，如果你只有五岁，你就会知道这种冲动有多么强烈了。可莉莲偏要展示一下她作为家长的威严。她一把抓住身旁跑过的一个孩子的胳膊，把他拖到身前，劈头盖脸就是一记重重的巴掌。她大喊道："给我闭嘴，老实点，不然有你好瞧的！你们都给我听着！"

挨打的孩子又痛又委屈，哇地哭出了声，他躲到离他妈妈大概十米远的地方，开始边跺脚边放声号叫，哭到几乎上不来气的时候，停一下，深吸一口气，继续哭。其他孩子都被吓得不敢再跑了，有几个孩子还跟着呜呜哭起来。刚才五个小孩子只是有点吵，这个傻女子却将原本欢乐的场面瞬间变成了战场。从那一刻起，我开始讨厌眼前的这个女子了。

见习修女露丝走到挨打的孩子面前，试图安慰他，可小家伙一把推开修女，躺在地上一边乱踢，一边放声大哭。莉莲龇牙一笑，对我道："别管他，哭一会儿就好了。"然后对那个孩子大喊道："乖乖闭嘴，不然就再赏你一巴掌！"

我实在看不下去了，怕她再滥用暴力，我告诉她我要给她验尿，将一个陶罐递过去，让她去卫生间接尿。回来后再给她做其他检查，需要脱光下身，躺在检查床上。

莉莲离开接尿去了，脚上的拖鞋噼里啪啦拍打着木地板。回来时，她咯咯笑着将尿液递给我，然后扑通一声躺在诊所床上。我讨厌地咬咬牙，不明白她莫名其妙笑什么。挨打的孩子还躺在地上，不过哭得没那么厉害了。其他孩子闷闷不乐，都不敢玩了。

我走到工作台前开始验尿。石蕊试纸变为红色，说明酸度正常。尿液混浊不清，比重过高。我需要检查尿液中的糖分，于是点燃煤气灯。在试管中装入半管尿液，加了几滴斐林试剂[①]，放在煤气灯上加热。没有发现糖分。最后还要检查尿蛋白，我换上新的尿液，只加热试管上半部分。尿液没有变白或浓稠，说明没有蛋白尿。

验尿用了大概五分钟，那个孩子已经不哭了，正坐在地上和见习修女露丝玩气球，他将几个气球推来推去。露丝身子前倾，头上白色头巾落下，正好挡住她那张精致娇美的脸。孩子一把抓住头巾，拉扯起来，别的孩子见状放声大笑。孩子们又开心起来了，但这可不是那个粗暴野蛮的母亲的功劳，我向正躺在床上的莉莲走去。

莉莲体态臃肿，皮肤松弛，身上脏且闪着汗珠，散发出一股潮乎乎未洗澡的味道。我必须碰她吗？走近莉莲，我心中问道。我试着劝慰自己，她和丈夫、所有孩子可能住在两间或三间房里，没有浴室，甚至都没有热水，可这方法没能驱散我的反感。若不是刚才她没心没肺地打孩子，也许我不会这么讨厌她。

我戴上外科手套，用毯子盖住莉莲的下半身，先检查胸部，我让她脱掉套头衫。莉莲咯咯笑着，晃着身子脱掉上衣。抬起胳膊时，那股难闻的味道立刻加重了。她胸前两只硕大的乳房跳出衣外，乳房上的血管清晰可见，蜿蜒通向已接近黑色的大乳头。这是怀孕的明显特征，而且乳头上还能挤出些液体。差不多可以下定论了，我心道。我告诉莉莲她怀孕了。

[①] 德国化学家赫尔曼·冯·斐林（Hermann von Fehling，1812 — 1885）在 1849 年发明的。常用于鉴定可溶性的还原性糖存在。

莉莲尖声笑道："我早就说了吧，是不是？"

我给她量了血压，血压非常高。她需要好好休息，我心道，但我怀疑莉莲根本没法休息。孩子们此刻又恢复了精神，正四处撒欢乱跑。

她露出大肚子，肚子上有明显的妊娠纹。手轻轻一按肚脐上方立刻就现出了宫底。

"你最后一次来月经是什么时候？"

"我想想，记得是去年。"她咯咯笑道，肚子上的肉随之乱颤。

"你感到肚子有动静吗？"

"没有。"

"让我听下胎心。"

我找出胎心听诊器。这是一种金属喇叭状工具，将大头一端放在肚子上，耳朵贴在稍小平头的一端听胎心。正常情况，这时应该能听到胎儿清晰有力的心跳声，可我听了一会儿，什么声音也没听到。因为需要根据胎心确定怀孕时间，于是我喊来露丝。她也听不到胎心，但其他症状足以证明莉莲怀孕了。露丝让我继续做内检确认。

我就知道结果会是这样，真是怕什么来什么。我让莉莲支起双膝，分开双腿。她照做之后，一股陈尿、阴道分泌物和汗臭味扑鼻而来，我努力忍住没吐。心中只有一个念头，千万不能吐。成簇的阴毛被黏黏的汗水和脏东西粘成一团。她说不定有阴虱，我心中暗想。见习修女露丝正瞧着我，她也许明白我的感受——修女们其实很敏感，只是不说。我浸湿药棉，清洗着潮湿泛滥的阴户，我发现一侧有些水肿，另一侧却没有。我用两个手指分开阴户，在阴户一侧碰到一个小硬肿块。我反复摸了几次，确实是肿块。柔软部位的硬性肿块很容易让人联想到癌症。

我知道修女露丝正密切关注着我的检查。我抬起头，向露丝投去求助的目光。露丝道："护士，我去拿双手套。你等一等，先不用检查了。"

几秒钟后，露丝回来替换了我。接下来的整个检查过程中，她一言未发，直到她收回手，把毯子重新盖在莉莲身上。

"莉莲，你现在可以把腿放下了，但请躺在床上别动，因为马上还要再检查。护士，请跟我到桌子那边去好吗？"

桌子位于房间的另一侧，我们来到桌前，露丝十分平静地对我道："我觉得那个肿块是梅毒硬下疳[①]。我现在马上给特纳医生打电话，看能否趁莉莲在这儿时让他过来做检查。如果只告诉她去看医生，她很可能不会去。梅毒可以通过胎盘感染给胎儿。不过梅毒硬下疳只是一期梅毒，早确诊，尽早治疗，有可能治愈并保住胎儿。"

我当时听了差点没晕过去，事实上，我不得不使劲抓住桌子才没有倒下去。我刚才竟然一直在碰她——那个恶心的家伙——和她的梅毒硬下疳。我已经被吓得说不出话来了。修女亲切地安慰我："别担心，你一直戴着手套呢，不会被感染的。"

露丝离开诊所，去农纳都修道院给医生打电话，我则一动也不能动，在桌旁坐了整整五分钟，与一浪接一浪的恶心和颤抖做着搏

---

① 梅毒早期症状。

斗。孩子们围着我玩耍，开心得不得了。屏风后面却一点动静也没有，直到一阵低沉平稳的鼾声传到我耳边，莉莲竟然睡着了。

十五分钟后，医生赶到了诊所，露丝让我陪着医生一起检查。我当时一定脸色苍白，所以露丝修女才会问我："你还好吗？能挺得住吗？"

我愣愣地点点头，不能说"不"，毕竟我可是一名受过训练、曾经历过各种令人胆战心惊的大场面的护士。我曾在医院里工作过五年——见识过急诊、手术室、癌症病人，截肢、濒死之人和死亡——但从没有人像莉莲这样让我感到如此讨厌。

医生检查过莉莲，刮了一些梅毒硬下疳的组织留待化验室检查，同时给莉莲抽血做了乏色曼试验①，然后对莉莲道："我认为你患上了早期性病，我们……"

没等医生的话结束，莉莲发出一声大笑："哦，天啊！不会又来了吧，真是可笑，没错！"

医生沉着脸道："幸亏发现得早。我现在要给你打盘尼西林，接下来的十天你必须每天都打。我们要设法保住胎儿。"

"随你们吧，"莉莲咯咯笑道，"我随便。"她对着医生眨眨眼。

医生面无表情地在针管里抽了大剂量的盘尼西林，在莉莲的屁股上打了一针，然后我们离开检查床回到桌子旁，好让她穿衣服。

"通过血液和血清的病理学报告就能知道结果，"医生对修女露丝道，"但我认为诊断肯定没错。你们可以安排人每天去给她打

---

① 由德国细菌学家乏色曼（Wasserman，August von）于1906年发明的一种梅毒诊断试验法。

针吗？如果让她去诊所，她要么不会去，要么就会忘了。如果胎儿还活着，我们必须尽全力保住。"

此刻早已过了晚上七点。莉莲穿好衣服，大喊大叫让孩子跟着她回家。她又点上一根香烟，乐悠悠地大喊道："好了，都走了。"

她故意斜眼瞥了一眼修女露丝，说道："保重。"然后发出一串尖笑声。

我告诉她我们每天会去给她打针。"随你们便。"她耸耸肩，离开了。

我还要继续打扫诊所卫生，可双腿像灌了铅，几乎挪不动步。这一定是今天精神和感情上受到重大打击的结果。

修女露丝亲切地咧嘴一笑："这种事你早晚会习惯的。你今晚还要去探视吗？"

我点点头："三位产妇。其中一位住在弯弓街那么远。"

"你去探视吧。这里交给我。"

离开诊所时，我打心眼儿里感谢露丝。呼吸了几口室外新鲜空气之后，我整个人都精神了，蹬着自行车，感觉身上又积蓄了力量。

第二天早上，我查看工作日志，修道院安排我去给莉莲打针，她住在皮博迪大楼。虽然早知道躲不过去，可心里还是忍不住抱怨了一句。根据工作安排，给莉莲打针是午饭前最后一件事，针头和针管都已单独放好，没有放在助产包里。另外，我还要戴手套，这点倒不用特意说明。

位于斯特普尼区的皮博迪大楼臭名远扬。十五年前人们就打算拆掉它，可现今依然屹立不倒，还有人住在里面。皮博迪大楼环境恶劣在出租房里是有名的，因为楼里唯一的水源设在阳台后面，那儿也是唯一一个卫生间的所在地。出租房里没有任何设施。如果我不得不住在这样的环境中，也许我也比莉莲好不到哪儿去，一想到这儿，我对莉莲的态度不禁缓和了许多。

莉莲家大门敞开着，但我还是敲了敲门。

"进来吧，亲爱的，正等着你呢。我给你烧了些水。"

真是太好了。她一定费了很大劲才搞到水，然后烧开。房间里脏兮兮的，散发着一股异味。地上甚至看不出一寸原来的地板，小孩子们光着屁股在房间里四处撒欢。

莉莲在自己家里仿佛变了个人。或许是因为有点害怕诊所，所以才觉得有必要表现一下以示威严。而在自己熟悉的环境里，她的声音小了很多，也不那么傲慢无礼了。至于那恼人的咯咯笑声，我突然意识到，不过是她一贯无法控制的好脾气。她在家里也把孩子们推开，但不粗暴。

"走开，你们这些家伙，护士都进不来了。"然后转身对我道："你来了，东西可以放在这儿。"

莉莲在桌子上费力收拾出一小块地方，在旁边放上洗脸盆、香皂和脏手巾。

"我觉得你需要一块干净漂亮的毛巾，对不对？"

干净的定义显然因人而异。

我把包放在桌上，只掏出针头、针管、针剂、手套和浸过酒精的药棉。孩子们饶有兴趣地盯着我掏出的这些东西。

"退后，不然我就拧耳朵了，"莉莲乐呵呵地警告道，然后问我，"打腿上还是屁股上？"

"没关系，随你喜欢。"

她掀起裙子，弯下腰。圆滚滚、肥硕的臀部完美诠释了什么是两半屁股的团结。孩子们睁着大眼睛围了过来。莉莲高声尖笑，像马一样向后踢腿，想赶走孩子。

"你们又不是没看过！"

哈哈大笑的她屁股乱动，根本没法打针。

"嗨，扶住椅子，稳住别动，好吗？"我也忍不住哈哈大笑起来。

莉莲依言照办，没用一分钟针就打完了。因为注射剂量很大，所以我用力揉揉针眼附近以加快药水流动。我将所有东西放进棕色纸袋里以做区分，洗过手后为了让她开心，我用她的毛巾擦干手。助产士都随身自带毛巾，但我觉得用自己的毛巾显然是在表示嫌弃对方。

莉莲将我送出门口，一直送到阳台上，孩子们都跟在她身后。"那我们明天见，我等着你，给你准备一杯好茶。"

骑车回去的路上我思绪起伏。在自己家里，莉莲不但不令人讨厌，反而是个女英雄。她在那样恶劣的环境下独自支撑着整个家，孩子们看上去也开心快乐。她乐观向上，不怨天尤人。至于她是怎么染上梅毒的，那不是我该管的事。我的工作是治病救人，不是做道德裁判。

第二天拜访时，我满脑子正在想如何拒绝她请我喝茶的好意，所以当门打开，我一下子愣在门口，呆呆瞧着眼前的莉莲，总觉得好像哪里有点不对。眼前的莉莲个子变矮了点，看上去胖了点，但拖鞋、发卷、香烟都一样，可就是觉得好像哪里不对。

随着熟悉的尖笑响起，眼前的"莉莲"露出嘴里没有牙齿的牙龈。她戳了一下我的肚子，"你以为我是莉莲，是不是？大家都这么想。我是她妈妈。我们看起来像双胞胎，非常像。莉莲去医院了，我觉得是好事。她已经生了十个孩子了，够了，而且他还总不在家。"

经过一番问答，我终于了解了情况。原来，昨天我走后不久，莉莲就觉得身体不舒服，想吐。她躺在床上，派一个孩子去找外婆。接着她开始宫缩，又想吐，然后一定是昏过去了。

莉莲的母亲对我说："让我照顾一个女人，我随时都行，但没命的女人可不行，不行。"

她打电话给医生，莉莲被直接送到了伦敦医院。后来得知莉莲的婴儿生下来时就已经夭折了，死亡时间可能是三四天前。

八
佝偻病

18 世纪以前，孕妇享受不到任何产科护理，这在现在简直无法想象。那个时候，女人到分娩时才第一次看见医生或助产士。所以死亡和灾难降临到母亲或新生儿身上，或同时降临到母子身上也就不足以大惊小怪了。一切看似是上帝的意愿，其实是人们无知和无视的恶果。上流社会女性怀孕时有医生探视，但这种探视更像社交拜访，而非产前保健，因为当时的医生没接受过任何产前护理培训。

产科学的拓荒人当属爱丁堡大学的 J.W. 巴兰坦博士（确实，医学上一些重大发现和进步似乎都出自爱丁堡大学）。1900 年，巴兰坦博士写了一篇文章探讨深奥的产前病理学，并指出建立产前医院的必要性。1901年，在不具名的一千英镑捐款的资助下，辛普森纪念医院（辛普森，另一个苏格兰人，发展了麻醉学）终于设立了第一个产前保健床位。

这是人类文明史上首个产前保健床位，其意义非凡。人类此时在医药学上与时俱进，我们已经成功分离了葡萄球菌和结核菌。对心脏和血液循环系统有了一定的了解，摸清了肝、肾和肺的功能，并在麻醉学和外科手术领域突飞猛进。可似乎没人认识到产前护理对孕妇和腹中胎儿生命安全的必要性。

此情况一直持续到1911年，第一家生育诊所终于在美国波士顿正式开业。1912年，另一家生育诊所也现身澳大利亚悉尼。巴兰坦博士则等到1915年，即他那篇文章发表之后十五年，爱丁堡才出现了首家生育诊所。巴兰坦博士和其他富有远见的妇产科学家的主张遭到同僚和政客的强烈反对，他们认为产前护理是在浪费公共资金和时间。

与此同时，在拥有远见卓识和勇于奉献精神的女性的抗争之下，获得正规助产士培训的斗争也取得了成功。如果说巴兰坦博士在推行其主张时举步维艰，那这些女性面对的则堪称千辛万苦，反对之激烈远超想象：对其智慧、尊严和动机的冷嘲热讽、横眉冷眼、嗤之以鼻和怠慢无礼。在那个年代，女性甚至会因为坚持主张而被开除。而且，这种敌对不仅来自男性，还有女性的攻击。事实上，各护士学校护士之间的"暗算"尤其令人不齿，尽管她们还曾接受过一些助产士培训。一位"优秀"女士——圣巴塞洛缪医院的女护士长——曾这样评价积极进取的助产士们："这群不合时宜的人，未来终将证明她们是历史的奇葩。"

医学界之所以反对，主要因为"女人们正试图对生活的方方面面过多干预"[1]。妇产科学家同时亦对女性的智商持怀疑态度，认为她们无法掌握分娩所需的解剖学和生理学知识，从而认定女性不适合这份工作。但你猜猜，这背后的根本原因是什么？想必你很快就猜到了，可惜没奖励：这背后的根本原因其实是钱。大多数医生在分娩时都要收取一几尼[2]的费用。医生中间曾流传着这样的谣言，那帮受训的助产士会抢医生的饭碗，她们分娩只收半几尼！这还得了，掏刀子和她们拼了！

19世纪60年代，据产科学会估计，英国每年大约有一百二十五万婴儿诞生，其中只有百分之十由医生接生。而根据某些研究人员的数据，这个数字甚至低到只有百分之三。也就是说，剩下的分娩，每年远超一百万名孕妇是由未经过专业培训的接生婆接生，或者根本没人接生，仅由朋友或亲戚协助而已。19世纪70年代，弗洛伦斯·南丁格尔在其所著的《产房笔记》（*Notes on Lying — in Infirmaries*）一书中，着重指出"现存医疗机构几乎没有任何形式的培训"，另外还写道："将参与分娩的女性称为助产士[3]，是滑稽可笑的或是一种嘲讽。法国人、德国人甚至俄国人都认为我们的做法无异于在屠杀女人。在那些国家中，政府

---

① 出自《皇家助产士医院背后的故事》。此话引用自1890年，议员查咪斯·布拉德洛关于《助产士注册法案》的发言。

② 英国旧金币，值1.05英镑。

③ 助产士的英文为midwife，"wife"指女人，"mid"意为"与……在一起"，所以，"midwife"字面的意思就是"陪在女人身边的人"。

掌管一切，而我们则由私营企业掌管。"医生的接生费用在收入中占了相当大的比例，所以对受训助产士会导致他们收入降低这种事必将横加阻拦。事实上，每天有成千上万的女人和婴儿因为没有受到足够的重视而死去。

但勇敢、勤劳、热忱的女性最终取得了胜利。1902 年，《助产士法案》获得通过，随后在 1903 年，助产士中央委员会颁发了首个助产士培训标准。五十年后的今天，我为能成为这些优秀女性的接班人，并将我之所学用于帮助伦敦码头区长期饱受苦难却依然乐观、适应力极强的女性同胞而由衷感到自豪。

今天又是设在教堂的生育诊所开放的时间。时值仲冬，煤炭炉里的火焰正旺，炉子四周做了严密防护，以免伤到每天在这里四处乱跑的小孩子。过去两周，莉莲一直在我脑海里挥之不去——一个既让人讨厌又让人钦佩的奇怪混合体。我对她的处世方式充满敬佩，但又不希望再见到她，至少不是以孕妇和助产士那种亲密的方式。

瞧着桌子上成堆的病历，今天下午肯定又不会消停——没时间去想莉莲和她的梅毒了。病历一共七摞，每摞大概有十个文件夹。今天晚上如果能七点下班就谢天谢地了。

我瞥了一眼放在第一摞最上面的病历，孕妇名叫布伦达，一位四十六岁的佝偻病患者。她预约了在怀特查佩尔区的伦敦医院进行剖宫产，我们负责她的产前护理。正在这时，布伦达一瘸一拐走进了诊所，刚好下午两点，正是她预约的时间。其他人都在忙，我恰好在桌旁，于是我接待了她，准备为她做检查。

布伦达令我心生怜悯。佝偻病的具体表现是骨骼畸形，几个世纪以来，佝偻病的成因一直是个谜。人们曾以为这种病可能是由于遗传导致的。患有此病的孩子曾被误以为"体弱多病"，甚至被误解为天生的懒骨头，因为他们站立和行走的时间往往要比正常孩子晚。他们的骨骼两端变短变厚，受力变得弯曲；多根肋骨受力碎裂后会导致脊柱变形；胸骨弯曲令胸廓成桶形畸变，患者身体形状往往会发生扭曲。头大、体方、下颌平而突出，往往会露出牙齿。然而，身体畸形好像还不够令人痛苦似的，患有佝偻病的孩子往往还免疫力低，经常受到支气管炎、肺炎和肠胃炎的折磨。

佝偻病是北欧地区常见病，尤其多见于城市，但没人知道病因。直到20世纪30年代一切才真相大白，这种病的病因竟然出奇地简单：饮食中维生素D摄入不足导致骨骼中的钙缺失。

造成如此巨大痛苦背后的原因竟如此简单！牛奶、肉、蛋，尤其是肉的脂肪和鱼油中富含维生素D。你一定觉得这些食物孩子吃得够多了，是不是？不，你错了，可怜的贫困家庭中的孩子可吃不到这些食物。另外，紫外线照射在皮肤上时，人体自身也可生成维生素D。你也许觉得北欧地区阳光充足，足以解决这个问题。不，你又错了。北欧工业城市中可怜的孩子无法获得充足的阳光，因为密集的建筑挡住了阳光，而且孩子们不得不在工厂、作坊或车间里从事长时间的室内工作。

这些孩子长大就变成了残疾人。体内所有骨骼发生变形，双腿长骨发软，由于无法承受上身重量而弯曲。过了青春期，当孩子停止发育，骨骼就会固化成现有的形状。

21世纪，你还能看到一些一瘸一拐、个子极矮、双腿外翻的古稀老人。他们是勇敢的幸存者，终其一生都在与一个世纪前的贫穷和被剥夺的童年留下的影响努力搏斗。

布伦达笑意盈盈地瞧着我。她的下颌形状怪异，奇形怪状的脸上洋溢着等待检查的渴望。她知道要剖宫产，却一点也不感到困扰。因为她会有一个孩子，而且会是活的，这点才最重要。为此她对修女、医院、医生以及所有人都充满了感激，但最感谢的应该是全民医疗保健制度①，以及制定这项制度的好人，在这项制度下看病都是免费的，她不用花一分钱。

布伦达的生育史堪称一场悲剧。她很早嫁了人，20世纪30年代怀过四个孩子，可惜都没活下来。佝偻病女性患者的悲剧在于其骨盆与其他骨骼一样也发生了变形，形成佝偻病性扁平骨盆，无法正常分娩，即便能分娩也要面临很大风险。布伦达过去四次分娩无一例外耗时巨长，非常困难，四个孩子也无一幸免。她能活下来已经算幸运了，因为在前几个世纪，全欧洲有不计其数的女人因此而丧命。

女孩儿患佝偻病的概率略高于男孩儿。究其原因，更多是因为社会因素，而非生理因素。大家庭里可怜的母亲们过去（现在依旧）更偏爱儿子，所以男孩儿可以获得更多食物。相比女孩儿，男孩儿更好动，愿意出门玩耍。在波普拉区，你在河边、码头或废墟中看到的多是男孩儿，也就意味着男孩儿能接触到更多阳光，

---

① 英国的全民医疗服务制度（National Health Service，NHS）为具有社会福利性质的公费医疗制度。英国医疗保险资金主要通过国家税收筹措，由政府财政承担绝大部分医疗费用。医疗对象就医时，基本上不需要支付费用。

而他们的姐妹们则被留在家里。另外，当时有很多社会慈善家或夏令营组织的假日活动，他们带可怜的男孩儿们去郊外，在帐篷里生活一个月，成千上万的男孩儿因此被拯救。但据我所知，为女孩儿组织的夏令营活动却是 18 世纪才有的事。也许人们认为带女孩儿子离开家住帐篷的做法不合适，或者只是因为女孩儿的要求被无视。不管怎样，她们错失了被拯救的机会。每年夏天，她们都无法接触充足的阳光，患上佝偻病的小女孩儿长大后变成了畸形的女人，她们可以受孕，怀胎九月，却无法分娩。

到底有多少女人因为难产而死，人们永远无法得知，因为穷人的命不值钱，没人统计她们的数目。我在《女人参与分娩指导》的一些古籍中看到这样的文字："如果女人分娩超过十或十二天，就应该寻求医生的帮助。"在接生婆手中熬过艰难的十或十二天！上帝啊，难道你连一点怜悯心、一点同情心都没有吗？不，我必须摒弃这令人痛苦的念头，要为妇产科学的进步默默感谢上帝。即便在我受训的日子里，最新教材里也如此写道："患有佝偻病性扁平骨盆的孕妇应试着分娩八到十二小时，以测试孕妇和胎儿的忍受力。"

在 20 世纪 30 年代，布伦达经历了四次这样的试分娩。我无法想象，第一次悲剧发生后为什么没有采取剖宫产？也许她无法承担手术费用，因为 1948 年之前，所有医疗诊治都要收费。

布伦达的丈夫在 1940 年的战争中死于战场，所以她没再怀过孕。不过，四十三岁时，布伦达又喜结良缘，并再次怀孕。她对肚子里的宝宝能够活下来的喜悦之情感染了整个诊所，让大家把所有不愉快都统统抛到了脑后。她对见到的每个人都大叫："你好，修女，你好吗？"而面对人们对她健康的询问，她的回答是："我好极了，从来没这么好过，总是快乐得不得了。"

我跟着她走向检查床，瞧着她那短小弯曲的双腿努力支撑着身体，我的心简直如被针刺。每迈一步，她的右腿明显向外弯，左臀则向相反方向晃去。我不得不拿来两把凳子和一把椅子才帮她爬上床，虽然姿势难看，可布伦达终于成功了。这情景瞧着令人心痛。布伦达气喘吁吁地爬上床，露出胜利的笑容。她仿佛将自己生活中的所有困难都当作挑战，每次成功都值得庆祝。无论从任何角度去看，布伦达都算不上美貌，不过她能找到第二任丈夫，而且丈夫显然深爱着她，我对此竟丝毫不感到惊讶。

布伦达此时刚怀孕六个月，可因为身材小巧以及脊柱内弯，她的子宫向前上方突起，所以肚子瞧上去异常大。她已经感受到了胎动，我也听到了。布伦达的血压和心跳都正常，不过呼吸有点重。我将这个情况告诉她。

"别担心，那没什么。"布伦达乐呵呵地说道。我对检查这种畸形的身体并无太大把握，于是请求伯纳黛特修女再检查一次以确认。结果证明我的结论没错，她和肚子中的宝宝非常健康。

接下来的六周里，我每周都能见到布伦达。她走路愈来愈艰难，需要用两根拐杖支撑，但依然笑容满面，从不抱怨。怀孕的第三十七周，布伦达住进伦敦医院卧床休养，第三十九周成功进行了剖宫产。

布伦达生下一个健康的女儿，她给宝宝起名为格蕾丝·米勒科尔①。

---

① 意为"上帝的恩赐"。

九

子痫

　　纵观人类历史，大多数婴儿都是在家中呱呱坠地来到这个世界的，这种情况一直持续到 1945 年第二次世界大战结束，随即人们开始去医院分娩，自此之后这种分娩方式蔚然成风。1975 年，家庭分娩的比例已降到百分之一。街区助产士的身影也渐渐从历史舞台上消失了。

　　现如今，家庭分娩的比例略有回升，达到百分之二左右。这或许是因为去医院分娩对母亲和婴儿来说产生了新的风险，这次人们学聪明了。

　　萨丽之所以选择农纳都修道院，是因为她更相信母亲，而不是医生。医生建议她去医院分娩，因为这是她的第一胎。

萨丽的母亲则道："别听他的。你应该去农纳都修道院，亲爱的。她们会照顾好你的。"

萨丽的祖母讲话带着浓浓的地方口音，她也发表了相同的意见，而且还给萨丽讲了几个令人毛骨悚然的分娩故事，这些故事往往比死亡更令女人感到恐惧。

医生竭尽全力向萨丽澄清，现代医院与旧医院完全是天差地别，可根本没用。在与萨丽母亲和祖母的这场对战中，医生无奈地败下阵来，于是萨丽来到了农纳都修道院。

产前的六个月，我们每月会去探视孕妇一次；随后两星期探视一次；六周后，也就是到了最后六周，每周都要为孕妇检查。起初的七个月，萨丽的情况一切正常。今年二十岁的萨丽漂亮小巧，和丈夫住在母亲的两居室里。萨丽是名电话接线员，她母亲以女儿为傲，每次都陪女儿一起来诊所。

我让萨丽坐下，翻看着她的病历。她前六个月的血压一直正常，但最后一次来诊所时血压略有升高。今天测量时，血压竟然又升高了。我让她站在体重秤上，发现萨丽过去两周体重增长了两公斤多。我心中立刻升起一种不好的预感。

我告诉萨丽我要为她做检查。我们来到检查床旁，看见萨丽肿胀的脚踝，该检查什么我已经心中有数了。当萨丽躺在床上，我可以确定水肿一直延伸到了她的膝盖，症状看上去不明显，但手明显肿胀。水分滞留，这正是她体重增加的原因。随后我查看了其他部位，并未发现水肿。

"你感觉哪里不舒服吗？"

"没有。"

"有过胃痛吗？"

"没有。"

"头疼呢？"

"哦，头疼，你这么一说，我想起来了，但我觉得是因为接电话。"

"你从什么时候开始不上班的？"

"从上周开始的。"

"现在还感觉头疼吗？"

"是的，现在就疼，但妈妈说不用担心，这是正常的。"

我用余光扫过萨丽的母亲伊妮德，她正面带微笑，赞许地点着头。感谢上帝，这个姑娘来诊所了。母亲的话可不都是千真万确的真理！

"萨丽，躺在床上别动，好吗？我要给你验尿。你带尿样了吗？"

伊妮德在她的大手包里翻腾了一番，将尿样递给我。

我拿着尿样来到大理石工作台的煤气灯旁，点燃煤气灯。取了点萨丽的尿液倒入试管，尿液瞧上去非常清澈，一切正常。我用火焰加热试管的上半部，尿液受热后马上变白，而试管下半部分未受热的尿液依然清澈。

蛋白尿——子痫前症的断定指标。我一下子愣住，陷入对往事的回忆之中。

人真是种奇怪的动物，竟然如此健忘，即便往事非比寻常，也会偷偷溜出我们的记忆。我竟然将玛格丽特的事忘了！但此刻站在水池旁，瞧着眼前的试管，玛格丽特和子痫，第一次，也是我唯一一次的恐怖经历，又如潮水般涌入脑海之中。

　　玛格丽特当时二十岁，一定是个特别漂亮的姑娘，可我从没见过她的美丽。我见过她的几十张照片，那是大卫——那位仰慕玛格丽特但伤心欲绝的丈夫拿给我看的。那时候还只有黑白照片，光与影的交汇令黑白照片看上去有种特殊的魅力。照片中的玛格丽特，时而机灵、善解人意，时而笑靥如花、顽皮可爱，令你忍不住想知道她到底在讲什么笑话。在那些照片中，她那双大眼睛清澈透明，无所畏惧地憧憬着未来。所有照片中她柔软的棕色卷发都披散在肩膀上。年轻的玛格丽特身着泳衣，笑容可掬，站在德文郡海边，水从崖面上激流而下如烟如雾，风轻抚过她的秀发，这张照片最令我印象深刻。比例协调的身体，修长的双腿，落日下阴影的角度，无论从哪方面评价，这张照片都不失为精美之作。照片中的玛格丽特看上去是我希望能认识的那种女孩，可天不遂人愿，我们只能通过大卫相识。玛格丽特是一名音乐家，小提琴手，可我从未听过她演奏。

　　这些照片是大卫在那两天的探视时间里拿给我看的。第一次看见大卫，我误以为他是玛格丽特的父亲。可我错了，大卫是她的丈夫，心甘情愿拜倒在她石榴裙下的爱人。大卫是一名科学家，看上去是那种矜持、自制、难以接近的男人，甚至可以称为冷漠的人。其实他是一个内敛含蓄、感情深藏不露的人，在那漫长又令人煎熬的两天里，大卫的深情和悲伤几乎淹没了整个医院。他时而和玛格丽特说话，时而自言自语，偶尔与医疗人员说话，或轻声低语祈祷，或黯然泪下，泣不成声。通过只言片语和病历的东拼西凑，我终于了解了大卫和玛格丽特的故事。故事中的大卫可不是一个让人敬而远之、冷漠的科学家。

　　两人于音乐俱乐部相遇，玛格丽特正好在此演奏。从看到玛格丽特的那一刻起，大卫的目光就再没有离开过她。无论是在表演休息时，还是表演结束后的互动环节，他的目光一直锁定在玛格丽特身上。他本想和她搭讪，可结结巴巴说不出话，他感到莫名其妙，不知道这是怎么了——自己可是口齿伶俐的家伙。瞧着玛格丽特面带微笑和其他人交谈，大卫躲到角落里，心慌得简直上不来气。

　　接下来的几天、几星期里，大卫眼前总浮现出玛格丽特的样子。他依然没搞清楚原因，还以为这种神魂颠倒是拜音乐所赐。他焦躁不安、手足无措，连一贯令他心安的科学也失去了安抚的魔力。接着，大卫在里昂转角餐厅偶然撞见了玛格丽特，令他吃惊的是，玛格丽特竟然还记得他，这又是一件令大卫觉得不可思议的事。两人一起共进了午餐，这次大卫的舌头不但没打结，反而滔滔不绝地说个不停。事实上，他们聊了几个小时，彼此似乎有说不完的话。在大卫四十九年的单身生活中，还从未有人令他感到如此惬意和欢乐。他原以为他这种散发着福尔马林和医用酒精气味、干巴巴的老学究，玛格丽特不会感兴趣，可玛格丽特也许在这个安静的男人身上看到了正直、精神的力量和不为人所知的深厚感情。她是大卫的第一个爱人，也是心中唯一所爱，大卫将所有青春、热情和长者的温柔体贴都倾注在了玛格丽特身上。

　　事后他曾对我说："我感谢上帝让我遇到她。如果没有遇到她，或是遇见却擦身而过，那么世界上所有伟大的文学、诗歌、动人的爱情故事就毫无意义，因为一个人无法体会他从未经历过的事。"

　　当玛格丽特在我所工作的伦敦产科医院预约分娩时，他们已经结婚半年，玛格丽特的孕期也有六个月了。根据玛格丽特的病历，她怀孕期间一切正常，两天前还到诊所做过检查，她的体重、心跳、血压、尿检一切正常，也没有感觉不舒服，没有任何不祥的征兆。

玛格丽特被紧急送进医院的当天，起床很早，感觉想吐，这是不正常的，因为晨吐症状八周前就消失了。她返回卧室，声称双眼看到斑点。大卫有些担心，但玛格丽特说想再躺一会儿，有点头疼，睡一觉也许就好了。大卫于是上班去了，说十一点钟打电话看情况如何。电话铃声一遍遍响起，大卫似乎感到铃声在空房间里回荡。也许玛格丽特睡醒恢复精神，出门去了，但大卫的直觉告诉他，他应该回家看看。

玛格丽特昏倒在卧室的地上，满嘴是血，血顺着脖子流下，染红了头发。大卫的第一个想法是她遭到入室盗窃，匪徒袭击了玛格丽特。可家中并无外人闯入的迹象，玛格丽特显然处于深度昏迷状态，急促的呼吸和透过睡衣都能感受到的猛烈心跳让大卫心中一沉。

接到大卫近乎疯狂的电话，医院立刻派出了救护车。鉴于大卫描述的病情严重，医院同时派了一位医生。医生先为玛格丽特注射了吗啡，然后才让救护人员搬动玛格丽特。

我们则收到通知说病人有可能患了子痫，需要准备一间特殊病房。那时我正在接受前半年的助产士培训，病房里的护士教我和另外一名学生如何准备。床抵在墙上，床缝处塞满枕头，床头不但垫了很多枕头，还用床单牢牢固定。氧气瓶、楔形开口器和导气管一应俱全，还准备了吸引器。窗户用深颜色的布遮住，几乎隔绝了所有光线。

入院时，玛格丽特处于深度昏迷状态，血压极高，高压超过200mmHg，低压则达到190mmHg，体温40℃，脉搏每分钟140

下。我们通过导尿管取出尿液进行了尿检，尿液中蛋白含量极高，受热后看起来甚至像鸡蛋的蛋白。毫无疑问，这正是子痫的症状。

不仅在过去，即使现在，子痫依然是一种病因未知、极其罕见神秘的妊娠期疾病。患者发病前，可根据症状和体征确诊为先兆子痫，并采取对症治疗，否则将发展为子痫。身体健康的女性在没有任何症状的情况下，几小时内发展到子痫，这种情况很少见，甚至可以说极其罕见。一旦出现这种情况，胎儿很可能无法幸存。唯一的方法就是立刻实施剖宫产。

手术室一接到通知，就做好了为玛格丽特做手术的准备，可依然没能保住胎儿，玛格丽特随后被送回病房。自从陷入昏迷之后，玛格丽特就再未清醒过。她被安置在昏暗的病房内，尽管医生为她注射了大剂量镇静剂，依然无法阻止她反复抽搐，那情景看着真令人心有余悸。先轻微抽搐，紧接着全身肌肉猛烈收缩，浑身僵硬。肌肉抽搐导致身体拱起，大约二十秒时间，她只有头和脚后跟支在床上。此刻呼吸暂停，玛格丽特因为窒息而面色发紫。但身体僵硬的症状很快就会消失，随之而来的是四肢肌肉抽搐导致的手脚狂舞。我们要用很大力气才能阻止她翻滚到地上，而且几乎无法将开口器放到她口中。随着下颌的剧烈运动，玛格丽特将自己的舌头都咬烂了。口中吐出的大量白沫与舌头的鲜血混在一起。脸部充血，面部狰狞扭曲。然后，抽搐渐渐平息，玛格丽特又陷入深度昏迷之中。大概一个小时之后，再次开始抽搐。

一天多的时间里，这种可怕的症状不断反复，第二天傍晚，玛格丽特死在丈夫的怀抱中。

站在水池旁，瞧着萨丽的尿液标本，我回想着那次可怕的事件。不知道大卫——那个可怜的男人怎么样啦？他跟跟跄跄地走出医院时，已经半疯半瞎，由于痛苦和打击说不出话来。可叹的是，身为一名护士，尤其是医院护士，你参与了病人人生中最重要的时刻，随后他们就会永远离你而去。大卫绝不会继续留在妻子过世的医院，只为了消除护士的恐惧；同样医护人员也不会再纠缠大卫，关心他如何摆脱痛苦。我感谢他曾在妻子过世后对我说过的一句话，出自某位伟大作家的话（我记不起是哪位作家了），那段话是：

懂爱之人自知，不懂爱之人不自知。吾心怜悯，岂可强迫其作答？

没时间沉迷于往事了，我必须向修女汇报萨丽的情况。

那天当值的是伯纳黛特修女。她听了我的汇报，瞧着尿检结果道："尿液如果被阴道分泌物污染也有可能出现这种结果，我们要用导尿管重新取尿。我去瞧瞧萨丽，给她检查一下，请你准备导管好吗？"

我端着托盘来到检查床旁时，修女已经为萨丽做过全身检查，确认我的报告准确无误。

修女对萨丽说："我们要将一根细管插入膀胱，用取出的尿液进行化验。"

萨丽起初反对，但最终同意了，我为她插了导尿管。随后修女对她道："我们认为你的妊娠有问题，必须彻底休养，每天需要有人监督你吃药和控制饮食，所以必须住院。"

萨丽和她母亲马上警觉起来。

"有什么问题吗？我觉得一切挺好的。只有点头疼，仅此而已。"

萨丽母亲插嘴道："如果有什么问题，我可以照顾她。她在家里会舒服一些。"

修女态度坚定，说道："不是舒服和卧床休息那么简单。萨丽必须彻底卧床静养，接下来的四到六周里，要二十四小时卧床。吃特制的无盐食物，少喝水。每天需要注射四次镇静剂。她需要有人精心看护，一天要多次测量脉搏、体温和血压，同时还必须监测胎儿的情况。在家里可做不到这些，需要马上入院治疗，否则胎儿会有危险，甚至会危及萨丽的生命。"

伯纳黛特修女平时沉默寡言，今天却破天荒地说了这么长一段话。她的话非常有效果，萨丽的母亲听了惊得一声尖叫，就不再继续争辩了。

"我现在去给医生打电话，看能不能马上在妇产医院给你订一张床位。我希望你待着别动，安静躺在床上。我不想你回家去。"

然后修女对萨丽的母亲伊妮德道："也许你可以回家给萨丽拿些住院所需的东西——把睡衣、牙刷这些东西带到这儿来。"

伊妮德终于有事可做，马上急匆匆离开了。

救护车几个小时后才来，我们让萨丽坐在轮椅上。我看得出来，萨丽对此有些不解，觉得我们太大惊小怪了，尤其是她没觉得哪里不舒服，既然能自己走到诊所来，当然也能自己走出诊所。

萨丽住进了位于麦尔安德路的伦敦医院产科病房，与十到十二名与她孕期相近、病情相仿的孕妇住在同一间病房。萨丽被要求彻底卧床休息，连去卫生间都要坐轮椅。医院为她注射了镇静剂，准备了特制饮食，并控制水分摄入。接下来的四周里，萨丽的血压开始渐渐下降，水肿也慢慢消失，头也不痛了。怀孕的第三十八周，萨丽分娩了，分娩过程中血压又升高，等她的宫颈口完全打开时，医院立刻为她注射了少量麻醉剂，然后进行剖宫产手术，萨丽生下了一个漂亮健康的宝宝。

产后，母子健康。

五十年前，子痫的病因是个谜，时至今日，这个谜依然没能解开。过去和现在的人们都认为这种病应该是由胎盘的某种缺陷导致的，研究者们检查过成千上万的胎盘，试图找到所谓的"缺陷"，却一直毫无进展。

萨丽是典型的先兆子痫。若不是及早发现，并采取专业护理，对症下药，她的病就会恶化为子痫。但正如我所记录的，只需简单的治疗——彻底休养和注射镇静剂——就可以避免病情进一步恶化。

而像玛格丽特没有任何先兆子痫的症状，突然剧烈病发的情况极其罕见。自玛格丽特之后，我再未见过相同的病例，但这种情况确实存在，而且依然会偶尔发生。

尽管现代产前保健已有了长足进步，但先兆子痫和子痫依然是导致孕妇分娩和临产死亡的主要原因。假如没有产前保健，患有子痫的孕妇会落得何种命运，这是个无须思考即可回答的问题。可一百年前，倡导研究并提供产前保健的医生们却被当作浪费时间的奇怪之人。而那些提倡为助产士提供完善系统培训的理念也难逃被挖苦的命运。

就让所有母亲感谢上帝吧，感谢那样的日子一去不复返了。

十

弗雷德

女修道院，如名所示，自然是女性的领地，可出于某些原因无法彻底排除男性。农纳都修道院的弗雷德就是个很好的例子，他是修道院的锅炉工兼杂工。他是那个年代典型的伦敦人，个子矮小，双腿短而弯，毛茸茸、强壮有力的双臂，好勇斗狠、固执己见、消息灵通，这些特质造就了他喜欢滔滔不绝地聊天和压抑不住爱开玩笑的个性。而弗雷德最引人注目的地方则是那双患有斜视的双眼。一只眼睛总盯着东北方向，另一只则时刻注视着西南方向。除此之外，再加上他上腭那颗突出的、他总爱用下嘴唇舔一舔的黄牙，你可以断言这个男人绝对与美男子三字无缘。但他开朗乐观、诙谐风趣以及毫无来由的自信，受到修女们的爱戴，她们在日常事务上颇为倚重弗雷德。朱丽恩修女那句充满魅力的话往往就特别奏效："噢，弗雷德，浴室上方的窗户关不上了。我试着关了好几次，都没有用。你觉得……如果你能挤出时间，那真是……"

弗雷德当然可以挤出时间。只要朱丽恩修女开口，他甚至可以挤出时间把阿尔伯特码头挪走。朱丽恩修女为此深受感动，对弗雷德的能力和专业赞不绝口。事实上，浴室上方的窗户从那之后就被永远封上，这并不方便，但没人对此表示质疑。

唯一对弗雷德所具有的典型伦敦男人的魅力不感冒的人就是B太太。同样身为伦敦人，B太太对这种人见得太多了，甚至不屑一顾。B太太是厨房里的女王，每天从早上八点忙到下午两点，为我们制造超级美味的食物。她不但是烹制牛排腰子饼、浓汤炖菜、美味肉馅、面包烤香肠、蜜糖布丁、果酱布丁卷和通心粉布丁等食物的专家，而且她烘焙的面包和蛋糕会是你所吃过的最美味、独一无二的美食。身材魁梧的B太太生就一副令人生畏的面容，咆哮时总伴着她特有的怒视："嗨，吃饭时不要弄脏我的厨房。"厨房是修道院大家碰头的地方，大家到厨房时基本都已饥肠辘辘、疲惫不堪，所以B太太的这句话就时常回荡在我们耳边。我们女孩儿在B太太面前个个温顺如绵羊，对她无比尊重，因为经验告诉我们，只要嘴甜听话就有奖励：一块刚出炉热腾腾的果馅饼或蛋糕。

然而，弗雷德可没那么容易被征服，原因有二：首先，由于双眼斜视，弗雷德确实瞧不见自己弄脏了厨房。此外，弗雷德绝不向任何人低头。他会对着B太太坏坏一笑，舔着牙齿，一巴掌扇在 B 太太肥硕的屁股上，咯咯笑道："别闹了，老姑娘。" B 太太则怒目而视，大吼道："你这个丑八怪，快从我的厨房滚出去，别再进来！"不幸的是，她无法不让弗雷德进厨房，这点 B 太太心知肚明。煤炭炉在厨房里，弗雷德负责烧炉子、扒炉灰、通烟道。一句话，煤炭炉正常运行都要倚仗弗雷德。B 太太每天做饭烘焙离不开炉子，所以她清楚自己也离不开弗雷德，两人总处于一触即发的状态。偶尔互相大声呵斥，这种战斗大约每两周爆发一次。我发现有件事很有趣，他们争吵时都不吐脏字——毫无疑问，这是出于对修女们的尊重。若是换个场所，我敢肯定那恶语相向的场面一定颇为白热化。

弗雷德负责早晚烧锅炉，其他时间做零活。一周七天，天天如此。这个工作非常适合他。工作稳定，而且他有大把时间忙活这些年他一直苦心经营的其他事。

弗雷德的家位于码头后面，他与尚未嫁人的女儿住在一栋小楼一层的两个房间里。战时他曾应征入伍，却因为眼疾无法进入部队，转而被分配到了皇家先遣兵部队[1]，如果弗雷德所言属实，那他就是为国王和国家打扫了六年厕所。

1942 年，弗雷德的妻子和六名子女不幸在轰炸中身亡，军队因此批准他休丧假。他在伦敦一家旅社陪伴幸存的三个孩子住了一段时间，因为他们受到惊吓留下精神创伤。待孩子们被疏散到萨默塞特郡后，弗雷德再次返回工作岗位，继续打扫厕所。

---

[1] 成立于 1939 年，负责轻机械修理等任务，1993 年并入英国皇家后勤部队。

　　战后弗雷德租下两间价格便宜的房间，独自一人将剩下的孩子们抚养成人。他很难找到正常的工作，首先因为眼疾，其次因为不能离家太远——孩子们还需要他的照顾。也正因为如此，弗雷德挣钱的方法五花八门，有些还是非法的。

　　当我们这些非神职人员在厨房用早餐时，弗雷德通常也在厨房里忙活烧锅炉，所以我们有大把机会从他嘴里套故事，我们年轻、好奇，做起这事从不感到难为情。弗雷德也乐于从命，他显然乐于分享他的故事，故事常以这句话开头："这件事你们听了绝不相信。"对弗雷德来说，四个年轻女孩儿听众的笑声无异于音乐，而年轻女孩儿觉得什么都可笑。

　　据弗雷德说，他曾做过一项工作，为宝汀顿啤酒公司① 敲铜制桶底，他信誓旦旦地向我们保证，这是他曾经最挣钱的工作。怀疑论者特里克茜不相信地喊道："鬼才相信会有这种工作呢！"深信不疑的查咪则一脸正经地说道："这听上去有趣极了。你必须多给我们讲一讲。"弗雷德喜欢查咪，称呼她为"洛夫蒂"② 。

　　"嗯，就好像这儿的啤酒桶，检测它们的唯一方法是敲下桶底，听桶底发出的声音。如果发出这样的一声，说明桶是好的。如果是其他声音，就说明桶是坏的。明白了吗？这听着好像不难，但我要告诉你，这可需要许多年的经验才行。"

　　我们曾瞧见弗雷德在市场上卖洋葱，但不知道他是如何种洋

---

① 英国宝汀顿啤酒从 1778 年起由曼彻斯特啤酒作坊酿造，其淡淡的金黄色、清凉的口感以及乳白色弥久不散的泡沫，使之享誉世界。

② "巍峨高尚"的意思。

葱的。弗雷德住在一栋小楼的一楼，有个小花园，他就用这片地来种洋葱。他试过种土豆——可卖土豆不挣钱——洋葱则能卖上好价钱。他还为了卖鸡蛋养过鸡，也养过鸟。但不肯将它们卖给屠夫，"我才不会将自己一半的利润送给别人呢。"而是自己去市场直接出售。他也不租摊位，"要我给市里交该死的租金，没门儿。"他随地一坐，铺上毯子就开始卖他的洋葱、鸡蛋和鸡。

养鸡之后，他又开始养鹌鹑，将它们卖给伦敦西区的餐馆。鹌鹑是种娇贵的动物，喜温，于是他把它们放在房子里养。鹌鹑个头小，占不了多大地方，他把它们放在盒子里，放在床下，宰杀和拔毛这些工作则在厨房进行。

对任何事都兴致勃勃的查咪问道："我觉得你这么做真是太聪明了，可那样不会有臭味吗？"

特里克茜插嘴道："噢，闭嘴。我们正在吃早餐呢！"然后伸手去抓脆玉米片。

弗雷德对下水道的热情足以败坏任何人吃早餐的胃口。清理下水道显然是他的兴趣所在，每当他滔滔不绝地讲述令人作呕的细节时，他那只"东北眼"就闪闪发光。特里克茜道："等你哪天不注意，我就会把你塞到下水道里去。"然后拿着烤面包赶快逃走了。

然而弗雷德这位手拿皮撅子的诗人，是不会就此打住的。"最棒的一次是在汉普斯特德，知道吗，那是很多漂亮房子中的其中一座。女主人是个势利眼。我掀开马桶盖，里面塞得满满的。我用橡胶头，你知道的，吸住入水口，然后用力将污物和水通开。突然出现一个大大的，好大的东西。"

他伸开双臂，双眼生动地沿着不同角度叽里咕噜转着。查咪可以体会到他的激情，但不明白他在说什么。

"你从来没见过这个东西，一米长，三十厘米宽，吓死我了。那位打扮十分时髦的女士瞧着那东西，说：'哦，亲爱的，这是什么东西？'我答道：'女士，如果您也不知道的话，那您一定是睡过去了。'女士道：'你真是太逗了，好人。'嗯，我最后把那东西弄了出来，收了双份钱，她乖乖把钱付了。"

弗雷德顽皮地一边笑，一边搓着双手，舔着牙齿。

"哦，你做得好，弗雷德，真有你的。收双份钱真是聪明的决定。"

弗雷德曾经赚钱的生意还有做烟花。他所在的先遣兵部队有段时间曾隶属北非皇家工程兵团，每天都和炸药打交道。和北非皇家工程兵团打过交道的人，无论多笨都肯定会懂一些炸药知识。战后弗雷德凭借所学的知识足以让他在厨房里生产烟花了。

"太简单了。你只需搞到足量的某种化肥，加点这个，加点那个，嘣，烟花就做成了。"

查咪睁大双眼，一脸关切地问道："那难道不危险吗，弗雷德？"

"不，不，不，只要你像我一样，明白自己在做什么就不危险。烟花被一抢而空，整个波普拉区的人都来买，人见人爱。要不是那些讨厌的家伙，我早就发大财了。"

"谁？发生了什么事？"

"警察，警察没收了我的烟花，做了测验，说它们是危险品，说我危害生命安全。我要问问你们，问问你们，我是那种人吗？"

我是吗？"他抬起头，无辜地伸出沾满烟灰的双手。

"当然不是，弗雷德。"我们异口同声道，"出了什么事？"

"他们把我起诉了，可法官让我交了罚款，就把我放了，因为我还有三个孩子。他是个好小伙儿，那个法官，但他说如果再犯就把我关进监狱，再不管我是否有孩子要照顾。从那之后，我就再也没做过烟花。"

弗雷德最近在忙的生意是太妃糖苹果①，同样也获得了巨大成功。多莉在小厨房里制作太妃糖浆，弗雷德则从修道院花园里购买价格便宜的成箱苹果。用木棍插上苹果，沾上太妃糖浆，不一会儿，滴水板上就摆满了成串的太妃糖苹果。弗雷德不明白自己为什么没早点想到这个主意。时值冬季，身边有那么一大群孩子，这简直是一本万利的好生意。弗雷德仿佛已经瞧见了自己的好日子：苹果大卖，金钱滚滚而来。

然而，一周或者两周后，显然有事发生。俯在煤炭炉旁的矮个子只默默掏着烟道，一言不发。厨房里再也不见往日热情洋溢的招呼、夸夸其谈和不成调的口哨声，一片沉寂，甚至连我们对他的质疑他都置之不理。

查咪终于忍不住，离开桌子，走到弗雷德身前。

"别这样，弗雷德。发生了什么事？说不定我们能帮上忙。即使帮不上忙，说出来也会舒服点。"查咪的大手碰了碰弗雷德

---

① 英国万圣节时的一种传统食品。万圣节期间正是苹果丰收期，人们用新鲜苹果裹上一层太妃糖浆制作而成。

的肩膀。

弗雷德转过身，抬起头。"东北眼"暗淡无光，"西南眼"则泛着点点泪光。一张嘴，嗓子沙哑。

"热病，鹌鹑，这就是发生了什么。有人投诉说我的太妃糖苹果感染了热病病菌，于是负责食品安全的人检查了苹果，认定我的太妃糖苹果感染了细菌，说我危害公共健康安全。"

显然，卫生督察员立即突击检查了太妃糖苹果"生产车间"，当看过厨房，也就是弗雷德通常宰杀鹌鹑和拔毛的工作间后，督察员不但马上下令终结了弗雷德的两项生意，而且还要起诉他。弗雷德的经济因此遭受重创，他为此伤心至极，无论怎么安慰也无法令他振作起来。善良至极的查咪甚至向他保证，大难不死必有后福，可弗雷德依然无法走出低谷，那天早上我们只好在阴郁的气氛中吃完了早餐。弗雷德觉得自己丢了脸，痛心不已。

但，弗雷德的好日子马上就要来了。

十一

圣诞宝宝

贝蒂·史密斯的预产期是 2 月初，所以整个 12 月，当她开心地跑前跑后，为丈夫、六个孩子、双方父母、双方父母的父母、兄弟姐妹及其孩子们、叔叔阿姨和老态龙钟的太祖母忙活布置圣诞节时，家族里谁也没想到，贝蒂的宝宝会选择在圣诞节当天呱呱坠地。

贝蒂的丈夫戴夫是西印度码头港口经理，正值壮年，精明能干，因为对业务极其精通，深受伦敦港上级器重，所以工资颇丰。正因为如此，他们家住在刚下贸易路的一座维多利亚式大宅中。能在战后嫁给戴夫，逃离出租屋拥挤和卫生极差的环境，贝蒂常为此感到幸运。她喜欢这座宽敞的大宅，所以总喜欢招待整个家族的人来此过圣诞节。孩子们也喜欢这样过圣诞节。大概有二十五个表亲会从波普拉、斯特普尼、弯弓街和康宁镇各地团聚于此，那情景仿如时光倒流，重温过去大家在一起的开心。

圣诞老人由埃尔夫叔叔扮演。贝蒂的家位于斜坡的最下方，埃尔夫叔叔有一个自制的带轮雪橇。他把雪橇运到街道最上方，装好一大袋礼物，待收到信号之后，再乘雪橇而下。小孩子们不明白这背后的玄机，只瞧见无任何外力驱动，圣诞老人竟然神奇地向他们缓缓驶来，然后停在房前，他们为此而欣喜若狂。

但今年圣诞节是个例外，贝蒂家迎来的不是拉着雪橇的圣诞老人，而是骑着自行车的助产士。助产士带来的不是一大袋礼物，而是一个光着屁股号啕大哭的宝宝。

我今年的圣诞节同样也是个例外。我人生中第一次明白，圣诞节并不只是饱食终日、饮酒作乐的日子，其实还是宗教庆典。自12月月末一个据说叫圣灵降临节①的日子开始，圣诞节就拉开了帷幕。圣灵降临节这个日子对我毫无意义，可修女们则知道要开始准备过圣诞节了。大多数人为圣诞节所做的准备和贝蒂一样，购买食物、酒水、礼物和款待之物，可修女们的准备却很特别，是祈祷和冥想。

宗教生活秘而不宣，所以我既看不见，也不知到底发生了什么，但在圣灵降临节这四周时间里，我感到身边弥漫着某种特殊的气氛，虽然无法触摸，但正如孩子能从父母身上感受到欢乐一

---

① 自圣诞节前四个星期的星期日起至圣诞节止，圣灵降临节是为纪念耶稣复活而举行的庆祝节日。

样，我也能从翘首企盼的修女身上捕捉到平静宁和的气氛。但不知为何，这却让我感到不安和讨厌。

圣诞节前夕，当我结束夜访，很晚回到农纳都修道院时，正好遇到朱丽恩修女，她对我说："跟我去小礼堂吧，詹妮，我们今天布置圣诞马槽① 。"

我其实不想去，但直接拒绝未免过于无礼，只好无奈地跟着去了。小礼堂里没点灯，只有马槽旁点了两根蜡烛。朱丽恩修女跪在圣坛的栏杆前祈祷，然后对我说："我们神圣的救世主就是在今天诞生的。"

我记得我当时瞧着那些塑料小人、稻草和其他摆设，心里纳闷：这样一位见多识广、充满智慧的女人怎么会将此事当真呢？她是在开玩笑吗？

我应该是念叨了些礼貌平和的客套话，就离开了。其实，我心中一点儿也不平和，某个我抗拒的东西一直萦绕在我心间，挥之不去。不知道是在那时还是之后，我有了一个念头：如果上帝真的存在，并非虚构人物，这一定会对所有人产生重大影响。这可不是个令人愉悦的念头。

许多年来，每逢圣诞节我总会在某个地方参加午夜弥撒，这并非出于信仰，我不过是想观赏圣诞节表演和庆祝仪式，对宗教并不热忱。当我在巴黎时，圣诞节去俄罗斯东正教教堂俨然成了我的一个习惯，不过那只是因为我喜欢听那动听的歌声。十一点到两点，

---

① 根据《圣经》记载，耶稣是在马房的马槽中出生的。所以"圣诞马槽"在信徒的眼中非常神圣，地位甚至超越圣诞树。

圣诞节弥撒堪称我所听过的最美妙的音乐。即便五十年过去了，俄罗斯独唱家用低音演唱的礼拜仪式依然还在我耳边回荡。

圣诞节当天，修女们和非神职人员会到东印度码头路的诸圣堂参加午夜弥撒。令我大吃一惊的是，教堂里竟然座无虚席。强壮彪悍的码头工人、顽强的临时工、脚上穿着尖头皮鞋咯咯笑个不停的青少年，还有整个一家人都去了教堂。整个教堂里人头攒动。诸圣堂是一座维多利亚时期的大教堂，那天晚上的人足有五百之多。午夜弥撒也正如我预想的一样：激动人心，美不胜收，令人印象深刻。但我一丁点心灵被抚慰的感觉也没体会到，对此我感到不明就里。为什么对善良的修女们来说，午夜弥撒代表了人生的全部意义，可对我来说，只不过是一场精彩表演？

圣诞节当天，正当大家围坐在大桌旁共进午餐时，电话铃突然响了起来，所有人不约而同嘴里发着牢骚，我们可都盼着今天能休息一天呢。接电话的修女回来告诉大家，戴夫·史密斯打电话过来，他的妻子好像要生了。所有的牢骚立刻变成了担忧。

伯纳黛特修女跳起来，道："我去和他谈谈。"几分钟后，伯纳黛特修女回来说道："听起来确实要生了。才刚三十四周，真是太不幸了。我已经通知了特纳医生，如果需要，他会马上赶过去。今天谁当班？"

是我，圣诞节当天当班的人正是我。

我们开始一起为出门做准备。那时我还是学生，需要在专职助产士的陪同下出诊。打我第一眼瞧见工作中的伯纳黛特修女，我就知道她是一名有天赋的助产士，她不仅具备助产士的专业知识和技能，还拥有作为一名助产士应该具备的直觉和敏锐。即便把我的性命交到她手上，我也不会有丝毫迟疑。

我们一起告别了温暖舒适的厨房，还有丰盛的圣诞晚餐，从消毒室里取了待产包和我们的助产包。待产包是个大盒子，里面装着垫子、床单、防水纸等必需品，待产包通常由孕妇的丈夫在预产期前拿回家。蓝色的助产包中则装着我们的工具和药物。我们将两个包装在自行车上，然后推着车进入寒冷无风的夜里。

伦敦原来竟然可以如此安静，这倒是我从前所不知的。大街上一片静寂，除了两个静悄悄骑着自行车的助产士之外，再无他人。东印度码头路上往常那些往返码头、川流不息的卡车今天也不见了踪影，宽广静谧的大街此刻瞧上去漂亮而气派。水里和码头上也不见了往日的热闹，一切都静止不动了，除了偶尔传来海鸥的叫声之外，再听不到任何声音。伦敦伟大的心脏今天停止了跳动，这景象令人难以忘怀。

我们来到贝蒂家，戴夫给我们开了门。透过窗户我们瞧见屋里很大的圣诞树，壁炉里的火，和一屋子的人。十几张小脸正紧贴在窗户上，好奇地瞧着我们。

戴夫道："贝蒂在楼上。我本想让大家回去，可贝蒂不肯。她喜欢热闹一点，说这样有助分娩。"

伴着跑调的钢琴声，一个中气十足的声音从前屋传来，唱道"老麦克唐纳有一个农场"，随即各位叔叔惟妙惟肖地模仿起动物的声音，马、猪、牛和鸭子的声音简直以假乱真。孩子们纵声大笑，喊着要再听一遍。

我们上楼进了贝蒂的房间，房间里安静祥和，与楼下的热闹喧嚣形成鲜明的对比。房间里已经生起了炉火，烧得正旺。贝蒂的妈妈应该没时间为分娩做准备，却奇迹般的把一切都准备好了。所有看得见的地方都被打扫得干干净净，准备好了备用床单，热水也烧好了，甚至连婴儿床都铺好了。贝蒂见了我们，第一句话是："这真是个意外惊喜，对不对，修女。"

贝蒂乐观务实，任何事都难不倒她。毫无疑问，她像我一样，完全信任伯纳黛特修女。

我打开待产包，将棕色防水纸铺在床上，再在上面铺上垫单和产妇垫。我们换上手术衣，消过毒，修女开始为贝蒂做检查。贝蒂的羊水一小时前已经破了。我瞧见修女先是全神贯注，然后面色凝重。她一言未发缓缓脱下手套，柔声道："贝蒂，你的胎儿貌似是臀位。也就是说，分娩时先出来的不是婴儿头部，而是臀部。三十五周之前，胎儿呈臀位很正常，之后胎儿会自行转身，头部向下。你肚里孩子的胎位还没有转过来。虽然现在有几千例这种情况下安全分娩的先例，但臀位分娩比正常分娩风险大很多，也许你应该考虑去医院分娩。"

听了这话，贝蒂斩钉截铁道："不，我不去医院。我相信你，修女。我的所有孩子都是农纳都修道院的修女在这个房间里接生的，我不要去别的地方。你说呢，妈妈？"

贝蒂的妈妈与女儿意见一致，并且回忆贝蒂的第九个孩子也是臀位分娩的，而她的邻居格拉德至少也有四个孩子是臀位分娩的。

修女道："那好吧，我们会尽力的，但我会要求特纳医生赶过来。"然后她对我说道："护士，请去给医生打个电话，好吗？"

尽管戴夫家家境殷实，可家里没有装电话。他不需要，因为他的朋友或者亲戚们都没有电话，没人会给他打。如果需要，公共电话亭就足以满足需求了。当我下楼时，一群戴着纸帽子、嘴里大喊大叫、满脸兴奋的孩子从我身边跑过。楼下一个声音喊道：

"大家都躲起来。我数到二十，就来找你们。一、二、三、四……"

孩子们嘴中发出尖叫，互相推挤着冲到楼上，有的躲在橱柜里，有的躲在窗帘后，藏在能藏身的任何地方。等我来到前门，房子外面一片静悄悄，只能听到："十七、十八、十九——我来找你们了。"

我走上寒冷空旷的大街去找电话亭。特纳医生是全科医生，他不但将诊室设在伦敦东区，还和妻子孩子住在东区。特纳医生全心投入工作，似乎随叫随到。与他那个年代的医生一样，特纳医生同时也是一名优秀的助产士，广泛行医让他见多识广，经验丰富。

他正在等我的电话。我把贝蒂的情况告诉他，他说："谢谢你，护士，我马上过去。"我能想象得到他的妻子正在叹气："就连圣诞节都不能在家。"

回到贝蒂家，躲猫猫的游戏依然在继续。被找到的孩子发出的惊叫声让人心惊肉跳。进门时我碰见一位笑意盈盈的男子，手里提着一箱空啤酒瓶。

"跟我们玩一会儿，怎么样，护士？"他询问道，"你，修女和我们大家。哦，修女能喝酒吗，你知道吗？"

我向他保证修女会喝酒，但工作时不行，我也一样。正在这时，一条纸彩带擦着我的耳边飞过，那是躲在门后的一个孩子发射的"子弹"。

"哦，抱歉，护士。我想那是我们的波尔干的。"

我从制服上取下粉红色和橙色的彩带，然后上楼去了。

贝蒂的房间笼罩在一片宁静祥和之中。厚厚的老墙和重重的木门彻底隔绝了外面的喧闹声，贝蒂此刻看上去安逸平静。伯纳黛特修女正在写病历，而贝蒂的母亲艾薇则正坐在角落里织毛衣。房间里只能听见毛衣针相碰和炉火发出的噼里啪啦的声音。

伯纳黛特修女告诉我，她不准备给贝蒂用止痛药，怕对胎儿有影响，现在很难判断第一产程需要多久，不过胎儿心率目前很正常。

特纳医生很快赶到了，就好像圣诞节他宁愿做臀位接生，也不愿做其他事一样。他和修女讨论了孕妇的情况，然后为贝蒂做了详细检查。我本以为他会再做一次宫检，但他没有，他完全信任修女的检查。医生告诉贝蒂，她和胎儿看上去情况非常好，除非提前接到电话，不然他会下午五点再来。

我们坐下来等。助产士的工作大多紧张且充满戏剧性，但偶尔可以享受一段安静的等待时光。修女坐下掏出祈祷书开始做日课①。修女们依照修道士的规定，一天有六次日课：清晨祷、午前

---

① 或称时辰祈祷（Divine Office），是基督教会的神职人员依照固定的时间来进行祷告；通常一天共有八次日课祷告。

课、午课、午后课、晚祷、夜祷① 以及每天早上的圣餐礼② 。对于不工作的人来说，日课大概要在祈祷中占用约五个小时时间；对于需要工作的人来说，这是不可行的，所以从早期开始，助产士们就缩短了祈祷文，从而能在从事护士和助产士工作的同时，依然保持宗教信仰。

年轻、面容白皙的修女伴着炉火，读着古老的祈祷文。安静虔诚地翻着书，嘴唇随着诵读而动，这情景深深感染了我。我坐在那里瞧着修女，心中不解：到底是如何神圣的召唤才会令这样一个漂亮年轻的女人放弃世俗生活，舍弃所有乐趣和机遇，甘于贫穷、守身如玉，将自己的一生献给宗教信仰呢？我可以理解献身于护士和助产士的理想，因为对我来说，无论是学习过程，还是实际出诊，都令我着迷，可献身于宗教这种事我完全无法理解。

贝蒂因为宫缩发出呻吟声。修女笑着起身，走到贝蒂身旁查看，然后又回来继续祈祷，房间里只能听见大钟的嘀嗒声和艾薇毛衣针相碰的咔嚓声。一门之隔，外面热闹而喧嚣，里面则平静而虔诚。

我坐在炉火旁，陷入对往日的回忆之中。我有很多圣诞节都是在医院度过的，这也许与大家的想象正相反，那其实是很快乐的经历。与现在相比，五十年前医院里的人情味可浓多了。那时护士等级制虽然可怕，但至少大家互相认识或相熟。当时病人住

---

① 清晨祷一般是在早上五点举行。午前课一般是在早上九点举行。午课一般是在中午十二点举行。午后课一般是在下午三点举行。晚祷一般是在下午五点举行。夜祷一般是在晚上八点举行。

② 耶稣亲自设立的一件表明主的生命常与信徒同在的圣事。

院时间更久，护士因为每周工作六十小时的缘故，和病人的关系更像亲人。圣诞节那天，护士们都不再束起头发，即便是病房里资格最老、最严厉的护士长，等几杯雪莉酒下肚，也和护士学员笑成一片。那情景更像校园姐妹们的联欢，不过气氛更融洽。我们的目的是让病人度过一个愉快的圣诞节，他们中很多人都患有可怕的疾病。

　　最令我难忘的圣诞一幕是圣诞报佳音①。所有护士在护士长的带领下，手拿蜡烛，一路唱着颂歌穿过病房。在住院病人眼里，那一定是令人难忘的一幕。有一百多名护士、二十多位医生和五十名左右的护工。所有护士身着全套制服，反穿长袍，露出衣服里面的猩红色衬里，每人手举蜡烛。我们步行穿过昏暗的病房，每间病房通常设有三十张床，唱着古老的圣诞节故事。这一情景在现在的医院已不可见，如今仅有动人的记忆留存，我知道那时候很多病人都流下了动情的泪水。

———————————

① 通常指在教堂或户外唱圣诞颂歌。

十二

臀位分娩

时间在悄无声息地流淌，楼下传来"哎，哎，哎，康加舞"的动静。他们先在客厅里绕圈，随后排成一队沿楼梯上楼，声音愈来愈吵。所有人都放声大喊，步调一致地跺着脚。修女担心这会吵到贝蒂，可贝蒂说："不，不，修女，我喜欢这样。我不喜欢屋子里太静，尤其在圣诞节这天。"

修女对此报之一笑。过去的几次宫缩似乎来得愈加猛烈，间隔时间也更短了。修女起身查看过贝蒂，对我道："护士，我觉得你现在最好去给特纳医生打个电话，好吗？"

我打电话给医生时正是下午四点，特纳医生不到一刻钟就赶到了贝蒂家。我感到兴奋，因为这是我第一次参与臀位分娩。贝蒂已经开始有用力的感觉了。

伯纳黛特修女对贝蒂道："亲爱的，一开始你千万忍住不要用力。深呼吸，试着放松，不要用力。"

我们穿好手术衣，戴上口罩，再次消了毒。特纳医生瞧着伯纳黛特修女，道："修女，这次接生由你负责。如果需要，我就在旁边。"

他显然完全信任伯纳黛特修女。

修女点点头，告诉贝蒂继续躺在床上，臀部放在床边，然后让我和艾薇各自抓住贝蒂的一条腿。因为我在实习，所以修女一边准确无误地小心操作，一边向我解释这么做的原因。

随着会阴扩张，我瞧见有东西出来，可瞧上去不像是胎儿的臀部，因为那东西是紫色的。修女瞧见我困惑的表情，向我解释道："那是下垂的脐带，臀位分娩时很常见。因为胎儿臀部还不是完整的球形，所以脐带很容易滑到胎儿两腿之间。只要脐带脉动正常，就不用担心。"

随着阴道继续扩张，我已经能清楚看见胎儿的臀部了。因为床太矮，修女无法站着，只能跪在地上，位于贝蒂双腿之间。她低声向我解释着眼前的景象："这种情况我们称为左骶前位，也就是说，左臀部先从耻骨下方出来。"

"现在别用力，贝蒂，"修女继续说道，"我希望宝宝慢慢出来，越慢越好。"

"胎儿的双腿是蜷曲的。我要旋转胎儿确保其处于最佳分娩体位，另外当胎儿身体悬在体下时，向下的重力可以帮助胎儿头部保持弯曲。这点很重要。"

胎儿的臀部已经出来了，修女用一只手小心翼翼伸入母体内，用手指钩住胎儿蜷曲的双腿。

"无论如何，千万别用力，贝蒂。"伯纳黛特修女嘱咐道。

胎儿的双腿轻松滑出了体外，是个女孩儿。一长段脐带也随之滑出，它在剧烈地动——看得很清楚，根本无须用手去摸。

"胎儿还完全连在胎盘上，"修女道，"脐带里流淌着维持生命的血液。虽然胎儿半个身子已经离开母体，但在头部出来之前，或者至少在胎儿的鼻子和嘴巴能够顺畅呼吸之前，全靠胎盘和脐带维持生命。"

眼前这条弯弯曲曲、扑通扑通在跳的东西竟然对于生命至关重要，它看上去有点让人害怕，于是我问道："难道不需要把它塞回去吗？"

"不是必须的。有的助产士会那么干，但我觉得这样做没任何好处。"

又一阵宫缩开始了，胎儿的身体随之滑出，肩膀就要出来了。

毛巾正搭在炉火旁的隔板上保温。修女拿过一条毛巾，用它紧紧裹住宝宝的身体，边做边解释道："这么做有两个原因：首先，千万不要让婴儿着凉。婴儿现在大部分身体露在体外，被冷风一激，婴儿可能会吸进羊水，那将是致命的。另外，婴儿身体滑，包上毛巾才可以抓住婴儿。我现在必须将婴儿旋转九十度，让婴儿后脑处于耻骨下方。我会在婴儿的肩膀出来的同时这么做。"

宫缩再一次开始，胎儿左前肩膀抵在骨盆上，修女先用一个手指钩住胎儿胳膊下方，与此同时，沿顺时针方向略微旋转胎儿的身体，让胎儿的肩膀滑出体外。随后，让胎儿右肩也出来。现在胎儿的双臂都出来了，只剩下头部还留在母体内。

"你的宝宝是个姑娘，"修女对贝蒂道，"不过从四肢大小判断，婴儿应该没有早产六周。我觉得你搞错了日子。贝蒂，现在你要用尽全力，利用每次宫缩将胎儿头部推出体外。医生也许可以在耻骨弓上加力帮你一下，但我更希望你凭自己的力量将宝宝的头生出来。"

整整有三分钟贝蒂没有宫缩，我已经开始紧张焦虑了，可修女却很平静。她双手托着婴儿，然后松开手，任凭婴儿悬挂在空中。我惊恐地张大嘴。

"这么做是对的，"修女解释道，"胎儿身体的重量会将头轻轻拉出一点，令头部进一步前屈，这正是我想要的效果。保持大概三十秒就足够了，这不会伤着胎儿。"

接着修女又托住婴儿。我必须得说，当时我真深吸了一口气。又一阵宫缩开始了。

"现在用力，贝蒂，用全力。"

贝蒂照做了，可胎儿的头依然还是老样子。修女和特纳医生一致同意下次宫缩时，由医生在耻骨弓上施加外力，如果依然无效，可能就需要采用低位产钳术①了。

修女向我解释道："那么做是因为脐带会受到头部和骶骨的挤压。胎儿目前没事，但如果时间过长，超过几分钟，胎儿肯定会有缺氧危险。"

----

① 是通过产钳牵引纠正胎头方位、协助胎儿娩出的产科常用手术，是解决头位难产、缩短第二产程的重要手段。

听了这话，我惊魂不定，紧张地握紧手，修女却依然一脸平静。又一阵宫缩开始时，特纳医生将双手放在贝蒂耻骨正上方的肚子上，用力向下按。贝蒂发出痛苦的呻吟声，胎儿的头明显移动了。

"我准备采用莫斯韦分娩法。"修女向我解释道，然后又松开手，任凭胎儿悬挂在空中。我的心一下子又提到了嗓子眼儿。

"下次宫缩如果顺利生出来，我们要清理胎儿的呼吸道，她就可以呼吸了。我需要史密斯阴道镜，做好准备，当我需要时递给我。"

我在修女的接生托盘中寻找着阴道镜，双手抖得很厉害，片刻间我甚至产生了一个可怕的念头，我会打翻整个盘子，即使拿起的阴道镜也会掉在地上。

另一阵宫缩袭来，医生在贝蒂肚子上施加了和刚才同样的力。修女将右手放在胎儿的肩膀上，左手手指插入阴道。我瞧见她的手指轻轻在动，似乎在找什么东西。胎儿枕在她的前臂上。

"我要用食指钩住胎儿的嘴，以保持头部前屈，这样胎儿的嘴和鼻子就会先接触到空气。千万不要拉。如果你将来使用这种方法，一定要记住这点。拉的话，可能会导致婴儿下巴脱臼。"

我怕得直想吐，心里只想祈求上帝，将来千万不要让我碰上臀位分娩。我瞧见修女的右手正在胎儿后头骨处动。修女解释道："我现在只是向上推胎儿的后枕骨，让头部更加前屈。医生，如果可以的话，再加大一点力度。我觉得胎儿已经准备好了，就是现在。护士，请把阴道镜给我。"

为了不让拿东西的手颤抖，我不得不用另外一只手紧握这只手的手腕。此刻我满脑子只有一个念头，千万不能掉下去，千万不能掉下去。将阴道镜递给修女后，我那颗紧绷的心才终于松下来，自己甚至差点笑出声来。

可好戏还在后头。

现在，胎儿的下巴已经来到出口，修女将阴道镜小心翼翼插入宫颈，像使用鞋拔子一样向后推，让胎儿的鼻子和嘴巴露出来。修女拿过我递过去的药棉，擦干净宝宝鼻子和嘴巴上的黏液。

"现在，她可以呼吸，不用靠胎盘血供氧了。"

我吃惊地听到一声喘气的声音，随即胎儿发出轻微的哭泣声。虽然还看不到胎儿的头部，却能听到她的声音了。

"这正是我想听到的声音，"修女道，"贝蒂，你听到了吗？"

"还没有，她还好吗？可怜的小家伙，我知道她和我一样受罪。"

"她很好，你的宝宝现在很安全，下次宫缩就会生出来了，我向你保证。我觉得你的会阴撕裂了，但有阴道镜挡着我看不到，现在也没有其他办法。一旦挪开阴道镜，宝宝就不能呼吸了。"

宫缩又开始了。"一切就要结束了。"我欣慰地想。从胎儿头部出来到现在不过才过去十二分钟，我却感觉很久。

这次宫缩来势凶猛，医生施加了适当的外力，修女向下拉胎儿的身体，直到胎儿的鼻子与会阴平齐，然后她快速将胎儿身体向上推到母亲肚子上方。整个动作加起来不到二十秒时间，胎儿的头终于出来了。我松了一口气，几乎喜极而泣。

可婴儿是蓝色的。

修女握住婴儿的脚踝，让婴儿头朝下，脚朝上。

"这种颜色没太大关系，"修女道，"这是正常的。我现在必须确定胎儿呼吸道顺畅。当她开始用力呼吸，呼吸正常之后，身体就会变成正常的颜色。请把黏液吸管递给我，好吗？"

我的手已经不抖了，我把黏液吸管递给修女，不再担心它会掉下去了。

修女倒转新生儿，将她放在自己左臂上，随后将导管一端塞进新生儿嘴里，从另一端轻轻吸走新生儿口中的液体和黏液。液体吸进导管时发出冒泡的声音。接下来，修女清理了新生儿的两个鼻孔。新生儿大大吸了两到三口气，先是咳嗽，随后哭了起来。事实上，发出的更像尖叫声。宝宝的身体立刻变成了粉红色。

"可爱的尖叫声，"修女说道，"再叫几声我就开心了。"

宝宝听话地用力叫了起来。

我们钳住并剪断脐带，用干爽的毛巾包住宝宝，然后将小家伙递给了贝蒂。

"哦，她真可爱，"贝蒂大声道，"上帝保佑，我的小心肝。为了她受再多罪也值了。"

这真是个奇迹，我心中暗道。产妇只要一抱上刚呱呱落地的宝宝就马上忘了之前所受的各种痛苦。

"今天是圣诞节，"贝蒂道，"我们应该叫她卡罗尔① 。"

"这个名字很可爱，"修女道，"我们现在必须把胎盘取出来，你最好躺着别动，因为我觉得里面可能撕裂了，这个姿势便于医生缝合。"

---

① 英文 Carol 除用作名字之外，还有圣诞颂歌的意思。

医生掏出注射器，对修女道："我准备给她注射麦角新碱[①] 以促进胎盘排出。"

修女点点头。

我没有问为什么。那时，采用麦角新碱是非正常措施，只有出现第三产程过长、大出血或胎盘破裂时才会采用这种方法。正如我之前所提到的，如今分娩之后马上使用催产剂已经成了惯例。

几分钟后，宫缩开始，胎盘被排出体外，扑通一声掉进修女手中拿的肾形盘中。

"好了，我的工作完成了，医生。"修女道，"剩下的就交给你了。"

可说起来容易，做起来难。修女刚想起身，没站起来。她痛苦地倒抽了一口凉气。

"我的腿，腿麻了，针扎一样疼。"

这个可怜的家伙，这一点也不奇怪，她已经保持一个姿势在地上跪半个多小时了，所有注意力全集中在分娩上。

"我动不了了，你们必须帮我一把，腿完全不听使唤。"

医生体贴地用手拉住修女想把她拉起来。瞧医生神情凝重，双腿麻木的修女一定不轻。艾薇和我也上前帮助医生扶起了修女。大家都哈哈大笑起来。我们终于将修女拉起来，帮她跺脚，活动双腿。随着血液循环渐渐恢复，腿部神经终于重新恢复工作了，修女不需要搀扶也可以自己站立了。

---

① 产后促进子宫肌肉收缩的催产药。

医生打开他的缝合包，再次给手消了毒。他让我拿着他的手电筒帮他照明好能看清伤口。医生先给贝蒂进行了局部麻醉，随后认真检查起来。

"情况还好，贝蒂，"医生道，"我马上给你缝合，伤口愈合需要几周时间。不过我还需要给你做宫检，确保宫颈没撕裂，臀位分娩有时会出现这种情况。"

医生将两根手指插入贝蒂体内，检查了一番。"胎儿臀部的直径小于头部，分娩时宫颈会扩张到足够大让臀部分娩出体外，但头也许出不来。这是造成宫颈撕裂的一个主要原因。如果出现这种情况，产妇必须转送医院，因为我没有足够的设备修复宫颈。不过，"医生信心满满地继续说道，"贝蒂，你很幸运，你的宫颈没有撕裂，只需缝合外面就好。"医生选好肠线[①] 和针头，用手术钳钳住肌肉，随着手腕上下翻动，医生干净利落地缝好了伤口，整个过程只用了不过几分钟。

"好了，缝好了。现在你可以躺在床上了，那样会舒服很多。"

与此同时，修女已经给新生儿做了检查。"贝蒂，宝宝重五斤左右。你的小卡罗尔肯定没有早产六周。也许早产了两周，你的日子一定记错了。下次可要记好日期。"

"下次？"贝蒂惊叹道，"饶了我吧。不会再有下次了，臀位分娩一次就够我受的了。"

见宝宝已经脱离了危险，母亲正舒服地躺在床上休息，伯纳黛

---

① 医用羊肠线是一种生物组织缝合材料，又称可吸收性外科缝线，由羊的小肠黏膜下层制成，供医疗手术中对人体组织缝合结扎使用。

特修女和医生准备离开了，我留下来清理战场，给婴儿洗澡，记录病历。下楼时，伯纳黛特修女只能隔着人群大喊，告诉戴夫他又添了一个女儿。尽管隔着门，"产房"里的我们还是听到贺喜人们的大喊大叫声，以及《因为他是一个快乐的好伙伴》[1]的歌声。

"谁是快乐的好伙伴？"贝蒂问道，"戴夫吗？我喜欢这个比喻！"贝蒂开心地抱着自己的宝宝，哈哈大笑道。

正在这时，戴夫进了屋，他脸色泛红，略带醉意，一脸的自豪和喜悦。他伸出双手抱住贝蒂。我发现伦敦东区的很多男人都口齿不清，戴夫可不是，他这个港口经理可不是浪得虚名。

"太棒了，贝蒂，我为你感到自豪。"戴夫道，"圣诞宝宝是个奇迹，我们肯定忘不了这孩子的生日。我觉得我们应该给她起名叫卡罗尔。"

戴夫抱过孩子，惶恐地说道："卡罗尔，她真小啊！我觉得我会弄坏她。你最好赶紧把她抱回去，贝蒂。"

卡罗尔一皱脸，小声呜咽起来，大家都被逗得哈哈大笑起来。

我突然察觉楼下的动静变了。派对的喧闹声渐渐停歇，门外楼梯的平台上传来窃窃私语和咯咯的笑声。戴夫对我说："大家都来了，想进来瞧瞧小家伙。你觉得他们什么时候能进来？"

我觉得没有理由不让大家进来，这里毕竟不是医院。于是，我答道："我要和艾薇先清理屋子，给宝宝洗澡时，你可以让孩子们先进来。我相信他们喜欢这样。与此同时，我还需要更多的热水。"

---

[1] *For He's a Jolly Good Fellow* 是流传甚广的英文歌曲。

几壶热水被端上了楼，艾薇和我快速给贝蒂清洗了一番，让她做好会客准备。然后我将锡制的澡盆放在炉火旁的椅子上，将洗澡水调整到适合宝宝洗澡的温度。艾薇打开房门，道："现在你们可以进来了，但必须保持安静，乖乖的。谁要是调皮捣蛋就马上给我出去。"

祖母的话对于这些小孩子来说俨然等同于法律。我没有数有多少孩子进了房间，大概有二十个，他们一个接一个进了屋，睁着一双满是敬畏、又大又圆的眼睛。幸好房间够大，为了能瞧见宝宝，他们有的围在我身边，有的坐在床上，有的则站在椅子和窗台上。我满心欢喜地瞧着身边的孩子，我喜欢孩子，看着他们围在你身边是种令人着迷的体验。艾薇告诉孩子们，这个宝宝叫卡罗尔。

卡罗尔躺在我膝盖上铺着的毛巾里，身上依然包裹着法兰绒床单。我手拿药棉擦着她的脸、耳朵和双眼。卡罗尔扭动身体，舔着嘴唇。一个小声音道："噢，她的舌头真小，瞧。"

卡罗尔的头还沾着血和黏液，于是我说道："我现在要给她洗头发了。"

这时，站在窗台上的一个小男孩儿道："我不喜欢洗头。"

"你闭嘴！"一个小女孩儿命令道。

"不，你闭嘴，管事鬼！"

"噢，我才不是呢，你等着……"

"都给我听着，"艾薇威胁道，"你们俩谁再说一个字，就都给我出去。"

房间里立刻鸦雀无声了。

我说道："嗯，我不会用肥皂，眼睛里进了肥皂，就会让人觉得难受。"

我左手向上扶住宝宝的脸，让她的头靠近澡盆边，轻轻将水洒到她的头上，然后用药棉擦头。我这么做是为了洗掉她头上的血，但更主要的是为了让宝宝看起来好看点。其实最好保留胎脂或黏液，它们会在宝宝的皮肤上形成保护膜。我用毛巾擦干宝宝，对站在窗台上的小男孩儿道："瞧，洗头并不难受，是不是？"

小男孩儿没吱声，只一脸严肃地看着我，点点头。

我打开宝宝身上裹着的法兰绒床单，让卡罗尔光着身子躺在我的膝盖上。孩子们这时都倒抽了一口气，几个人还哭着问道："那是什么东西？"

"那是剩下的脐带，"我向孩子们解释道，"卡罗尔在妈妈肚子里时，她通过一条带子和妈妈连在一起。她现在生出来了，我们就要把带子剪断，因为她不再需要这条带子了。你们的肚脐眼原来也都有一条带子的。"

孩子们有的掀起上衣，有的脱下裤子，自豪地向我展示着他们的肚脐眼。

我左手抱住卡罗尔，她的头枕在我的前臂上，然后将她的整个身体浸入水中。卡罗尔扭动着身体，小胳膊小腿乱扬乱踢起来。所有孩子哈哈大笑，也都想给宝宝洗澡。

艾薇厉声道："别忘了我说的，不能吵！你们不要吓到宝宝！"

房间里立刻恢复了安静。

我用毛巾擦干宝宝的身体，说道："现在我们来给她穿衣服。"

所有小姑娘自然而然地都想上前帮忙，这就好像给洋娃娃穿衣服。不过她们被艾薇挡住了，说要等卡罗尔长大一点再给她穿衣服。正在这时，一个小女孩儿突然尖叫道："珀西，珀西，它来瞧宝宝了！它知道了，它想和宝宝说你好！"

孩子们突然像炸了锅，艾薇的命令也失去了作用。孩子们都手指着一个方向，对着地上某个东西大喊大叫。

顺着他们的目光，我吃惊地瞧见一只巨大的乌龟，正昂首挺胸从床下缓缓爬出来，它瞧上去应该有一百多岁了。

戴夫哈哈大笑道："它当然想看看宝宝，一切都逃不过它的眼睛。它很聪明，我们的珀西。"戴夫举起乌龟，孩子们摸着它那皱巴巴的外皮和硬硬的脚指甲。

"也许它想吃顿圣诞大餐了。我们给它拿点，好不好？"戴夫问道。

此刻，大多数孩子的注意力都被乌龟吸引，不再注意宝宝了，于是艾薇聪明地说道："大家都出去吧，下楼看珀西吃圣诞大餐去。"

孩子们离开后，我才了解到刚才出现的奇特一幕的原因。原来珀西被放在床下的纸盒子里冬眠。这间卧室通常不暖和，可今天炉火的温度，再加上房间里几个小时的动静可能把乌龟吵醒了，乌龟误以为春天到了，所以爬了出来。它出现的时机恰到好处，于是就有了刚才戏剧性的一幕。

等我收拾好工具，准备离开时，已经是晚上七点了。戴夫坚持让我留下："别走，护士。今天是圣诞节，你应该为宝宝的出生喝点酒庆祝。"

戴夫将我拉到后屋的酒吧。

"你想喝点什么？"

　　我飞快地想了一下。圣诞午餐吃到一半就赶了过来，之后水米未进。喝烈酒肯定受不了，于是我点了吉尼斯黑啤和肉馅饼。我其实并不想逗留，刚才的分娩已经是美妙的圣诞时光了，我现在不想参加派对。我通常喜欢躲在后面听音乐，而和那些戴着纸帽子、不停打嗝的丰满的阿姨，面色潮红、一头大汗的叔叔们站在人群中间，实在让我受不了。我只想一个人静一静。

　　离开温暖的产房，来到大街上，外面的冷风凛冽如刀。今晚的夜空无云，只有亮闪闪的星星在眨眼睛。那个年代街上几乎没有路灯，只有靠星光照明。空气中突然升起一片浓雾，如梦如幻地洒在人行道的黑色石头上、墙上、屋子上，以及我的自行车上。我浑身打了一个激灵，不得不用力蹬自行车让身体暖和起来。

　　距离农纳都修道院还差两公里左右时，我突发兴致，右转上了西渡路，向道格斯岛方向骑去。绕道格斯岛一圈，再回到东印度码头路需要骑十一二公里，我也不知道自己发了什么疯，当时非要那么干。

　　四下静悄悄的，空无一人。码头早已关闭，码头里的船正悄无声息地停在泊位上。我骑车上了西渡大桥，耳边只听到哗哗的流水声。除了头上点点星光和家家户户窗户里透出的圣诞树的灯光，整个道格斯岛上再无其他光亮。在我的右手边，伟大壮观的泰晤士河正缓缓流淌，隐身于黑暗之中。我缓缓前行，似乎怕一不小心破坏这静谧的气氛。当我向西行时，低垂的明月正缓缓升起，从格林尼治流过来的河水横于面前，我只好停下车，洒下的月光像一条银光闪闪的小路，从我的脚下开始，跨过水面直达对岸。仿佛只要我踏上这条小路，就可以从泰晤士河南岸步行去往北岸。

我的思绪如水面上皎洁的月光一般荡漾起伏。我这是怎么了？为什么会觉得这份工作那么有趣？更重要的是，为什么修女会对我的影响如此之深？我依然记得一天前，自己还对教堂的圣诞马槽不屑一顾，可接下来瞧着伯纳黛特修女伴着壁炉跳动的柔光祈祷，又被那种祥和平静的美所感染。对前后两件事的想法反差怎会如此之大？我搞不明白，也一直无法释怀。

十三

吉米

"詹妮·李吗？这段时间你躲哪儿去啦？几个月没你的消息了。我不得不跑去向你妈妈打听，才知道你在哪儿。你妈妈说你现在在一家修道院做助产士。我只能温柔地告诉她，修女们可不做这种事，她一定是搞错了，可她就是不信。什么，是真的？你一定是疯了！我早就说过，你肯定哪里不对劲。什么，你现在不能聊天？为什么？这电话是给父亲预备的！听着，这可就没意思了。好的，好的！我挂电话，但你必须答应我，晚上下班我们在泥水匠的怀抱酒吧见一面。星期四？好的，就这么定了，别迟到！"

这是我亲爱的吉米，我们打小就认识。老朋友和青梅竹马的情谊尤其特殊。你们一起长大，对对方所有的优缺点了如指掌。

我记得小时候我们总在一起玩，随后就各自离家，开始了不同的人生，到了伦敦再次相遇。我参加各护士学校组织的派对和舞会，那里总少不了吉米和他朋友的身影，我还参加过他们在伦敦西区各酒吧组织的联谊会。联谊会很棒，能认识很多陌生的女孩子，和她们在一起，我也无须做出任何承诺。

年轻时，我没有男朋友。这不是（我希望不是）因为我不够漂亮，太无趣，或没有吸引力，而是我爱上一个不属于我的男人，心已非他莫属。正因为如此，我对其他男人不感兴趣。我喜欢和男性朋友聊天，喜欢他们有趣广博的思想，但一想到和我不爱的男人发生肉体关系，我就感到厌恶，所以我只是有很多男性好友。事实上，我很受男孩儿欢迎。我的经验告诉我，再没有比让一个不知何故对其不感兴趣的漂亮女孩儿动心更能激发年轻男子的斗志了！

终于到了星期四晚上，能去伦敦西区换换心情也不错。想不到和修女们在伦敦东区生活和工作竟如此有趣，我都没动过出去转转的心思。不管怎样，对于梳妆打扮的机会女孩儿总无法抗拒。20世纪50年代的着装还相当正式，正流行宽下摆的长裙。腰越细，腰带越紧越好，舒不舒服另当别论。尼龙丝袜是相当新颖的玩意儿，出于礼节，腿后面的袜线要保持笔直。"我的袜线直吗？"你总能听到姑娘们这样悄悄询问闺密。鞋子才真叫人痛苦，十二到十五厘米的金属细高跟，再加上令人痛不欲生的尖头。据说当时的超级模特芭芭拉·古尔登为了把脚挤进鞋子，竟然切掉了小脚趾。像当时所有最时髦的女孩儿一样，我宁愿穿这种让人发狂的鞋子，一瘸一拐走遍整个伦敦，也不要穿别的鞋。

精致的妆容、帽子、手套、手包，一切准备就绪，可以出发了。

那时除了阿尔盖特之外就没有地铁了，所以必须先到东印度码头路坐车，到贸易路换乘地铁。过去，我喜欢坐在伦敦双层巴士最上层的前排，直到现在，我依然认为就路上的风景、观赏角度和较慢的车速来说，乘坐其他交通工具，无论价格多贵或装饰多奢华，那种体验都抵不上双层巴士的一半。坐在双层巴士上，你有充足的时间欣赏一路的风景，俯瞰众生。巴士沿着既定路线缓慢前行，我的思绪飘到了吉米和他朋友身上，我想起了那件事。那件事差点毁了我的护士生涯，幸好当时没被发现。

当时医院等级制度极其严苛，身为下级，你的一举一动，即便下班后也要接受上级的严密监督。除了有组织的社交活动之外，男性绝不允许跨入护士学校一步。我还记得某个星期天晚上，一个年轻人来找他女朋友。他按了门铃，等护士开了门，报上自己女朋友的名字，护士没关门就去帮他找人了。当时外面正下着瓢泼大雨，年轻人就迈步进了门，站在门垫上等。恰好这时，女护士长经过，她一下子愣在原地，眼睛直勾勾地盯着年轻人。女护士长挺胸抬头，一米五高的身体像松树一样挺直，她质问道："年轻人，你竟然敢进护士学校，马上给我出去！"

旧医学院的女护士长是那样充满威严，年轻人立刻乖乖出门，站在瓢泼大雨中，眼睁睁瞧着女护士长当着他的面把大门关上。

我帮吉米和迈克做事，肯定会令我立刻被护士学校开除，很可能还会断送我的职业生涯。当时我正在伦敦妇产医院工作，某天临近傍晚，我刚一下班就被叫到大楼唯一的一部电话前。

"是拥有一双迷人美腿的可人儿詹妮·李吗？"一个柔和的声音在电话里乐呵呵地说道。

"省省吧，吉米。怎么，找我有何贵干？"

"亲爱的，你怎么这么不解风情呢？我心都碎了。你什么时候下夜班？今晚，太好了！我们在泥水匠的怀抱酒吧见怎么样？"

大家边聊边喝，一品脱酒下肚，吉米就把找我的原因都交代了。原来吉米和迈克在贝克街合租了一间便宜的公寓，随着花销一笔接一笔，再加上把钱花在女孩儿、啤酒、香烟、看电影、骑马、"查泰莱夫人"（合买的车），以及其他杂七杂八的生活必需品上，他们没钱付房租了。女房东当然不可能是慈善家，房租晚交两三周她还可以保持慈眉善目，但如果过了六到八周，还瞧不出你有任何交房租的诚意，她可就要口吐火焰了。一天晚上，吉米和迈克回到家，发现他们所有的衣服都不翼而飞了，只留下一个便条，上面写着：要想再见到衣服，必须先交清拖欠的房租。

两人拿着铅笔和报纸算了算，重新买衣服的费用远低于拖欠的八星期房租，所以他们下一步的举动也就不难预见了。凌晨三点，两人悄悄溜出房子，将房钥匙留在大厅桌上，当晚在摄政公园睡了一夜。那是个温暖的9月，两人舒舒服服睡了一觉，第二天得意扬扬地一边上班，一边庆祝逃跑成功。他们觉得可以继续这样生活下去，并深感后悔，当初怎么那么傻，竟然交给那个凶神恶煞的女房东房租。

吉米是建筑师，迈克则是结构工程师。两人都在伦敦最好的公司就职（那个年代职业培训依然采用古老的学徒制度，学生没有上过大学）。虽然公共卫生间可以解决洗脸和刮胡子的问题，但衣服是个问题（衣服都被房东没收了），难道每天穿树叶上班？任何一家有品位的伦敦公司都不会接受的！熬过头两周，两人觉得有必要重新调整生活计划。不幸的是，不管如何精打细算，都必须先买一衣橱衣服，所以两人手头非常拮据。

在讨论如何解决这个问题时，我们又点了一品脱酒，这已经是第三品脱了。吉米问我："护士学校有没有锅炉房，或类似的地方，让我们暂住一段时间？"

老朋友就是老朋友，我一点风险都没考虑，直接答道："有，但不是锅炉房，学校顶楼有个烘衣服的烘干室。储水箱都在那里，里面好像还有洗脸池。"

两人一听四眼放光。洗脸池？那就可以舒舒服服洗漱刮胡子了！

"据我所知，"我补充道，"那个房间只白天用——晚上空着。楼后面有架直通楼顶的防火梯，梯子和烘干室的门或窗相连。烘干室里面好像上了锁，不过我进去帮你们打开，你们就可以进去了。走，我们去看看。"

离开酒吧去护士学校之前，我们又喝了一两品脱酒。两个男孩儿绕到楼后去找防火梯，我则从前门走进学校，径直来到烘干室，推拉窗从里面就能轻松打开。等我向楼下打了暗号，他们就一个接一个爬上铁梯子。防火梯没有楼梯，直接固定在墙上，烘干室在六楼。通常来说，爬这种梯子让人心惊肉跳，可有几品脱酒壮胆，男孩儿们毫不费力地抵达了烘干室。喜洋洋的他们拥抱和亲吻了我，称我为"大好人"。

我说道："没理由不让你们住在这里，但以防被人发现，只能晚上十点之后来，早上六点前必须走。另外要保持安静，如果被发现，我就有麻烦了。"

他们就这样神不知鬼不觉地在护士学校的烘干室里住了差不多三个月。仲冬每天凌晨六点，他们是如何征服那架令人胆寒的防火梯的，我不知道，但如果你年轻，全身充满活力，什么事也难不倒你。

"阿尔盖特东站到了，终点站都下车！"一声大喊将我从记忆拉回现实。我找到那个熟悉的酒吧。6月的傍晚景色宜人，阳光意犹未尽迟迟不肯隐去，看着就让人满心欢喜。温度适宜，阳光明媚，鸟儿在歌唱，活着真好。与此相比，酒吧里密不透风，黑乎乎的让人感到压抑。这儿曾经是我们最喜欢流连的场所。今天晚上的啤酒不错，时间不错，朋友也不错，但不知为何，就是觉得哪里不对劲儿。我们聊了一会儿，喝了几杯啤酒，大家都觉得不过瘾。

突然，有人大喊："嘿，我们去布莱顿来个午夜畅游吧！"

所有人都觉得这是个好主意。

"我去把'查泰莱夫人'开过来。"

"查泰莱夫人"是他们合买的一辆车的名字。当年那起轰动英国的事件，还有人记得吗？当时有出版社打算出版《查泰莱夫人的情人》，劳伦斯[1] 在 20 世纪 20 年代所写的一本书，结果以出版淫秽

---

[1] 戴维·赫伯特·劳伦斯，是 20 世纪英语文学最重要的人物之一，也是最具争议性的作家之一。劳伦斯的作品较多地描写了色情，受到过猛烈的抨击和批评。但他在作品中力求探索人的灵魂深处，并成功地运用了感人的艺术描写。

书籍罪被提起诉讼。书中只不过描写了庄园主妻子和园丁的爱情，可案子竟一直打到高级法庭。根据庭审记录，自以为是的皇家御用律师曾这样问证人："难道你会允许你的仆人读这种书吗？"

自那以后，"查泰莱夫人"就成了海淫的同义词，《查泰莱夫人的情人》的销量达到几百万本，出版社因此赚得盆满钵满。

"查泰莱夫人"不是普通家用车，而是一辆20年代报废的伦敦出租车，外观气派，偶尔还能跑到四十迈。启动车子要先将摇把插在汽车散热器下，然后用力转，着实需要一些力气，所以启动汽车这种事通常由男孩儿轮流一起摇。检查发动机时，打开前引擎盖，看着像巨大甲虫张开的两扇翅膀一样，凹槽式散热器两侧镶有四盏光闪闪、气派的大灯。车身两侧装有全车脚踏板。四个轮子安了辐条。车内宽敞，一闻就知道用的是最好的皮饰、木料和铜器，都经过抛光处理。这辆车是男孩儿们的骄傲，他们以此为乐。他们把车停在马里波恩区的车库里，一有时间就捣鼓上了年纪的脆弱引擎，或是想方设法为它增光添彩。

"查泰莱夫人"身上值得一提的地方还有很多。比如，加装的排气管和花盒，窗户上还安了窗帘，也就是说，司机透过后视镜看不到车后的情况，这些小细节必须细心观察才能注意到。还有那令人引以为傲的铜门把手和信箱。车前用金字写着车的名字，车后则写着一行警告语：别笑，夫人，您女儿说不定就在车里。

"查泰莱夫人"来到酒吧门前，大家都对它赞不绝口。几位最初热衷去游泳的人早已醉得不省人事了，但依然有大约十五个人上了"查泰莱夫人"。我们在欢呼雀跃声中出发，以二十五迈的速度稳稳行驶在马里波恩商业街上。那天晚上的夜色赏心悦目，温暖无风。尽管已接近晚上九点，夕阳却一直磨磨蹭蹭不想沉到地平线之下。我们计划夜里在布莱顿靠近西码头的地方游泳，然后返回伦敦，路上在迪克酒吧———一家位于 A23 高速公路上的小餐馆休息，吃点培根和鸡蛋。

20 世纪 50 年代的伦敦与现在不同。要离开市中心必须先穿过几公里长的郊区，如沃克斯霍尔、旺兹沃思、大象堡、克拉彭和巴尔汉姆等。尽管这段路并不长，可也需要开上几小时。一过郊区司机就喊道："我们上大道了，以后就一路畅通无阻了。"

道路确实畅通无阻，但只有一个意外，那就是"查泰莱夫人"的体温。四十迈已经是它的极限，行驶时间过长，"查泰莱夫人"动不动就会过热，我们不得不在雷德希尔、霍利（也许是克劳利）、库克菲尔德、亨菲尔德等某些名字中带有"菲尔德"的地方停车休息，好让车子喘口气，冷静一下。我们坐着这辆出租车，心情如车里的皮饰一样，随着时间推移变得斑驳起来。本以为绝不会抛弃我们的太阳不情愿地躲到了地球另一侧，仅穿着单薄夏衫的女孩儿们开始瑟瑟发抖。坐在前排的男孩儿们喊道："还有几公里就到了。我已经看到远处的南唐恩斯丘陵了。"

经过五个小时的长途跋涉，我们终于在凌晨三点慢吞吞抵达了布莱顿。眼前的大海瞧上去一片乌黑，而且感觉非常、十分、特别冷。

"好了，"一个男孩儿大喊，"谁要去游泳？别做胆小鬼。只要下了水感觉就不那么冷了！"

女孩儿们可没他那么大的兴头。坐在温暖安逸的伦敦酒吧里，幻想在午夜沐浴着月光畅游是一回事，凌晨三点真在寒冷漆黑的英吉利海峡游泳可是另外一回事。那天晚上唯一一个下海的女孩儿就是我。经过一路奔波劳顿，我可不想做缩头乌龟。

布莱顿的鹅卵石小路从来就不好走，如果碰巧还穿着十五厘米高的高跟鞋，那滋味简直让人生不如死。我们只计划了游泳，忽略了毛巾。当时已是早春，天气乍暖尚寒，温度的问题也被我们忘到了脑后。

大约有六个人脱了衣服，强颜欢笑，互相大喊着给对方打气，然后冲进了大海。我喜欢游泳，可今晚寒冷的海水好像冰冷的刀刺在身上，让人喘不上气来，我的哮喘发作了，折磨了我一夜。我游了几下就从海里爬出来，坐在月光下闪闪发亮、湿冷的鹅卵石小路上，大口喘着气。没东西擦身体，也没东西披在身上取暖。我真是个大傻瓜！怎么会做出这么疯狂的事？我试图用蕾丝手帕擦干瑟瑟发抖的双肩，可没什么用。我的两个肺仿如火烧，吸不进气。几个男孩儿子正玩得兴起，互相抱摔在一起。瞧着他们的活力真让人眼气，我都没有力气爬上海滩回到车上去。

吉米从海里出来，大笑着向别人扔海藻。他走到我身旁，一屁股也坐在鹅卵石路上，我们其实看不见对方，但他马上意识到事情不妙。或许听到了我气喘吁吁的声音，吉米的笑声消失了，像从小我认识的那个吉米一样关切地问道："詹妮，你怎么啦？你病了，你在哮喘。噢，亲爱的，瞧你冷的，用我裤子给你擦干。"

我当时只能拼命呼吸，根本没法回答。吉米将他的裤子搭在我背上，用力擦起来，他把衬衫递给我擦干脸和湿漉漉的头发，还用袜子和内裤擦干我的双腿。我的衣服已经都湿了，他把他干爽的背心给我穿上，让我穿他的鞋，然后扶着我走上沙滩回到车旁。吉米的衣服也都湿了，可他似乎毫不在意。

留在"查泰莱夫人"里的人正四仰八叉地熟睡，连个坐的地方都没有。吉米立刻想到了解决方法。他摇醒一个男孩儿："醒醒，挪个地方。詹妮哮喘发作了，需要坐下。"

随后，他对另一个人道："醒醒，把你的夹克脱下来，我要给詹妮穿上。"

没几分钟，他就腾出一个角落让我舒服地坐下，然后将夹克披在我肩上，接着又叫醒一个人，把他的夹克也脱下来披在我腿上。吉米这一系列举动既温柔又充满魅力，他十分讨人喜欢，所以没人抱怨。我又不止一次地想，不能爱吉米真是个遗憾。我一直很喜欢他，但仅限于此。我已心有所属，只爱那个男人，再不会为别的男人动心了。

终于可以返程了，我们一路向伦敦进发。游过泳的男孩儿们意气风发，活力四射，互相开着玩笑。女孩儿们都在呼呼大睡。我胳膊支在膝盖上，头倚在打开的车窗上努力让我的肺恢复工作。那个年代没有雾化器，对付哮喘只能靠我此刻正在做的呼吸训练。呼吸最终会恢复正常的。因为哮喘而死只是近来才有的事——过去我们常说"哮喘死不了人"。

离开布莱顿时，天刚破晓，天气温暖得像是仲夏。我们一行人浩浩荡荡、慢吞吞地驱车一路向北，路上停了几次让"查泰莱夫人"保持稳定。走到北唐斯丘陵脚下时，"查泰莱夫人"无论如何也不肯再走了。

"大家都下去，必须推车。"司机乐呵呵地大喊道。真是站着说话不腰疼，反正他只要坐着把好方向盘就好。

此时太阳正当空，郊区的早晨热得仿佛提前进入了炎炎夏日。大家都下了车。我害怕用力推车再次引发哮喘，于是说道："我来驾驶，你来推。你比我力气大，也不会哮喘。"

我握好"查泰莱夫人"的方向盘，其他人开始推车沿北唐斯丘陵向上爬。瞧着女孩儿们脚蹬高跟鞋，楚楚可怜地推着车，我不禁心生同情，可我有什么办法，只能好好享受驾车的乐趣。

"查泰莱夫人"一定对大家推车付出的辛勤劳动十分满意，所以一翻过山顶，顺坡自由滑下时，它就发出一声低沉满足的声音，随后引擎颤抖着活了过来。我们继续向伦敦驶去，一路上没再遇到任何麻烦。那天早上大家还要工作，大多是九点上班。而我是八点上班，却远在伦敦东区几公里之外。赶回农纳都修道院时刚好过了十点，本以为自己会挨一顿痛骂。可相比严苛不近人情的医院制度，修女们让我再一次体会到了她们的宽容和慈悲。我把昨晚的经历告诉了朱丽恩修女，她哈哈笑个不停。

"还好我们今天不忙，"修女道，"你最好去洗个热水澡，美美地吃顿早餐，我们可不想你感冒。你可以十一点左右上班，下午睡一觉。顺便说一句，我喜欢那个吉米的声音。"

一年之后，吉米因为搞大一个女孩儿的肚子，娶了那个女孩儿。只凭学徒工资无法养活妻子和孩子，所以他在第四年学徒期退了学，在某郊区政府找了份制图员的工作。

大约三十年后，我意外在特斯克商场的停车场碰到了吉米。

他当时正摇摇晃晃搬着一个大箱子，身边跟着一个身材高大、面色不善的女人，女人手里拿着一盆盆栽。没认出他之前，那个女人滔滔不绝刺耳的声音先令我的耳朵一疼。吉米打小就不胖，现在更瘦得简直让人不忍直视。他驼着背，几根灰色头发掠过秃顶。

"吉米！"碰面的时候我喊道。我们四目相对，瞧着吉米那双淡蓝色的双眼，年轻时无忧无虑的美好时光瞬间涌入彼此心间。吉米双眼一亮，对我回以微笑。

"詹妮·李，"吉米说道，"真是好多年没见了！"

那个女人的大拇指重重戳在吉米胸口上，道："快点走，别磨磨蹭蹭的。你知道的，特纳一家今晚要来做客。"

吉米淡蓝色的眼睛瞬间失去了光芒。他绝望地瞧着我，道："好的，亲爱的。"

目送他们渐行渐远，我听到那个女人疑神疑鬼地问吉米："刚才那女的是怎么回事？"

"噢，就是我过去认识的一个女孩儿。我们可没什么，亲爱的。"

吉米拖着脚消失了，仅留给我一个"妻管严"的印象。

十四

伦恩和孔奇塔·沃伦

　　大家庭我已见怪不怪了，可这也太离谱了吧，我翻着当天的工作安排，心中嘀咕道。二十四次怀孕！肯定有哪里不对，应该是第一个数写错了。这可不像朱丽恩修女一贯的作风。病历证实我猜得没错。只有二十四岁，那绝不可能。看来大家都像我一样会犯错，我心中暗自欣慰道。

　　今天要去探视一位孕妇，对她和她的住处进行评估，看是否适合家庭分娩。我很不喜欢做这种事，要求我看别人的卧室、卫生间、厨房、如何烧热水、宝宝的婴儿床和床上用品，似乎过于无礼了，可这事必须有人去做。要拜访的人家说不定在贫民窟，条件也许非常不尽如人意，但我们对此早已习以为常了。如果环境的确糟糕，我们有权拒绝家庭分娩，那样孕妇就只能去医院。

孔奇塔·沃伦太太，这名字听上去真与众不同，我一边骑车向莱姆豪斯区赶去，一边琢磨着。大多数本地女子会叫桃瑞丝、温妮、埃塞尔或格蒂这样的名字。绝不会叫孔奇塔！这名字透着"一杯南国的温暖……杯缘明灭着珍珠的泡沫"[1]的韵味。这个孔奇塔为何会置身于乏味的灰雾之中，顶着灰蒙蒙的天空，跑到灰突突的莱姆豪斯区呢？

我下了主路，拐进侧街，在必不可少的地图的帮助下，找到了要拜访的人家。这家人的住处位于一片宽敞不错的房子之间——一栋三层高的楼，外加一间地下室，每层有两间房，再加上通往花园的地下室——一共七间房。情形看起来不错。我敲了敲门，没人应门。对此我早习以为常了，只是奇怪没听见有人喊"进来吧，亲爱的"。我听见屋子里有吵吵闹闹的声音，于是又用力敲了敲门。依然没人应门。没办法，只好自己拧开门进去了。

狭窄的走廊，人勉强可以通过，墙边并排放着两架梯子，三辆大婴儿车。一个七八月大的宝宝正在一辆婴儿车里酣睡，另外一辆瞧过去像是装满了洗好的衣物。第三辆婴儿车里装的则是煤。那个年代的婴儿车都是庞然大物，有巨大的轮子和高高的挡板，我不得不边侧身挤过婴儿车，边推开头上飘扬着的洗好的衣服。走廊正前方是位于一楼的楼梯，楼梯上也挂着五颜六色的洗好的衣服。肥皂、潮湿的衣物、婴儿的排泄物、牛奶的味道与饭菜味混在一起，形成一股令我觉得恶心的讨厌味道。越早离开这里越好，我心中暗道。

---

[1] 出自英国著名诗人济慈的诗歌《夜莺颂》。

　　吵闹声来自地下室，可没瞧见通往地下室的楼梯。于是我进了走廊里的第一个房间。这显然是我祖母会称之为"最棒客厅"的那种房间。祖母的那个房间里摆着她最好的家具、各种小玩意、瓷器、照片、蕾丝，当然还少不了钢琴。我们只在每个周日和特殊场合才能进去。

　　如果眼前这漂亮的屋子也被别人称为最棒的客厅，那这家骄傲的主妇肯定会痛哭流涕。漂亮的灰泥顶棚飞檐下方的镜框上系了大约六根晾衣绳，每根晾衣绳上都挂着洗好的衣服。阳光透过褪色的单幅窗帘照进屋里，窗帘貌似直接钉在窗户上，用来挡住大街上的人，显然无法拉动。木地板上到处扔着东西，好似垃圾。几台坏收音机、婴儿车、家具、玩具、一堆圆木、一麻袋煤、摩托车零件和看上去像是修理发动机的工具、机油和汽油。除此之外，板凳上还堆着大量家用油漆、刷子、滚筒、衣服、酒壶、几瓶稀释剂、几卷墙纸、几罐干胶水和一架梯子。窗帘一角用安全别针固定在大约四十六厘米高的地方，借助透过窗帘的光线可以清楚瞧见长桌旁摆着一台胜家牌①　缝纫机。桌上四处散落着女装样板、大头针、剪刀和棉花，除此之外，竟然还摆了些价格昂贵、精美的丝绸料子，桌旁立着一个女装模特。我简直不敢相信自己的眼睛！更令人啧啧称奇的是，屋子里有件和我祖母客厅里一样的东西——靠墙摆着一架钢琴。钢琴盖子开着，露出脏兮兮、发黄的按键，几根白色琴键已经不见了。我愣愣地盯着钢琴制造者

---

① 胜家公司为世界第一台电动缝纫机的制造者。

的名字——施坦威① 。这不可能——这样的屋子里竟然会出现施坦威钢琴！我忍不住想冲过去，弹上一曲，可我还要想法子去地下室，吵闹声是从那里传出来的。我关上房门，走进第二个房间试试运气。

　　第二个房间里有道门可以通向地下室。我踩着木楼梯向下，尽量弄出声响，屋里的人还不知道我进屋了，我可不想吓到他们。我大喊了一声"你好"，没人回应。"有人吗？"我傻傻地用力喊道。地下室里显然有人，可就是没人回答。通向地下室的门半开半掩，没办法，我只好推门而进。

　　地下室里瞬间安静了下来，大约有十二双眼睛正瞪着我。多是孩子天真无邪的大眼睛，可有双墨黑的眼睛，那属于一位留着黝黑浓密披肩发的漂亮女人。她的皮肤真漂亮——白皙，略显黄褐色。双臂匀称，因为洗衣服看着湿漉漉的，手指上还沾着肥皂沫。她终日操劳洗衣，看上去却并没疏于打扮。身材不瘦，但不臃肿。胸部高挺，臀部大但不松弛。朴素的衣服外面围着一条带花围裙，脑后系着一根深红色头绳，皮肤和头发在头绳的衬托下越发赏心悦目。女人个子高，颈部细长，头部线条优美，散发着西班牙世袭伯爵夫人般自豪的美丽。

　　女人和孩子瞧着我一言不发。窘迫的我只好做起自我介绍，说我是街区助产士，敲了门但没人应答，我是来做家庭分娩评估的。女人听了没任何反应，于是我又重复了一遍。女人依然毫无反应，

---

① 施坦威钢琴是世界顶级钢琴之一。施坦威公司于 1853 年在纽约成立，其创始人为亨瑞·施坦威（Henry Steinway）。

只一脸平静地盯着我。我正怀疑她是不是耳朵聋或听不到我的话，这时两或三个孩子开始和女人讲起话来。那几个孩子飞快地讲着西班牙语。女人脸上露出一丝精致的笑容。她向我走来，说道："Si。Bebe。"我询问是否可以瞧瞧卧室，女人没有任何反应。于是我瞧着刚才和她讲话的一个孩子，一个大约十五岁的小女孩儿。她和母亲讲了几句西班牙语，她母亲美如雕塑般的头轻点，优雅客气地说道："Si。"

　　显然，孔奇塔·沃伦太太不会讲英语。我和她在一起的时候，除了和孩子们讲话之外，只听她说过"Si"和"Bebe"。

　　这个女人给我的印象极为奇特。即便以 20 世纪 50 年代的标准，眼前的地下室也足够简陋的。一个石制水池，洗好的衣物，一个咕噜冒泡的热水器，一个熨斗，到处挂着衣服和尿布，一张摆着碗碟和些许食物的大桌，煤炭炉上架着脏兮兮的深平底锅和煎锅，一股难闻的混合气味。可这位骄傲美丽的女人干起活来却驾轻就熟，一切尽在掌控之中。

　　母亲跟那个女孩儿讲了几句，女孩儿带我从楼梯上到一楼。卧室的环境堪称完美：一张大双人床——我坐了一下，丝毫没有下陷——可以用来分娩；三张小床——两张木制正常小床和一张有围栏的婴儿床；两个大五斗橱和一个小衣柜；屋里有电灯，地上铺着地毯。女孩儿道："妈妈把这儿都准备好了。"她打开一个抽屉，里面满是雪白的婴儿衣服。我要求看下卫生间。房子里有的不只是卫生间，而是间浴室——这简直太棒了！我可以结束评估了。

　　待离开主卧时，对面屋的房门大开，我飞快地瞥了眼对面屋里的情况。三张双人床看上去已塞满了整个房间，没瞧见其他家具。

我们下了两节楼梯进了厨房，脚踩在木制台阶上发出咔嗒咔嗒声。我谢过沃伦夫人，告诉她一切令人非常满意。沃伦夫人对我的话回以微笑。她的女儿翻译了我的话，她的母亲说道："Si。"我还需要给沃伦夫人做检查，做产科记录，可如果互相听不懂，这工作显然没法完成，而且这也没法要求孩子们做翻译。于是我决定等她丈夫回家后再来。我问我的小翻译她父亲什么时候在家，她告诉我"晚上"。于是我让她告诉她母亲，六点后我会再来，然后就离开了。

那天早上我还去了其他几家，可脑子里总会想起沃伦太太，那个极不寻常的女人。我们见过的产妇大多与她们的父母、祖父母一样，是土生土长的伦敦人，极少碰到外国人，尤其是外国女人。伦敦本地女子过的是集体生活，经常要和别人打交道。沃伦夫人不会讲英语，自然也无法融入这个圈子。

另外，让我好奇的是她的娴静高贵。相比之下，我在伦敦东区碰到的多数女人都显得粗糙许多。另外，还有她那充满拉丁风情的美丽。地中海地区的女人往往老得早，尤其在生完孩子后，按照风俗她们的打扮通常是从头到脚一身黑。可这个女人却一身红飞翠舞，看上去也不像四十岁的人。南方人的皮肤之所以显老也许是拜南方过度日晒所赐，或许是北方潮湿的天气令她看上去驻颜有术。沃伦太太激发了我的好奇心，我打算趁午餐时从修女那里打探一下她的故事。另外，我还要取笑一下朱丽恩修女，她竟然将一十四写成了二十四。

农纳都修道院的午餐是一天的主餐，也是修女们和非神职工作人员聊天的场合。午餐只是普通的家常饭菜，不过味道不错。我天天盼着吃午餐，因为我总是饥肠辘辘。每天的午餐大概有十二到十五人。做过感恩祈祷后，我提起了孔奇塔·沃伦太太。

尽管沃伦太太不会讲英语，大家都没和她打过太多交道，但修女们都对她不陌生。她大部分时间显然都生活在伦敦东区。可她不会讲英语，这是怎么做到的呢？修女们也不清楚。有人说也许不需要，或者不想学新语言，或者只是因为头脑不灵光。这种猜测也并非完全不可能，我就曾注意到有些人会通过沉默来掩饰自己智力的不足。这令我想起了特罗洛普①小说中那位副主教的女儿，全巴塞特郡和伦敦都为之倾倒，迷恋颂扬她的美丽和心灵，可实际上她却是个极其愚蠢的女子。只因她地位显赫，美丽动人，而且沉默寡言，所以就备受人们美誉。

"她到底是怎么来伦敦的呢？"我问道。这个问题修女们倒是能回答。沃伦先生是伦敦东区人，这点毫无疑问，他生在码头区，命中注定要走父亲和叔叔们的老路。可由于某种原因，年纪轻轻的沃伦先生心生叛逆，不愿意再走父辈的老路，他摆脱了命运的束缚，跑去参加西班牙内战。他也许根本不知道自己在为何而战，因为20世纪40年代的劳动人民对外国事务一无所知。他这么做或许纯粹出于政治理想主义，至于为共和党还是保皇党而战则无关紧要。他只想有一场年轻的历险，而一个远在异乡的浪漫国家

---

① 安东尼·特罗洛普，19世纪英国经典作家之一，其以写实手法揭露讥讽了英国维多利亚女王时代中上层社会灌输道德教育的意图。代表作品有《巴彻斯特养老院》和《巴彻斯特大教堂》。

的战争正是他所需要的。

他幸运地活了下来。不但活了下来，回伦敦时还带着一位只有十一二岁，如花似玉的西班牙农村姑娘。他带着女孩儿住在母亲家里，两人显然在一起生活。沃伦先生的亲戚和邻居会如何看待这种前所未闻的事，那只能凭空想象了。不过沃伦先生有母亲这个坚强的后盾，所以对众多邻居的流言蜚语毫无畏惧。不管怎样，沃伦先生无法把姑娘送回西班牙，因为他不记得女孩儿的家在哪儿，而女孩儿貌似也不知道。更重要的是，他爱这个姑娘。

待时机成熟，沃伦先生娶了女孩儿。这不是件容易的事，因为女孩儿没有出生证明，也不确定自己叫什么，更不知道自己的出生日期或父母是谁。但不管怎样，当时他们已经有了三或四个孩子，看上去她也貌似已满十六岁。因为猜测她可能是天主教徒，所以当地牧师被说服，无奈地为这段早已开花结果且硕果颇丰的婚姻祝福。

我听得津津有味。这真是一段浪漫的爱情故事。一个乡下姑娘！她看着可一点也不像农民的女儿，倒像是被共和党驱逐出宫的西班牙皇家公主。难道不是勇敢的英国人挺身而出救了公主，然后把她带回伦敦了吗？多么棒的故事！每个情节都那么的离奇，我期盼着今晚再见到沃伦夫人。

突然，我想起了沃伦夫人的孩子。于是我大不敬地对朱丽恩修女道："我终于抓到你犯错了。你在工作日志里写的是第二十四次怀孕，可你想写的肯定是第一十四次。"

朱丽恩修女眨眨眼。"噢，不是，"修女道，"没写错。孔奇塔·沃伦确实已经怀了二十三次孕，这次是第二十四次。"

我目瞪口呆，这整件事情太荒谬了，比瞎编的还离奇。

再次来到沃伦夫人家，大门依然没锁，于是我径直进了屋。房子里几乎到处都是年轻人和孩子。今天早上我只见到了特别小的孩子，还有一个小女孩儿，此刻所有上学的孩子也放学回家了。还有几个年龄更大一些的少年，应该是下班了。房子里的气氛像在开派对，所有人看上去都那么欢乐。年龄大的孩子举着小孩子四处走，有些孩子在大街上玩，还有些好像正在做家庭作业，没瞧见有人打架，在我和这个家庭接触的时候，从未见过孩子们互相打架或吵架。

我贴着梯子和婴儿车挤过走廊，直接下到地下室厨房。伦恩·沃伦正坐在桌旁的木椅子上，美美地吸着自制手卷香烟。他的腿上有个孩子，还有一个孩子正在桌上爬，伦恩不得不一直抓住孩子的裤子把他拉回来，以免宝宝掉下去。几个刚学走路的宝宝坐在伦恩脚上，伦恩把他们颠上颠下，嘴里唱着"马儿，马儿不要停"。孩子们哈哈大笑，伦恩也跟着放声大笑。伦恩笑起来时眼睛和鼻子上满是皱纹。他比妻子年龄大，大约五十多岁，不符合传统意义上的相貌英俊，可看上去极其坦诚开明，让人看着舒服，愿意和他相处。

我们微笑对视，我告诉他，我需要给他夫人做检查以做记录。

"没问题。孔正在做晚饭，但我想她可以让温替她一会儿。"

孔奇塔站在蒸锅旁，面色娴静，容光焕发，早上我见到洗衣服的那口锅此刻正煮着一大锅意大利面。铜制蒸锅在那个年代司空见惯。它们的样子像个桶，大到能装下约二十加仑水，下有支脚和煤气口。锅前面有个水龙头用来排水。蒸锅本用来洗衣服，我头回见有人用来做饭。不过要想为如此一大家人做饭，蒸锅可能是唯一可行的厨具。若不是有悖常理，不失为一个聪明实用的想法。

"嘿，温，你来替妈妈做晚饭，好吗，亲爱的？护士要给妈妈做检查。提姆，过来，伙计，你抱着宝宝，别让他们靠近蒸锅。我们可不想家里发生意外，明白吗？还有桃瑞丝，宝贝，你给温打打下手。我要带你们的妈妈和护士上楼。"

女孩儿们飞快地和妈妈讲了几句西班牙语，孔奇塔向我走过来，面带微笑。

我们上了楼梯，伦恩一路上和不同的孩子说个不停，"过来，西里尔，我们把卡车从楼梯上拿走，可以吗？真听话。我们可不想护士摔到脖子，是不是？"

"真棒，彼特，你正在做你的家庭作业。他是个学者，我们的彼特。他会成为教授的，等着瞧吧。"

"你好，苏，我的宝贝。来亲亲你的爸爸，好不好？"

伦恩总在不停地讲话。事实上，在我认识伦恩·沃伦的时间里，可以说从来没见他停过嘴。即便偶尔无话可说，他也会吹口哨或唱歌——与此同时，嘴里永远叼着一根细长的自制手卷香烟。现在健康委员会的人强烈反对当着宝宝和孕妇的面吸烟，但在50年代，人们还不知道吸烟有害健康，人人几乎都抽烟。

我们走进卧室。

"康妮，亲爱的，护士要检查你的肚子。"

伦恩抚平床，让太太躺下，帮她向上拉起裙子，她脱掉了其他衣物。

肚子上有妊娠纹，但不多。仅从外观上判断，好像才是第四次，而不是第二十四次怀孕。我摸了摸子宫——怀孕大概有五到六个月了。

"肚子里有动静吗？"我询问道。

"哦，有的，你可以感觉到那个小家伙一边动，一边踢腿。他真是个小足球运动员，那个小家伙，尤其夜里当我们想睡一会儿的时候。"

胎儿目前头向上，不过现在是正常的。听不到胎心，但听了小家伙乱踢乱动的描述，应该没问题。

我继续为沃伦太太做检查。她的胸部丰满坚挺——没有肿块或其他异常。脚踝不肿，略微有些静脉曲张，但没有太大关系。脉搏血压正常，一切迹象显示她非常健康。

要确定孕期，仅凭临床观察也许会有误差。相同的孕期仅凭临床判断，大宝宝和小宝宝能出现四到六周的误差，所以还需要进行日期验证。不过，我在楼下见到过七八个月的宝宝，所以孔奇塔应该不可能来过月经。我还不习惯问男人这种私密的问题。20 世纪 50 年代，这种事情在所谓的"男女混合"场合，也就是男女之间从不会被提及，我问的时候感觉自己满脸通红。

"啊，哈，没有。"伦恩答道。

"请你问她一下好吗？也许她没有跟你说过。"

"护士，你问吧，她已经几年没有来过月经了。"

这就足够了。如果说谁知道，那就只有伦恩了，我心中暗想。

我告诉他们，每周二我们都有产前门诊，我们希望孕妇能去门诊检查。伦恩面露难色。"嗯，她不喜欢出去。不会讲英语。我不想她迷路或被吓到。另外，你也知道，她要在家里照顾孩子。"

伦恩说得没错，于是我将孔奇塔的名字写在需要产前家访一栏下。

整个过程中，孔奇塔一句话也没说过，只是面带微笑，温顺地任由我检查，听我说着外国语言。孔奇塔优雅从容地从床上起身，走到五斗橱前，翻找着梳子。瞧着她梳头，那一头黑发好像变得更加迷人了，无论如何仔细瞧也找不出一根白头发。她动了动头上深红的头绳，骄傲、充满自信地转身面对丈夫，伦恩伸手抱住她，嘴里念叨道："我的康妮，亲爱的。哦，你看着真可爱，我的宝贝。"

她心满意足地微微一笑，依偎在他的怀抱里。伦恩不停地吻着她。

在波普拉，这种毫不掩饰的夫妻恩爱简直千年不得一见。夫妻无论私下里感情多深，在众人面前，男人总会板着脸。沃伦夫妇两人经常有很多亲昵的举动，我觉得这很有趣，可两人从不公开谈论爱。我觉得伦恩和孔奇塔温存体贴和脉脉含情的表情十分动人。

接下来的四个月里，我多次到他们家检查孔奇塔的怀孕进展。为了告知伦恩怀孕的情况，我总选择晚上拜访。不管怎样，我喜欢和伦恩在一起，喜欢听他聊天，喜欢沉浸在这个家庭的欢乐气氛中，也想对他们所有人多一些了解。要做到这点并不难，因为伦恩总是滔滔不绝。

伦恩是名油漆装饰工。他一定是个好油漆装饰工，因为他百分之九十的工作都在伦敦西区的好地段。用他自己的话说"都是大人物的房子"。

他的三个或四个年长的儿子和他一起工作，他显然不缺活干。这份工作本小利大，所以家中收入颇丰。伦恩在家中和后院的小棚子里工作，棚子里放着他的手推车。

那个年代工作的人还没有汽车或卡车这种交通工具。他们只有手推车，通常自己动手用木头制成。伦恩的手推车是用一辆旧婴儿车的底盘改造的，将婴儿车的婴儿斗卸掉，取而代之的是狭长的木盒子，装在弹性好的底座之上，一辆完美的手推车就做成了。弹簧让车子更轻盈，有了上好油的大轮子，车子推起来也更容易。接到新的工作，伦恩和他的儿子们就将工具装在手推车上，推到工作地点。他们也许要推车走上十六公里或更远，但这是工作的一部分。从这个角度来说，油漆装饰工算是幸运的，因为他们往往需要干上一周左右，所以可以将工具留在客户家里，然后坐地铁最远可以坐到阿尔盖特，接下来再步行。

相比之下，水管工和泥水匠这类工作就没那么幸运了。他们的工作一般当天就能干完，所以只好推着工具去工作，晚上再推着车回来。过去在伦敦到处都能看见费力推车而行的工人。他们只能靠步行，这严重阻碍了交通。不过司机们对此已经习以为常，把这当成伦敦风景的一部分。

我曾问过伦恩，战时是否曾应征入伍。

"没有，因为佛朗哥[①] 对我干的好事。"他指着受过伤的腿答道，因为腿伤他无法参军。

"你的家在伦敦经历了整个战争吗？"我问道。

"绝不可能，抱歉我这么说，护士，"伦恩道，"我才不会让炸弹靠近康妮和我的孩子们。"

伦恩人精明，消息灵通，最主要的是有胆量。1940 年，在目睹了对空军基地和军工厂轰炸计划的失败后，他预见了不列颠战役的发生。

"我对自己说，那个希特勒，那个狡猾的浑蛋是不会就此罢休的，他不会的。接下来就会轰炸码头。1940 年当第一枚炸弹落在米尔沃时，我就知道之后会发生什么，我对康妮说，我要带你离开这里，我的女人，还有我们的所有孩子。"

没等国家实施疏散计划，一贯精力充沛的伦恩抢先在贝克街乘坐火车离开伦敦，一路向西抵达了白金汉郡。当他觉得走得足够远之后，他下了车，瞧着眼前这片充满希望的乡村地区。那个地方正是阿默舍姆，现在差不多算是伦敦郊区，位于大都市线上。可在 1940 年，那是极其偏僻、远离伦敦的乡下。伦恩走街串巷，挨家挨户敲门，对房主人说他想把家搬出伦敦，问是否有房间可以租给他。

"我当时询问了起码有几百家。瞧得出来，他们都认为我是疯

---

① 弗朗西斯科·佛朗哥（1892 — 1975），西班牙国家元首，大元帅。1936 年发动西班牙内战，推翻民主共和国的民主政权，自 1939 年开始到 1975 年，独裁统治西班牙长达三十年。前文提到伦恩曾参加过西班牙内战。

子，都对我说没有。有的人甚至话都不讲，当着我的面就把门关上了。但我没有放弃，谁也不能让我放弃。我想着总会碰到一个人愿意租房子给我。你只需坚持下去，伦恩，伙计。我心中给自己打气。

"天渐渐黑了。我一整天都在走来走去，瞧着门当着我的面关上。我可以告诉你，我也开始感到绝望了。正准备回火车站，就像我跟你说的，我很沮丧。我走在一条两边是商店，楼上是公寓的街上，那情景我这辈子也忘不了。我只问过那些看起来有很多房间的房子，没有试过公寓。"

"有一个女士，我绝不会忘了她。走进一家商店旁边的门，我问那个女士：'你有房间可以租给我吗，女士？我已经不抱希望了。'我就是这样说的，然后她说'有'。"

"那个女士就是天使，"伦恩陷入沉思道，"若不是她，我们早死了，我是这么认为的。"

那天是星期六。伦恩和那位女士商定，他周日接上家人，周一搬进来，之后也正是这样做的。

"我告诉康和孩子们，我们要去乡下度假。"

伦恩只对房东说要搬家。他们留下所有的家具，只带上能拿在手里的东西。

那位女士租给他们的房间被称为后厨房，是一间位于一楼，地面铺着石头，相当宽敞的房间。房间通往一个小后院，从那里可以上到楼上的公寓，也可以去旁边的商店。房间里有一个水池、自来水管、一个锅炉和一个煤气炉。楼梯下还有一个大橱柜，没有任何取暖设备，也没有插座式电暖器。房间里有电灯和室外厕所，但没有任何家具。我不知道孔奇塔当时是怎么想的，但那时她年轻、适应力强，只要和她的男人还有孩子们在一起，其他事都不在乎。

他们在那里生活了三年，期间伦恩回过几次伦敦，拿了一些能用手推车推走的家具和床上必需品。不久，他母亲也和他们住在了一起。

"我不能把我的老妈妈留给炸弹，是不是？"

显然，每个白天和夜晚，伦恩母亲是在角落的扶手椅上打发时光的。岁数大的孩子们开始上学了。伦恩当上了送奶工。他之前没骑过马，不过那是一匹温顺识路的老马，本就聪敏的伦恩很快学会了骑马，可以一路悠闲地吹着口哨。孩子们一有机会就陪伦恩去送奶，小家伙们坐在马后感觉自己像是山大王。

孔奇塔负责照顾孩子，做女人分内的事——洗衣服和打扫房间。家庭的里外都被安排得井井有条。之后又迎来了两个宝宝。当第九个孩子要出生时，当地疏散机构的官员认为该给伦恩家分配更多的房间，于是他们拥有了两个房间、一个厨房和一间浴室。

用现在的标准来衡量，这环境听起来依然很糟——三个大人，八个孩子，只有两个房间。但事实上，他们是幸运的。当时时局艰难，你瞧瞧旧新闻短片里那悲惨的画面就知道了，成列的火车载着东区的孩子，他们身上贴着标签，背着小包，被分批从伦敦疏散。多亏他们的父亲，沃伦家的孩子们才能在整个战争时期一直有父母照顾。

伦恩和孔奇塔的子女个个漂亮。很多孩子遗传了母亲乌黑的头发和大大的黑眼睛。岁数大的女孩儿们个个美丽动人，轻松就可以成为模特。孩子们在一起时说奇怪的混合语言，和母亲只说西班牙语，和父亲或其他说英语的人则说地道的伦敦方言。这种讲两种不同语言的能力令我叹为观止。可惜我没能对他们有更深入的了解，主要是因为他们的父亲太健谈了，一直和我聊个不停。丽兹是沃伦家唯一和我有联系的孩子，她大概二十岁，是个非常有天赋的女裁缝。我对衣服总是情有独钟，所以我成了丽兹的老客户。几年里，她给我做了好几件漂亮衣服。

沃伦家里永远人满为患，但据我所知，家人间从未发生过任何不快。如果小孩子之间发生争执，伦恩会心平气和地说"不，不，我们要避免这样"，仅此而已。我曾目睹过其他人家的兄弟姐妹互相打架，可沃伦家的孩子们从不这样。

他们如何睡觉，这对我来说是个谜。我曾见过一间卧室里摆着三张双人床。我猜楼上的两间卧室里也一样，大家都睡在一起。

孔奇塔临产的最后一个月，我每周都会去探视。某天晚上，伦恩提议我和他们一起吃点晚餐，我很开心。饭菜闻着很香，我和平常一样，正饥肠辘辘。对于吃用早上洗宝宝尿布的锅做出的饭这件事，我并不反感，于是我欣然接受了邀请。伦恩说道："我觉得我们的护士需要一个碟子，丽兹，你给她拿一个好吗，我的宝贝？"

丽兹用碟子盛了一堆意大利面递给我，然后又递给我一个叉子。只有这时你才能看出孔奇塔确实出身于农家。因为所有人共用一个碗吃饭。桌上放着两个大浅碗，是那种过去卧室里用来做老式马桶的碗，碗里满满装着意大利面。大家每人手拿叉子，从公用的碗里吃饭，只有我单独拿个盘子。这种情形我以前见过，那时我住在巴黎，和一个搬到巴黎来找工作的意大利农民家庭生活过一周，他们就是用这种方式吃饭的，从放在桌子中间的一个大碗里吃饭。

孔奇塔已临近分娩。但因为不清楚最后月经时间，无法确定预产期。不过胎儿胎位正常，孔奇塔看上去也马上就要生了。

"我很开心有了这个宝宝。她太累了。我不准备再出去工作了，活儿可以交给孩子们。我准备休息，照顾康和孩子们。"

令我吃惊的是，伦恩说到做到。那个年代，自尊的伦敦东区男人是绝不会屈尊去做被其称为"女人的工作"的。大多数男人连桌上的脏碟子或马克杯都不碰，甚至不会捡自己丢在地上的脏袜子。可伦恩所有家务活样样精通。孔奇塔天天早上或是很晚起床，或是早起坐在厨房舒适的椅子上。她有时会和小家伙们玩，但伦恩总在一旁监督，发现孩子太吵，就坚决带他们去别的地方玩。十五岁，刚从学院毕业，还没参加工作的萨丽在家给父亲帮忙。尽管如此，伦恩所有活儿都要干：换尿布、给蹒跚学步的孩子喂饭、收拾烂摊子、购物、做饭，还有无休止地洗熨衣服。一切家务活总伴着伦恩的歌声或口哨声，还有他那无穷无尽的好脾气。顺便说一句，伦恩是我见过的唯一可以一只手喂宝宝，另一只手卷烟卷的人。

孔奇塔的第二十四个孩子是在夜里出生的。晚上大约十一点我们接到电话，羊水破了。我蹬着自行车尽快向莱姆豪斯区赶去，因为我估计这次分娩会很快。事情果然不出我所料。

　　赶到沃伦家，一切已准备就绪。孔奇塔正躺在干净的床上，身下铺好了棕色防水纸和胶皮垫。房间温暖，并不过热。婴儿床和婴儿衣服已备好。厨房里正在烧着热水。伦恩躺在孔奇塔身边，为她按摩肚子、大腿、后背和胸部。他准备了一块凉毛巾给孔奇塔擦脸和脖子，每次宫缩，他都紧紧抱住夫人，嘴里念叨着鼓励的话语："我的女孩儿，我的宝贝。马上过去了。我抱着你呢，抱紧我。"

　　看到伦恩在场我吃了一惊。我本以为陪着孔奇塔的会是邻居，或是伦恩的母亲，或是年长的女儿。我之前从没见过分娩时有男人在场，医生除外。可这次正如其他事一样，伦恩行事总是出人意料。

　　一眼瞧过去，我知道孔奇塔马上要进入第二产程了。我快速换上手术衣，摆好我的盘子。胎儿心率稳定，不过摸不到胎儿的头，肯定是进入骨盆底部了。因为羊水已经破了，我不打算做宫检，现在任何体内检查都可能导致感染，除非有必要，否则应该避免。宫缩的频率大约为每三分钟一次。

　　孔奇塔正在出汗，嘴里轻轻呻吟，但并不强烈。每次宫缩间隙她都彻底放松地躺在丈夫怀抱里，微笑瞧着他。她没有服用任何止痛药。

　　没过多久，孔奇塔面色突然一变，神情变得专注起来。她先用力哼了一声，第二次一用力，整个胎儿就离开了母体。这一个小宝宝，分娩速度之快让我什么都没来得及做，就只接住了宝宝。小家伙就这样出来躺在床单上，根本无须我的任何帮助。我清理了宝宝的呼吸道，伦恩把脐带钳和剪刀递给我。该怎么做伦恩一清二楚，他其实可以自己接生了，我心中暗道。胎盘很快也出来了，没有大出血。

伦恩用暖和的毛巾轻轻包住宝宝，将它放在婴儿床上。他冲楼下喊要热水，并通知大家刚生了一个小女孩儿。接着给夫人洗了澡，熟练地换好床单。他给夫人梳理了黑发，扎上白色头绳，以和她今天穿的白色睡袍相配。他称呼夫人为他的宠物，他的爱，他的宝贝。夫人对他回以陶醉的微笑。

伦恩冲着楼下喊："上来，丽兹，把这些带血的床单放进锅里，好吗？接下来，我们也许该喝杯好茶，怎么样？"

随后，他回身面对夫人，从婴儿床里抱起宝宝，将她递到夫人手里。孔奇塔欣慰地笑着，抚摩着宝宝小小的头，亲着她的小脸。她没说话，只是开心地咯咯笑。

伦恩欣喜若狂地又开始闭不上嘴了。分娩时，他几乎一句话也没说。那是我所知的他唯一一次那么久没说过话。现在什么也无法阻止他说话了。

"哦，瞧瞧她。詹，瞧瞧她，护士，漂不漂亮？瞧她那双小手。看，她有指甲。噢，她正睁开小嘴呢。噢，你这个小甜心。瞧，她的长睫毛真像她妈妈。她真是漂亮极了。"

伦恩欢喜得仿如刚迎来第一个宝宝的年轻父亲。

他把其他孩子都叫起来，围坐在妈妈身旁，孩子们说着西班牙语和英语。除了刚蹒跚学步的孩子们依然在梦乡中沉睡，剩下的人都醒着，兴奋不已。

我收拾好我的助产包，悄悄溜出房间，不想打扰他们的团聚和欢乐。伦恩瞧见我离开，客气地陪我出来。等我们一走，我发现其他人不知不觉地就说起了西班牙语。

尽管我几乎什么都没做，伦恩依然对我表示感谢。他帮我拎着包下楼，说道："一起喝杯茶，怎么样，护士？"

喝茶时，伦恩快乐地说个不停。我告诉他我有多喜欢和羡慕他的家庭。作为一名父亲，他值得骄傲。还有，瞧着他们流利地说着西班牙语我有多钦佩。

"他们很聪明，我的孩子们。他们比我这个父亲都聪明。我一直都学不会。"

一语点醒梦中人，忽然间我明白了他们婚姻幸福的秘诀。孔奇塔不会说英语，而伦恩则一句西班牙语也不懂。

十五

莫妮卡·琼修女

"光明为高——生命居于光之下——光汇成生命。炽热之光闪耀的那一刻，美梦成真，恩赐天成。"

我可以一整天听她这样讲话——喜欢她拿腔拿调的动听的声音、挥舞的双手、耷拉的上眼皮、俏皮立起的双眉、长脖子转动时头巾上摇摆的坠子。她已经九十多岁了，脑袋有些糊涂，可我却被她彻底迷住了。

"熠熠发光的各种疑惑，无穷无尽的答案，人类的思想飞船停泊在以太层。外太空的黑暗是一只头尾相衔的巨龙，你知道吗？"

我痴痴地坐在她脚边，摇摇头，不敢接话，生怕一出声就打断她奇妙的思维。

"这是宇宙，这是临界点，平行宇宙平移到消失点的中心。你见过云朵像行星一样穿越、飘浮和翻滚吗？于是我们看到上帝来了，他破洞而出。我就是刺穿他眉宇的荆棘。你闻到煳味了吗，亲爱的？"

"没有。你闻到啦？"

"我觉得那是 B 太太受到神的感召，正在做蛋糕。一切都应以神的旨意为主。我们该去瞧瞧，你说呢？"

我更想继续听她讲话，可知道一旦她的思维被打断，就接不上了——比如，此时此刻——莫妮卡·琼修女已经彻底被蛋糕的味道迷住了。她赞许地笑道："闻着像是 B 太太的蜂蜜蛋糕。好了，走吧，别干坐着了。"

她一跃而起，挺胸抬头，步履轻盈地向厨房走去。

修女走进厨房，B 太太回头，道："你好，莫妮卡·琼修女。你来早了。它们还没好。但我留了一份餐给你，如果你想吃的话。"

莫妮卡·琼修女一下子扑到碗上，用大木勺刮碗，嘴里嘟囔有声，喜滋滋地舔着木勺的两侧，好像两周没吃过饭似的。

B 太太走到水池旁，拿了一块湿毛巾。"好了，修女，你把自己的衣服上弄得到处都是，头巾上也有一点。擦擦手，好姑娘。你可不能这个样子去晨祷，是不是？铃马上就要响了。"

话音未落，铃就响了。莫妮卡·琼修女飞快地瞥了一眼四周，眨眨眼。

"我必须去晨祷。你可以洗碗了。噢，随着天体的移动，天堂充满了光明，细微的沙粒散落于星辰之间。凤凰于涅槃中重生，谷神星^① 正在哭泣……记得给我留点酥蛋糕。"

B 太太怜爱地替修女打开门，她飞快走出了厨房。

"她是个麻烦精，没错。可你又不能逢人便讲，她曾留在码头区经历过两次世界大战和大饥荒，是不是？她为我们接生了成千上万的孩子。大轰炸时期，她没抛弃我们。她在防空掩体和教堂的地下室里接生，还曾经在轰炸后的废墟里接生。上帝保佑她。既然她想吃酥蛋糕，我就给她留着。"

很多人都跟我说过莫妮卡·琼修女的类似事迹——她多年来无私地工作，以及她的奉献和牺牲精神。整个波普拉区的人都认识和爱戴她。据说修女出身于高贵的英国贵族家庭，19 世纪 80 年代，她立志成为护士的决定令家族深感震惊。难道她不知道自己的姐姐是女伯爵，母亲则继承了侯爵的爵位吗？她怎么可以这么做，令家族蒙羞？十年后，修女成为英国首批助产士中的一员，她的家族尽管对此不悦，也只能默认了。可当修女投身宗教，来到伦敦东区工作时，她的家族彻底和她断绝了关系。

午餐是一天之中大家聚会的场合。多数修道院要求吃饭时噤声，不过农纳都修道院允许聊天。大家站着等朱丽恩修女进来，等她做过饭前祷告后才就座。B 太太推着小推车进来，一般由朱丽恩修女为大家分发食物，她身边跟着一个人端碟子。那天大家只是闲谈，聊了聊伯纳黛特修女母亲的身体情况，说今天喝茶时会

---

① 太阳系中最小的也是唯一一个位于小行星带的矮行星。由意大利天文学家皮亚齐发现，并于 1801 年 1 月 1 日公布。

有两位客人到访等。

　　莫妮卡·琼修女今天的心情不好。因为牙齿的缘故，她吃不动排骨，也不喜欢肉馅，胃也无法消化卷心菜，所以她在等布丁上桌。

　　"你要吃点土豆泥，亲爱的，喝点洋葱肉汤。我知道你特别喜欢 B 太太做的洋葱肉汤。你需要补充蛋白质，知道吗？"

　　莫妮卡·琼修女叹了一口气，仿佛全世界的不幸都落在了她的头上。

　　"静静想想吧！生命转瞬即逝——不过是一滴易碎露珠所走的险径。"①

　　"是的，亲爱的，我知道，不过来点土豆泥可没什么坏处。"

　　伊万杰琳修女停下吃饭，手里举着叉子，哼了一声："怎么讲起露珠来啦？"

　　莫妮卡·琼修女面色由阴转晴，尖声道："济慈，亲爱的，约翰·济慈②！我们最伟大的诗人，当然你可能根本不知道这个人。噢，我真该死，说什么露珠啊。一不留神就溜出了口。"

　　她掏出精致的绣花手帕，故意挡在鼻子上。伊万杰琳修女羞得面红耳赤。

　　"要我说，你经常不留神溜出口的话可真太多了，亲爱的。"

　　"又没人要你说，亲爱的。"莫妮卡·琼修女对着墙异常淡定道。

---

① 出自英国著名诗人济慈的长诗《睡与诗》。

② 约翰·济慈，18 世纪末出生于伦敦，英国杰出诗人之一，与雪莱、拜伦齐名，是浪漫派的主要成员。

朱丽恩修女插嘴道："我在你碟子里还放了一些新鲜的胡萝卜。我知道你爱吃胡萝卜的。你知道今年青年俱乐部有七十二个年轻人参加了教区牧师的坚信礼① 吗？想想吧，这比其他工作更要让助理牧师忙上一阵子了。"

听到这个消息，大家都感兴趣地嘀咕起来，赞叹着参加人数之多。我瞧见莫妮卡·琼修女用中指在盘子里拨弄着胡萝卜。她有着一双富有感染力的手，骨头和血管包裹在透明的皮肤之下。手指甲总是很长，因为她不愿意剪指甲，也拒绝别人给她剪。她的食指有个令人称奇的能力，手指下部保持笔直，第一个指关节竟然可以弯曲。我坐在桌旁默默瞧着，试着自己做，可是不行，做不到。莫妮卡·琼修女的指尖沾上了肉汤，她舔掉了。她似乎喜欢肉汤的味道，脸上神色稍有缓和。她又用手指去蘸肉汤，与此同时，大家的话题转到了即将到来的旧货拍卖上。

莫妮卡·琼修女拿起叉子，吃光了所有土豆和肉汤，但没动胡萝卜，然后发出一声终于吃完了的叹息，将碟子推开。她显然脑袋里正在想些什么，然后转身对着伊万杰琳修女大声但语调甜美地道："亲爱的，你也许不喜欢济慈，但你喜欢利尔吗？"

伊万杰琳修女瞧着莫妮卡·琼修女，一脸狐疑。她的本能告诉她，这个问题肯定有诈，可伊万杰琳修女既口拙，脑瓜也不灵光，是个实打实的实心眼，径直掉进了莫妮卡·琼修女设下的陷阱里。"你说谁？"

---

① 一种基督教仪式。根据基督教教义，孩子在一个月时受洗礼，十三岁时受坚信礼。孩子只有被施坚信礼后，才能成为教会正式教徒。

伊万杰琳修女千不该万不该说这句话。

"我是说爱德华·利尔[①]，亲爱的，我们最伟大的幽默画诗人。他的《猫头鹰和猫咪》，你知道的。我本以为你可能特别喜欢他那本《东和闪闪发光的鼻子》[②]呢，亲爱的。"

听到这句恶毒的讽刺，大家不禁倒抽一口凉气。伊万杰琳修女已经气得满脸涨红，双眼噙着泪花。有人赶紧打着圆场"请把盐递给我"，朱丽恩修女也马上接着问谁还需要来块排骨。莫妮卡·琼修女笑盈盈地瞟了伊万杰琳修女一眼，自言自语道："哦，亲爱的，我们还是继续谈济慈和露珠吧。"她掏出手帕，像在自娱自乐，开始放声歌唱"铃儿叮咚响，猫咪掉井里"[③]。

伊万杰琳修女几乎要被气炸了，她咣的一声，向后推开椅子。"我好像听见电话铃响，我去接电话。"说完离开了餐厅。

餐厅里弥漫着一股压抑的气氛。我瞥了眼朱丽恩修女，不知道她会如何收拾这个烂摊子。朱丽恩修女瞧上去非常恼火，可又不能当着众人的面说莫妮卡·琼修女。其他修女个个低着头，坐立不安地盯着自己的盘子。莫妮卡·琼修女坐在那里，腰板挺直，双眼紧闭，一动也不动。

莫妮卡·琼修女让我捉摸不透。她的心智显然在衰退，但她的所

---

① 爱德华·利尔 (1812 — 1888)，英国著名幽默漫画家。他画的鸟曾集册出版，但他主要以写五行打油诗闻名。

② 爱德华·利尔画的一本漫画书，东为故事中的人物名字。

③ 一首著名英语儿歌，嘲笑伊万杰琳修女是掉在井里的猫。

作所为有几分要归咎于衰老，又有几分出于顽皮呢？对伊万杰琳修女毫无来由的挑衅显然早有预谋。她为何要这么做？过去五十年里，莫妮卡·琼修女为最贫穷的人所做出的无私奉献足以证明她的圣洁。可她却当着所有人，包括正端着布丁上桌的 B 太太的面，羞辱自己的修女姐妹。

朱丽恩修女起身接过盘子。她正需要利用分布丁这事来转移大家的注意力。莫妮卡·琼修女也察觉到了大家的不满。往常第一个得到布丁的人肯定是她，可今天她是最后一个。她冷冷地坐着，假装没注意到这个变化。换作平时，她肯定一边抱怨，一边狼吞虎咽地吃掉布丁，然后再要一份，可今天没有。朱丽恩修女拿起最后一个碗，盛了些大米布丁，平静地说道："请把这个递给莫妮卡·琼修女。"然后说："我要去瞧瞧伊万杰琳修女。恕我失陪。伯纳黛特修女，一会儿你来做饭后祷告，好吗？"

朱丽恩修女站起身，默默做了祈祷，在胸口处画了个十字，然后离开了房间。

接着，大家七嘴八舌地说起今天的西梅有点老，晚上出去探视是否会下雨，所有人都有些许不自在，如释重负一般地吃完了饭。莫妮卡·琼修女高贵地抬起头，站起身，一边念着祷告，一边优雅地在胸口画了个十字。

可怜的伊万杰琳修女。她不是坏人，当然也不应该受到莫妮卡·琼修女这般的折磨。诚然，她鼻子确实有一点红，但用"闪闪发光"来描述真是太夸大其词，太充满想象力了。伊万杰琳修女走起路来脚步笨拙沉重，这个词同样适用于形容她的身材和脑筋。她那一双平足走起路来咣咣作响。她只会将东西从桌上碰掉，而不是放在桌上；扑通一声屁股陷进椅子，而不是坐进椅子。我曾瞧见莫妮卡·琼修女噘着嘴，不满地瞧着伊万杰琳修女的这些举动，一瞧见那双大脚走过来，她马上拉起自己的裙子。如此轻盈、讲究，一举一动充满优雅的莫妮卡·琼修女似乎无法容忍别人身体上的缺陷，还称伊万杰琳修女为洗衣妇或屠夫的老婆。

　　论聪明，伊万杰琳修女更不是莫妮卡·琼修女的对手。伊万杰琳修女脑瓜不灵光，爱钻牛角尖，她只关心日常事务。作为助产士，她细心，吃苦耐劳；而作为修女，则虔诚，淳厚朴实。我甚至怀疑她这一辈子是否曾有过自己的想法。莫妮卡·琼修女则心思敏捷，聪明睿智，她的思绪可以从基督教跳到天文学，再跳到占星术，然后再跳到神话，最后再经过正在衰老的大脑混合，以诗歌和散文的形式表达出来，这对伊万杰琳修女来说无异于听天书。她听了只能呆呆地愣在原地，或是用哼一声来表达对听不懂的东西的不屑，然后步履沉重地离开。

　　毫无疑问，伊万杰琳修女生来就要面对自己人生的苦难，而莫妮卡·琼修女就是她生命中的最大磨难。莫妮卡·琼修女会咯咯笑着，边眨眼睛，边开心跺脚，狡黠地说："我还以为是打雷了——哦，不是，是你走过来了，亲爱的。今天的天气让人心惊，是不是，亲爱的？"

　　伊万杰琳修女只能咬牙切齿，拖着沉重的步子走开。她也曾经试图反抗过，可从未占过上风。但凡她有一丝幽默感，完全可以用笑声化解尴尬——可无论多么有趣的事发生，伊万杰琳修女的笑声总慢半拍。她要先瞧瞧其他人，确定真的好笑之后，才会和大家一起笑。这点自然也难逃莫妮卡·琼修女的法眼。"铃儿叮当响，星星笑哈哈。小天使拍翅膀，笑得好齐整。伊万杰琳修女是个小天使，听到她哈哈笑，好动的宇宙一愣，傻掉了。是不是，亲爱的？"

可怜的伊万杰琳修女只能一脸严肃道："我听不懂你说什么。"

"哈，真是如此之远，遥不可及，那永恒的恒星，成功的硕果和不再绝望的喜悦。"

朱丽恩修女想方设法维持两位修女间的和平，却并不太奏效。面对这样一个精神恍惚、年逾九十的老人，你要如何训斥？而且这么做有用吗？我确定朱丽恩修女一定像我一样感到困惑，不清楚莫妮卡·琼修女的行为有多少是老糊涂而为，又有多少是精心设计的恶作剧。对于这个问题，朱丽恩修女永远也找不到答案，因为不管怎样，莫妮卡·琼修女的理智稍纵即逝，还没等朱丽恩修女采取措施，她就又变得糊里糊涂了。所以伊万杰琳修女的痛苦还会继续下去。

进入修道院，安贫乐道，守身如玉，侍奉上帝，能做到这些并不容易，可以说非常难。而日升月落，每天与修女们一同生活，这种生活本身则更难。

十六

玛丽

　　她一定早已做好打算，当我在黑墙隧道中下车时选中了我。当时大约晚上十点半，我刚从新近开放的节日大厅剧院回来。或许我瞧上去比其他人时髦一点，所以她觉得我更像富人。于是走到我跟前，一张口，轻快活泼的爱尔兰口音，轻声问道："你能帮我破开五英镑吗？"

　　我吃了一惊。五英镑！我都怀疑自己是否还有三先令撑过这周。这情景换作现在，就好比你在街上被人拦住，问你能否破开五百英镑一样。

　　"不，破不开。"我直截了当地拒绝了她。此刻我满脑子都是音乐，正一遍一遍地重温刚才听过的乐曲，我可不想被这种不知所谓的人打扰。

　　是她那绝望的叹息引得我多瞧了她一眼。她人又小又瘦，漂亮的鹅蛋脸，像极了拉斐尔^① 时代之前油画里的人物。年龄说不准，十四岁到二十岁都有可能。没穿大衣，只穿着薄夹克，完全不足以抵挡今夜的寒冷。没穿长袜，也没戴手套，两只手瑟瑟发抖。瞧上去是个营养不良的穷女孩儿——却竟然有五英镑。

　　"你怎么不去那家咖啡馆破钱？"

　　她鬼鬼祟祟道："我不敢。怕被人记住说出去。他们会打我一顿，或杀了我。"

　　我突然意识到她的钱有可能是偷的。偷的东西不能出手就一文不值了。用英镑付款通常不会让人起疑，可这个女孩儿显然怕得都不敢试一试。不知为何我当时心中一动，突然问她："你饿吗？"

　　"今天没吃饭，昨天也没有。"

　　四十八个小时没吃饭，兜里却揣着五英镑。这正如爱丽丝^② 对毛毛虫说的，真是越来越奇怪了。

　　"嗯，听着，我们现在到那个咖啡馆去，让你吃顿饭。我会用你的五英镑付账，那样大家就会认为钱是我的。你觉得这个计划怎么样？"

　　女孩儿脸上绽开了笑容。"钱你最好现在就拿着，那样就不会

---

① 意大利著名画家，"文艺复兴后三杰"中最年轻的一位。代表作品有《西斯廷圣母》《雅典学派》等。

② 此处指《爱丽丝梦游仙境》的故事。

让人看见我给你钱了。"

　　女孩儿瞧了眼四周，一把将白色崭新的大票塞进我手里。她真容易轻信别人，我心中暗道。她害怕被别人看见，却不怕我揣着五英镑跑掉。

　　在咖啡馆里，我们点了牛排、两个鸡蛋、薯条和豌豆。女孩儿脱掉夹克，坐在桌旁。这时我才发现她怀孕了，可手上没有结婚戒指。未婚先孕在那个年代是非常丢脸的事，虽然已经没有二三十年前那样严重了，但不管怎样，这个女孩儿今后要有苦日子过了，我心中暗道。

　　女孩儿狼吞虎咽地吃着饭，我抿着咖啡，瞧着她。这个女孩儿名叫玛丽，黄褐色头发，身材纤细，皮肤白皙，活脱脱一个爱尔兰美人。她或许是凯尔特王妃，或许是某个爱尔兰酒鬼工人的老婆，很难讲——但也许没多大区别，我心道。

　　女孩儿肚子已经垫了底，她抬头笑意盈盈地瞧着我。

　　"你打哪儿来？"我问道。

　　"梅奥镇。"

　　"以前离开过家乡吗？"

　　女孩儿摇摇头。

　　"你妈妈知道你怀孕了吗？"

　　女孩儿漂亮的眼里闪过恐惧、愧疚和恨意，双唇紧闭不吭声。

　　"听着，我是个助产士。这种事逃不过我的眼睛，我的工作就是干这个的。不过，我觉得其他人还看不出来。"

　　见她面色稍缓，我又问道："你妈妈知道吗？"

女孩儿摇摇头。

"你准备怎么办？"我问道。

"我不知道。"

"你必须回家，"我说道，"伦敦是个可怕的大地方。你在这儿没法独自抚养孩子。你需要你妈妈帮你。你必须把这事告诉她。她会理解的。妈妈永远不会让女儿失望，是不是？"

"我没法回家，不可能。"女孩儿道。

我继续追问，女孩儿却再也不回答，于是我换了个问题："你怎么来伦敦的，到底为什么来这里？"

女孩儿神情略微放松，似乎想说了。我给她要了苹果派和冰激凌。凭着女孩儿东讲一点，西讲一点，我渐渐拼凑出玛丽的故事。她轻快活泼的声音令人着迷，我甚至愿意听她说上一整夜，不管她是给我念洗衣单，还是讲述那几代不变的悲惨故事。

玛丽是五个幸存孩子中的老大，八个哥哥姐姐不幸地没能活下来。父亲是农场工人，也挖泥炭。他们住在一个被玛丽称为希林的地方。母亲为"大户人家"洗衣服，她是这么告诉我的。十四岁时，父亲在西爱尔兰的冬天死于肺炎，玛丽一家从此没了主心骨。他们住的地方附属于父亲租种的土地，因为家里儿子尚小，无人接替父亲的工作，一家人被赶了出来，从此搬到了都柏林。玛丽的母亲，一个乡下女子，从未踏出过她所长大的群山和草地，几乎无法应对外面的世界。他们寄宿在出租房里，一开始玛丽的母亲给人洗衣服，或者说试着接洗衣服的活，可穷人太多，再加上来自同样苦命女人的竞争，很快就放弃了。因为付不起房租，一家人再次被赶了出来。玛丽在工厂里找到了工作，每周工作六十个小时，报酬只是微薄的工资。她十三岁的哥哥米克，离开学校，谎报年龄在皮革厂上班。两人其实都是奴隶童工。

若不是因为母亲，两人辛苦劳动所得也许足以维持家庭生计。

"我那可怜的母亲！我恨她对我们做的事，可我又真的恨不起来。她永远也忘不了家乡的群山、广阔的天空、杓鹬和云雀的叫声、大海和夜里的静谧。"

玛丽声音突然升高，犹如管弦乐中的双簧管，发出悲伤哀怨的哭泣声。

"起初，她只喝点吉尼斯黑啤酒。'喝了觉得好受些。'母亲这样说。然后开始喝能搞到的所有烈性发酵的黑啤酒。接着就是喝磨刀匠私酿的威士忌。我不知道她现在喝什么，很可能是烈酒和酒精。"

女老师向上报告，说玛丽家的三个小孩子旷课，回校时饿得半死，而且半裸。孩子们从母亲身边被带走，送进了孤儿院。母亲似乎根本没注意孩子不见了，她又找了一个男人。

"他们被带走也许是好事，因为我有两个小妹妹，我不想她们像我一样。"

我打了个哆嗦。我曾听关爱儿童办公室的人说过，母亲再嫁通常意味着给孩子判了死刑。

"他是个大块头儿。我从没见他清醒过。我毫无反抗之力，没想到事情会变成这样。他不断地扑向我，直到我都习以为常了。但当他开始随手拿东西打我和我妈妈时，我知道自己必须离开。我妈妈似乎对被痛打毫不在意，她醉得太厉害，什么也感觉不到了。可我不是。我觉得他会杀了我。"

玛丽在都柏林的大街上睡了几晚，所有家当放在网兜里，她正惦记着伦敦。玛丽说道："你知道狄克·惠廷顿和他的黑猫的故事①吗？我妈妈过去常给我们讲这个故事，我总觉得伦敦是个美丽的地方。"

玛丽来到码头，询问了去英国的路费，那相当于她三周的工资，于是她继续在工厂工作，晚上在储藏间睡觉。

"我像老鼠一样安静，像幽灵一样隐秘，没人发现我睡在那里，甚至守夜人夜里巡逻也没发现我，不然我就被扔出去了。"她顽皮地笑道。

玛丽从不花钱买吃的，尽量向工厂其他女孩儿讨吃的，第三周结束时，她领了工资离开，声称不再回来了。

那时有许多货船每天从都柏林开往利物浦，但她必须等到周一才能买到船票。

"我整个星期天都在码头四处闲逛。码头很美，有大船，水哗哗响，还有海鸥在大叫。我对要去伦敦兴奋不已，甚至都忘了饥饿。"

在户外又睡了一晚上之后，玛丽用几乎所有的钱买了张单程

---

① 狄克·惠廷顿（1350 — 1423），英国商人，曾三次担任伦敦市长。传说狄克·惠廷顿是个贫苦的孤儿，去伦敦是为了发财，因为他听说伦敦的马路都是黄金铺的。在伦敦，他找到一份工作，为一个富商的厨师做帮厨。商人有一艘货船要发往北非摩洛哥的柏柏里，他通知仆人们每人可拿出一件东西与他的货一并出售。狄克·惠廷顿除了一只猫一无所有，就把猫送去了。不久，商人的货船回来，迪克得知他的猫被摩尔王国的国王花大价钱买走了，因为这位统治者的领地北非正闹鼠灾，急需大量的猫灭鼠。靠这笔钱狄克·惠廷顿走上了致富路，最终担任了三任伦敦市长。

船票，身上就只剩下几先令。

"那是我一生中最激动人心的时刻，对爱尔兰说再见时，我在胸前画了个十字，为我父亲的在天之灵祈祷，请求圣母马利亚照顾我可怜的妈妈和我的兄弟姐妹。"

星期一晚上大约七点，玛丽抵达了利物浦码头。眼前的一切与她的期望相差甚大。事实上，利物浦码头和都柏林码头看过去几乎一样，不过更大而已。玛丽不知道该怎么办。她询问伦敦在哪里，答案是近五百公里之外。

"五百公里？"玛丽道，"我听了差点晕过去。我还以为伦敦就在眼前呢。你看我有多傻？"

玛丽在外面又睡了一夜，找些喂海鸥的面包充饥。面包已经过期而且很脏，但起码肚子里有了点东西。待早上太阳升起，玛丽又恢复了精神，年轻的乐观精神再次点燃，她向人打听如果身无分文怎么去伦敦。有人告诉她现在百分之九十五的送货卡车都是去伦敦的，她可以试试运气，看卡车司机是否愿意带上她。

"你应该没什么问题，像你这么漂亮的女孩儿。"告诉她的人如此说道。

根据我的经验，此话不假。大约十七岁，我就已经搭顺风车走遍英国和威尔士了，经常站在路边大拇指向下拦长途货车，搭顺风车安全抵达目的地。我经常一个人出行。我知道，大家都说卡车司机愿意捎女孩儿一程只为一个原因，但我没碰到那种情况。我遇到的卡车司机都是不喝酒、辛勤工作的男人，他们熟悉道路，要按时抵达送货。另外，他们都隶属某家公司，做了坏事马上就可以找到他们，而且到时候知道的不仅仅是公司老板，还有他们家里的老婆。

玛丽也找到了她的卡车司机，她对我说："他是个大好人。路途遥远，我们聊了一路。我给他唱小时候父亲教给我的歌曲，他夸我声音动听。他在某些方面很像我父亲。你知道吗，他甚至带我去路边的咖啡馆，给我买饭，还不要我付钱。他说'你留着吧，姑娘，我觉得你会需要它们的'。那时我心里想，如果英国人都像他这样，我会喜欢英国的。"玛丽停下来，低头瞧着自己的盘子，声音突然小得像蚊子："他是我在这个国家见过的最后一个好男人。"

我们两人半晌谁也没说话。我不是喜欢打探别人私事的人，所以不想强迫她，于是我说道："再来个冰激凌吗？我相信你还能再吃一个。我也不介意再来杯咖啡，如果你能付得起的话。"

玛丽哈哈一笑，道："一百杯咖啡我都买得起。"

店家把点的东西拿给我们，说已经十一点十五分了，他准备打烊，问能否现在付款。不过店午夜才关门，我们可以一直待在这里。

算上咖啡，共计两先令九便士。相当于现在的十二便士。我站起身，华丽地掏出五英镑钞票。

店家吓了一跳，吐着气道："喔，没有零钱吗？这么大的票谁能找开？"

我态度强硬道："抱歉，没有零钱。有的话早就给你了。我朋友身上没有钱。如果你找不开的话，那就只能算我们白吃了。"

我折起钞票放回手包。这招果然有用。店家道："好的，好的。大小姐。我给你找去。"

他先在收银台翻了翻，然后无奈地去店后面开保险箱。嘴里嘀咕着回到桌前，找给我四英镑十七先令和三便士，我把五英镑递给他。

玛丽瞧着，嘴里咯咯笑，像学校里的小女生。我对她眨眨眼，将找的零钱放进我包里。她还是那么信任我，不怕我起身带着她的钱跑了。

天色已晚。今天虽然没有夜班，可白天辛苦了一天，明早八点还要上班，而且肯定又是忙碌的一天。我本想说："瞧，我现在得走了。"可心里放不下这个孤苦无依的女孩儿子，话到嘴边，变成："你对肚子里的孩子有什么打算吗？"

玛丽摇摇头。

"预产期是什么时候？"

"我不知道。"

"你做了分娩登记吗？"

她没说话，于是我又问了一遍。

"我哪儿也没登记。"她答道。

我不禁担心起来。她的肚子看上去大约有六个月的身孕，如果之前一直吃不饱，肚子里的宝宝会很小，那样的话也许马上就要生了。于是，我说道："玛丽，你必须去登记。你的医生是谁？"

"我没有医生。"

"那你在哪儿住？"

玛丽没回答，我又问了一遍，她依然不作声，而且面露愠色，警惕地说道："这不关你的事。"若不是我包里装着那四英镑十七先令和三便士，她可能就起身离开了。

"玛丽，你最好告诉我，因为你需要医生为胎儿做产前检查。我是名助产士，也许可以帮你安排。"

玛丽双唇紧咬，盯着指甲瞧了瞧，道："我一直住在凯布尔大街的满月咖啡馆。但我不能再回那儿了。"

"为什么？"我问道，"因为你从那儿偷了五英镑？"

玛丽点点头。

"如果被发现，他们会杀了我。我确定，他们肯定有办法找到我，我会死在他们手上。"

她说这番话时语气波澜不惊，似乎已接受了这无可改变的命运。

现在换作我不作声了。我清楚伦敦东区是个残酷的地方。之所以没见过它的丑陋，是因为大家尊敬我们，而且总的来说，我们接触的都是正派人家。可眼前这个女孩儿轻易就会被卷入暴力的旋涡，如果她偷了那些人的钱，这股旋涡就会将她吞噬。她可能有生命危险。那时我还对凯布尔大街上臭名昭著的咖啡馆一无所知。

我问道："今晚你有地方睡吗？"

玛丽摇摇头。

我叹了一口气，一股责任感涌上心头。

"走吧，我们去基督教女青年会① 瞧瞧，看看那儿还开门吗。

---

① 基督教新教的社会活动组织。1855 年创立于伦敦。创办初期主要是为了组织青年妇女参加宗教活动，为离家自立的职业妇女提供住处，救济贫困。后逐步成为培养妇女德行、进行广泛活动的社会机构。

天很晚了，我不确定那儿几点关门，但应该试一试。"

　　我们谢过店家，离开咖啡馆。到了大街上，我把玛丽的钱还给她，我们步行了不到两公里来到基督教女青年会，原来那儿晚上十点就关门了。

　　我此刻感觉筋疲力尽，高跟鞋简直要了我的命。回农纳都修道院还有两公里的路要走，明天还会是繁忙的一天。我心中埋怨自己不该惹上这个麻烦。在公交车站，我本该简单说一句"不，我破不开"，然后走开就好。

　　可瞧着站在紧闭大门外的玛丽，那个瘦小、柔弱、温顺的小姑娘，我又怎能忍心独自离去，把她一个人扔在街上呢，而且说不定有人正四处寻找要杀死她呢？她不见了，有谁会在意吗？碰上她一定是上帝的旨意，我心中暗道。当时我真想到了上帝，比你想象中更真实。

　　站在寒冷的夜里，玛丽瑟瑟发抖，她拉紧薄夹克的领口。我当时穿着暖和的驼绒大衣，大衣有个令我引以为傲的可拆卸的漂亮毛领，我卸下毛领，将它围在玛丽的细脖子上。她开心地叫了一声，把头缩在温暖的毛领里。

　　"喔！真暖和。"玛丽笑道。

　　"来吧，"我说道，"你最好跟我走吧。"

十七

扎吉尔

从基督教女青年会到农纳都修道院不过两公里，可我却感觉像永无尽头。我已经累得讲不出话了，于是我们一路默不作声地走着。起初，我满脑子想的都是我的脚和鞋子，脚下的鞋简直令我犹如身在炼狱，它们是用来彰显优雅的，可不是用来徒步旅行的。突然，我灵机一动，把鞋脱掉！于是我脱了鞋还有长袜。路踩着感觉冷冰冰的，脚终于不再痛苦，还蛮舒服的，这令我精神一振。

玛丽怎么办？农纳都修道院只有十间卧室，都已经睡了人。我决定从公共储藏间给她找几条毯子，让她睡员工客厅。必须赶在早上五点半前起床，到小礼堂等朱丽恩修女出来，把这件事先告诉她。如果等别人发现女孩儿，再告诉修道院负责人就太晚了。修女们不会也无法收留所有找上门的穷人，那样会有数不尽的人涌进修道院，十间卧室里的每张床上都会挤十个人！修女们的工作是——街区护士和助产士——她们的慈悲必须用在刀刃上。

我光着脚一路跋涉，与此同时，心里反复琢磨着玛丽关于卡车司机的那句话："他是我在这个国家见过的最后一个好男人。"这多么悲哀啊。事实上，这个国家有几百万个好男人——大多数男人都是善良的。她，一个如此甜美的女孩儿，为何从未遇见他们？她是如何沦落到现在这个悲惨的地步的呢？也许是因为爱？或是因为缺少爱？若不是因为爱，我是不是也会落得和玛丽一样的下场？一如往常，我的思绪又飘到了我爱的那个男人身上。我们相遇时，我只有十五岁。他可以轻易得到我，然后再把我抛弃，可他没有。他对我礼遇有加，视我如宝贝，只希望我过得更好。整个少年时期，他教我读书识字，精心呵护我。如果我十五岁时遇到坏人，我心中暗想，我现在可能和玛丽没有两样。

我们默不作声地走着。我不知道玛丽脑袋瓜里正在想什么，可我的灵魂正无比渴望能见到我心爱之人，听到他的声音，依偎在他的怀里。可怜的小家伙。如果那个卡车司机是她遇到的唯一的好男人，那么她所经历的都是什么男人呢？

抵达农纳都修道院时，已经接近深夜两点。我找了些毯子，将玛丽安顿在客厅里，对她说道："亲爱的，厕所在这条走廊的尽头。晚安，早上我再来看你。"

我疲惫地爬上床，将闹钟定在凌晨五点十五分。

修女们从小礼堂里出来，看到我都吓了一跳。此时正是她们禁言静修时间，所以没人和我说话。我走到朱丽恩修女面前，把玛丽的事原原本本地告诉她。她不能说话，用眼神告诉我她知道了。待修女们默不作声一个个从我身前走过后，我回去继续睡觉，将闹钟设到早上七点半。

八点，我走进朱丽恩修女办公室。

"我和韦尔克洛斯广场教会安置处的乔神父谈过了，"朱丽恩修女道，"他们会接收照顾那个女孩儿。我去客厅偷偷看了看，她睡得正香，可能要到中午才会醒。等她醒了我们会给她准备些早餐，然后带她去教会安置处。你现在去吃早餐吧，然后开始上午的工作。"

修女眼含笑意，瞧着我，加了一句："你做得对，亲爱的。"

修女们的善解人意和灵活变通又让我感到吃惊，相比之下，之前工作的医院真是苛刻、不近人情。未经批准就带人回护士学校，肯定会被处罚，理由只有一个：这么做不符合规定。

玛丽一直睡到下午四点，正是晚班开始前的下午茶时间，我一直忙到晚上出门探视前才有时间去看她。朱丽恩修女给她拿了茶、面包和饼干，我走进客厅时，玛丽正在吃东西。朱利安修女在向玛丽解释，她不能留在农纳都修道院，但可以去安置处，那里很欢迎她，会为她安排产前检查和分娩。玛丽的一双大眼睛定定地瞧着我，我对她点点头，说我会去看她。

我去看过玛丽，从而知道了皮条客、妓女，以及那些位于凯布尔大街和斯特普尼区周边，外表看上去是夜总会，其实干着卖淫勾当的可鄙妓院。那是一个隐秘的地下世界。世界上各乡村城市中都有这样的勾当，但少为人知，或者故意对其避而远之。

妓女分为两种：高级妓女和低贱妓女。像法国情妇这类的要算最高档的了，书中所写的她们的沙龙、奢华的消遣，以及艺术和政治影响力，读起来让人惊叹不已。

在伦敦，聪明的伦敦西区应召女郎通常会精挑细选几位固定的金主，从而收取不菲的费用。这种往往是特别精明的女人，她们以极其专业的态度提前计划、研究，找到赚钱的门路。一个这样的女孩儿曾对我说："一开始就要做最高级的。这可不是一门从低到高的行业。如果开始低贱，只会越来越不值钱。"

而大多数妓女都从低开始，过着惨不忍睹的生活。从古至今，贫困女人，尤其是在眼睁睁看着自己的孩子无米下炊，身无片瓦，奄奄一息的情况下，只能靠出卖肉体填饱肚子。身为女人，一个配得上母亲称呼的女人，见此情景，你难道还会站在道德高地上，对这样苦命的女人指手画脚吗？我不会。

现在，西方社会已见不到食不果腹的情况了，可在20世纪50年代，人们确确实实都在饿肚子，饥饿是社会的现状。不过，还有另外一种"饥饿"助长了卖淫行业，那就是对爱的"饥饿"。成千上万的人出于绝望，背井离乡来到大城市，陷入孑然一人、无人相依的困境。他们渴望心灵寄托，对任何能给予其慰藉的人产生依恋。这正是皮条客和老鸨们惯用的伎俩。他们戴上和蔼可亲的面具，嘘寒问暖，为孩子提供食物和住处，用不了几天，就会露出狰狞的面目，强迫她们卖淫。21世纪与20世纪50年代唯一的区别在于，过去卖淫儿童的年龄约为十四岁，而现在则低到了十岁。

好心让玛丽搭车的卡车司机要去皇家阿尔伯特港口，所以只能把她送到贸易路。玛丽对我说道："我一个人孤孤单单好害怕，心中感到前所未有的孤独。在爱尔兰计划来伦敦时，我兴奋不已，为这场旅行而激动，因为我就要去美丽的伦敦了。我那时没觉得孤单，因为我心里充满了梦想。可当我来到伦敦，我手足无措，不知道该做什么。"

记得谁曾经说过这么一句话："满怀希望的旅途比到达目的地更快乐。"① 我敢说我们都曾或多或少有过这种感受。

玛丽走进糖果烟草店，买了块巧克力，然后漫无目的地在车来车往的路上边走边吃。贸易路和东印度码头路被称为欧洲最繁忙的道路，因为伦敦港是当时欧洲最繁忙的港口。玛丽瞧着川流不息的卡车，既困惑又害怕。相比之下，都柏林安静得像个小乡村。突然，一声刺耳的铃声响起，玛丽差点被吓出了心脏病，她瞧见几千名男人如潮水般从码头大门涌出。她身子紧贴门口而立，给这些人让路，男人们聊着天、哈哈大笑、拌着嘴、互相大喊大叫从她身边经过，没人理会站在门口的羞涩的小姑娘。事实上，他们可能根本没看到她。玛丽说道："我感到很孤独，差点哭出声来，我想大叫'我在这儿，就在你们身边。快来和我打招呼吧。我辛辛苦苦不远万里才来到这儿'。"

她不喜欢贸易路，于是转上一条侧街，瞧见街上有孩子在玩。玛丽自己也比孩子大不了多少，可孩子们没有带她一起玩。她继续向前走，一直走到一个名为卡兹河的地方——这条运河穿过斯

---

① 英国谚语。

汀克大桥直流到码头区。玛丽喜欢伫立在桥边，瞧着桥下奔流而去的河水。她在桥边站了很久，瞧着一只河鼠在自己的洞里进进出出，瞧着夕阳将影子拉得越来越长。

"接下来我要做什么，我毫无头绪。我不冷，因为是夏天；我也不感觉肚子饿，因为好心的卡车司机给了我香肠和薯条。但我心里空荡荡的，很想找人和我说说话。"

暮色渐浓，玛丽既没有落脚的地方，也没钱住旅店。但她在室外睡过很多次，所以并不觉得这是难事。而且那时候，伦敦东区到处都是轰炸后留下的废墟，她找了一个瞧上去可以过夜的地方。不过，那是个错误的决定。

"半夜我被一阵非常恐怖的喧闹声惊醒。我听到男人们在尖叫、打架和对骂。借着月光，我瞧见了刀子和闪闪发光的东西，我向我睡的洞的深处爬，躲在臭烘烘的麻袋底下，一声不敢吭，一动不动，气都不敢出。接着我听到警察的哨子声和狗的狂叫声。我害怕狗闻着味找到我，不过并没有。也许我身上麻袋的味道太臭了，狗闻不到我的味道。"

玛丽咯咯笑着。我却心情压抑笑不出来。

她显然误打误撞睡到了酗酒者常去的废墟。待警察清了场，玛丽偷偷跑出去，在卡兹河附近打发了剩下的夜晚。

玛丽的第二天和第一天一样，在贸易路和斯特普尼区接头的地方四处闲逛，无所事事。

"附近有很多公共汽车，我犹豫着要不要随便上车去别的地方，我一点也不喜欢现在的地方。可车子前面写的都是像沃平和巴金、麦尔安德和国王十字这样的地名，我根本不知道那些是什么地方。我想去伦敦，卡车司机放下我的时候对我说这就是伦敦，所以我没有上公交车，因为我不知道去哪儿。"

玛丽就这样又度过了两天。孤零零一个人，没人说话，晚上就在卡兹河附近睡觉。第三天晚上，玛丽用仅剩的便士买了个香肠肉卷。

若不是在墓地里瞧见一个老妇人用面包屑喂麻雀，玛丽在伦敦的第四天就吃不到东西了。

"我等那个老妇人走了，过去赶走麻雀，趴在地上将面包屑收起来，装在裙子兜里。阳光明媚，绿树成荫。我还瞧见一只小松鼠。我坐在草地上，吃着一裙兜的面包屑，味道还不错。第二天我又去了墓地，以为那个老妇人还会来喂鸟。可她没来，我等了一整天也没等到人。"

晚上玛丽从垃圾桶里找了些吃的。

听着玛丽的讲述，我心里在想：为什么这么一个聪明的女孩子，能独自计划一路从都柏林来到伦敦，却对到了伦敦之后全无打算？她其实有好多地方可去——警察局、天主教堂、救世军①、基督教女青年会——那里的人会帮她，为她提供住处，也许还可以帮她找份工作。可玛丽对此一无所知。也许时间久一点，她会知道，可她却碰到扎吉尔。

"我正透过面包店的窗户向里观瞧，闻着面包的香气，想吃可兜里没钱。这时他走过来，站在我身后，问：'要来根烟吗？'

---

① 一个成立于 1865 年的基督教组织，以街头布道、慈善活动和社会服务著称。总部位于英国伦敦。

"他是卡车司机离开我之后，第一次有人跟我说话。能听到人的声音真是太好了，但我不抽烟。然后，他又问：'那么想吃点东西吗？'我说：'想吃。'

"他低头瞧着我，面带微笑，他的笑容真可爱。牙齿洁白闪亮，眼中满是善意。他有一双漂亮的眼睛，深褐色，瞧着就让人喜欢。他对我说：'走吧，我们进去买点店里美味的肉卷。我正好肚子也饿了。然后我们去卡兹河旁吃。'

"我们进了面包店，他买了各式各样馅的肉卷，一些水果派和巧克力蛋糕。站在他身旁，我自惭形秽，因为我已经几天没洗过澡，没换过衣服了，而他看上去那么时髦、衣冠楚楚，衣服上还挂着一根金链子。"

他们坐在栈道的草坪上，背靠着墙，瞧着河上过往的驳船。她被那位善良英俊、貌似喜欢她的年轻人彻底迷住了。玛丽告诉我，尽管这四五天来，她一直渴望和人说话，可当时舌头像打了结，一句话也说不出来。

"是他一直说个不停，他哈哈大笑，将一些面包丢给麻雀和鸽子，称呼它们为'我的朋友'。我当时想，能和鸟做朋友的人一定是大好人。他说的有些话我听不懂，你知道的，英国和爱尔兰的口音有区别。他对我说，他的工作是替他叔叔买东西，他叔叔在凯布尔街有一家很好的咖啡馆，那里卖的食物是伦敦最棒的。我们坐在阳光下的栈道上，享用了一顿美餐。肉卷很好吃，苹果派也很好吃，巧克力蛋糕的味道简直再好没有了。"

玛丽依着石墙，心满意足地呼了口气。当她醒过来时，太阳已经落到了库房后面，年轻人的夹克盖在她身上。玛丽发现自己正倚在那个人的肩膀上。

"我醒过来的时候，发现我躺在他强壮有力的胳膊上，那双漂亮的深褐色眼睛正俯视着我。他抚摩着我的脸颊，说：'你刚美美地睡了一大觉。好了，天要黑了。我最好送你回家，你的父母会担心的。'

"我不知道该说什么，他也没再说话。过了一会儿，他说：'该走了。你在外面和陌生人待这么久，你的妈妈会怎么想？'

"'我妈妈在遥远的爱尔兰。'

"'好吧，那你父亲也会担心的。'

"'我父亲死了。'

"'你这个可怜的小家伙。那么你是和伦敦的阿姨一起住？'

"他说'你这个可怜的小家伙'时，又抚摩了我的脸颊，我觉得自己欢喜得心都要化了。于是我依偎在他怀里，把所有事都告诉了他——不过我没提我继父和他对我所做的事，我感到羞耻，不想让他误会我是个坏女孩儿。

"他听了一句话也没说，只一直抚摩着我的脸颊和我的头发。好久之后，他说道：'可怜的小玛丽，我该拿你怎么办？我不能把你继续留在卡兹河这儿过夜。我觉得我现在应该照顾你。你最好跟我回我叔叔那里，那是一家不错的咖啡馆。我叔叔人很好，我们可以先美美地吃一顿，然后再为你的未来做打算。'"

十八

凯布尔街

战前的斯特普尼区位于伦敦东侧，北临贸易路，西接伦敦塔和皇家造币厂，南面与沃平和码头区相邻，东面则是波普拉区。几千户正直勤劳、大多贫苦的伦敦东区家庭居住于此。这片区域多为拥挤的出租房、没有照明狭窄漆黑的背街小巷和老式合住房。老式房子只有一个水龙头，唯一的卫生间位于院子里，供八到十几户人共用，有时候一家十或十二口人无奈地挤在一或两个房间里。这里的人们世代过着这种生活，到20世纪50年代情况依然没有改善。

祖祖辈辈延续下来的生活已被人们所接受，可战争过后，生活发生了巨变，可惜是越变越糟。整个区域已计划拆迁，可真正开始拆却是在二十年后。与此同时，这里变成了各种罪恶滋生的温床。房子已被定下拆迁，无法在市场上公开交易，于是就成了各国投机商眼中的猎物。他们先买下房子，然后将其隔成单间以极低价格出租。这帮人还用同样的方式买下商铺，把它们变成二十四小时不打烊，提供"街边小姐"服务的咖啡馆。这些商铺美其名曰"咖啡馆"，实际就是妓院，生活在斯特普尼区的正直人家深受其害。更无奈的是，他们的子女也只能在这种环境中长大。

人满为患一直是困扰着伦敦东区人的问题，战争则更是雪上加霜，令情况进一步恶化。很多人家的房子毁于大轰炸，无处可居的他们只能随遇而安，能有地方容身就谢天谢地了。然而祸不单行，20 世纪 50 年代，成千上万的英联邦国家①移民如潮水般涌入英国，无处安置。那时经常看见一群西印度群岛的人，至少有十人，挨家挨户敲门祈求租个房间。租到地方之后，不久就会挤进二十或二十五人，大家都住在一起。

这种情况伦敦东区的人过去也经历过，他们可以忍受。可当大街小巷、商店房屋公然变成妓院，情况就完全不同了。他们的生活仿如地狱，女人不敢出门，或者将孩子关在家里。伦敦东区人强悍坚韧，经历过两次世界大战、30 年代大萧条和 40 年代大轰炸后，依然面露微笑，却对 20 世纪五六十年代身边的卖淫勾当无计可施。

试着想象一下，你住在待拆的大楼里，在二楼租了两个房

---

① 英国对联邦其他成员国在政治、军事、财政经济和文化上施加影响的组织，由英国和已经独立的前英国殖民地或附属国组成的联合体，由五十多个国家组成。

间，有六个孩子需要抚养。这时来了一个新房东，通过威胁恐吓的手段，或者真的提供新住处，让你从小就熟悉的老邻居一个接一个地搬走。你所住大楼的所有房间都被分隔成单间，住满了妓女，一个单间有时最多住四到五个妓女。一楼以往的商店变成了二十四小时营业、播放着震耳欲聋音乐的咖啡馆，派对、喧闹声、污言秽语、打架斗殴整夜不断。皮肉生意日夜不停，男人们在楼里咚咚咚不停上下，他们或站在楼梯上，或站在楼梯的平台上等着"买春"。再想一想，那些带着刚蹒跚学步的宝宝出门购物，送孩子上学，或是独自下到地下室取几桶水洗衣服的可怜女人们。

很多过着这样生活的家庭在等市里提供新住所，一等就是十年。家里人口越多，机会越渺茫，尽管众多人口挤在两间房里被认定不适宜居住，可想换大房子，门儿都没有，因为住房法案规定不得为十口之家安排四居室。

这时，来了一个名为乔·威廉森的神父，他在 20 世纪 50 年代被任命为码头街圣保罗教堂的教区牧师。从此他将自己充沛的精力、聪明的智慧，尤其是他的全部信仰投入到净化教区和为住在斯特普尼区的伦敦东区家庭提供帮助上。后来，又开始为他一心怜悯的年轻妓女提供帮助和保护。乔·威廉森神父在韦尔克洛斯广场创建了教会安置处，为妓女提供住处，这也正是我在公交车站遇到玛丽以后，第二天玛丽所去的地方。我去那里看过她几次，在这几次探视中，玛丽向我讲述了她的遭遇。

"天越来越冷，扎吉尔将他的外衣披在我肩上，他提着我的包，搂着我，带我从码头下班的男人中穿过。一路保护着我，像个真正的绅士。不瞒你说，走在那样帅气的小伙子身边，我觉得我是伦敦最幸福的女人。"

扎吉尔带着玛丽离开贸易路，拐上一条侧街，随后又走过几条侧街。街道越来越窄，也越来越脏。街边很多窗户都被封上了木板，有些窗户碎了，没碎的窗户也特别脏，无法透过玻璃瞧见屋里。街上行人寥寥，看不到有孩子玩耍。玛丽抬头瞧着黑乎乎大楼的楼顶，鸽子从楼的一端飞到另一端。有几间窗户貌似有人擦过，挂着窗帘。有一两家小阳台上甚至还晾着衣服。这些狭窄的街道和小巷看上去似乎终日不见阳光。

污物垃圾随处可见。角落里、水槽里到处都是，围栏旁垃圾成山，甚至挡在大门口，小巷子只有一半路能走人。扎吉尔领着玛丽小心翼翼地绕过垃圾，叮嘱她小心，脚踩这里，脚踩那里。路上只碰到几个男人，经过他们时，扎吉尔将玛丽拉近身旁，像在保护她。扎吉尔显然和其中几个人认识，他们谈话时说的是外语。

玛丽说道："当时我以为他一定特别聪明，受过教育，所以可以讲外语。他一定是在那种学费特别贵的学校学到的，我是这么想的。"

他们来到一条长而宽的街，这就是凯布尔街。扎吉尔说道："我叔叔的咖啡馆就在这条街上，是这条街上最棒的、人最多的咖啡馆。我们可以一起吃顿饭，就你和我。你喜欢吗？整栋大楼都是我叔叔的，他还出租房间，所以我确定他一定能给你安排一间房。那样你就不用再到卡兹河那边去睡了。说不定他还可以在咖啡馆给你找个工作，洗碗碟或剥蔬菜。或者让你负责咖啡机。你愿意操作咖啡机吗？"

玛丽心中充满了遐想。在繁忙的伦敦咖啡馆卖咖啡简直是美梦成真。她心中充满感激，欢喜地握住扎吉尔的手，扎吉尔也紧紧回握着玛丽的手。

"从今往后，你的一切都会好起来的，"扎吉尔道，"我有这个预感。"

玛丽无语凝噎，心中洋溢着对这个男人的爱。两人走进咖啡馆。窗户太脏，屋里暗淡无光，窗户上挂着的网眼窗帘下半节脏得已接近全黑。几个男人坐在贴着塑料面的桌旁抽烟喝酒。其中一两个男人身旁还坐着女人，大点的桌旁坐着一群抽烟的女人和女孩儿。所有人都不说话，整个咖啡馆里弥漫着一股诡异甚至有点阴森森的气氛。扎吉尔和玛丽进来时，所有人都抬头瞧着他们，但依然没人讲话。玛丽一定与咖啡馆的其他女孩儿和女人形成了鲜明对比，她们瞧上去面色苍白，有些人一脸阴沉，有的人闷闷不乐。但有一点相同，个个面容憔悴。相比之下，玛丽的双眼因为充满期待而闪闪发光。先是轮船之旅，然后在卡兹河畔睡了四夜，室外的新鲜空气让她的皮肤熠熠生辉。而此刻心中浓浓的爱意，更让她整个人容光焕发。

扎吉尔让玛丽先坐下，他去找叔叔，随手带走了她的网兜。玛丽在靠窗的桌旁坐下。几个女人瞪着她但没讲话。玛丽对此毫不在意，心中暗笑，她已经有扎吉尔，不需要再和别人说话了。一个样貌凶狠的男人走过来，与她隔桌而坐，玛丽高傲地扭过头去。男人起身走开了。她听到角落里有女人发出窃笑声，于是转头对她们一笑，但没人对她回以微笑。

十分钟后，扎吉尔回来了。"我和叔叔谈过了。他是个好人，会照顾你的。我们一会儿吃饭。现在才七点，这里大约九点才好玩。你会喜欢这个晚上的。这家咖啡馆以表演和美食出名。说到这里的食物，我叔叔雇的可是伦敦最好的大厨。你随便点。我叔叔很大方，他说菜单和酒单上的东西，只要你喜欢就可以点。他之所以这么说是因为你是我的特殊朋友，我是他最喜欢的侄子。我替叔叔买肉，我要到很多地方去找最好的肉。一家好咖啡馆的肉必须要棒才行，论买肉，我可是伦敦最好的买手。"

晚餐的肉确实非常不错。玛丽点了肉馅饼配甜豆和薯条。扎吉尔和她吃的一模一样，因为那天晚上的菜单上只有这一种食物。但对玛丽，这个在爱尔兰贫穷乡下长大，主要以土豆和甘蓝为食的姑娘来说，肉馅饼是她这辈子吃过最好吃的东西，她心满意足地呼了口气。

两人坐在靠窗户的角落里。扎吉尔所坐的地方可以纵观整个咖啡馆，即使和玛丽说话时，他也不停地环视着咖啡馆里的情况。玛丽所坐的地方只能看到半个咖啡馆，她没有瞧四周，或者是不想瞧，因为她眼里只有扎吉尔。

扎吉尔道："现在我们来选酒吧。配酒一定不能马虎，因为一顿好的晚餐，酒是关键。我想我们应该来瓶马赛特酒。酒非常棒，味道醇厚，又不太烈，入口的凛冽令人回味无穷，唇齿间满是葡萄的香味。我可是个品酒专家。"

玛丽满心钦佩。事实上，她已经被扎吉尔优雅的风度迷昏了头。她从来没喝过酒，也不喜欢，本以为玻璃杯里深红色的液体很好喝，可喝起来又涩又苦。扎吉尔却喝得兴高采烈，嘴里念叨着："多么好的葡萄酒啊，干了，在伦敦再也找不到比这更好的酒了。"或者："哈，这酒味——口感细腻——我向你保证这酒可不常见。"玛丽怕说不喜欢会伤了扎吉尔的心，所以她一口吞下杯中的酒，说道："真好喝。"

扎吉尔为她添上酒，眼睛时刻盯着咖啡馆里的情况。在和玛丽说话的时候，笑容可掬，可扫视咖啡馆时，那挂在双眼和嘴边的笑容就瞬间不见了。玛丽瞧不见女孩儿和女人们围坐的桌子，因为她们正对着扎吉尔。扎吉尔时不时冷冷地瞪着那些女人，微微点头，朝另外的方向一努头，然后目光再次回到那些女人身上。这时候，玛丽总能听到姑娘起身，凳子向后摩擦地板的声音。吃饭时，扎吉尔大约起来六次，走到那张桌旁。玛丽的目光尾随着扎吉尔，倒不是因为她疑心重，而是因为她的目光离不开扎吉尔。她欢喜地发现扎吉尔似乎不太喜欢那些姑娘，因为他总板着脸，说话时也似乎在咬牙切齿，目光不善。有一次还瞧见扎吉尔恶狠狠地在一个姑娘面前挥舞了一下拳头，然后那个姑娘就起身出去了。

玛丽心中暗想："他最喜欢我，不喜欢其他女孩儿。她们看上去都很凶。而我是他的特殊朋友。"一想到这儿，一股暖流涌上心头。

每次扎吉尔返回桌旁，瞧见玛丽都喜笑颜开，洁白的牙齿和深邃的双眼闪闪发光。

"干杯，"扎吉尔道，"你不能喝太多这种好酒。想来点果汁或奶油蛋糕吗？我叔叔交代过，你想吃什么尽管开口。表演马上就开始了，那是伦敦最棒的节目。伦敦、巴黎和纽约的夜总会全世界闻名，而这个节目是伦敦最棒的。"

玛丽喝光酒，吃了一块黏黏的甜蛋糕，扎吉尔告诉她这叫黑森林奶油蛋糕，上面配了在查特酒① 里浸泡过的欧洲酸樱桃。玛丽不觉得樱桃有多好吃，更糟的是甜品令酒更难喝了，酸得她舌头上好像长了舌苔，嘴唇和嘴里也觉得不舒服。

　　恍恍惚惚间，玛丽觉得咖啡馆里的人慢慢多了起来。有男人不断走进咖啡馆。扎吉尔说道："这是我们这儿客人的时间。你会喜欢这儿的表演的，是不是？"

　　玛丽含笑点头，生怕扎吉尔不开心。其实她眼睛疼，因为咖啡馆里的烟气越来越浓，头也疼了起来。吃过晚饭后一阵浓浓的倦意袭来，此刻她宁愿去睡一觉，可扎吉尔如此好心地带她来看表演，她必须硬撑着看完。玛丽又喝了点酒，强打精神，没注意到窗户上的百叶窗已经关上，大门也已锁了，灯光变暗了。

　　突然，一阵震耳欲聋的喧闹声赶走了她的醉意，她被吓得差点从椅子上掉下来，不得不用手抓住桌沿稳定身子。她从没听到过这么响的声音，比贸易路上吓着她的码头汽笛声还响。声音还在继续，原来是出自咖啡馆里的自动电唱机，喧闹声是动感音乐。

　　扎吉尔大声喊道："表演开始了！把椅子转过来瞧吧！这是伦敦最棒的表演！"

　　咖啡馆里的男人也都将椅子转过来，默默对着咖啡馆中央的一张桌子。

　　一个女孩儿跳上了桌子，翩翩起舞。桌子的宽度大约只有一米，为了避免掉下来，女孩儿其实并不能算跳舞，只是随着音乐的节奏摇头转脑，扭腰晃臀。头发随身体晃来晃去。男人们爆发出喝

---

① 法国查特修道院僧侣酿制的黄绿色甜酒。

彩声。接着，女孩儿甩掉围在肩上的围巾，男人们嘴里叫着好，争先恐后地去抢围巾。女孩儿充满挑逗性地缓缓解开衬衫扣子，先将衬衫扔下桌，露出里面深红色的胸罩。然后解开裙带，任由裙子掉到脚下。女孩儿胯上仅围着一条勉强能遮羞的布条，露着丰满的臀部。她转身面对墙，扭腰晃臀，然后双腿分开弯下腰。

玛丽看着眼前的一幕瞠目结舌，睡意全无，她简直不敢相信自己的眼睛，这一定是幻觉。

扎吉尔露着一口漂亮的牙齿，大喊道："很棒吧，嗯？我跟你说过我们这儿有全伦敦最棒的表演。"

女孩直起腰，回身面对观众，一边对四周的男人抛着媚眼，一边缓缓地解开胸罩的带子……过了一会儿，女孩缓缓扭腰晃臀，眼睛紧盯观众，舌头伸出嘴外。她时而上半身随之摇摆，时而臀部随着鼓点的节奏前后摇摆。

玛丽怔怔地瞧着表演，她觉得恶心，那个爱尔兰人对她的兽行足以让她知道这帮人要干什么，剩下的瞧见那些钱她也明白了。玛丽浑身战栗，在胸前画着十字。"圣母马利亚，请保佑我。"她低语道。

这番话是我们坐在韦尔克洛斯广场教会安置处的厨房里，一边喝咖啡，一边吃消化饼干的时候，玛丽告诉我的。我总去看她，我不是社工，甚至不是教堂的志愿者，但我喜欢这个姑娘，那次相遇让我对她难以割舍。同样地，玛丽也信任我，显然愿意向我倾诉。我想多了解一些卖淫和从事皮肉生意的那些人的生活，于是我顺着她的话说道：

"那时，你为什么不一走了之？你当时是自由的，没人可以阻止你。你为什么不走呢？"

玛丽默默不语，只闷头啃着饼干。

"我应该离开，我知道，我只是不想离开扎吉尔。他抓起我的手，用力握着，对我说：'表演精彩吗？在伦敦没有比这更棒的表演了。伦敦所有夜总会都想让那个舞女去他们那里表演，可她是我发现的，是我把她带到叔叔这儿的，我叔叔给了她很多钱，所以她不会去其他咖啡馆。她每天晚上在这儿表演，让这个地方火了起来。但是，我亲爱的小玛丽，你看上去很疲惫。你需要上床休息。我叔叔给你准备好了房间。'"

扎吉尔温柔地握着玛丽的手，领着她穿过那群男人和女人，他的胳膊环绕着玛丽，把挡住他们的男人都推开。

玛丽对我说："他那时是喜欢我的，因为他对我不像对其他女孩儿。他照顾我，保护我，不让那帮凶狠狠的男人接近我。我说的对不对？"

我叹了口气。我今年二十三岁，以我的智慧来说，我曾经怀疑十四五岁的女孩儿怎么可能会被甜言蜜语的无赖骗到手呢？我觉得自己不会那么傻，可现在也不敢言之凿凿了。

扎吉尔带玛丽来到咖啡馆后的厨房，说道："从这个楼梯上去就到二楼房间了。房间特别漂亮舒适，你会看到的。如果你要上厕所，它就在那边，在院子里。"

扎吉尔指着草丛里用石棉板搭成的小屋。

玛丽不想上厕所，低声说："别离开我。"然后上了楼。难闻的楼梯散发着恶心的气味，楼梯里黑乎乎的，玛丽并没有看到湿滑地板上到处堆着各种色情物。

她回头瞧着带她穿过厨房上楼的扎吉尔，他掏出一把钥匙，打开门，推门进屋打开灯。

玛丽从没见过这么漂亮的房间，比梦里还漂亮。墙壁、天花板，甚至窗帘后都闪着光。四面墙壁上装着玻璃，正反射着光芒。房间里到处闪着金光和银光，其实那是镀铬。屋子中间放着一张巨大的铜床，玛丽觉得上面铺着的应该是丝绸被子。在楼下见过昏暗肮脏的咖啡馆之后，再看到这些，玛丽觉得自己简直来到了天堂。

玛丽嗫嚅道："哦，真漂亮，扎吉尔，太漂亮了。你叔叔真的让我睡这里吗？"

扎吉尔听了哈哈大笑："这是伦敦最漂亮的房间。你再也找不到比这儿更漂亮的房间了。你是个幸运的女孩儿，玛丽，我希望你明白这点。"

"哦，我知道，我知道，扎吉尔，"玛丽叹着气，"我真心诚意地感激你。"

扎吉尔驾轻就熟地将玛丽骗到了手，玛丽不想讲，我也没有逼她。我觉得那天晚上对她来说一定很痛苦。可玛丽却说："我确定他是爱我的，因为从没有人像他那样抚摩我。其他的男人都粗鲁可怕，扎吉尔却很温柔优雅。我还以为那天晚上我会幸福地死去，也许死了更好。"她静静地补充了一句。

两人拥抱在一起，瞧着暮光渐渐隐入温柔的夜色。扎吉尔咬着玛丽的耳朵道："我的小玛丽，你喜欢这些吗？你想过自己会拥有这一切吗？我还有很多其他东西要给你看呢。"

"接着，我犯了一个可怕的错误。"玛丽对我道，"要不是我犯了错，他现在还会爱我的。但我当时觉得应该毫无保留地告诉他一切，那样我们之间就没有秘密了。我把柏林继父的事和他对我的兽行都告诉了扎吉尔。

"扎吉尔当时一把推开我，一跃而起，吼道：'我怎么会在你身上浪费时间，你这个小贱货！我可是很忙的，我还有更重要的事要忙。给我起来，穿上衣服！'

"他给了我一个耳光，把衣服摔到我身上。我开始哭，他又给了我一个耳光，说：'别哭哭啼啼的。穿上衣服，快点！'

"我尽快穿上衣服，他把我推出门，推到楼梯口时，他突然又像变了个人，又对我微笑。他用手帕擦去我的眼泪，说：'好了，好了，我的小玛丽。别哭了，都过去了。我脾气太暴躁了，但很快就会好的。如果你乖乖的，我会照顾你的。'

"他搂着我，我就又开心了。我知道告诉他我继父的事是我的错。你看，我伤了他的心。他希望我的第一次属于他。"

听到玛丽的自责，我目瞪口呆。在经历和目睹了这一切，她竟然还以为扎吉尔深爱着她，还以为扎吉尔之所以态度大变是因为听说爱尔兰醉汉强暴了她，还以为扎吉尔生气是因为他不是玛丽的第一个男人？

"他把我带到楼下咖啡馆，叫过来一个女人，是那天晚上抱着跳舞女孩儿腿的两个女人中的一位。扎吉尔对那个女人说：'这是玛丽，她会没事的。等叔叔醒了告诉他。'

"接着他对我说：'我现在必须出去了。我很忙的。你就跟着格洛丽亚，她会照看你。叔叔叫你做什么你就做什么。如果你听叔叔的话，你就是个乖女孩儿，我会开心的。如果不听话，我就生气了。'"

　　玛丽小声问道："那你什么时候回来？"

　　扎吉尔道："别担心，我会回来的。你待在这儿，乖乖的，要听叔叔的话。"

十九

咖啡馆生活

在农纳都修道院工作期间，我曾去过斯特普尼区很多次，四处观瞧，那情景真是触目惊心。真想不到贫民窟的环境竟能够恶劣到这种程度。在波普拉区，人们虽然生活贫困、房屋破烂、人满为患，可人人精神抖擞，邻里和睦，见了护士大声打招呼："你好，亲爱的！今天过得好吗？"斯特普尼区距波普拉区不过五公里，却是另外一番景象，在这里根本没人理我。我走过凯布尔街、格雷西斯巷、码头街、桑德斯街、后房巷和雷曼街，街道的景象令人心惊肉跳。女孩儿们在门廊里晃荡，男人们来来去去，经常成群结伙，在咖啡馆门口无所事事地抽烟、嚼烟草、随地吐痰。

我不想被人搭讪，每次总穿上全套护士制服，我知道他们在盯着我，而且对我深恶痛绝。

从定下拆迁开始，近二十年过去了，这里的房子依然没拆，还住着人。住户除了少数无法离开的家庭和老人之外，大多数都是妓女、无家可归的移民、酗酒者或酒精中毒的人和吸毒者。这里没有卖食物或家用百货的商店，商店都变成二十四小时营业的咖啡馆了，实际上就是妓院。我在这里看到的唯一的商店就是烟草店。

很多大楼显然连屋顶也没有。圣保罗教堂的教区牧师乔神父告诉我，他知道有户十二口之家住在楼上的三间房里，只能靠防水帆布遮风挡雨。多数顶楼的屋顶都空空如也，下面没有塌的楼层因为有屋顶所以挤满了人。

韦尔克洛斯广场（现已拆除）有个小学，后院与凯布尔街相邻。有人告诉我每天有各种淫秽杂物扔过围栏丢到学校院子里，于是我和学校看门人谈起了这件事。看门人是在斯特普尼区土生土长、活泼开朗的伦敦东区人，谈到这个话题时一脸铁青。他告诉我，他每天早上在孩子们上学前打扫卫生：各种色情物、从栏杆外扔进操场的浸着血和酒的床垫、厕所毛巾、内裤、带有血渍的床单、避孕套、酒瓶子、注射器——几乎什么都有。看门人说每天早上他要把这些垃圾烧掉。

学校对面的格雷西斯巷是轰炸后留下的废墟，每天晚上咖啡馆的人向里面丢各种垃圾。垃圾从来没人打扫，也没有焚烧，所以越堆越多，臭气熏天。我无法从这条巷子经过，离它还有四十多米就已经受不了那股恶臭了，所以我从来没有走过格雷西斯巷，据说有几户人家依然生活在巷子里。

斯特普尼区成了妓院——男妓和妓女的地盘，那些顶无片瓦的大楼目睹着这片地区肮脏丑恶的人肉生意。凯布尔街越臭名远扬，蜂拥至此的人越多，从而令这种丑恶的生意能维持运转下去。当地人对此束手无策。电唱机震耳欲聋的噪音湮灭了他们的呼吁。人们告诉我，斯特普尼区的住户都对此敢怒不敢言，他们仿佛生活在地狱之中。

伦敦东区一直都有妓院。这里是码头区，肯定会有，不然还能怎样？伦敦东区人也一直对此采取隐忍的态度。可当斯特普尼区这片小地方一夜之间涌出几千家妓院时，当地人的生活变得再也无法容忍了。

对于当地人的敢怒不敢言我十分理解，因为但凡影响咖啡馆收入的行为都会遭遇不幸。勇敢站出来，结果就是挨刀子或被打。我庆幸自己去桑德斯街是在白天。脏脏的窗户里是一张张女孩儿涂脂抹粉的脸，她们倚在窗户旁任男人挑选。桑德斯街直通贸易路，所以有男人不断向这边窥探，然后进入桑德斯街。这些房子过去曾是漂亮的连栋房，住着正经人家，孩子在这条街上玩耍，可不过十年、十五年，已沦为现在这个样子。我去的那天，这条街瞧着像是恐怖电影里的情景。靠在窗旁的女孩儿们当然不会骚扰我，可附近有很多相貌凶恶的大个子男子瞪着我，像在对我说"滚出这里"。斯特普尼人真的还住在这里吗？显然是的。我瞧见两三户小房子，门阶被细心打扫过，窗户明净，挂着网眼窗帘。我还瞧见一位老妇人贴着墙慢慢踱到家门口，警惕地四下瞧瞧，然后掏出钥匙打开门，闪进屋后立刻把门关上。随即我听到两道门栓插上的声音。

饲养工作犬，如牧羊犬、看门狗、警犬或者雪橇犬的人之间有个谚语：不要对狗心存仁慈，否则它不会替你干活。

皮条客和妓女的关系亦是如此。皮条客对待女孩儿就像养狗，甚至更糟。狗必须要花钱购买或繁殖，通常会受到很好照顾。狗是价格昂贵的资产，一条名贵狗丢失算得上大事了。可从事皮肉生意的女孩儿却根本无人在乎。她们不像狗或奴隶，皮条客不需要在她们身上花钱，可过的却是奴隶一样的生活，一切听凭主人的意愿或取决于主人异想天开的念头。大多数女孩儿走上这条路都是自愿的。起初她们并不知道自己要做什么，等不久之后醒悟过来时已经太晚了，她们已经掉入圈套里，无法回头了。

扎吉尔离开玛丽时告诉她："乖乖的，只要你听叔叔的话，我就会开心。"这句承诺支撑着玛丽熬过了几个月。只要能瞧见扎吉尔的笑容，她愿意做任何事。

扎吉尔早上八点离开时，把玛丽交给了格洛丽亚，一个大约五十岁、冷冰冰的老妓女，她只偶尔干活，主要工作是监工，保证女孩儿们正常工作。她瞧着玛丽，面无表情道："你听到他的话了。你必须听我的话。你最好在叔叔下楼前去把咖啡馆和厨房打扫干净。"

玛丽不知道怎么打扫，她瞧着一片狼藉宽阔的咖啡馆，手足无措，不知从何做起。在家乡爱尔兰，打扫卫生很简单——只需打扫一张床、一个垫子和一条长凳，仅此而已。相比之下，咖啡馆真是太大了。她正困惑地四处张望，瘦小的后背上突然挨了重重一脚，整个人飞出去一两米远。

"快打扫，你这个懒贱货，别干瞧着不干活！"

玛丽马上干了起来。她记得扎吉尔说过打扫咖啡馆的事，她四处跑着把脏玻璃杯、马克杯、痰盂和一些脏盘子收集起来，然后带着它们快步进了肮脏的厨房，来到油乎乎的水池旁。厨房里的水龙头只有冷水，玛丽尽可能将它们洗干净，然后用一块脏兮兮的旧床单擦干。与此同时，格洛丽亚正把椅子放在桌子上。

"洗完了把地板扫了！"格洛丽亚大喊道。

咖啡馆里没有扫把，但有湿拖布。玛丽用拖布把地板擦了一遍，事实上只是把尘土推到一边。

"做得好多了，"格洛丽亚道，"现在去打扫外面。"

玛丽一脸迷茫。

"厕所，蠢货！"

玛丽走进院子，一股恶臭扑鼻而来。昨晚可能有一百多人用过卫生间，每天晚上都如此，这么多年卫生间从没有好好打扫过。大多数男人就在卫生间附近就地小便，这里的鹅卵石小路永远又湿又滑。卫生间没有卫生纸，撕开的报纸到处都是，还有人吐了。此刻正值夏日清晨，院子里臭气冲天。女孩儿们也只能使用这个卫生间，院子里没有垃圾桶，用过的卫生巾四处可见。

玛丽惊恐地瞧着这一切，担心后背又挨踢，所以马上干了起来。院子里有个扫把，她把所有能扫起来的东西扫到角楼里推成一堆。接着提了一桶水，将院子里洒满水。这招貌似很见效，于是她又如法炮制，继续洒了几桶水。

格洛丽亚出来，默默四处瞧了瞧，把烟从嘴上拿下来。"你做得不错，玛丽。扎吉尔会开心的。叔叔也会的。"

玛丽开心得脸色一亮。让扎吉尔开心就是她最大的愿望。她指着角落里堆成堆的污物，胆怯地问道："那些东西怎么办？"

"扔到格雷西斯巷子的废墟去。我告诉你在哪儿。"

除了用手，没别的办法把那些脏东西扔到废墟去。玛丽不喜欢这样，可又别无选择。她跑了四趟才把脏东西扔干净。

玛丽觉得自己身上很脏。最后一次洗澡还是在卡兹河那里，而且几天没有换过衣服了。她走进厨房，用冷水洗了脸和胳膊，接着洗了脚和腿，洗完后觉得舒服多了。她试着回忆自己的网兜到哪儿去了，那里装着她干净的裤子。她想起昨天晚上是扎吉尔拿着网兜，此后就再也没见过。她问格洛丽亚，扎吉尔可能把网兜放哪儿了。

格洛丽亚哈哈大笑，"你就别想再见到了。"她如此说道。玛丽确实再也没有见过自己的网兜。

这时，一个男人走进咖啡馆。男人身材敦实，大肚子奄拉在裤带之外。脚上趿拉着脏拖鞋，两只胳膊上满是文身。一副恶狠狠的样子。玛丽害怕得话都说不出来，一个人偷偷溜到了院子里。这个男人就是叔叔。

"给我回来！"叔叔吼道。

玛丽不敢不听，回来站在男人面前，浑身发抖。男人嘴里噙着烟，一双凶狠的黑眼睛瞪着玛丽。他伸出短而粗的手，抓住玛丽的肩膀，把她的头推向一侧，说道："听我的话，就是好女孩儿。我会照顾你。如果不听话……"他就此打住没继续说，而是噘着嘴，举起吓人的拳头在玛丽面前晃了晃。

男人对格洛丽亚道："交给你了。"然后离开了咖啡馆。

咖啡馆所在的旧楼前为店面，后为院子，地下室有两间房，楼上还有大约八间房。所有房间都用薄木板相隔，分成三到四间小单间。每个单间放有一张窄床，最多的放了四到六张上下铺。床上只有灰色脏兮兮的前军用毯子当被子。

玛丽被带到楼上，经过昨晚与扎吉尔共度春宵的黄金房，来到楼顶。阁楼里大概有二十个女孩儿，或躺在地板上，或躺在上下铺上，大多正在熟睡。

格洛丽亚道："你在这儿待着。一会儿来找你。"

玛丽坐在角楼里。她从小过惯了苦日子，从搬到都柏林之后，就只能在贫民窟临时住所或室外过夜，所以对这种环境一点儿也不感到惊讶或不满。阁楼里很热，玛丽很快就睡着了。

下午两点左右，玛丽被动静吵醒了。阁楼里的女孩儿大多出去了。她站起身，可别人告诉她留在阁楼里。整个下午她都待在闷热的阁楼里，听着昨晚那个跳舞的女孩儿响亮的呼噜声。阁楼里既没有食物也没有水，她靠想扎吉尔打发了下午的时间。

傍晚，熟睡的姑娘醒了。别人称呼她为多洛蕾丝，她大约二十岁，是个乐观、身材丰满的乡下姑娘，从小就卖淫，所以只能以此为生。她睡眼惺忪地坐起来，瞧见玛丽，"新来的？"女孩儿问道。

玛丽点点头。

"可怜的小家伙，"多洛蕾丝道，"没关系，你会习惯的。等习惯了就好了。你需要的就是掌握一个小花招，像我一样。我是个脱衣舞娘，但不是普通的那种。我是表演艺术家。"多洛蕾丝说"表演艺术家"这几个字时透着无上骄傲。

"走吧，最好别等格洛丽亚上来。你需要一条干净裤子，给，穿我的。你还需要化点妆。我来帮你。"

多洛蕾丝一边打扮，一边嘴里说个不停，打理过自己的头发之后，又帮玛丽弄了头发，给两人都化了妆。玛丽喜欢这个女孩儿。她那股乐天的快活劲很有感染力。

"好了，你看上去可爱极了。"

事实上，玛丽的样子看着很奇怪，可她自己看不出，她瞧着镜子里涂脂抹粉的脸心情激动。

"扎吉尔今晚会在吗？"玛丽问道。

"在，你会看到他的，别担心。"

玛丽欣喜若狂地跟着多洛蕾丝下到咖啡馆里，多洛蕾丝要准备晚上的表演。

她们来到大桌子旁，桌旁已经坐了几个女孩儿。扎吉尔正坐在角桌，玛丽芳心乱跳。她刚向扎吉尔迈了一步，可扎吉尔默不作声地挥手让她回去，玛丽悲伤地和其他女孩儿坐在一起。她们不怎么说话，都瞪着她。其中有一两个女孩儿对她浅浅一笑，剩下的则显然一脸不悦。一个凶巴巴、一脸不屑的女孩儿说道："瞧瞧她。扎吉尔的新人。她还以为自己有多了不起。我们很快就会让她知道自己是谁。等着瞧，玛丽！玛丽，还以为自己有多美丽。"

玛丽告诉我，她不喜欢这种生活，想离开。

"可为什么没走呢？"我不解道。

"因为扎吉尔坐在那里，什么也不能让我离开他。"

我猜这正是扎吉尔控制大多数女孩儿的伎俩。

我说道："如果你早知道他会把你推进这样的生活里，你会离开吗？"

玛丽想想，道："一开始，我觉得不会。直到我瞧见他又带了几个年轻姑娘到咖啡馆，和她们坐在角落里时，我才明白他当时说他是'买肉的'这句话的含义。我想跑过去，警告那些姑娘，可我不敢，而且那也没什么用。"

那天晚上玛丽第一次接客。她被标价为处女进行公开竞价，出价最高者先得，后面还排着八个男人。第二天，扎吉尔搂着玛丽，说他对玛丽很满意。瞧着扎吉尔的笑容，玛丽的心又软了。

扎吉尔赏赐的笑容和其他恩惠支撑着玛丽，如此几个月过去了。

第一周，咖啡馆为她安排客人，都是来咖啡馆的人，他们把钱付给叔叔。她恨做这种事，觉得这些男人恶心，可正如多洛蕾丝和其他很多女孩儿说的："你会习惯的。"

然而，当她被推上街，命令她自己找客人时，真正的恐怖才刚刚开始。

"我每天必须挣一英镑，"玛丽道，"不然，叔叔就会打我的脸，或者把我打倒，踢我。一开始，我收费两先令（十便士），可做这行的女孩儿太多了，她们只收六便士或一先令，没有办法，我也只能降价。我有时带男人回咖啡馆，有时就在巷子或门廊里靠着墙，任何地方都行——甚至是在废墟里。我恨我自己。女孩儿们为地盘争斗，男人也是。如果一个女孩儿试图跳槽，可能会被割断喉咙。你不知道这里面有多血腥暴力。"

"我成天在外面揽客。早上睡一会儿，下午必须出去，直到第二天凌晨五六点才回来。我几乎吃不到什么，除了幸运时能吃到咖啡馆里的薯条。我恨这种事，可又停不下来。我太脏了，我太坏了，我……"

我打断她，不想她继续贬低自己。"可你最后离开了。是什么让你这么做的？"

"是孩子，"玛丽平静道，"还有内莉。我喜欢内莉，"她继续道，"她是唯一对所有人都友好的女孩儿。她从不和别人争吵，也不动坏心眼。她来自格拉斯哥市的孤儿院，没见过父母，也没有兄弟姐妹。她一直很孤单，我是这么觉得的，因为她内心里总想交朋友。她比我大两岁。"

接着，玛丽向我讲述了一个可怕的真实故事。

"格洛丽亚发现内莉怀孕了。这种事发生过，其他女孩儿怀孕后堕胎了，但我没参与，因为我和她们不是朋友。格洛丽亚做了安排，来了一个女人。我不知道她是谁，可女孩儿们说这种事她总做。那天早上，我回来正在睡觉，突然听见可怕的叫声，我立刻听出那是内莉的声音。我跑到楼下，在一个小房间里找到她。她正躺在床上尖叫，格洛丽亚和另外两个女孩儿把她的腿分开，那个女人拿着好像衣针的东西伸进她体内。我冲进去抱住内莉，让她们住手。她们当然不会听我的。我也无法止住内莉的疼痛，所以只能紧紧抱住她。"

我让玛丽多告诉我一些关于内莉的事。

"太可怕了。那个女人继续捅着刮着，突然鲜血四溅。床上、地板上，还有那个女人身上都是血。女人说她已经好了，让她卧床休息几天就没事了。她们收拾了屋子，把东西扔到废墟里，我留下来陪内莉。她面如白纸，依然疼得不行。我不知道该怎么办，只有陪着她，给她喂水，尽量让她感觉舒服一些。格洛丽亚时不时来看看，她让我晚上陪着内莉，不用出去接客了。"

玛丽哭了起来。

"内莉时而清醒知道我是谁，时而糊涂。浑身烫得像火烧，我用冷水给她擦身子，可没有用。她一直在流血，床垫都被血浸湿了。我从早到晚陪着她，她一直疼。第二天早上，她死在了我怀里。"

玛丽陷入了沉默，然后怨恨道："我不知道他们是怎么处理内莉的尸体的。没有葬礼，也没有警察来。我猜他们只是把她扔掉了，谁也没告诉。"

我沉思着，扔掉一具尸体真的可能吗？如果女孩儿没有亲人朋友，即使消失了，谁又会在意呢？咖啡馆的女孩儿知道她，可她们都惧怕那位叔叔，谁也不敢说什么。如果格洛丽亚或堕胎的女人被捕，也许会以谋杀至少以过失杀人罪被起诉，所以说应该有人在保护他们。我确信还有很多妓女也消失了，而且没人怀念她们，因为她们通常是无家可归、没人要的女孩儿。

几个月后，玛丽发现自己也怀孕了，害怕的她一直瞒着没说。她继续出去招揽客人，尽管多数时候身体感觉不舒服。她告诉我她想跑，可太害怕不敢离开。起初她对肚子里的孩子并不在意，直到有一天孩子在肚子里突然动了，一股母爱紧紧攥住了她的心。

这之后的某天，当她在阁楼里穿衣时，一个女孩儿突然大喊："瞧，玛丽怀孕了。"

这件事再也瞒不下去了。

玛丽惊慌失措，决定必须逃走。她说："我不在乎他们是否杀了我，但我不能让他们杀了我的孩子。"

当天晚上，她接了客人上楼，发现"黄金房"的房门开着。她让男人在隔间里脱衣服，自己偷偷溜进"黄金房"。房间桌子上放着很多钱，她拿了五英镑，跑出咖啡馆，在大街上一路狂奔。

二十
逃跑

玛丽为了自己，为了孩子狂奔，慌乱中不知身在何处，只是不停地跑。漆黑的夜色更加深了她的恐惧，她觉得身后总有人如影相随。她几乎只选择没有路灯的侧街，害怕在光亮的主路上，自己被人认出来。

"我转了一个弯又一个弯，躲在门廊里，然后返回向相反方向漆黑的街上跑，一路躲着有路灯照明的大路。整个晚上我几乎都在不停地跑。"

事实上，玛丽一定是在原地兜圈子，因为她所描述的河、码头、船以及她休息的门廊，听上去很像著名的圣玛丽·勒博教堂①。玛丽并没有跑太远。玛丽在教堂门廊睡了一觉之后，待内心的恐惧渐渐消失，她才想起可以坐巴士，走得远远的，去谁也找不到她的地方。但上了公交车，瞧见售票员每张票收一点二便士时，她才意识到自己兜里揣的是五英镑的大票，售票员根本找不开。她跳下车，车子正好开动，她一下子掉到了水沟里。几个人上前来扶她，但被她害怕地推开，一边跑，一边用手遮着脸。

玛丽一整天都在四处躲藏，这听起来不合常理。我问她："你为什么不去警察局请求保护呢？"

玛丽的回答很有趣。

"我不能去，我偷了钱。他们会把我锁起来，或者把我带回咖啡馆，让我把钱还给叔叔。"

玛丽几乎完全沉浸在对那位叔叔的恐惧之中，所以一整天躲着人，到处躲藏。她一定从勒博教堂又向南，朝河的方向前行，因为到了东印度码头路，才终于想到应该找人把钱换开，她想找一个不会把她误认为是妓女的女人把五英镑换开。那天晚上我下了公交车，玛丽向我走过来，之后我把她带回了农纳都修道院。玛丽在修道院吃到了第一顿好饭，自从离开梅奥镇，第一次安全温暖地睡了一觉。

玛丽能来韦尔克洛斯广场的教堂安置处多亏朱丽恩修女的安排。安置处是由乔神父创建，为妓女提供帮助的避难所，这里所

---

① 伦敦标志性建筑物。伦敦人有种说法，在出生的地方听得到圣玛丽·勒博教堂的钟声，才算得上是真正的伦敦人。

有的工作人员都是志愿者。

乔神父是个圣人，而圣人出身各异——并非个个头顶光环。乔神父出生在 19 世纪 90 年代，从小在波普拉区的贫民窟长大。寒冷、饥饿和无视没有杀死他，他还在第一次世界大战的前线度过了四年。他是个强悍粗鲁的伦敦东区孩子，某天做梦梦见上帝召唤他成为牧师。没受过正规教育，听不懂的浓重伦敦口音，不善言辞和阶级歧视，他克服了所有的困难，在 20 世纪 20 年代成了牧师，在诺福克做了多年教区牧师之后，回到伦敦东区斯特普尼圣保罗教区，该教区位于红灯区中心。在亲眼目睹了那些女孩儿骇人听闻的遭遇之后，神父开始竭尽全力为想逃离卖淫生活的妓女提供帮助。21 世纪，韦尔克洛斯信托基金依然存在，依然在为妓女提供帮助。

教堂安置处给玛丽洗了澡，提供了干净暖和的衣服和可口的饭菜。玛丽和大约六个女孩儿在一起，她们遭遇各有不同，但都幸运地逃出魔爪，希望摆脱卖淫生活。起初，玛丽过于害怕，不敢出门，但随着担心被找到杀死的恐惧渐渐消失，她苍白的脸颊又恢复了红润，爱尔兰大眼睛也开始闪闪发光。

在玛丽重新过上平静生活的日子里，我去探望过几次，一方面她似乎希望我去，另外我也想多了解一点那个行业的情况。正是通过这几次探望，我得以了解了她在伦敦悲惨生活的细节。我觉得在这短暂的日子里，她过得比较开心，可惜不能久住。首先，她肚子越来越大，教堂安置处不能提供产前护理，受设施所限也无法安顿母子。更关键的是，这里距离凯布尔街和满月咖啡馆很近，太危险。玛丽不离开安置处不会有危险，可终有一天她会想出去逛逛——教堂安置处毕竟不是监狱。如果这样，乔神父担心玛丽很可能会被认出来，而玛丽对自己被绑架杀害的担心也很可能会变成现实。

玛丽身怀八个月身孕时，才十五岁，被转移到罗马天主教教堂设立的母子之家。那个地方在肯特，孩子出生前两周，我去看过她一次。玛丽的兴奋和喜悦之情溢于言表。与其他女人和女孩儿一起生活，建立友谊，这令她开心；这些人不是妓女，是来自社会方方面面最贫困最弱小的人。她们中很多人也怀了孩子，玛丽与她们一起参加各种适合孕妇的欢乐活动。修女们开设了婴儿护理课，玛丽开心地给洋娃娃洗澡换衣服，一边听关于疝气、洗尿布和母乳喂养的讲座，一边计算着宝宝分娩的日子。

某天清晨，教堂安置处和我都收到一张明信片，告知我们玛丽生了一个女孩儿，名叫凯瑟琳。这张明信片一定是修女为玛丽代笔写的，我知道玛丽能读，但几乎不会写字。明信片下方从左至右写着大大的玛丽，还有一长串代表亲吻的"X"图案。我被那些七倒八歪的"X"深深感动了，大约有二十五个，我不知道她还会通知谁，是否也会画上这么多"X"。她母亲？她的兄弟姐妹？她知道酗酒的母亲或是身在都柏林孤儿院的妹妹们在哪儿吗？如果明信片寄到旧地址去，她们能收到，或者那个家还在吗？有谁知道吗，或者说有人关心吗？我瞧着那一排"X"眼中泛起了泪花。如此情真意切的亲吻却只能送给她在车站碰到的陌生人。

几天之后，我趁休假特意去肯特看望玛丽，我觉得在玛丽人生的特殊时刻，应该有人和她分享喜悦。路上，我想玛丽也许会因此而重生。大多数女人成为母亲后往往会展现出其最优秀的一面，曾经轻浮草率的女孩儿当孩子一出生成为母亲后，会变得负责可靠。玛丽是个甜美体贴的年轻女孩儿，还过于轻信别人，对此我确信不疑。我想正是因为她的温柔、轻信别人的本性，再加上贫穷和物质生活的艰苦，才导致她走上出卖肉体这条路。她显然痛恨那种实际上是奴隶的生活。现在，她终于获得解放，迎来了人生的光明。

火车一路颠簸穿过郊区，我心中泛起阵阵愉悦，却没想过玛丽将来要如何养活自己和孩子。

欢乐的玛丽浑身上下洋溢着幸福，初为人母的她身上仿佛散发着一种柔光，我一进门就感受到了这种光的温暖。两个月的休息、良好的食物和精心的产前护理令玛丽焕然一新。那暗淡的肤色、病恹恹的面容、颤抖的手指，尤其是眼中的恐惧都已消失得无影无踪。玛丽完全没意识到自己有多美丽，这恰好令她更招人喜欢。至于她的宝宝？当然，每个宝宝都是世界上最漂亮的，可玛丽的宝宝可以轻松胜出！凯瑟琳只有十天大，玛丽把她所有的优点都讲给我听：她睡得有多好，吃得有多香，如何咯咯窃笑，如何哈哈大笑和拳打腿踢。她开心地说个不停，一颗心完全沉浸在照顾宝宝上。离开时，我心想这可能是玛丽一生中最美好的经历，她从此将迎来崭新的生活。

大概两周后，我又接到另外一张明信片：

户士占妮

农纳土道院

波普拉伦敦

　　收到这封明信片要多谢我们的邮递员，这张明信片上只写了地址，没贴邮票。明信片的后面潦草地写着：

　　　　宝宝煤了。来看我。玛丽 xxxxxx。

　　我把明信片拿给朱丽恩修女，对明信片上的内容感到疑惑不解。

　　"煤了是没了的意思吗？如果是的话，去哪儿啦？这肯定不是说宝宝死了吧？"我不解道。

　　修女拿着明信片，翻过来翻过去看了几遍，说道："不，我觉得说的不是宝宝死了，不然她会写'四了'。你下班后最好去看看，她显然希望你去。"

　　通往肯特的火车这次似乎比上一次走得要慢，坐得我异常疲惫。上次有开心的念头打发时间，觉得时间过得飞快。此刻却满脑疑惑，总有一种不好的预感萦绕心间，挥之不去。

　　母子之家看上去几乎和上次我来时一模一样：让人感到心情愉快的开阔地、花园里点缀着婴儿车、面露微笑的年轻母亲，修女们正四处忙着自己的工作。我走进母子之家，被带到了客厅。

　　瞧见玛丽的第一眼，我大吃了一惊。她的样子看上去真吓人：红肿的脸上带着污痕、大大的黑眼圈。一双眼瞪着我，却好像没看见。头发蓬乱，衣服也撕破了。我站在走廊瞧着她，她却看不到我，而是突然跳起来，冲到窗户旁，双拳猛砸窗玻璃，嘴里不断在呻吟。然后又返身跑到房间另一侧，用额头撞墙。我简直不敢相信自己的眼睛。

我走到她身边，大声喊着"玛丽"，我一直叫了她几次，她才转过身，认出了我，立刻放声大哭。她一把抓住我，试图讲话，可一个字也说不出口。

我带她到沙发旁，让她坐下。

"这是怎么啦？"我问道，"出了什么事？"

"他们拿走了我的宝宝。"

"拿到哪儿去啦？"

"我不知道。他们不告诉我。"

"什么时候的事？"

"我不知道。但她没了。早上的时候就没有了。"

我不知道该如何安慰玛丽。听到这个可怕的消息，一个人能说什么？我们惊恐地互相瞧着对方，玛丽突然面色一变，似乎哪里在痛。她双臂外翻，仰躺在沙发垫子上。我立刻看出了问题。她一直在母乳喂养，没有孩子吸奶，双乳胀得吓人。我俯身打开她的罩衫。玛丽的双乳鼓胀，硬得像石头，左侧乳房呈亮红色，触摸发烫。"她会得乳房肿胀的。"我心想。实际上，有个乳房可能已经肿胀了。

玛丽呻吟道："疼。"然后咬紧牙关以免喊出声。

我此刻脑中一团乱麻。到底发生了什么事？我不敢相信玛丽的宝宝竟然被拿走了！等我心情渐渐平复，我说道："我去见院长嬷嬷。"

玛丽一把抓住我的手。"哦，对。我知道你会把我的宝宝要回来的。"

　　她对我一笑，泪水却涌了出来，她转身将头埋在沙发垫上，抽抽搭搭可怜地哭起来。

　　我离开客厅，一路询问找到院长嬷嬷的办公室。

　　办公室里空荡荡的，家具屈指可数：一张桌子，两把木椅和一个橱柜。四面雪白光滑的墙壁上只挂着一个十字架。院长嬷嬷看上去三十多岁，惯常的一身黑衣打扮，白头巾，十分端庄。瞧着她安详开明的面容，我觉得可以和她好好谈谈玛丽的事。

　　"玛丽的孩子哪儿去啦？"我气势汹汹地质问道。

　　院长嬷嬷定定地瞧着我，答道："孩子送去领养了。"

　　"未经母亲的同意？"

　　"无须同意。那女孩儿自己才十四岁。"

　　"是十五岁。"我更正道。

　　"十四岁，还是十五岁，没有区别。法定上她还未成年，她的同意既不合法也无效。"

　　"但你们怎敢趁她不注意拿走她的孩子？你们这么做会杀了她。"

　　院长嬷嬷叹了一口气。她端端正正地坐在椅子上，后背挺直，没有靠在椅背上，双手交叠放在肩衣下。瞧着冷酷无情的她，她四周仿佛陷入静止，时间不再流淌，岁月也停止了脚步。只有她胸前的十字架随着呼吸一起一伏。终于，她开口道："孩子被一户条件优越的罗马天主教家庭领养了，那家人只有一个孩子，母亲因病不能再生育。他们会尽心抚养玛丽的孩子，并让她接受良好的教育。孩子可以享有一个优秀天主教家庭带给她的所有好处。"

　　"不必麻烦那户好心的天主教人家，"我忍不住怒气上扬，"什么也代替不了母亲的爱，玛丽爱她的孩子。她会因为悲伤过度而死或发疯的。"

院长嬷嬷静坐片刻，眼睛掠过窗户的一根树枝，然后缓缓转过头，注视着我。她的头有意缓慢地先朝向窗户，然后再转过来瞧着我，是在借机观察我的情绪。院长嬷嬷面露伤悲。也许她不像我想象的那样冷酷无情，我心中暗想。

"我们已经尽力联系过玛丽的家人。用了三个月时间查看爱尔兰各教区和全国人口记录，毫无结果。玛丽母亲是个酒鬼，找不到。玛丽也没有在世的叔叔或阿姨。她父亲也已过世。弟弟妹妹还需要人照顾。但凡找到一位亲戚或愿意照顾她们母子的监护人，玛丽毫无疑问可以自己抚养孩子。可是，我们找不到人。为了孩子的将来考虑，我们才决定把孩子交给他人领养。"

"可你们这么做会要了玛丽的命。"我说道。

对于这个问题，院长嬷嬷没有回答，而是说道："一个十五岁女孩儿，目不识丁、无家可归，除了卖淫身无一技之长，如何抚养孩子？"

这次轮到我回避问题了。

"她已经不再卖淫了。"我说道。

院长嬷嬷再次叹了口气，沉默半晌后，道："你还年轻，亲爱的，你满腔正义，这是我们的上帝所喜欢的。但有一点你必须知道，一个妓女离开这个行业非常难，很难。因为那挣钱太容易了。一个女孩儿从小吃苦，挣钱的机会就摆在眼前。既然半个小时就能轻松挣到十或十五先令，为何还要像奴隶一样在工厂里一整天才挣五先令？根据我们以往的经验，几乎没有什么事比孩子瞧见母亲在街上揽客对孩子的伤害更大的了。"

"你们不能仅凭臆测就对她进行审判。"

"不，我们这不是审判，也不是谴责。我们只宽恕。但无论怎么说，这么做确实对玛丽不公平，但我们主要担心的是如何保护和抚养孩子。玛丽离开这里后，无处可去。谁会收留她？我们想设法在教会给她找个可提供住宿的工作，可如果带着孩子，根本没有合适的工作。"

听了这番话，我默默无言。院长嬷嬷的话千真万确，我无法反驳。我只又重复了刚才的话："但这会要了她的命。她现在已经快疯了。"

院长嬷嬷正襟危坐，窗外的树叶沙沙作响。她沉默了半分钟，然后道："我们生来就要忍受人生的苦难、生活的变化无常和生死离别。我母亲生了十五个孩子，只有四个活了下来。我母亲承受了十一倍玛丽正在承受的痛苦。历史上有无数女人忍受着丧子之痛，亲手埋葬了大多数自己的亲生孩子。她们都挺过了悲痛，玛丽也会的；而且她们又生了更多孩子，我希望玛丽也会如此。"

我也许该说些什么。也许我该对她们没有征求玛丽的意见，擅自做主的傲慢和仅凭臆测就拿走孩子的做法大嚷大叫；也许我应该对罗马天主教教会的财富嗤之以鼻；我应该质问她们，为什么教会不能再收留玛丽母子几年？我可以，也应该能说很多，可因为我知道婴儿的死亡率，也因为院长嬷嬷话中透出的善解人意和眼中闪现的悲伤，我沉默了。

我只是说道："玛丽可以知道谁收养了她的孩子吗？"

院长嬷嬷摇摇头。

"不可以。连我也不知道收养者的确切名字。所有修女都不知道。收养完全是匿名的，但你可以放心，玛丽的孩子是被一户天主教好人家收养的，她会好好长大的。"

话已至此，再多说也无益，院长嬷嬷起身示意会谈到此结束。她将右手从肩衣后伸到我面前，那只手很少见地漂亮，手指修长灵敏，我握住她的手，感到对方手上的力度和温暖。我们四目相对，除了悲伤，还有互相的敬意。

回到客厅，玛丽见我进门，满心期待地跳下沙发，可一瞧见我脸上的神情她立刻明白了，马上又放声大哭，跌倒在沙发上，把头又埋在垫子里。我坐在她身边，试图安慰她，可毫无作用。我告诉她，她的孩子被好人家收养了，他们会好好抚养孩子；我试图向她解释，她无法一边工作养活自己一边抚养孩子。可我觉得我的话她根本没听进去或者无法理解。她一直将头埋在垫子里。我说我必须走了，她也毫无反应。我试着抚摩她的头发，却被她愤怒地推开。我悄悄走出房间，静静关上门，心中悲伤得无法和她说再见。

从此，我再没见过玛丽。我曾给她写过一次信，没收到任何回音。一个月后，我写信给院长嬷嬷询问玛丽的情况，她告诉我玛丽在伯明翰医院做病房护工。我又给她的新地址写信，依然没有回音。

人们因为机缘相聚，又因机缘而分离。天下没有不散的筵席。但我和玛丽之间存在真的友谊吗？那段友情主要建立在玛丽对我的依赖，以及我对玛丽怜悯和好奇（我几乎羞于承认）的基础之上。我心存好奇，想对卖淫的地下世界有更多的了解。这并不是建立真正友情和心意相通的基础，所以我没再继续和玛丽联系。

几年之后——我已喜结良缘，有了两个孩子——所有报纸头条都刊登了一条新闻：一个婴儿在曼彻斯特郊区被人从婴儿车里抢走了。绝望的父母在电视采访里泪流满面，乞求孩子能被送回来。警察在全国范围内展开大搜捕，接到了来自全国各地目击绑架嫌疑犯的电话，结果证明都与此案无关。十二天过去了，这件案子也渐渐淡出了大众的视线。第十四天，报纸上说警察在利物浦逮捕了一名准备乘船前往爱尔兰的女人。女人当时带着一名六周大的宝宝，警察将其扣押质询。几天之后，一家更大的报纸跟进报道，被逮捕的女人被警察以两周前非法绑架儿童罪起诉。报纸上刊登的那个女人的照片正是玛丽。

玛丽被羁押了五个月等待审判。在此期间，我一直考虑是否要去看她，可最终没有成行。我之所以犹豫，部分原因是我不知道见了面到底要说什么，另外我还有两个不到三岁的孩子需要照顾，要打理家，还在兼职做夜班护士，如果往返利物浦——结局又能如何——简直不敢想象。

我通过报纸关注着玛丽的审判。玛丽自己的孩子没有了这件事被提交法庭，以期能酌情减罪。她的律师强调了玛丽尽心照顾宝宝，无意伤害孩子的事实。检察官则详述了受害父母所受的伤害和玛丽一直漂泊不定、动荡不安的生活，并提请法庭在定罪时考虑玛丽所犯下的二十六次拉客和轻微盗窃罪。

最终，陪审团根据玛丽自认有罪的辩护裁定玛丽罪名成立。不过，法官在宣判玛丽入狱三年的同时，建议监狱应当在犯人服刑期间为其提供精神治疗。

玛丽被送到曼彻斯特女子监狱服刑，时年二十一岁。

二十一

伊万杰琳修女

因为肩膀骨折我缺席了助产士最终考试，只能几个月后再考。朱丽恩修女建议我趁此机会去总区护士处积累经验，从而让我有幸和生于 19 世纪的老前辈们一起工作。

总区护士处的负责人是伊万杰琳修女。我渴望成为护士，可对和伊万杰琳修女一起工作提不起一点儿兴头，因为我觉得她这人呆板无趣。而伊万杰琳修女也丝毫不加掩饰地跟我表明，她其实一点儿也不喜欢我。她总不断找我的茬，指责我用力摔门、忘记关窗户、邋邋遢遢、心不在焉（她的说法是"做白日梦"）、叽叽喳喳、在诊室唱歌、丢三落四，等等。总之，无论我做什么，在伊万杰琳修女眼里都是错的。当朱丽恩修女告诉伊万杰琳修女，我会和她一起工作时，她拉着脸，瞪着我，鼻子里"哼"了一声，什么话也没说，转身"咚咚咚"地走了。

我与伊万杰琳修女共事了几个月，尽管依然讨不到她的欢心，却对她有了更多了解，而且意识到一点：所有投身于宗教工作的修女都极不寻常，因为那种生活是普通女人无法接受的，修女身上必定有一个或多个闪光之处。

伊万杰琳修女看上去大概四十五岁，对二十三岁的我来说，那是一个无法想象的年纪。不过修女通常比实际年龄看起来年轻，事实上，第一次世界大战时，伊万杰琳修女就是一名护士，所以在写此书时，她必定已年逾六十了。

我们共事的第一天早上就麻烦不断。诊室蒸锅的火熄了，无法为伊万杰琳修女的器具和注射器消毒。她气呼呼地大喊弗雷德过来修，瞧着弗雷德吹着走调的乐曲，拿着铁锹、铲子和扒火棍下楼，伊万杰琳修女嘴里嘟囔着"这个没用的男人"，然后命令我"趁我收拾衣服时，你去厨房用煤气炉给这些东西消毒，机灵点"。我向门口走去，这时肾形盘里成堆针管上一只玻璃注射器滑下来，掉在石头地上摔碎了。伊万杰琳修女大吼着数落了我一顿，责怪我粗心、毛手毛脚，继而细数这些天我给她惹的各种麻烦。当她说道"你们这些轻浮毛躁的小姑娘"时，我没理会散落一地的玻璃碎片，赶紧逃之夭夭了。

来到煤气炉旁，B太太正在用六把平底锅欢乐地炖着东西，不肯让地方给我。所以拖了很久我才把器具消好毒，结果没等我们离开厨房，伊万杰琳修女就又开始对我大吼大叫了。她从我手里接过东西装进包里，嘴里念叨着："总是四处闲逛、心不在焉，难道你不知道我们一上午要打二十三针、换四块纱布，还有两个腿上溃疡、三个疝气术后、两个插导管、三个床上擦身和三个灌肠要处理吗？"

助产士都已出门探视去了，那天早上我们最后出的门，自行车棚里只剩下为数不多的几辆自行车。有人无意骑走了伊万杰琳修女常骑的那辆车。她鼻子气得通红，瞪着双眼，嘟囔着："我不喜欢这辆车，那个旧'胜利'牌车子太小了，'阳光'牌的太高了，看来只有凑合骑'兰令'了，可这也不是我喜欢的那辆。"

出于敬意，我先替她把'兰令'牌自行车推出来，然后把黑色工具包放在车后。伊万杰琳修女拖着庞大沉重的身体一上车，轮胎马上瘪了下去。这时我才意识到她已经四十多岁了。伊万杰琳修女结实笨重的身躯已失去了往日的灵敏，支撑她蹬车前行的纯粹只是决心和意志力。

上了路，修女的心情似乎有所好转，瞧我时脸上似乎、好像、大概露出了一丝笑意。一路上，很多人对她大喊"早上好，修女"。修女一脸灿烂——我之前从未见她笑得这样开心过——开心地回应着大家的招呼。有一次还试图挥手，自行车摇摇晃晃差点摔倒，于是她再也不挥手了。这时我才意识到她在这里众人皆知，深受大家欢迎。

在修道院里，伊万杰琳修女嗓门大，脾气暴，待人无礼（我是这么认为的），可大家却笑呵呵的，似乎对此毫不在意。

"好了，托马斯先生，你接好尿了吗？别让我等，我还要化验呢，我可不能一整天等你尿尿。好了，别动，我要打针了。我说了，别动！我现在要走了。如果你再吃甜东西，它们会杀了你。我倒不在乎，但我敢说你老婆会很开心，她终于可以摆脱你了，不过你的狗会想你的。"

这些话惊得我目瞪口呆。根据护士守则，我们可不能这么跟病人说话。可那个老男人和他老婆听了却放声大笑，男人说道："如果我先去了，要不要给你预留个暖和地方，修女？那样我们就可以分享一根烤肉叉子了。① "

我原以为伊万杰琳修女听了如此无礼之词会勃然大怒，可她只是笑嘻嘻地"咚咚咚"一边下楼，一边对楼梯上碰到的小孩子说："小伙子，给我让开。"

整个上午，伊万杰琳修女治疗病人时心情都不错，和他们开着粗鲁的玩笑。对此我已见怪不怪了，而且渐渐意识到，这正是那些病人喜欢她的地方。接待病人时，伊万杰琳修女丝毫没有多愁善感或纡尊降贵的态度。老一代码头区的人经常碰到那些在穷人面前摆出一副屈尊就卑、故作优雅的中产阶级善人。伦敦人鄙视这种人，他们想方设法利用穷人，还在背后取笑、瞧不起他们，可伊万杰琳修女丝毫没有给人高人一等和优雅的感觉。她做不到那样，她既不故作姿态，也不掩饰自己，是个彻彻底底朴实的直肠子，凭本性接人待物，丝毫不矫情做作。

---

① 根据西方宗教的说法，下地狱之人根据罪孽深重有可能会被叉子穿身，受到火烤的惩罚。

几个月的时间过去，我渐渐搞明白伊万杰琳修女为何如此受大家欢迎了：因为她是自己人。虽然她不是土生土长的伦敦人，但出生于雷丁镇赤贫的工人阶级家庭。这不是她告诉我的（她几乎不和我说话），但从她和病人的谈话中可一窥端倪。比如："那些年轻家庭主妇根本什么都没见识过。什么！家家都有卫生间？还记得旧茅坑吗，记得吗，老伙计。凳子上放着报纸，憋得要爆了还得在雾里排队等着上厕所？"这番话通常会引发一阵大笑和一些屎尿笑话，最后总以某人掉进茅坑，出来时拿着一块金表的老笑话结尾。19世纪前期，工人阶级不认为屎尿笑话粗鲁低俗，对排泄这种生理功能也不遮遮掩掩，认为它不可见人。那时大家毫无隐私可言。十二户以上的人共用一个茅坑，茅坑只有半扇门，如厕时露头露脚。谁在上厕所一目了然，声音也听得清清楚楚，尤其是味道，更逃不过大家的鼻子。那时"她真臭"这句话与道德无关，而是一句客观描述。

这种幽默笑话伊万杰琳修女信手拈来。灌肠前："老伙计，我们现在要在你屁股里放只爆竹，让你肚子活动一下。老妈子，准备好便盆，鼻子上捂块布。"她说病人已经两周没上过厕所，肚子里的粪便一定多得像头大象。大家听了哈哈大笑，没人觉得不好意思，起码所有病人都是这样。

是的，没错，伊万杰琳修女并非不懂幽默，问题在于她的幽默感与农纳都修道院里的众人迥然不同。修道院的同伴们都出身中产阶级，她们的幽默好像上了锁的保险柜，她根本打不开。她听不懂她们的笑话，所以当大家哈哈大笑时，她总是先瞧见众人笑，才似懂非懂地跟着一起笑。

　　同样，修道院里的人也觉得伊万杰琳修女的笑话不好笑，她可能还曾遭到过大家的鄙夷。也许她曾试着逗大家笑，却因为讲话无礼被院长嬷嬷罚做苦修，所以年轻的她从此封闭自己，总摆出一副严肃刻板的样子。只有在码头区的父母身边，她才能放开自己。

　　甚至连她多年形成的中产阶级发音也不知不觉越来越像伦敦口音。她说话时从不会一口伦敦音——这种矫揉造作修女做不来——但伦敦的习惯用语和用法却会脱口而出。比如，她总不停地说"神秘化痰剂"，一个让我不解的词，我完全不知道她说的是什么。直到后来我发现这是伦敦俚语，指在任何药店都能买到的吐根[①]，这是一种几乎可以治百病的万用药。她还用"难闻的莫妮卡"代表肺炎，"钻心疼"代表风湿，"迪克叔叔"代表有点不舒服，或用"拉着脸"代表流感。对肠炎的表达更是五花八门——溃不成军、牢骚满腹、肚子抽筋、腹如针扎——都逗得病人哈哈大笑。她显然知道很多伦敦土语，但用得不多。说到这儿，我突然想起有次她叫我去拿她的"鼹鼠"时，我狼狈的样子。我一脸茫然呆呆地瞧着她，又不敢问她说的是什么意思，直到有人拿来她的大衣，我才恍然大悟。

　　伊万杰琳修女和老年人一样对医院充满恐惧，提起这种恐惧大家都抱着嗤笑讽刺的态度。直到20世纪50年代，英国多数医院还都是由过去的济贫院改造而成，对那些一辈子担惊受怕，害

---

① 一种祛痰药。

怕被送进济贫院的人来说，医院本身就散发着劣等处置和死亡的气息。伊万杰琳修女不但不想法儿驱散病人对医院的恐惧，事实上还积极渲染烘托这种气氛，这事如果被英国皇家护士学院知道，她肯定逃不过严密审查的命运。她经常说："你才不想进医院被好多医院学生摆布呢。"或者说："他们给穷人治病只是为了富人。"这话听着会让人产生医院喜欢用穷苦病人做实验的错觉。根据自己的经历，伊万杰琳修女宣称，那些去黑诊所流产不幸感染并发症而进医院的女人，医院都会故意让她们吃点苦头。伊万杰琳修女不会瞎编，甚至不具备夸大其词的能力，这让她的话听上去更加可信。20世纪初这种情况在英国是否普遍我不得而知，但在20世纪50年代中叶，我曾在巴黎的医院里亲眼目睹过她所说的那些骇人听闻的事实，那段经历至今想起来还依然历历在目。

　　伊万杰琳修女总会给病人很多朴实无华的建议："不管在哪儿，不要憋着屁。"病人往往咯咯笑道："无论教堂大或小，该响就要响。"有次一个老人还这样答道："喔！抱歉，修女，我失敬了。"伊万杰琳修女则道："抱什么歉——我确定教区牧师也要放屁。"便秘、跑肚、上吐下泻等话题比别的话题更能引发欢乐。这些都是伊万杰琳修女的拿手好戏。从最初听到这些话的震惊中恢复之后，我意识到大家并不认为这些话粗俗低级。如果法兰西国王能在全体臣子面前每天排泄①，那么伦敦人当然也可以！但另一方面，谈论色情和亵渎上帝在体面的波普拉家庭绝对是禁忌，而且他们严格遵守性道德。

---

① 中世纪时，法国王宫和贵族府邸里并没有厕所，经常随地大小便。

　　不过，我好像跑题了。伊万杰琳修女勾起我的极大兴趣是因为她的背景：她出生在19世纪雷丁镇的贫民窟，从小吃苦，从一个半文盲变成了职业护士和助产士，充满了传奇色彩。一个男人如果能摆脱无知和贫穷，从事中产阶级职业已足够困难，更何况一个女孩。只有敢打敢拼、坚强不屈的人才可能成功。

　　我发现，伊万杰琳修女人生的转折点是在第一次世界大战。当时她刚十六岁，正在雷丁镇的亨特利和帕尔默饼干厂上班，从十一岁起她就一直在那儿工作。1914年，镇上到处张贴着呼吁人们为战争做贡献的海报。伊万杰琳修女讨厌亨特利和帕尔默饼干厂的工作，抱着年轻人的乐观精神，她认定军工厂的工作会更好。但军工厂远在七公里之外，而且上班时间为早六点到晚八点，步行上班根本不可行。她只得离家住在工厂宿舍里，六十到七十个女孩都睡在铺着马鬃垫的窄铁架床上。年轻的她之前从未单独睡过一张床，所以觉得这一定是某种高级生活。工厂为工人们提供了工作服和鞋，这对她来说又是一种奢侈品，因为之前她都打赤脚，只穿着破破烂烂的衣服，尽管不合脚的鞋令她可怜娇嫩的脚很受伤。工厂食堂里提供的只是家常便饭，份量少得可怜，但那也比她之前吃得要好。曾经面无血色、营养不良的面色渐渐不见了，她虽然没有变成美人，但也增了几分姿色。

　　伊万杰琳修女整天忙着给军队的武器装子弹，在工厂长凳上休息时，一个女孩说起她的姐姐是名护士，还给伊万杰琳修女讲了那些受伤、生病和奄奄一息的年轻战士的事迹。年轻的修女心里受到触动，下决心要成为护士。她打听到工友姐姐在哪儿工作，然后向那里的女护士长提出申请。她当时才十六岁，只能成为志愿救护支队的一员，以她这样的出身来说，其实就是医院病房里的女工。可伊万杰琳修女对此毫不介意。她从小干的都是这种毫无出头之日的粗活，但这次有所不同，她心中已经有了明确的目标。她羡慕地观察着那些职业护士的一举一动，暗下决心，无论需要多久时间，她一定要成为她们中的一员。

伊万杰琳修女和波普拉区上年纪的病人经常谈论第一次世界大战，一起缅怀过去的岁月。通过给病人擦身或手术后穿衣时无意中听到的只言片语，我拼凑出了伊万杰琳修女的过去。有时她偶尔会直接和我谈她的过去，或回答我的问题，但很少。她几乎从不对我坦露心声。

只有一次，她和我谈起她的一位士兵病人。她说道："他们那么年轻，太年轻了。整整一代年轻人都死了，留下一代年轻女人哭泣。"我瞧着床对面的她——她不知道我在看她——她眼角泛着泪光。她用力抽抽鼻子，跺跺脚，继续包扎，可有点马虎，嘴里说道："好了，老伙计，包好了。我们三天后再见。别捂着伤口。"然后"咚咚咚"走了。

伊万杰琳修女二十岁时，曾自愿深入敌后。她和一位病人谈起那天的空战，谈起二十年前刚发明的那种小型双人飞机。伊万杰琳修女道："1918 年德国春季战之后，我们的人受伤困在敌后，没有医疗援助。陆路行不通，只能空运。我是跳伞着陆的。"

那位病人道："你真有胆量，修女。你不知道早期降落伞有一半都打不开吗？"

"我当然知道，"伊万杰琳修女坦率道，"这种事提前向我们说明了。没有人强迫你。我是自愿参加的。"

这令我对伊万杰琳修女刮目相看。在清楚只有一半机会生存的情况下，自愿从飞机上跳下，需要的可不止是胆量。那可是并不多见的英雄气概。

某天，我们从道格斯岛返回波普拉。那时的西渡路、曼切斯特路和普勒斯顿路和现今一样，沿泰晤士河连成一条大路。但在那个年代，路被桥切割成几段，以便货船进入遍布水道、泊位、船坞和防波堤的码头。我们来到普勒斯顿路桥时，恰好红灯亮起，大门已经关闭，平旋桥打开。大概要半小时之后才能继续通行。伊万杰琳修女气呼呼地小声咒骂着（这恰是波普拉人喜欢她的另一个原因。她不是那种只心中暗骂的圣人）。我们还有其他选择：原路返回，绕过整个道格斯岛，到莱姆豪斯区后再转上西印度码头路，不过那要走七英里。伊万杰琳修女才不会那么做呢。她坚定地大步穿过写着"禁止进入"的大门，置写着"危险"的警告标语于不顾，来到水边的鹅卵石路上。我好奇地跟在她身后，暗暗奇怪她到底想干什么。伊万杰琳修女对着众多驳船，冲她能看见的码头工人跺着脚喊，喊他们过来帮忙。几个码头工人赶过来，边笑边脱掉帽子。修女认识其中一个人。

"早上好，哈利。你妈妈好吗？现在天气好转，希望她的冻疮好利索了。替我向她带好。接住自行车，好吗？那边的好人，帮我们一把。"

伊万杰琳修女提起长裙，塞进腰带，大步向最近的驳船走去。"帮我一把，伙计。"她对一位年纪大概有四十岁的大个子男人道。修女一把抓住那个男人，一条腿抬起，只见一双厚黑长袜和过膝盖上方即收紧的长灯笼裤闪过，她已经登上了最近的驳船。这时我恍然大悟，原来她准备像码头工人那样，从一条驳船跳到另一条驳船，一直横穿水面，抵达对岸。

水面上停有八到九只驳船，呈 Z 字形排列。男人们，上帝保佑他们，都围过来瞧热闹。登上第一艘驳船不难，紧接着是两艘相连的驳船。没等她跳上第二艘船，驳船就动起来了。多亏大块头男人用尽全部力气，并在两三个旁观者的帮助之下，才让她上了第二艘驳船。我听到"一条腿上去了，好人"，"向上拉"，"拉住我"，"推"和"好样的，修女"。我的目光随着修女的身影上上下下，饶有兴趣地瞧着她的一举一动。修女的白色头巾被风吹起，玫瑰念珠和十字架从一侧猛地晃到另一侧，鼻子因为用力而变红。两个男子抬着修女的自行车，高举过头，修女转头严肃嘱咐道："你们可看好我的包，那可不是闹着玩的！"

修女顺利地跳过第二艘和第三艘驳船，到第四艘船时遇到点麻烦，两艘船之间有大约十八英寸的间隙。她瞧瞧间隙里的水，哼了一声，然后将裙子又拉高一点，手掌擦掉鼻子上的一滴汗珠，对大个子男人说："你先过去，准备接住我。等三个年轻男子拉住她后——她的重量可不轻——她来到船边，一双大脚紧紧钉在摇晃着的驳船的窄船沿上，坚定地瞧着对面船上的大个子。她先是喘气，然后鼻子重重出了一口气，说道："好的，如果你的肩膀能扛住我，就没事。"大个子点点头，伸出双手。修女小心翼翼地将身子前倾，双手放在大个子肩头上，大个子手扶在修女肩下，年轻人则在修女身后用力稳住她的身子。我的心一下子提到了嗓子眼儿。如果此时驳船一动，或者修女脚一滑，那谁也帮不了她，只能掉到水里去。她会游泳吗？万一掉到船底下怎么办？还没等我回过神，修女已经快速小心地抬起一只脚，将脚放在对面船沿上。稍等片刻，待身子平衡之后，她快速抬起另外一只脚，一下子跳进大个子怀里。四周立刻响起一片喝彩声，我如释重负，差点儿一屁股坐到地上。伊万杰琳修女再次鼻子一哼，"嗯，还不错。屁大点儿事。继续。"剩下的驳船彼此相连，修女顺利地上了对岸，脸上红扑扑地带着胜利的喜悦。她放下裙子，骑上自行车，对所有人笑道："谢谢，伙计们，你们做得棒极了。我们该说再见了。"最后她又重复了一遍她常对码头工人说的再见语："一天一放屁，医生远离你。"然后骑车离开了码头。

二十二

詹金斯夫人

詹金斯夫人是个谜。这些年，从弯弓街到丘比特镇，从斯特普尼区到黑墙，码头区到处都见过她飘忽不定的身影，可大家都对她一无所知。詹金斯夫人之所以四处流窜是因为孩子，尤其是刚出生的宝宝。至于谁家何时生孩子，她是怎么知道的，谁也说不清，估计只有老天知道。分娩十有九次可以看见詹金斯夫人在产妇家的街上游荡。她从不多说话，问的问题也一直不变："宝宝生了吗？宝宝怎么样？"只要听说宝宝健康平安，她似乎就心满意足，拖着脚走了。每个星期二下午生育诊所开门时，詹金斯夫人总在诊所附近闲逛，大多数年轻母亲或是不耐烦地加速绕过她，或拖着刚蹒跚学步的宝宝避开她，好像孩子一碰就会被细菌传染或中什么恶毒的魔法。我们经常听到大家低声叽咕："她是个巫婆，被她看到会倒霉的。"有些母亲显然对此确信无疑。

詹金斯夫人招人讨厌，不受欢迎，人人对其避而远之，可这丝毫不影响她继续出现在产妇家门外，无论白天黑夜，即使在伦敦时常恶劣的天气中，也风雨无阻，不断问着她的问题："宝宝生了吗？宝宝怎么样？"

詹金斯夫人矮小，瘦得像根火柴棍儿，双颊干瘪深陷，鼻子突起，又长又尖，黄褐色皮肤上布满了纵横交错的皱纹。她总咬或舔嘴唇，可你瞧不见嘴唇，它们已内缩盖在没牙齿的牙龈上。她头上总低低扣着顶黑色帽子，已经褪色，油乎乎的早就看不出本来的形状，帽子四周时不时会溜出成簇弯曲的白发。无论烈日炎炎还是大雪纷飞，她身上总穿着一件已不知穿了多久的灰色长大衣，大衣下露出一双大脚。与矮小的身材一对比，那双大脚看着不但不成比例，而且很滑稽。我相信她到处游走时一定有很多人嘲笑过她。

她住在哪儿？没人知道。所有人都不知道。教堂里的人不知道，她似乎从没去过教堂或属于任何一个教区，对她这样上年纪的人来说，这很奇怪。医生也不知道，因为她似乎从没看过医生。也许她还不知道现在有全民医疗保健制度，可以享受免费医疗。甚至连一贯消息灵通、本地任何闲言碎语都逃不过她耳朵的B太太也对詹金斯夫人一无所知，也从来没人见过詹金斯夫人去邮局领取救济金。

我对她的感觉很矛盾，既好奇又讨厌。我们常见面，但交流仅局限于一问一答，对于她对孩子的关切，我只冷冰冰答一句：

"母子平安。"她会一如既往地说道:"感谢上帝,感谢上帝。"我从未试图和她聊天,不想和她有任何瓜葛,但有一次朱丽恩修女和我在一起,她上前握住詹金斯夫人的双手,热情地和她打起招呼:"你好,詹金斯夫人,很高兴见到你。今天天气多好啊,你还好吗?"

詹金斯夫人身体缩成一团向后退,灰色暗淡的眼神透露着狐疑,她扯出双手。

"宝宝怎么样?"詹金斯夫人声音粗哑。

"宝宝很可爱。一个漂亮的小姑娘,活蹦乱跳健康着呢。你喜欢宝宝吗,詹金斯夫人?"

詹金斯夫人缩着身子向后又退了几步,竖起衣领,下巴缩在衣服里。

"你说是小女孩儿,你们做得好。感谢上帝。"

"没错,要感谢上帝。你想看看她吗?我想孩子的母亲可以让我们把她抱出来一小会儿。"

可詹金斯夫人已经扭头,拖着那双如男人一般的大脚蹒跚而去。

朱丽恩修女站在那里几分钟一动不动,瞧着弓腰苍老的身影沿路蹒跚而去,脸上满是慈爱和怜悯。我也瞧着詹金斯夫人,发现她之所以步履蹒跚,是因为她没力气抬起靴子。我瞧着朱丽恩修女,内心惭愧。修女没看詹金斯夫人的靴子,只是静静地瞧着,但我仿佛听见她在向上帝默默祈祷,为詹金斯夫人七十年里所承受的痛苦折磨而祈祷。

我一直讨厌詹金斯夫人，因为她太脏了。脏兮兮的双手和指甲，我之所以回答她的问题主要是怕她抓我的胳膊。如果你不回答，她就会用让你大吃一惊的力量抓住你的胳膊。所以与她保持安全距离，简单回答一句，然后逃之夭夭。

有一次我在探视的路上，瞧见詹金斯夫人离开人行道，站在路上，双腿叉开，像马一样对着下水槽小便。当时路上有很多人，可大家好像对一股尿射进下水槽，然后流进下水道毫不惊讶。我还曾在两栋楼间的小巷子里见过她。她从地上捡起一张报纸，撩起大衣，用报纸专心致志地擦着下体，嘴里一个劲儿嘟囔着。然后她放下大衣，检查报纸上的东西，用指甲戳，鼻子闻，还贴到眼前看。最后把报纸折起放进口袋里。我被眼前那一幕恶心得全身打抖。

詹金斯夫人还有一个令人讨厌的地方，鼻子到上嘴唇之间有一道棕色污迹，似乎已渗入嘴角的皱纹里。在目睹过她的卫生习惯之后，你一定不难想象我会把那东西认作是什么，但我错了。随着对詹金斯夫人的渐渐了解，我发现詹金斯夫人吸鼻烟，那道棕色污迹原来是鼻子流出来的鼻烟造成的。

商店店主不欢迎她，这一点儿也不奇怪。一个卖蔬菜水果的商贩对我说，他会在店外卖给她东西，但不允许她进屋。

"她会把所有水果都挑一遍。用力捏李子和西红柿，等放回去，就没有人会买了。我还有生意要做，不能让她进屋。"

詹金斯夫人是当地的"名人"，但大家只愿闻其名，对她恨不得避而远之，对她心存恐惧，嘲笑讥讽她，除此之外，大家对她一无所知。

修女们接到莱姆豪斯区医生的电话，请求我们去位于斯特普尼区凯布尔街附近的一所房子。通过我和爱尔兰小女孩儿玛丽的短暂友谊，我知道那片区域是臭名昭著的红灯区。医生说有位患有心绞痛的老妇人住所环境恶劣，还可能患有营养不良。那位病人就是詹金斯夫人。

我下了贸易路，沿河而行，终于找到了医生说的那条街。街上只剩下六栋楼，其他楼已被炸成了废墟，只有锯齿状的残墙倒在地上。我找到詹金斯夫人的家，敲敲门。屋里没有动静，我转转门把手，希望门没锁，可门是锁上的。我转到房子一侧，只见到处都是垃圾，窗户上覆盖着厚厚一层灰，瞧不见屋里的情况。一只猫正惬意地仰头躺在地上，另一只猫在嗅一堆垃圾。我回到房子正门，又用力敲了几下，心中暗自庆幸幸好是白天，这儿可不适合一个人夜里来。对面房子的一扇窗户突然打开，一个女人的声音传出来："你要干什么？"

"我是街区护士，我来找詹金斯夫人。"

"用石头砸二楼窗户。"这就是那个女人给我的建议。

地上有很多石头，可我觉得身穿护士制服，脚下放着白色出诊包，对着二楼窗户扔石头真是傻透了。"医生是怎么进去的？"我心里纳闷道。

终于，我扔了大约二十块石头，有些石头还脱了靶。二楼窗户打开，一个带着浓浓外国口音的男子喊道："你是来瞧那个老太婆的吗？我这就来。"

门闩拉开，开门的男人躲在门后，门打开时，正好不会被我看到。他指着与门相连的走廊尽头的一个房间，道："她住那儿。"

走廊过道铺着维多利亚式瓷砖，侧面有座雕刻精美的橡木楼梯。走廊瞧上去依然漂亮，可楼梯斑驳得让人胆战心惊。我暗自庆幸自己不用上楼去。这间房子显然曾经是古老的摄政时期连栋房子中的一间，现已"苟延残喘"，苦苦支撑着不倒。二十年前，政府认定它已"不适合居住"，可这里还住着人，这里的住户和老鼠一同躲在这里。

我敲了门没动静，于是扭动门把手进了门。这间房曾用作后厨和洗衣房，如今地上铺着石板。外墙上连着一口巨大的铜锅，锅旁边是煤炭炉，烟道包裹着石棉顺墙而上，从呈锯齿状露天的大洞伸出房外。其余我只看见一台铁木框架的轧布机和一个石头水池。房间空荡荡的，貌似无人居住，散发着呛人的猫身上的味道和尿的味道。房间昏暗，窗户上的灰隔绝了所有光线，事实上，大部分的光亮反倒来自从房顶破洞洒下的阳光。

眼睛渐渐适应了屋子里的微光，我发现屋里还有其他东西：地板上放着几个装着一些食物和牛奶的浅碟；一把木椅和一张桌子，桌上放着锡制马克杯和茶壶；一把夜壶，一个没有门的木制橱柜。房间里没有床，没有灯，也看不见煤气或电线。

在离房顶破洞最远的角落里，我瞧见一把破烂不堪的扶手椅，一个老妇人正警惕地坐在椅子上，一言不发，眼里满是恐惧。她用力缩成一团，拉着旧大衣裹住自己，头上围着的羊毛围巾挡住半张脸，只露出一双眼睛，我们四目相对。

"詹金斯夫人，医生说你不舒服，需要家庭护理。我是街区护士，能让我给你瞧瞧吗？"

詹金斯夫人向上拉紧外衣，默默瞪着我，一声不出。

"医生说你的心跳有点不稳。让我给你测一下心跳好吗？"

我伸手想摸她的脉搏，可她害怕地深吸一口气，躲开了。

我有点无助，不知所措。我不想吓到她，可我还有工作要做。我走到没有点燃的炉子旁，借着屋顶漏洞投下的光读着病历：病人在住所外的街上昏倒，有迹象表明应为中度心绞痛。一位不知名的居民将她抱回她的房间，又是同一个人找来医生，让医生进了门。女人显然很痛苦，可疼痛的症状很快消失了。因为她强烈反抗，医生无法做检查，但鉴于她当时心跳稳定，呼吸很快也恢复了正常，医生建议护士每天探视两次以监测病情，并建议社会公益部门尽可能改善她的居住环境。医生给她开了亚硝酸戊酯①，建议她多休息、保暖和吃点像样的食物。

我又试着给詹金斯夫人测脉搏，结果依旧。我问她是否感觉心痛，她没回答。我又问她现在感觉舒服吗，依然没有任何回答。这样下去不是办法，我必须回去向总街区负责人伊万杰琳修女报告。

我没能完成工作，这事我不想让伊万杰琳修女知道，她似乎总认为我有点冒傻气，称我为"做白日梦的洋娃娃"。她知道我做过五年护士，但讲话时还是认为我连最基本的护士知识都不懂似的。她这么做我当然感到紧张，有时就会失手掉下或碰洒东西，然后她就给我起了个绰号——"黄油手"，这让我愈加紧张了。我们无须经常一起出门，对此我深感如释重负，可如果我汇报，我

---

① 一种治疗心绞痛的药物。

必须汇报，我对付不了一个病人，那她别无选择，只能陪我一起探视。

伊万杰琳修女的反应果然不出我所料。她阴沉着脸，一言不发听着我做汇报，深灰色眉毛下的眼睛时不时抬头瞥我一眼。等我说完，她重重叹了一口气，好像我是她见过的最蠢的护士。

"今晚我要打二十三针胰岛素、四针盘尼西林，冲洗一只耳朵，给拇指囊肿包扎，敷痔疮和插导管，现在还得教你怎么测脉搏？"

她的不公平刺激了我："我知道怎么测脉搏，可病人不肯，不听我的话。"

"不听你的话，不听你的话！你们这些年轻的女娃娃一点事也做不了。读了太多书，都读傻了。整天坐在教室里，学得满脑子废话，现在连测脉搏这种屁事都做不了。"

她不屑地鼻子一哼，摇摇头，鼻尖上的汗珠洒在桌上和她正在写的病人病历上。她从肩衣下掏出男士大手帕擦去汗珠，可洇湿了笔记，于是她又鼻子一哼："这下好了，瞧瞧你干的好事。"

再次受冤枉，我的肺简直都要气炸了，我拼命紧咬双唇才忍住没狠狠反击，那只会火上浇油，让事情变得更糟。

"好吧，不能测脉搏的小姐，看来今天下午四点必须跟你跑一趟了。将她安排在晚上第一个探视，我们一起去，然后各忙各的。下午三点半出发，要准时，一分钟也不能拖。我没时间闲等你，不要耽误我晚上七点的例行晚餐。"

话音刚落，她哼了一声向后一推椅子，咚咚咚走出了办公室，经过我时还故意又哼了一声。

下午三点半马上就到了。我们从自行车棚里推出自行车，伊万杰琳修女沉默时比她嘟囔时的杀伤力还大。我们一路无语来到詹金斯夫人家，敲了门，没人应门。我知道该怎么做，于是把二楼那个男人的事告诉了伊万杰琳修女。

"那么赶紧叫他，别杵在那儿光说，你这个话匣子。"

我气得咬咬牙，愤怒地朝二楼窗户扔起石头。奇怪的是，竟然没打破玻璃。

二楼的男人大喊："我来了！"进门时他还像上次一样躲在门后。不过这次，他说话了："我不会再开门了。下次直接去后门，瞧见了吗？我不会再开门了。"

透过詹金斯夫人房间的微光，我们瞧见一只猫冲我们走过来，嘴里喵喵叫。风吹过屋顶破洞发出奇怪的声音。詹金斯夫人像我早上离开时一样，整个人缩成一团躲在扶手椅里。

伊万杰琳修女喊了她的名字，对方没有反应。我心里多少感到平衡了一点——这回她知道我一点儿也不夸张了吧。修女走到扶手椅旁，轻声道："来吧，大娘，这样可不行。医生说你心脏有点问题，别听他的鬼话。你的心脏可像我一样棒着呢，不过我们必须看一看。没人会伤害你。"

扶手椅里的那堆衣服一动不动。伊万杰琳修女俯身想去测脉搏。詹金斯夫人却拉回胳膊。我心里一阵窃喜，暗道："我倒要瞧瞧'无所不能'的修女有多大能耐。"

"这里很冷，你有柴火吗？"

对方一声不吭。

"屋里很黑，可以给我们把灯点亮吗？"

对方一声不吭。

"你第一次感觉不舒服是什么时候？"

对方一声不吭。

"你现在觉得好点了吗？"

对方依然一声不吭。我心里不禁扬扬得意起来。伊万杰琳修女原来和我一样，也拿这个病人毫无办法。接下来我看她怎么办。

事实上，接下来的事完全出人意料，以至于五十年过去了，现在回忆起来我还忍不住满脸通红。

伊万杰琳修女低声道："你这个烦人的老太婆，让你尝尝这招。"

她慢慢向詹金斯夫人俯身弯腰，同时放了一个特别响的屁。屁一个接一个，正当我以为会停下时，却又开始了，而且升高了音调。我被眼前这一幕惊得目瞪口呆，这辈子还从没见过如此怪事。

在椅子里缩成一团的詹金斯夫人突然身体坐直了。伊万杰琳修女大喊道："护士，屁从哪儿跑啦？别让它溜了。它就在门边——抓住它。现在，又跑到窗户旁了——快点去抓住它。"

扶手椅里传出一阵沙哑的咯咯笑声。

"噢，现在感觉舒服多了，"伊万杰琳修女乐呵呵地说道，"没什么比放个好屁让身体更舒畅的了。能让你感觉年轻十岁，是不是，詹金斯大娘？"

那堆衣服摇晃着，沙哑的咯咯笑声渐渐变成了哈哈大笑。那位除了询问宝宝问题从不多说的詹金斯夫人哈哈大笑，笑得眼泪都流出来了。

"快点，在椅子下。猫去抓它了。快点，别碰它，你会得病的。"

伊万杰琳修女坐在詹金斯夫人身旁，两个老女人（伊万杰琳修女也已不年轻了）互相讲着不知真假的屁和厕所笑话，笑得前仰后合。我目瞪口呆地瞧着她们。我清楚伊万杰琳修女是个粗人，可我不知道她肚子里竟然装了那么多笑话。

我躲在角落里瞧着。她们像是勃鲁盖尔①画中的两个老人，被粗俗的笑话逗得放声大笑，快乐得像个孩子。我对笑话完全不感兴趣，而是心潮起伏在想其他事，尤其是伊万杰琳修女到底是怎么做到的，时机掐得那么准，而且能放出那么响的屁。难道她能随心所欲地放屁？我曾听说法国某个喜剧演员，因为图卢兹·劳特累克②的画而不朽，他可以用屁股发出各种声音，逗得19世纪80年代的巴黎观众哈哈大笑。除此之外，再未听说谁能随心所欲做到这点，更别说碰到了。伊万杰琳修女是天赋异禀，还是通过刻苦练习学会的？我乐呵呵地想着各种可能。这是她要在派对上展现的绝技吗？我很想知道在特殊场合，如圣诞节和复活节，在修道院里表演这招会如何。院长嬷嬷和她那些信仰上帝的修女姐妹会被这个超乎寻常的绝技逗得哈哈大笑吗？

两个老女人笑得如此无邪，我对这事刚开始的不悦倒显得是鸡蛋里挑骨头了。讲这些屎尿笑话有什么不对吗？所有孩子

---

① 彼得·勃鲁盖尔（Pieter Bruegel，约 1525 — 1569），16世纪尼德兰地区最伟大的画家。一生以农村生活作为艺术创作题材，人们称他为"农民的勃鲁盖尔"。他善于思考，天生幽默，喜爱夸张的艺术造型，因此人们又赠给他一个外号"滑稽的勃鲁盖尔"。他是欧洲美术史上第一位"农民画家"。

② 图卢兹·劳特累克（1864 — 1901），法国画家，以抓住并准确表现巴黎蒙马特尔地区豪放不羁的艺术家们的生活而著称。

都会因屁股和屁这种事哈哈大笑。乔叟、拉伯雷[①]、菲尔丁[②]和其他很多人也都说过厕所笑话。

毫无疑问，伊万杰琳修女的举动值得赞赏，堪称经典。"一个屁让气氛变好"这个说法听起来似乎有语病，措辞矛盾，可生活本身就充满了矛盾。从此以后，詹金斯夫人再也不怕我们了，允许我们给她做检查、治疗，和她聊天，正因为如此，我才知道了詹金斯夫人悲惨的人生。

---

① 弗朗索瓦·拉伯雷（1495—1553），文艺复兴时期法国人文主义作家之一，堪称"人文主义巨人"。其主要著作是长篇小说《巨人传》。

② 亨利·菲尔丁（1707—1754），英国伟大的小说家、剧作家，是英国现实主义小说的奠基人。18世纪英国四大现实主义作家之一，也是18世纪欧洲最杰出的现实主义小说家之一。代表作品《几种假面具下的爱情》《从阳世到阴间的旅行》。

二十三

罗茜

"罗茜？是你吗，罗茜？"

听到有人敲大门，老妇人抬头，大喊问道。过道里传来脚步声，可那个"罗茜"进了别的房间。詹金斯夫人的居住环境很快得到了改善。社会公益服务部的人被找来打扫了卫生。那把旧扶手椅也扔了，上面都是跳蚤，换成别人捐赠的扶手椅。床也搬了进来，可詹金斯夫人只习惯睡扶手椅，怎么劝也没用，所以床就成了猫的窝。伊万杰琳修女对此不满，说新政府一定是钱比脑子多，竟然给猫提供公益服务。

最令人欣喜的是屋顶的漏洞终于补上了，这是伊万杰琳修女单枪匹马与房东理论争取来的。我陪着她走到摇摇欲坠的楼梯下，她要去二楼找房东。如果说伊万杰琳修女庞大的身形把楼梯压塌了，我一点儿也不感到惊讶。我提醒了她，修女瞥了我一眼，大步径直上楼去了，她要让房东见识一下上帝的愤怒。

她咣咣咣大力敲了几下门，门闪开一条缝，里面人问道："你要干什么？"

伊万杰琳修女要求对方出来当面谈。

"你走开。"

"我不走。如果走，就是去警察局告你。现在给我出来，我们谈谈。"

我只听到"羞耻"、"卖淫"、"监狱"这几个词，还有对缺钱和没人理的抱怨，最终房东用厚厚的防水帆布盖住屋顶的破洞，然后用砖头进行了加固。詹金斯夫人对此甚为开心，她和艾薇修女坐在一起喝着浓甜茶，吃着 B 太太的自制蛋糕，时而微笑，时而咯咯笑。修女每次来看詹金斯夫人都会带不同的蛋糕。

屋顶的破洞仅靠一块防水帆布来修补，感觉好像不靠谱，但这已是最好的结果，再没有更好的办法了。房子已经定下拆迁，之所以还屹立不倒主要是因为伦敦在战争中遭受轰炸，导致房屋紧张。但凡能有遮风挡雨的地方人们就谢天谢地了。

炉子还能用，只是堵塞了，农纳都修道院超凡脱俗的锅炉工弗雷德清理并点燃了炉子。伊万杰琳修女决定让詹金斯夫人住在家里。

"即使社会公益服务部的人明天有能耐把她弄到老人院去，我也不会同意的。那会杀了她。"

我们第一次为詹金斯夫人检查时，发现她的心脏情况相当不错。心绞痛是老年人的常见病，只要性格平和，保持温暖，好好休息，完全不用担心。詹金斯夫人最大的问题是长期的营养不良和精神状态不佳。她显然是个非常奇怪的老太婆，可她是疯子吗？她会伤害自己或他人吗？我们不知是否该让精神科医生给她瞧瞧，必须经过几星期观察才能作决定。

另外的问题是脏、跳蚤和虱子。我的工作就是要给她洗澡。

我从农纳都修道院带来一个锡制浴盆，在炉子上烧了热水。詹金斯夫人本来对这一切感到害怕、抵触，但我说是伊万杰琳修女想让她洗澡，她听了马上不再紧张，反而咯咯咯笑，充满了期待。

"她是个好修女，没错。我是这么告诉我的罗茜的。我们都哈哈大笑，罗茜和我都笑了。"

劝她脱掉衣服着实费了一番功夫，她对此感到十分不安。詹金斯夫人里面只穿了件粗糙的羊毛裙和套头衫，没穿背心或灯笼裤。脆弱瘦小的身体简直不堪一握。身上没有一点肉，骨头都尖尖地突起，硌手。皮肤松松垮垮，甚至可以数清所有肋骨。瞧着她瘦骨嶙峋的身体，我之前的恶心都变成了同情。

同情是一回事，让我大吃一惊的则是另一回事。当我给她脱靴子时，我简直不敢相信自己的眼睛。我从前就注意到詹金斯夫人那双男式大靴子，还纳闷她为什么要穿那样的鞋。我好不容易松开油乎乎的绳头，解开鞋带，发现她脚上没有穿袜子，可鞋子却脱不下来，像和脚粘在了一起。我用一根手指插进侧面，詹金斯夫人神色一凛。"别动，别动。"

"我必须把鞋脱下来，好让你洗澡。"

"别动了，"她呜咽道，"我的罗茜会帮我脱的。"

"可罗茜没在这儿。如果可以，我可以帮你脱下来。伊万杰琳修女说洗澡前必须先脱鞋。"

我估计这需要的时间不短，所以先用毯子包住詹金斯夫人，然后跪在地板上。她脚上有些皮肤的确已和靴子的皮革连在了一起，前后晃动靴子时，皮都撕裂了。天知道这双靴子上次脱下来是什么时候的事了。终于将靴子的鞋跟与脚分开后，我一拉，听到一种刮擦金属的声音。这是什么声音？到底怎么啦？等把靴子彻底脱下来，我惊呆了，詹金斯夫人的脚指甲有二三十厘米长，足有两厘米厚。指甲弯弯曲曲互相缠绕在一起，很多脚指头都在流血，甲床也化脓了，气味难闻。这双脚看上去真是糟糕透了！这么多年，她到底是如何拖着这双脚在波普拉区四处游荡的呢？

脱下靴子时，我还以为詹金斯夫人一定会很疼，可她连哼都没哼一声，低头瞧着自己的脚也丝毫不感到奇怪——也许她以为所有人的脚指甲都是这个样子吧。我扶着她走到浴盆旁，这段路竟走得异常艰辛，因为没有靴子，詹金斯夫人无法保持平衡，脚指甲也碍事，差点把她绊倒。

詹金斯夫人抬脚跨过锡制大浴盆的盆边，开心地把脚放进水里，一边扬水，一边咯咯笑着，像个小女孩儿。她拿起毛巾，啪啪拍着水，抬头笑嘻嘻地看着我。我加了火，屋里暖和，一只猫蹑手蹑脚来到浴盆旁，好奇地趴在盆边向里观瞧。詹金斯夫人咯咯笑着将水溅到猫脸上，猫生气地退了回去。这时，有人用力敲房子的大门，詹金斯夫人马上抬起头："罗茜，是你吗？快来，姑娘，瞧瞧妈妈，有稀奇的事。"

可脚步上楼而去，不是罗茜。

我给詹金斯夫人洗过全身，用修女们给的大毛巾裹住她的身子，然后给她洗了头，再用头巾裹住头。虽然没看见太多跳蚤，我还是给她用了檫木精油以杀死幼虫。至于她的脚指甲，我可束手无策——对付这样的怪物需要优秀的手足外科医生（我偶然间得到可靠消息，詹金斯夫人的脚指甲被保存在玻璃盒子里，现正在英国手足病协会的大厅里展出）。

修女们总有二手衣服，都是在义卖时买的，我带来了伊万杰琳修女和我挑的几件衣物。詹金斯夫人瞧着背心和灯笼裤，好奇地摸着柔软的布料。

"这是给我的？哦，这衣服太好了。你们自己留着吧，亲爱的。给我这种人穿浪费了。"

我费了一番口舌劝她穿上新衣服，她又惊又喜上下摩挲着自己纤瘦的身体，好像还不习惯新的内衣。我给她穿上义卖的衣服，这些衣服对她来说都太大了，然后悄悄把她的旧衣服放在后门外面。

詹金斯夫人舒服地坐在扶手椅上，抚摩着自己的新衣服。一只猫跳到她膝盖上，她轻轻逗弄着它。

"不知道罗茜看见这漂亮的小猫，会怎么说。她不会知道，她的妈妈穿得像个女王。"

我笑着离开，内心满是愉快，大家的努力终于让詹金斯夫人惨不忍睹的状况得到了改善。我将跳蚤泛滥的旧衣服放进袋子，想丢进垃圾箱，可一个垃圾箱也没找到。这个地区根本没有垃圾箱，因为这些正等待拆迁的房子里本不该有人住。可事实上，人们正在这里生活，所有人，包括市里的人对此事也一清二楚，却没有采取一点措施。我把袋子丢在大街上的一堆垃圾里。

这个地区的上空散发着一股破败和危机四伏的气息，像恶魔嘴里吐出的蒸汽。轰炸留下的弹坑里堆满垃圾，臭气熏天。墙的锯齿断口狰狞地直指向天。四下里空无一人：红灯区的清晨一般生意惨淡。置身如此寂静的环境之中，让人感觉喘不过气来，恨不得马上离开这里才好。

我刚转过房角，突然听到了那个声音。一阵恐怖突然攥紧了我，我惊魂不定地愣在原地，只觉得后颈发凉，身上的汗毛都竖了起来。那声音听上去像是狼嚎，又像某种动物正在承受着巨大痛苦。这种不像来自人世间的声音似乎来自四面八方，经由几栋房子，回荡在整个废墟之间。声音突然停止了，我已被吓得一步也迈不动了。接着，那个声音再度响起，对面房子的窗户突然打开，那个曾告诉我扔石头找房东的女人倚在窗口，探头吼道："是那个疯老婆子。你管好她，叫她闭嘴，不然我就去杀了她。你就说是我说的。"

窗户"砰"的一声关上了，我的大脑转个不停。

疯老婆子？是说詹金斯夫人吗？那不可能，这种痛苦的声音绝不可能是她发出的。几分钟前我离开她时，她正心满意足地乐着呢。

声音终于停止了，我浑身颤抖地回到房子里，来到詹金斯夫人家的门口，转开门把手。

"罗茜？是你吗，罗茜？"

　　我打开门。詹金斯夫人和我离开时一样，正坐在扶手椅上，一只猫趴在她的膝盖上，另一只猫趴在椅子旁在给自己梳理毛发。她欢快地抬起头。

　　"如果你看到罗茜，就告诉她我来了。告诉她别灰心，就说我来了，还有那些小的，大家都来了。我整天都在擦啊擦，他们这次会让我进去的，他们会的。你告诉我的罗茜。"

　　我一脸迷茫。那个号叫声不会是她发出来的，那不可能。我测了测她的脉搏，心跳正常，然后问她感觉是否还好，她没回答，不过咂咂嘴，神态自若地瞧着我。

　　詹金斯夫人一切都好，没必要再待下去了，但我离开时心中充满了不安。

　　伊万杰琳修女接过早晨的报告，我告诉她詹金斯夫人看上去喜欢洗澡，然后汇报了指甲和跳蚤的情况。我说她的精神状态貌似稳定——她喜欢她的新衣服，和猫咪亲密地聊天，已经不再害怕和抵触了。我犹豫着要不要把我在街上听到的奇怪声音告诉伊万杰琳修女，毕竟那也许不是詹金斯夫人发出的，只是对面屋子女人的一面之词。

　　伊万杰琳修女抬头瞧着我，一张大脸面无表情。

　　"还有呢？"她问道。

　　"还有什么？"我支支吾吾道。

　　"其他的呢？你还没说的？"

　　难不成她会读心术？没有办法，我只好把在街上听到的吓人的声音告诉她，然后补充说明，我不确定到底是不是詹金斯夫人的声音。

"是的，不过你也无法确定那不是詹金斯夫人发出的声音，对不对？跟我描述一下那个声音。"

我又犹豫了，因为那个声音确实很难描述，最终我说那个声音有点像狼嚎。

伊万杰琳修女低头瞧着病历，一动不动过了半晌，再张嘴时声音变得舒缓低沉："听过那个声音的人都忘不了那动静，听着让人遍体生寒。我觉得你听到的那个声音有可能就是詹金斯夫人发出来的。那就是所谓的'济贫院的哀号'。"

"那是什么东西？"我不解地问道。

伊万杰琳修女没马上回答，她坐着不耐烦地用笔敲着桌子，道："哼，你们这些年轻女孩儿对近代的事一点儿也不知道。你们太幸福了，这就是你们的问题。下次探视我和你一起去，另外我看看能不能搞到詹金斯夫人的医疗记录和教区记录。你继续报告。"

我做完汇报，午餐前还有时间洗漱换衣服。在餐桌上，我心不在焉，无心和大家聊天，脑海中总回响着那个像狼嚎一样的恐怖声音。我回想起伊万杰琳修女说的话和她提到的那个词，这让我突然想起多年前祖父曾跟我说过的一件事。他有个熟人因为生活拮据，向济贫管理委员会申请暂时救济，被告知无法给他救济，但会把他送到济贫院去。那个人说道："我宁可死也不去。"然后就离开上吊自杀了。

小时候，人们会指着当地的济贫院，胆战心惊地窃窃私语。即使那是座空房子，也好像散发着恐怖和令人深恶痛绝的气息。

人们不愿意走济贫院附近的路，通常别过头从另一侧路经过。小时候的我对济贫院的历史一无所知，可人们的这种恐惧连我也受到了感染，一瞧见济贫院大楼就浑身瑟瑟发抖。

伊万杰琳修女经常和我一起探望詹金斯夫人，我对她让那个老女人敞开心扉的方式很欣赏。当詹金斯夫人和关怀同情她的人一起回忆过去时，她的痛苦得到了发泄，追忆往昔显然是治疗她的好办法。

市里给修女提供了波普拉济贫院管理委员会的记录。根据记录，1916 年至 1935 年，詹金斯夫人是在济贫院里度过的。"这么久任何人都会发疯的。"伊万杰琳修女喃喃道。詹金斯夫人是个寡妇，带着五个孩子，因为生活无以为继才进了济贫院。记录中将她标为"有劳动力的成人"。根据记录，詹金斯夫人于 1935 年离开了济贫院，离开时掌握了缝纫机技能，足以用来糊口，另外还有二十四英镑（约合现在人民币 211 元），这是她在济贫院十九年里积累的财富。记录里没再提过詹金斯夫人的孩子们。

济贫院的记录寥寥几句，不够翔实。其他细节则是詹金斯夫人和伊万杰琳修女聊天时告诉我们的。她波澜不惊地平铺直叙，东讲一点儿，西说一点儿，好像她的故事再普通不过了。我觉得那是因为她曾目睹和经历过太多磨难，以至于认定痛苦是命中注定的事，反而无法接受快乐的生活。

詹金斯夫人的家乡在米尔沃尔，她像很多女孩儿一样，十三岁时进工厂工作，十八岁嫁给了当地一个男孩。他们在贸易路一家裁缝店里租了两间房，接下来的十年里他们一共生了六个孩子。

她年轻的丈夫有一天突然开始咳嗽，一直也不见好，六个月后竟然吐血了。"他越来越瘦。"詹金斯夫人轻描淡写道。三个月后他就死了。

詹金斯夫人当时年富力强，还不到三十岁。她将之前租的两间房退掉，带着孩子住到小后屋去。她重新回到制裙厂上班，每天从早上八点干到晚上六点。她有个孩子刚三个月大，不过罗茜——她的大女儿已经十岁了，她离开学校帮忙照顾其他孩子。除工作之外，詹金斯夫人还在家做针线活，经常伴着烛光工作到深夜。罗茜也学会了缝纫，成了不错的缝纫女工，经常陪妈妈一起忙到深夜。算上用辛苦缝纫换来的额外收入，支付房租后，足以养活一家人。

可灾难却降临到詹金斯夫人身上。工厂的机器没人看管，詹金斯夫人的袖子不幸被轮子夹住，将她的右胳膊拖进切刀下，机器停下时，她的右胳膊受了重伤，大出血，肌腱严重受损。幸运的是，她最终保住了胳膊。她给我们看了那道六英寸长的伤疤。因为没钱支付医疗费，撕裂的伤口和肌腱都没缝合，伤口虽然最终愈合了，却留下一道猩红色宽宽的伤疤，看着让人触目惊心。因为肌腱受伤，她的右手看着略微萎缩。但是右手竟然还可以用，这简直是个奇迹。

詹金斯夫人瞧着那道伤疤，面无表情。"我们就是这么倒霉。"她说道。

一家人不得已搬出后屋，住到一间没有窗户的地下室里。地下室临近水边，每当涨水水面上升时，水汽就会渗过砖墙，顺墙而下。就是这样一间根本不适合居住的房间，房东每周还要收取一先令的房租，可母亲已经丧失了劳动力，到哪里弄钱付房租？

她上街乞讨，被警察赶出了街，他们认为她是无业游民。詹金斯夫人用典当大衣的钱买了些火柴，在街上卖火柴。可卖火柴所挣的微薄收入不足以支付房租和养活孩子。

渐渐地，家里所有值钱的东西都被典当了：家具、锅碗瓢盆、杯子碟子、衣服、床单，最终连床也卖了。她用橘子箱在潮湿的地板上搭了一个平台，一家人就睡在这个平台上。最终他们连毯子也没保住，妈妈和孩子们每晚就靠互相依偎取暖。

她向济贫管理委员会申请济贫院外救济，可负责人说一看她就是好逸恶劳、不务正业的人，詹金斯夫人告诉他们工厂发生的惨剧，给他们看了她的右胳膊、据理力争时，他们告诉她不要胡搅蛮缠，否则会对她自己不利。经过讨论，他们提议将她的两个孩子送到济贫院去，詹金斯夫人拒绝了，带着六个孩子又回到了地下室。

没有灯照明、取暖，长年潮湿发霉的居住环境，再加上天天食不果腹，孩子们一个个看起来都病恹恹的。一家人在母亲无法工作的情况下，又苦苦挣扎了半年。詹金斯夫人把她的头发和牙齿都卖了，可依然无法解决根本问题。孩子们整日无精打采，身体也停止了发育。她将此称为"蔫烧"。

当她的一个孩子夭折，她没钱埋葬孩子，只能将孩子放进橘子箱，里面放上石头，然后放进河里。

那天深夜，当她鬼鬼祟祟将孩子放进河里的那一刻，她终于被命运打败了，意识到再继续下去等待孩子们的只有死亡。她和孩子别无选择，只有去济贫院。

二十四

济贫院

济贫院制度始于 1834 年颁布的《济贫法》①，该法案于 1929年被废止，可济贫院制度的影响却在几百年里挥之不去。住进济贫院里的人无处可去，长期住在济贫院，人已经丧失了自主意识，或者无法在外面的世界继续生活。

《济贫法》本是一项基于人道主义的救济法案，因为迄今为止，可怜之人或赤贫之人都得东躲西藏，无处容身，甚至被执法

① "圈地运动"以后英国偷盗者、流氓、乞讨者增多，社会不安定因素急剧增加。1601 年英王室通过了新法案《济贫法》。本文中所指的则是 1834 年议会通过的《济贫法（修正案）》。这是 1601 年以后最重要的济贫法，史称新济贫法。

者痛殴致死。19 世纪 40 年代，人们长期贫困，济贫院听起来一定像是天堂：每天晚上都有地方遮风挡雨、有床可睡，单独或和别人分享床位；有衣可穿，有食物——虽然不是山珍海味，也足以填饱肚子，住在里面只需工作即可。这听起来简直像由闪耀着善意和仁慈的基督亲自制定的法案。可像很多原本出于好意的举措一样，这项法案很快就变味了。

詹金斯夫人带着孩子离开地下室，他们还欠房东三个星期的房租。房东威胁说再不交房租，就等着挨鞭子，于是他们晚上偷偷溜走了。离开时身无长物，她和孩子们都没鞋穿，所谓的衣物不过是能遮挡住瘦小身体的破布条。他们脏兮兮的，站在漆黑的街上，肚子饿得咕咕叫，浑身颤抖，他们敲响了济贫院外的大钟。

孩子对此并不感到特别难过，以为这是一次冒险，偷偷摸摸溜出地下室，在死一般寂静的深夜里走在黑漆漆的大街上。只有母亲一直在流泪，她知道济贫院那可怕的制度：一旦进了济贫院的大门，家人就必须分开。她不敢把这事告诉孩子们，敲响钟时她也犹豫再三，可最小的孩子——马上三岁的小男孩儿已经开始咳嗽了，她最终咬咬牙，敲响了济贫院的钟。

钟声在石头建筑中回荡，一个体形消瘦、面容阴沉的男人打开门，问道："你们要干什么？"

"孩子们需要吃的和住的地方。"

"先去接待室。你们可以在那儿睡到天亮。当然了，如果是来领救济金，就去救济中心。这里只有早上才有吃的。"

"不，我们不是来领救济金的。"她有气无力地说道。

当天晚上，接待室里只有他们一家人。睡觉的地方是个突出的木台，上面铺着新鲜的稻草，瞧着就很舒服。他们互相依偎躺在稻草上，孩子们马上就睡着了，只有妈妈躺着没合眼。她搂着孩子们，一夜没睡直到曙光乍现。想到这是她最后一次和孩子们睡在一起，她的心都碎了。

耳边渐渐传来清晨的各种声响。钥匙的叮当声，门打开的声音，可过了很久，才有人打开接待室的门。终于，女主管来了，一个坚毅的女人，并不是不和善，只是见过太多穷人，感情已经麻木了。她记下他们的名字后，只对他们说，跟她走。他们被带到洗衣房，脱光衣服，在石头浅水槽里，用冷水洗了澡。他们身上所谓的衣服被脱下，换上济贫院的制服。制服由粗糙灰色的卡其布制成，剪裁几乎可以适合所有身材。还有各种各样奇怪的鞋。没有提供内衣，但没关系，他们已经习惯不穿背心和内裤了，即便是在最寒冷的天气也不穿。他们被剃了头，男孩儿们觉得很好玩，指着女孩儿咯咯咯笑，把小拳头塞进嘴里以免笑得太大声。詹金斯夫人无须剃头，因为她已经没有头发了，几星期前就把头发卖了。有人给她一顶软帽遮住头。她胆怯地问能否给小孩子们吃点东西，却被告知早过了早饭时间，不过午饭在中午十二点开饭。

他们被带到院长办公室进行分离。所有人都对这个时刻心有余悸。办公室除了院长和女主管外，还有四名强壮男人被叫来带走孩子。詹金斯夫人心中劝慰自己，这么做不会对小孩子太坏，因为他们会和罗茜一起，在她上班时，罗茜会照顾他们。可事实证明她错了。

院长瞧着孩子。"多大啦？"他问道。

"两岁、四岁和五岁。"她低声回答道。

"带他们去幼儿区。大的男孩儿呢，多大啦？"

"九岁。"

"他要去男孩儿区。女孩儿呢？"院长指着罗茜问道。

"十岁。"

"把她送到女孩儿区。"院长命令道。

几双粗糙的大手抓住孩子，院长转身离开，不想看到接下来要发生的一幕。离开时，他对被叫进来的帮手吼道："按照我说的别搞错了。你们知道规矩！"

詹金斯夫人没有对伊万杰琳修女或我说过和孩子分开的细节，一想到当时的情景她就害怕，根本说不出口。放声痛哭的孩子们被拖走，她也被推进了女子分隔区。起初还能听到孩子们撕心裂肺的哭声和大力的敲门声，随着门一道道上锁，再也听不到任何声音了。很久之后，有位在厨房工作的善良女子告诉她，厨房里有个小男孩儿一直哭，一双眼睛紧紧盯着大门里走过的每个人。从他进来直到死的那天，嘴里只念叨着"妈妈"这两个字。那是自己的孩子吗？詹金斯夫人永远也不知道，也许就是她的孩子。

关于隔离的事，我向伊万杰琳修女核实过，这听起来简直太不人道了，不可能是真的，可伊万杰琳修女向我保证，此事千真万确。全国所有济贫院的首条规定就是隔离，而且必须严格执行。丈夫和妻子、父母和孩子、兄弟姐妹都必须分开。从此以后，他们再没见过彼此。

所以，詹金斯夫人举止怪异，根本不值得大惊小怪。

一天傍晚，我很晚才去探望詹金斯夫人。夜色已深，我走在通向她家后门的侧巷里，突然听到好像有人低声念咒的奇怪声音。我透过玻璃向屋里瞧，见詹金斯夫人跪在地板上，正在擦什么。她身旁放着一盏油灯，她瘦小的身子经过灯光的投射，在墙上形成一个巨大可怕的影子。她身旁放着一桶水，一个刷东西的刷子，她一直反复在刷一块地板。一边刷，嘴里还有节奏地念念有词。我听不清她说的是什么，不过她一直保持着同一个姿势没变。

我敲敲门，走进房间。詹金斯夫人听到动静，抬起头但没转身。

"罗茜？快过来，罗茜。瞧这个，姑娘。瞧这儿有多干净。看我擦得这么干净，院长一定会高兴的。"

她抬头瞧着墙上自己那巨大的影子。

"过来瞧啊，院长。多么干净啊，都是我擦的。干净吧，我这么做是为了让您开心，院长。他们说如果我能让您开心，您就可以开恩让我见我的小孩子们。可以吗？我可以见他们吗？哦，让我见见，就一次也好。"

詹金斯夫人放声大哭，瘦小的身子向前扑倒。她脑袋撞在水桶上，痛苦地呜咽起来。我走到她身旁。

"是我，护士。我正好夜里来探视。你还好吗，詹金斯夫人？"

她抬头瞧着我，默默无语。我扶起她，带她坐到扶手椅上，她只是舔着嘴唇，一直盯着我。

桌子上摆着做好的午餐，是上门送餐[①] 的女士给她留下的，可

---

① 与普通送餐不同，这项服务起源于英国大轰炸时期，当时很多人的房子被炸毁，无法做饭。国防女子志愿队（The Women's Volunteer Service for Civil Defence，WVS，后来称为 WRVS）提出了这项计划。现在该项目所面对的一般是无法离家或不能自己做饭的老人，送餐者多为志愿者，其中有很多还是能运动的老人。

饭菜没有动，都已经凉透了。

我一边挪开碟子，一边问道："你不喜欢你的午餐吗？"

她突然大力握住我的手腕，把我的手推开。"这是给罗茜留的。"她嗓子沙哑低声道。

我给她检查了身体，问了几个问题，她一个也没回答，只是眼睛一眨不眨地盯着我，继续舔着嘴唇。

还有一次我去探望，她正在一个人咯咯笑着玩松紧带。她把松紧带拉开再松手，将松紧带缠在手指上。瞧见我进门，对我说："我的罗茜昨晚给我拿来一条松紧带。你瞧它是怎么拉开的，真是条好松紧带。我的罗茜是个机灵的姑娘。如果你想要的话，她总能给你搞来松紧带。"

我被这个罗茜搞得有点不耐烦了，她这么做对她的妈妈没有一点好处。一条松紧带，就这个东西，她就这点本事吗？

但接着我瞧见詹金斯夫人拨弄手中的松紧带时，苍老的脸上洋溢着温柔和幸福，声音也透着温暖和慈爱，"我的罗茜给我的，她给我的。她给我搞到的，她做的。她是我亲爱的姑娘，我的罗茜。"

我的心一下子就软了。也许那个罗茜像她母亲一样是个纯朴的人，也因为早年在济贫院的生活而精神错乱了。我不知道罗茜在济贫院里生活了多久，她的兄弟姐妹怎么样了。

济贫院并非想象中的天堂。所有人被锁在自己所在的隔离区里，隔离区里有休息室、卧室和放风的院子。每天晚上八点到早上六点他们待在卧室里，卧室中间有一条排水槽或排水沟，晚上用来方便。休息室是他们的厨房，大家坐在长凳子上吃饭。房间内所有窗户的高度都在眼睛之上，谁也看不到室外，而且窗台倾斜向下，无法爬上或坐在上面。放风的院子是个铺着碎石的四方形院子，四边没门，也没有任何出口。事实上，济贫院更像监狱。

人们在济贫院里每天重复着凄苦单调的生活，不知不觉中几天、几星期、几个月就过去了。女人们整天工作，主要做粗活：在洗衣房里，洗济贫院里所有人的衣服；擦地——院长喜欢擦地；给济贫院里所有人做难吃的饭菜；还有大量繁重如缝麻袋、帆布、垫子等针线活，其中最奇怪的工作是扒麻絮。这项工作是将旧麻绳（通常表面都涂过焦油）拆开，拆成一条一条纤维，用来填补木船船板间的缝隙。麻绳，尤其是浸过油和海水，或涂过焦油之后，坚硬如铁，拆的时候手会疼，会擦伤手指导致流血。

可最难熬的不是工作，而是休息。詹金斯夫人和大约一百名女人在一起，她们年龄各异，其中有病人和体弱之人。很多人貌似是疯子或精神错乱。工作累的时候大家无处休息，只能坐在休息室中间的板凳上或放风的院子里。女人们只能背靠背坐在凳子上，互相支撑休息。休息时人们无事可做，无东西可看或可听，也没有书和用来动脑的事。很多女人只是走来走去，或绕圈走。大多数人自言自语或身体不停地前后晃动。有些人会大声呻吟，或对着夜空号叫。

"我也会变成她们那样。"詹金斯夫人心中暗道。

每天她们被带进院子里放风两次，每次活动半个小时。在院子里，詹金斯夫人听见孩子们的声音，可墙有四米多高，她瞧不见人。她试过喊孩子的名字，被人阻止了，威胁她再喊就不允许她放风了。詹金斯夫人只好靠在自己认为声音传出来的墙边，一边低声念叨着孩子的名字，一边竖着耳朵捕捉声音，只要听到自己孩子的声音，她就能认出来。

"不知道我到底做了什么孽才会进了那里。我总在哭，而且也不知道他们是怎么对孩子的。"

春风拂面，气温转暖，天也越来越长，整个世界显出一片勃勃生机的景象，詹金斯夫人却被锁在济贫院的深墙之中。她被告知她最小的孩子——三岁大的男孩儿死了。她问孩子是怎么死的，得到的答案是那个孩子一直病恹恹的，谁都觉得他活不长。她询问能否参加葬礼，可被告知孩子已经被埋了。

最先离她而去的是她最小的男孩儿。詹金斯夫人再没见过她的孩子。接下来的四年里，孩子一个接一个离开了人世。每次她只是接到死亡通知而已，并不告诉她死因。她也没有参加过任何葬礼。最后死去的是十四岁的女孩儿，她的名字叫罗茜。

二十五

跌破头的猪

只要每天期待生活有意想不到的惊喜，上帝就不会让你失望的。在经历了"鹌鹑生意"和"太妃糖苹果"被依法关闭的重大打击之后，弗雷德又琢磨起了新生意。意想不到的惊喜来自 B 太太的一句话。B 太太风风火火地冲进厨房，嘴里嘟囔着："真不知道这世道是怎么了，现在这猪肉的价格啊，简直吓人。"

弗雷德将手里的铁锹一下拍在地板上，激起一股煤灰，大喊道："猪，就是这个。猪。他们在战争时干过这事，现在也能再干。"

B 太太手握扫把，冲到弗雷德面前："你这个家伙，弄脏了我的厨房。"

她气呼呼地拿着扫把，作势要打。可她的怒吼和动作对弗雷德完全没用，他一把搂住 B 太太的腰，把 B 太太转过来转过去，疯狂跳起舞来。

"你说得对，老姑娘，你这个坏蛋。为什么我就没想到猪呢？"

他鼻子哼哼作响，学着猪叫，这可对改善他的形象没有任何益处。B 太太奋力挣脱弗雷德的魔爪，用扫把柄戳着他的胸口。

"你这个疯……"B 太太怒吼道。弗雷德也毫不示弱。当两个伦敦人开始针锋相对互相对骂时，你根本听不懂他们在说什么。

早餐已经结束了，我们听到修女的脚步声，当她们的身影出现在门口时，"伦敦土语大战"立刻停止了。

弗雷德喜出望外，说刚想到一个绝妙的挣钱的点子。他要养猪，把猪养在鸡圈里，他可以轻松将鸡圈改成猪圈，用不了多久，猪就可以出栏卖给培根厂，那样就可以挣到钱了。

朱丽恩修女对这个点子着了迷。她喜欢猪，从小在农场长大的她对养猪非常在行。她告诉弗雷德，他可以把农纳都修道院的所有土豆皮和泔水都拿去喂猪，并建议他去当地的咖啡馆转转，求他们把土豆皮和泔水也给他。她还不好意思地问弗雷德，当他在鸡（猪）圈里养猪时，她能否去看看。

弗雷德说干就干。不到几天，猪圈就准备就绪了。他和女儿多莉集资，很快买回来一只粉红色哼哼叫的小猪，并获得了朱丽恩修女的大力赞美。

"这是一只好猪，弗雷德。它绝对错不了，看它那宽肩膀就看得出来。你买得好。"

朱丽恩修女给了他一个灿烂的笑容，弗雷德脸红扑扑的像那只新买的粉红小猪。

弗雷德向朱丽恩修女请教糠饲料和混合饲料，以及从当地咖啡馆和水果蔬菜商店获取食物饲料的建议。你可以经常看到他们在一起热切深入地交谈，弗雷德听得入神，一边舔着牙齿，一边吸气打着响哨。朱丽恩修女还给了他关于干草、喂水和打扫猪圈的建议。朱丽恩修女渊博的养猪知识令所有人大吃了一惊。

这段日子里，弗雷德兴高采烈地整天忙忙碌碌。每天早餐时都能听到养猪的最新进展，猪胃口大开，体重在快速增加。几个星期过去了，弗雷德需要用更多的时间和体力来打扫猪圈了。不管怎样，结果证明养猪的确是条生财之道。很多家庭的小房子都有一个小后花园，多数长度不超过一米，但足够种点东西。西红柿深受大家喜欢，但最令人吃惊的是大家喜欢种葡萄。葡萄在波普拉地区生长得极其茂盛，硕果累累。弗雷德养猪的消息很快传开，猪粪一跃成了抢手货。弗雷德从而认定养猪有百利而无一害。你喂得越多，它的粪就越肥，你挣的钱也就越多。几星期过去了，弗雷德当初买小猪的钱已经靠卖肥料挣回来了。

整个农纳都修道院，无论修女还是非神职人员，都对猪和弗雷德的挣钱志向深感兴趣。我们在报纸上读到猪肉价格正在上涨，觉得弗雷德真是个特别机灵的人。

然而，市场风云变幻莫测，令人防不胜防。猪肉需求突然降低。猪的价格暴跌，简直跌破了头。

这真是个沉重的打击。弗雷德人一下子就蔫了。那些喂养、打扫、耙粪以及所有的计划和希望都变得没有意义了。现在，那只猪的价值勉强抵得上屠宰费。这也就难怪弗雷德弯曲的腿走起路来再也不一弹一弹的，彻底失去了往日的活力，"东北眼"也黯淡无光了。

星期日是农纳都修道院的休息日。早祷之后，大家都聚在厨房，边喝咖啡，边吃着 B 太太周六烤的蛋糕。弗雷德收拾好东西正准备离开，朱丽恩修女邀请他和我们一起坐在大桌旁。大家的话题转向了他的猪，弗雷德嘴里叼着烟。

"我不知道该怎么办？喂它要花钱，可我已经没钱喂它了。"

所有人都表达了同情，念叨着"真不幸"和"真遗憾"，只有朱丽恩修女默不出声。她热切地瞧着弗雷德，然后清晰、热忱地说道："繁殖小猪，弗雷德。把它当作种猪，优良健康的小猪总有市场，而且当价格上涨，价格总有一天会涨的，你就能卖个好价钱。别忘了，母猪一次能下十二到十八头小猪。"

这个建议——如此显而易见、如此简单，却又如此让人意想不到！弗雷德张大嘴，烟掉到了桌上。他一边说着抱歉，一边捡起烟，把它戳在烟灰缸里。不幸的是，那不是烟灰缸，是伊万杰琳修女正在吃的糕饼。依照她的脾气，她立刻对此表达了强烈抗议。

弗雷德手足无措地连声道歉，拿起糕饼，拂掉烟灰，从奶油里捡出烟头，然后将糕饼还给伊万杰琳修女。"小猪，说得对。我要繁殖小猪。我会是道格斯岛上最棒的养猪员。"

伊万杰琳修女鼻子一哼，嫌弃地推开糕饼。可弗雷德根本顾不上这些了，他仿佛中了魔，嘴里嘟囔着："猪崽，猪崽，我要繁殖猪崽，我应该做这个，我要做。"

朱丽恩修女机智又务实，一边把一块新糕饼递给伊万杰琳修女，一边道："你必须读读《猪繁殖指导手册》，弗雷德，找一头优秀的公种猪。如果一开始你需要帮忙，我可以帮你。我哥哥是农夫，所以我可以叫他给你邮一份。"

繁殖猪崽这件事就是这样开始的。收到《猪繁殖指导手册》之后，弗雷德和朱丽恩修女马上开始认真学习。弗雷德读书令人感到困惑，他必须把书放在"西北眼"的左侧才能看到内容。不过即使读到一两句，繁殖猪的说明对他来说也与天书无异，多亏有朱丽恩修女帮忙，她将繁殖猪的术语翻译成弗雷德能听懂的伦敦话。

选好公种猪，打了电话，敲定交易，一辆小敞篷卡车从埃塞克斯郡赶了过来。

朱丽恩修女按捺不住兴奋之情，交代伯纳黛特修女替她主事之后，戴上头巾，披上斗篷，从自行车棚里拽出一辆车，直奔弗雷德家。

那位埃塞克斯郡农夫是不只喜欢守着自己一亩三分地的乡下人。生活几乎就是两点一线，除了自家猪圈，就是去索德伯里市场。他开着自己的敞篷卡车载着种猪来到伦敦的心脏——码头区，一路上心情如何外人无从得知。种猪舒服地靠在卡车一侧，一路摇摇晃晃走了十一多公里，并没引起多少注意；可车子一开进人口密集的伦敦街道，情况就大不相同了。车子经过达格南、巴金、东汉姆、西汉姆，来到道格斯岛的丘比特镇，一路上吸引了众多人围观。种猪体形庞大，唯一活动就是交配，其本性相对温顺，但它的尖牙已经十年没人动过了，所以瞧上去比本身更凶神恶煞一些。

卡车抵达街尾时，朱丽恩修女刚好骑车赶到和弗雷德会合。两人一起走向农夫，农夫一言不发地瞧着他们。朱丽恩修女踮着脚，一边瞧着车里的种猪，手一边向后挡着被风吹向种猪的头巾。

"噢，真是个漂亮的家伙。"她开心地低声道。

农夫瞧着修女，嘴里抽着烟斗，道："真是怪事。"

农夫要求看下母种猪。进弗雷德家的院子，必须通过夹在两座房子中间的一条侧巷，巷子尽头是码头的隔离墙。泰晤士河正在墙后缓缓流淌。农夫眼前赫然出现了国际货船高耸入云的船顶。

"他们肯定不会相信的，肯定不会。"农夫一边弯腰捡起从手上掉下的烟斗和车钥匙，嘴里一边嘀咕着。

他径直进了弗雷德的院子里。

"这就是了，它正等着和你车上那个大家伙乐一乐呢。"

"乐一乐？"农夫咆哮道，"乐一下可是要交一英镑（约合人民币9元）的，先交钱。"

弗雷德知道要付出的代价，已经准备好了钱，可还是不甘心地抱怨道："一英镑就一次，这比西区还贵。"

朱丽恩修女抗议道："别抱怨了，弗雷德。现在的价格都是一英镑，你最好付钱吧。"

农夫纳闷地瞧了一眼修女，弗雷德乖乖把钱交给了农夫。

农夫收起钱，道："好了，我们把它带过来吧。"

这说起来容易，做起来难。

人们已经围了上来，而且越来越多——道格斯岛上的消息传得快着呢。农夫将卡车车尾倒到巷子口，放下后车厢挡板，跳上车要赶种猪下来，可种猪拒绝下车。猪的视力不佳，对于已经习惯欣赏乡下广阔天地的这头种猪来说，面前这条狭小的巷子像是通向地狱的黑洞。

"上来帮我一把。"农夫对弗雷德喊道。

两人又推又赶，大声呵斥，场面一度有些失控，种猪貌似都要对两人尖牙相向了。当种猪终于慢悠悠、小心翼翼地走下斜坡，小蹄子踏上小巷子时，街上围观的人都紧张得大气也不敢出，妈妈们把自家小孩儿拉得远远的。种猪虽然进了巷子，可并非一帆风顺。巷子太窄，卡住了种猪的身体。两个大男人在后面用力推。朱丽恩修女手里拿着萝卜缨，穿过房子、猪圈、外面的大门，跑到巷子里，说用萝卜缨可以引诱猪向前走。她举着萝卜缨放在猪的鼻子前，可猪还是一动不动。

弗雷德突然灵机一动："我们应该用烧得通红的扒火棍捅一下这家伙的屁股，就像在沙漠里，骆驼不肯过桥时做的那样。骆驼不肯在水上走，你知道吗？"

"你拿烧得通红的扒火棍捅猪屁股，我就拿烧得通红的扒火棍捅你的屁股。"农夫一边继续推，一边威胁道。

最终，在大家连轰带推的努力下，猪终于走过小巷，进了弗雷德的院子。一群孩子也跟着走进邻居家的院子，趴在篱笆上想继续看好戏。

农夫火了，他一字一顿提出警告：

"你们必须把这帮孩子赶走。猪是害羞的动物，有人看它们是不会交配的。"

关键时刻又是朱丽恩修女挺身而出。她安静威严地和孩子们谈了谈，孩子们就偷偷溜走了。修女、弗雷德和农夫进了弗雷德家，关上门。朱丽恩修女忍不住撩起窗帘，想瞧瞧母猪是否接受自己的"丈夫"，她坚持用"丈夫"这个称谓来代指那头公种猪。

"噢，弗雷德，我觉得她不喜欢他——瞧，她把他推开了。他倒是明显喜欢她，瞧见了吗？"

弗雷德站在窗户边，舔着牙齿。

"不，不对，不是那样！"朱丽恩修女紧张地扭着双手，喊道，"不能咬他，那样不行。现在她跑了。弗雷德，怕是她不喜欢他。你认为呢？"

弗雷德不知道该怎么认为。

"好多了，好姑娘。她有点喜欢他了，瞧见了吗，弗雷德？太好了，是不是？"

弗雷德突然紧张起来：

"他会杀了她，他会的。瞧瞧他，那个大家伙。他在咬她。瞧啊。我不能就这样干站着袖手旁观。不，不。他会杀了她，他会的，或是弄断她的腿或其他地方。我要去阻止他。我要去。这真是惨不忍睹，我告诉你。"

修女不得不拉住弗雷德：

"那再正常不过了。猪就是那样交配的，弗雷德。"

弗雷德可不是那么容易被安抚的人。朱丽恩修女和农夫不得不按住他，一直等里面发生的一切结束。

修女们在小礼堂集合，正跪着各自祈祷。晚祷铃声刚响，朱丽恩修女刚好返回了农纳都修道院。她面色潮红，兴高采烈地沿着走廊一路小跑，身后铺着地砖的地板上留下一串黏糊糊、气味刺鼻的脏脚印。她着急忙慌地让自己稍作冷静，然后站在诵经台上，读道：

"姐妹们，你们要节制，因为，你们的仇敌魔鬼，如同咆哮的狮子正四处游荡，伺机寻找可吞噬之人。"

一两位修女停下祈祷，抬头瞥了一眼朱丽恩修女。还有几位修女偷偷皱皱鼻子。

朱丽恩修女继续读道："你的仇敌在你的圣殿欢呼。你的仇敌玷污了你的圣殿。"

皱鼻子的人更多了。朱丽恩修女瞥了一眼大家，"至于我，我行走之时心怀虔诚。"

教堂的看门人在香炉里点燃了比往常多很多的香，用力摇着香炉。

"在我得意忘形之际，我说我绝不会垂头丧气。"

教堂里香气缭绕。

"但是你，哦，我的主，你发现了我的傲慢，将不幸降临给我，以让我懂得谦卑。"

修女们有的动了起来。那些离朱丽恩修女最近的修女跪着挪到稍远的地方。双膝跪地，身穿修女服，跪着挪动可不是件容易事，可人在紧急关头，一切皆有可能。

"请不要置我于不理，我为此而心灵不安，我把我自己谦卑地献于你面前。"

香炉剧烈摇晃，烟气喷出。

"我要向你坦陈，我的主，我不洁净，我不配栖身在你的圣殿里。"

礼堂里响起了咳嗽声。

"我大声自问,我有何德何能?我注定一死。我将坠入深渊。哦,我的主,请倾听我的祈祷,让你能听到我的哭泣。"

最终,早该结束的晚祷终于结束了。修女们睁着通红的眼睛,一边咳嗽,一边飞一般地逃出了礼堂。

朱丽恩修女用猪粪玷污礼堂这件事,大家很久才忘记,而且我确定,上帝早就原谅了朱丽恩修女,最难原谅她的其实是其他修女。

二十六

混血宝宝　I

　　20世纪50年代，伦敦的非洲裔和西印度群岛人口极少。与世界上所有其他国家的港口一样，伦敦港一直是外来人口的大熔炉。来自不同国家、讲着各种语言、文化风俗各异的人汇聚一堂，相互融合，他们往往由于贫穷而相依为命。伦敦东区也不例外，几百年来几乎各种族的人都曾在这片地区生活繁衍。兼容并蓄、善良友爱一直是伦敦人的典型特征，外来人即使一开始受到伦敦人的猜忌和提防，用不了多久也会融入伦敦人的生活之中。

　　大多数外来人口都是年轻单身男性。男人总可以浪迹天涯，四海为家，女人则不同。在那个年代，年轻的穷女孩儿几乎没有可能独自出去见世面。女孩儿必须待在家里。无论家里有多破，生活有多艰苦或多贫穷，无论她们有多渴望自由，总无法摆脱束缚。如今大多数女性的命运其实依然如此。

与女人相比，男人永远更被垂青，单身男人孤身一人来到异国他乡，一旦解决了肚子问题，他脑子里就只想一件事——女人。伦敦东区的人对自家女儿看管甚严，直到近来，未婚先孕依然被认为是奇耻大辱，也是可怜的女孩儿一辈子无法摆脱的灭顶之灾。然而，这种事却时有发生。如果女孩儿足够幸运，她的母亲会谅解她并帮助她抚养孩子长大。偶尔，孩子的父亲会被逼成亲，可结局喜忧参半，很多女孩儿为此付出了惨重的代价。且不论女孩儿要面对的社会问题，有一件事是肯定的，这意味着有新的血液——或者按照现在的说法，新的基因——注入社会之中。事实上，这也许正解释了为何伦敦人充满了与众不同的活力、生机和乐观精神。

家家女孩儿在受到严加看管的同时，她们的情况则另当别论。年轻的未婚女孩儿一旦肚子大了，纸就包不住火了，无论如何也无法摆脱未婚先孕的罪名。而一个已婚女人怀了孕，肚子里的孩子到底是谁的，只要女人不说，就只有天知地知了。我总觉得男人在这件事上挺可怜的。人们直到最近才掌握了 DNA 测试的方法，在此之前，男子如何确定妻子肚子里的孩子就是自己的骨肉呢？可怜的他们没有任何方法，只能凭妻子的一句话。除非真把妻子锁起来，否则男人白天上班，根本控制不了自己的妻子做些什么。在人类悠久的历史中，这件事并没给男人造成多大苦恼，大多数男人都对新生命的降临充满喜悦，即使抚养的是其他男人的孩子，他也很可能会被一直蒙在鼓里。俗话说得好："眼不见，心不烦。"可如果妻子生下一个黑皮肤的宝宝，情况又会如何呢？

在伦敦东区，这种事以前从未有过，但第二次世界大战之后就另当别论了。

贝拉大约二十二岁，是个可爱的红发女郎。人如其名，她本人也正如意为美丽的"贝拉"这个名字一样是个美人。皮肤白皙，有点雀斑，矢车菊般的蓝色眼睛能勾住任何男人的魂，然后再用她那红色卷发把猎物永远拴在身侧。汤姆是东印度码头路上最幸福、最骄傲的年轻丈夫，嘴边总挂着自己迷人的妻子。贝拉出生于"最好的"家庭（伦敦东区人的社交等级观念和绅士派头往往令人感到不可思议），交往了四年，当汤姆终于有能力养活贝拉之后，两人步入了婚姻的殿堂。

他们举办了一场盛大气派的婚礼。贝拉是家中唯一的掌上明珠，家里决定坚决不能让女儿丢脸，为此宁愿不惜一切代价。新娘婚纱长长的拖尾一直延伸到教堂中间；新娘配有六名伴娘和四名伴童；鲜花多得足以让人患上一星期的花粉热；唱诗班、排钟和布道——应有尽有！这场婚礼简直是在给邻居上课，让他们见识一下，什么才是像样的婚礼。婚礼宴会则充分向朋友和亲戚们证明了自己家不可匹敌的崇高地位。一长列租来的莱斯劳斯汽车，共计十八辆，把大人物从教堂拉到只有一百米远的教堂大厅。其他人则只能靠步行——结果比汽车先抵达了大厅！长长的隔板桌上铺着白布，差点就被桌上满满的食物压塌了：火腿、火鸡、野鸡、牛肉、鱼、鳗鱼、牡蛎、奶酪、泡菜、酸辣酱、馅饼、布丁、果冻、牛奶冻、牛奶沙司、蛋糕、果汁，当然还有婚礼蛋糕。如果克里斯托弗·雷恩爵士[1] 在建造圣保罗大教堂之后，有幸看到这个蛋糕，肯定会崩溃倒地放声痛哭。婚礼蛋糕高达七层，每一层都有希腊式立柱支撑，上有高塔、扶手、凹槽纹饰和清真寺的尖塔。腼腆的新娘和新郎位于造型浮夸的圆顶上，身边围绕着相思鸟。

汤姆在这种盛大场合下显得有点窘迫，不知该说什么好，但只要他说了那句最重要的"我愿意"之后，再说什么也没人在意了。贝拉则对成为众人仰慕的对象感到沾沾自喜。她不是那种喜爱炫耀卖弄的女孩儿，但偶尔奢侈一次的喜悦之情还是显而易见的。贝拉的母亲对此早已习以为常了，自豪之情溢于言表，不过马上要溢出的还有裹在紧身紫色塔夫绸[2] 礼服里的赘肉。（女人为什么总在参加婚礼时穿得特别夸张？瞧瞧你的身旁，你会瞧见中年女人穿着二十岁才该穿的衣服，收腰的款式紧紧包着发福的臀部，让本该遮挡起来的肉越发突出。可笑的发型、滑稽的帽子和神风敢死队员一般的鞋）贝拉的母亲和几位阿姨的帽子上有时髦的面纱，这给她们吃东西造成了很大困扰，她们只能将面纱撩起，用针别在头顶，这让帽子看上去更加滑稽可笑。

贝拉的父亲在婚礼上发表了长达四十分钟的婚礼致辞。他先从贝拉小时候讲起，谈到她的第一次出牙，第一次牙牙学语和人生中迈出的第一步，事无巨细，然后进行到她的小学生涯，她如何在学校获得奖状，那张奖状现在还镶着框挂在家里的墙上。毫

---

[1] 克里斯托弗·雷恩（Sir Christopher Wren，1632 — 1723），英国皇家学会会长、天文学家和著名建筑师。英国最著名的巴洛克风格建筑大师。他设计了 52 座伦敦教堂，其中很多以优雅的尖塔顶闻名。

[2] 一种真丝面料，主要用于制作女装。

无疑问，他还会提及贝拉获得的游泳和自行车比赛奖状。当然，幸好贝拉的母亲及时出言阻止了他的话："哦，厄恩，抓紧往下讲。"

于是，厄恩话锋一转，开始提醒汤姆他到底有多幸运，其他男人如何拜倒在自己女儿的石榴裙下，可他——厄恩，慧眼识珠，认为他——汤姆，是一匹千里马，会照顾好他的小贝拉，因为汤姆是个勤劳肯干优秀的小伙子，他心中应当铭记，生活的成功与婚姻美满的关键在于"晚上早睡，闻鸡起舞"。

叔叔们听了这话，咯咯窃笑，挤眉弄眼；突然明白过来的各位阿姨一脸惊愕，互相道："哦，这个老东西，真不知道害臊。"

汤姆脸色微红，努力保持微笑，因为他发现大家都在哈哈大笑。他可能没听出这句话另有深意。贝拉则两眼直盯着她的果冻，如果被人看出来她听懂了，那真是太失礼了。

这对新人在克莱克顿最棒的公寓里度过了愉快的蜜月，回到自己的小公寓，他们的家在贝拉母亲家附近。贝拉的母亲弗洛坚持认为自己的女儿无论用什么都要用最好的，于是擅自做主给他们定制了地毯。在那个年代的伦敦东区，这种奢侈的东西几乎前所未闻。汤姆不停地用脚指头好奇地上下拨弄着地毯，瞧着地毯的绒毛移来移去。贝拉也对这种东西着了迷，从而激发了她肆无忌惮购买家庭用品的激情。她买的都是邻居们觉得新奇，甚至没有听说过的东西：带软垫的三件套家具、电子壁灯、电视、电话、冰箱、烤面包机和电热水壶。汤姆觉得这些东西好新颖，看到贝拉饶有兴趣地履行家庭主妇的职责也感到开心。他不得不经常加班来支付账单，不过他正年轻，有的是力气，只要心上人开心就好。

贝拉怀孕了，在母亲的推荐下，她在农纳都修道院登记了，每个周二的下午都来生育诊所检查，她的身体状况也一直良好。大约在她怀孕第三十二周时，一天傍晚弗洛来找我们，当时已经是下班时间，她看上去焦虑不安。"我很担心我的贝拉，她整天闷闷不乐好像心里有事。我瞧得出来，汤姆也瞧出来了。她整天不说话，谁也不瞧，什么事也不做。汤姆说，他回家时经常发现碗都没洗，家里乱得像猪窝。一定出了什么事，我敢肯定。"

从医学角度讲，贝拉非常健康，怀孕也没有任何异常，不过我们说除了周二下午的门诊，会找时间再去家里瞧瞧贝拉。

贝拉确实如她妈妈所说，闷闷不乐。我们几次探视都发现了相同的症状——无精打采、精神涣散和兴味索然。我们也让医生瞧过她，弗洛为女儿操碎了心，想方设法哄女儿出门，带她买成堆的宝宝衣服和觉得有用的各种婴儿用品。汤姆心急如焚，但凡在家就对贝拉宠爱有加，可他工作时间长，而且为了支付购买宝宝用品的账单现在甚至比之前的工作时间还长。尽心尽力疼爱女儿的弗洛几乎一人扛起了照顾贝拉的重担。

贝拉怀孕期满，根据日期不早不晚，正好在预产期开始分娩。接到贝拉妈妈的电话大约在午餐时间，贝拉现在的宫缩是每十分钟一次，可能要生了。我吃完午餐，装了两份布丁以防错过下午茶。初孕产妇宫缩十分钟一次不用心急。

我晃晃悠悠骑到贝拉家，弗洛正在门口等着我。那个下午阳光明媚，可弗洛的脸上却像笼罩着一层阴云。"她现在跟我电话里说的一样，还是十分钟一次，可我担心，她哪里不对，像变了一个人。太不正常了。”

正如弗洛那个年代的大多数女人一样，弗洛也是个经验丰富的业余助产士。

贝拉正坐在新买的靠背沙发上，手指伸进靠垫，从里面掏出一点填充物。我进屋时，她阴沉着脸，咬牙瞪着我，牙齿咬得咯吱咯吱响了一阵之后，不再看我了，其间一句话也不说。

我说道：“我必须给你做检查，贝拉。如果你要生了，我要知道你现在的情况，了解胎儿的体位，还要听下胎心。可以请你进卧室去吗？”

贝拉一动不动，又从垫子里掏出更多的填充物。弗洛试图哄她进去：“走吧，亲爱的，不会太久的。我们必须这么做，很快就会结束的。做了你就知道了，走吧，现在进卧室去。”

弗洛上前想扶贝拉起来，却被贝拉恶狠狠推开，差点摔倒在地上。我有必要让贝拉见识一下我的厉害。

“贝拉，马上站起来，跟我去卧室，我必须给你做检查。”

贝拉好像听到命令的小孩子，乖乖起身进了卧室。

她的宫颈口开了二到三指，胎儿头向下，我判断是正常的枕前位，羊水未破。胎心稳定在每分钟 120 次。心跳、血压正常。除了她那令人奇怪、令我无法理解的精神状态之外，一切都很正常。整个检查过程中，她一直磨牙，让我不胜其烦。

我说道：“我准备给你打一针镇静剂，你最好躺在床上睡几个小时，睡觉时分娩会继续，等你醒了就会感觉精神的。”

弗洛机智地点头附和。

我把分娩所需的东西拿出来，告诉弗洛等宫缩变为五分钟一次时，给农纳都修道院打电话；如果觉得情况不妙，可以早点给修道院打电话。我注意到房间里有电话，心里暗自高兴，鉴于贝拉的精神状况，电话说不定能派上用场。产后精神病① 是极少见的可怕的分娩并发症，需要快速专业的医疗救治。

晚上八点左右，汤姆打来电话让我过去。我十分钟内就赶到了汤姆家，汤姆带我进屋，看上去既焦虑又兴奋。

"终于是时候了，是不是，护士？我希望贝拉没事，母亲和宝宝都不要出事。我等不及想看我可爱的宝宝了，你知道吗，护士。这是个多么特殊的时刻。贝拉近来心情低落，但等她看见宝宝，她就会好的，是不是？"

我走进卧室，贝拉正好开始宫缩。宫缩来得很猛烈，贝拉痛苦地呻吟着。她妈妈正用凉毛巾给她擦脸。我们一边等，一边计算着下次宫缩的时间。每五分钟一次。我觉得她很快就要生了。每次宫缩停止时，贝拉看上去都无精打采的，马上要生了，我不准备再给她注射镇静剂或止痛剂。

"她怎么样？"我向弗洛问道，头微微一歪，示意我问的其实是她的精神状况。

弗洛答道："从你走了她就一句话也没说过，一个字都没说。汤姆回来，她甚至都不看他，也一句话都不跟他说。什么都不说。一个字都没有。可怜的小伙子，我知道他心里难受。"

---

① 亦称产褥期精神病，指产后六周内发生的精神障碍。

她拍拍自己的胸示意自己心痛。

下次宫缩开始时，贝拉的羊水破了，呼吸加速。她一把抓住妈妈的手。

"快了，快了，我的宝贝，马上就完事了。"

宫缩停止，贝拉紧紧抓住她妈妈的手不放，双眼圆睁。

她低吼了一声——"不！"接下来，随着每次重复，声音也越来越高。"不！不！不！让他停下。你们快让他停下。"

她嘴里发出咯咯可怕的尖笑，仰面倒在床上，嘴里继续发出那种可怕的声音，既像哭又像笑。那不是因为痛苦发出的声音，因为她此刻并没有宫缩，整个人变得歇斯底里。

我说道："我必须让汤姆马上给医生打电话。"

贝拉大喊道："不，我不要什么医生。哦，上帝。你们不明白。孩子会是黑色的。他会杀了我，汤姆看到了会杀了我。"

我觉得弗洛根本不明白自己的女儿在说什么。那时候伦敦东区黑人很少，贝拉的这些话对弗洛来说不知所谓。

贝拉依然在尖叫，开始骂起母亲，对她大吼："你还不明白，你这个笨老太婆。我的孩子会是黑人！"

这次弗洛听明白了，她惊得跳脚离开自己的女儿，一脸惊愕地瞧着她："黑人？你在开什么玩笑。你一定是在和我开玩笑。你是说你肚子里的孩子不是汤姆的？"

贝拉点点头。

"你这个下流胚，你。我养你这么大就为了让你给我丢人吗？为了让你丢我还有你爸爸的脸？"

她抬手对着贝拉的脸就是一巴掌，可没等打到，愕然收手。

"哦，天啊！"她自言自语道，"他们在俱乐部准备了隆重的庆祝活动，想给你爸爸一个惊喜。他是俱乐部今年的主席。他们打算在他第一个外孙出生时给他举办一个隆重的旧式庆祝。这会成为整个波普拉区的笑柄的。我肯定他受不了这个打击。他们不会放过他的。"

弗洛默默拧着手指，突然对自己的女儿怒吼道："哦，我真希望没你这么个女儿！我是说真的！我希望你现在就死了，你和你肚子里那个孽种都死了！"

宫缩再次开始，贝拉痛苦地呻吟道："让他停下，不要把他生下来，马上停下。"

"我会让你'不要生下来的'！"弗洛吼道，"不等他出来我就先杀了你！你这个下流胚，你！"

两人互相对吼，吓坏了的汤姆出现在门口。弗洛回头对着汤姆，满脸通红。"给我出去，"她说道，"生孩子不是男人的事。出去，走走或做点什么，不到明天早上别回来。"

汤姆吓得转身逃走了。男人已经习惯了生孩子时被女人吆三喝四了。

汤姆的出现让弗洛恢复了一些理智，她开始思考如何解决问题。"我们必须处理掉这个孩子，"她说道，"除了这里的人，没必要让其他人知道。孩子生出来，我就把他抱走，送到孤儿院去。没人会知道。"

贝拉一把抓住弗洛的手，双眼一亮："哦，妈妈，可以吗？你可以帮我这么做吗？"

我的脑子可以正常思考了。我刚才被母女之间那场闹剧、被两人的大吼大叫彻底惊呆了。现在剧情又有了新发展。

"你不可能那么做，"我说道，"明天汤姆回来，你怎么跟他说？"

"我们就说孩子死了。"弗洛自信满满地说道。

"现在的年代这么做不成。你不能偷偷拿走孩子，就说一句'孩子死了'，你肯定逃不掉责任。汤姆认为自己是孩子的父亲，他会要求看孩子，会问孩子怎么死的。"

"不能让他看到孩子，"弗洛犹豫道，"必须让他相信孩子死了，已经被埋了。"

"这太荒谬了，"我说道，"现在不是 19 世纪 50 年代。孩子生下来如果是活的，我必须向上级报告，报告会递交给上级卫生署。孩子不能就这么死了或不见了。必须有人对此事负责。"

正在这时，贝拉的又一次宫缩开始了，我们被迫结束谈话。我心中暗想，这两个人都疯了，母亲和女儿都失去了理智。

宫缩停止了。弗洛依然在动脑筋，思考对策。"那么你走，说你必须去照顾其他产妇或找个理由。我可以自己接生，我不用向该死的上级递交该死的报告。等孩子生出来，我就把孩子拿走，那样就没人知道孩子去哪儿了。汤姆也不会看到孩子。"

我被这个提议吓了一跳。"我不能那么做。我是职业助产士，注册并受过训练。贝拉是我的病人，我不能在她已进入第一产程置她于不顾，把她留给没有受过医学培训的人。我依然还得写报告。我怎么向修女交代？怎么解释你的行为？"

宫缩又开始了，贝拉大喊道："哦，让他停下，别让他生出来！让我死！你刚才怎么说的？快杀了我！"

贝拉的母亲安慰道："别担心，亲爱的。汤姆绝不会看到的。妈妈一定帮你处理掉他。"

"不，你不可以！"我大喊道，也开始歇斯底里了，"如果孩子生出来是活的，它不能被'处理掉'！如果那么做，警察就会抓你！那是在犯罪，你就有大麻烦了！"

弗洛已经有些哽咽了："那只能送去孤儿院了。"

"那样还可行一些，"我说道，"不过那样孩子也必须登记，领养文件上必须有双方父母签字。汤姆还认为这是他的孩子。你不可能把孩子藏起来，然后让他签字把孩子送给别人。他不会同意的。"

贝拉又开始呻吟起来。天啊，贝拉的血压在升高。我心想，也许随着这进入第二产程的痛苦，这位外婆能摆脱这个孽种，胎儿也许活不成！我拿出我的胎心听诊器准备听胎心。贝拉一定猜到了我刚才的想法，她一把推开听诊器。

"不要管他。我要他死，你难道还不明白吗？"

"我必须给医生打电话，"我说道，"可能有危险，我需要有人帮助。"

"你敢，"弗洛鼻子一哼，"任何人都不能知道——不能找医生。无论如何，我都必须把孩子处理掉。"

"我们不要再争了！"我大喊道，"我需要医生，我现在就要给医生打电话！"

说时迟、那时快，弗洛一下子挡在我身前，从我的接生盘里拽出手术剪刀，跑到另外一个房间，剪断了电话线。她得意地瞥了我一眼。

"好了，你可以去大街上给医生打电话了。"

我可不敢出去，贝拉马上就进入第二产程了。孩子可能在我离开时生出来，等我回来，孩子也许已经被"处理掉"了。

又一次宫缩开始了，贝拉正在用力。她还在歇斯底里地大哭，但明显在用力。弗洛也开始哀号。

"闭嘴！"我冷冰冰坚定地命令道，"闭嘴，你给我出去！"

弗洛貌似被吓了一跳，停止了哭泣。

"现在，马上给我出去。我要接生孩子，你在场我什么也做不了，出去。"

她深吸了一口气，张嘴想说什么，可想了想离开了，悄悄把房门关上。

我转身对贝拉道："现在把身子转到左侧，按照我的吩咐做。宝宝几分钟后就会生出来。我可不想你体内出现撕裂或大出血，按照我说的做。"

贝拉乖乖照做了，分娩非常顺利。

宝宝浑身雪白，简直像第二个汤姆。他是汤姆的心肝宝贝，也深得那位骄傲的外婆的溺爱。明智的外婆一直把产房里的秘密烂在了肚子里。

我是唯一知道这个秘密的外人，直到此时此刻，我从未对别人说起过此事。

二十七

混血宝宝 II

史密斯家是伦敦东区一户普普通通的体面人家，夫妻关系和睦。丈夫西里尔是码头上技术娴熟的领航员，妻子桃瑞丝则在发廊工作，五个孩子都已上学。夫妻两人手头宽松，于是选择去肯特州的葎草① 采摘地度假。西里尔和桃瑞丝从小就喜欢这种度假方式，喜欢乡下清新的空气，喜欢与其他小朋友交朋友，喜欢能到处撒欢的空地和只要摘满一篮子葎草就能挣到零花钱的机会。人们年复一年从伦敦的不同地方来此度假，每年都碰到相同的人；

① 葎草，又称拉拉秧、拉拉藤、五爪龙等，多年生茎蔓草本植物。嫩茎和叶子可做食草动物的饲料。可入药。

大家成了朋友，年年于此相聚，加深友谊。

度假的人必须自带寝具、便携式气化煤油炉和做饭的炊具。每家住在小棚子或谷仓里，四周留下足够的空间，要在这里住两个星期。食物购自农场的商店。有些人则搭着帐篷露营。大人们在地里全天干活采摘葎草挣钱，大多数孩子也跟着大人一起干。20世纪50年代，人们已经摆脱了前几辈人的苦日子，不用为了被委婉地称为"工资"的区区一点钱拼死拼活操劳了。过去，孩子们也必须从早到晚和大人一起劳动，挣几便士贴补家用，帮助家里熬过冬天。采摘葎草同时也拯救了很多伦敦东区孩子的生活，日光照射可以避免患上佝偻病。

到了20世纪50年代，孩子们度假大多只是尽情玩耍，只有想到的时候才会去摘葎草。很多农场中有河流从中间穿过，这是孩子们最喜欢玩耍的地方。傍晚是这个临时社区的大好时光，人们在空地上点燃篝火，唱歌跳舞，打情骂俏，讲故事，几乎忘了自己本来住在城里，变成了纯粹的乡下人。

战争爆发前，每年采摘葎草的几乎只有伦敦东区人、吉卜赛人和流浪汉。战后，随着世界人口流动性的增强，农场里出现的人也多样化了。（随着机械化采摘葎草的出现，很多人每年的度假活动从此取消了）

桃瑞丝、西里尔和他们的孩子住在棚子里，占据了一块用粉笔为他们画好的不足一平方米的地方。农场给他们提供了稻草垫子睡觉，再加上便携式气化煤油炉和防风灯，一家人住得非常舒适。今年农场里出现了很多新面孔，有几户人家还来自西印度群岛国家^①，这着实出乎大家的意料。桃瑞丝起初与这些人保持着距离。她之前从未碰见过黑人或和黑人说过话，更别说和黑人睡在同一个谷仓里了。可孩子们依然和往常一样，很快就成了朋友。女人们见此情景友善地哈哈大笑，桃瑞丝很快也打消了顾虑。

事实上，这次度假着实让桃瑞丝和西里尔大开了眼界。他们之前从来不知道西印度群岛的人竟如此有趣。人们都说伦敦东区的人风趣，可跟西印度群岛的人一比，伦敦人反而显得太古板了。桃瑞丝和西里尔从早乐到晚，连辛苦的摘葎草的工作似乎也变得轻松起来。晚上他们的身体虽然疲惫，心中却充满期待。桃瑞丝会先离开田地给家人准备晚饭，然后和大家一起围坐在篝火旁。今年大家唱的是新歌曲。她从来没听过西印度群岛人的歌声，优美中透着悲伤的声音深深打动了她的心，激发了她心中无法言说的渴望。她和大家一起唱，发现原来音乐可以如此动人。西里尔不怎么喜欢音乐，从来没什么能让他张开嘴放声歌唱，他加入了另一群人，觉得这群人更对他的胃口。

欢乐永远是短暂的，两周之后大家都不想分开，可时间已到，大家都说这是他们人生中最快乐的假期，并希望明年再聚。孩子们也挥泪告别了自己的小伙伴。

他们又回到了一如往常的工作、上学、邻居和流言蜚语之中，肯特那次美好的度假也渐渐埋在了记忆之中。

---

① 西印度群岛是北美洲的岛群，原为土著居民印第安人的故乡。从 15 世纪末开始，相继沦为西班牙、英国、荷兰、法国、丹麦和美国的殖民地。长期的殖民统治使印第安人几乎被赶尽杀绝，从非洲贩运来的黑人及其后裔成为该区主要的劳动力，黑白混血种人形成了新的民族。

当桃瑞丝在圣诞聚会上宣布自己怀孕时，大家并不感到意外，她才三十八岁，有五个孩子还算不上大家庭。大家还说西里尔"只能算半个大人"，两人得到了大家的祝福。

桃瑞丝分娩是在某天清晨。西里尔在上班路上给我们打来电话，说桃瑞丝还能叫醒孩子，打发他们去上学，然后一位邻居会过去陪她一会儿。我大概在上午九点半抵达了他们家，家里一切井井有条，房子里干净整洁。婴儿用品也都准备妥当，干干净净。分娩需要的一切，像热水、肥皂等已准备就绪。桃瑞丝心情平静，心中充满期待。我到了之后，邻居就走了，说晚点再过来。分娩非常顺利，没用很长时间。

中午十二点时，桃瑞丝生下一个小男孩儿，看上去明显是个黑人。

第一个发现这点的当然是我，我不知道该说什么，也不知道该怎么办。我剪断脐带，用毛巾裹住宝宝，把他放在婴儿床里，然后等着取胎盘。这给了我一点儿时间思考：我该说儿什么吗？如果要说的话，说什么好呢？或者把宝宝递给她，让她自己看？我决定采取第二个方案。

第三产程一般需要十五分钟或二十分钟，趁着这点时间我抱起宝宝，把他放在桃瑞丝的怀抱里。

她沉默了半晌，道："他很漂亮，很可爱，看着他我就想哭。"

她的泪水默默涌出眼眶，顺着脸颊流下，她抱紧孩子，轻声呜咽。

"噢，他真漂亮。我那时没想到会这样，可我能怎么办？现在我要怎么办？他是我见过的最可爱的宝宝。"

桃瑞丝已然泣不成声。

我被这突如其来的问题给问愣了，但我还有工作要做。我说道："胎盘马上就要出来了。让我先把宝宝放回床上，就几分钟，等你分娩安全结束，给你洗过澡，我们再商量也不迟。"

她把孩子递给我，十分钟后分娩顺利结束。

我把宝宝又递给她，然后默默清理现场，觉得最好别说话。

桃瑞丝安静地抱着宝宝，亲他，把脸贴在宝宝的小脸上逗弄他。她举起宝宝的小手，动动他的小胳膊，过了好久，她说道："你知道吗，他的指甲是白色的。"

难道她期望用这个无用的借口来掩饰吗？桃瑞丝接着道："我们该怎么办？我要怎么办，护士？"

她心碎地啜泣着，说不出话，以一个母亲所有的爱，激动地紧紧抱着孩子，摇着他。

她的问题我无法回答，我能有什么好办法？

我继续做完手上的工作，确认胎盘完好无缺后，道："我要给孩子洗澡和称重，可以吗？"

桃瑞丝默默将孩子递给我，在我给小家伙洗澡的时候，她紧盯着我的一举一动，生怕我会把宝宝抢走似的。我觉得她心里一定清楚之后会发生什么。

我给宝宝称了体重，量了身高，小家伙真不小：重八斤多，高五十六厘米，身体健康。他绝对是个漂亮的宝宝，暗褐色的皮肤，头上已经长出细细的黑色卷发。鼻梁略凹，鼻孔张开，突显那又宽又高的前额。皮肤滑溜溜的没有一丝褶皱。

　　我把宝宝还给妈妈，道："他是我见过的最可爱的宝宝，桃瑞丝，你可以为他感到骄傲。"

　　桃瑞丝一脸绝望地瞧着我："可我该怎么办？"

　　"我不知道，我真不知道。你丈夫今晚下班回来，会以为这是他的孩子。他会要求看宝宝，你没法不让他看。我觉得他回来时应该有人陪你。你妈妈能过来陪你吗？"

　　"不，那会让事情变得更糟。他讨厌我妈妈。你能在这儿陪我吗？有你在最好。我害怕西里尔看到宝宝。"

　　她无助地抱紧孩子，似乎在保护他。

　　"我不知道我是否适合留下陪你，"我答道，"我只是个助产士。也许你需要一个社工，必须有人在这儿保护你和你的孩子。"

　　我答应会替她安排，然后离开了。

　　我想象得到，她会和宝宝一起度过一个开心的下午，她会亲他，抱着他，哄他入睡，用母爱和他形成无法割舍的联系，这是每个宝宝出生后享有的权利。也许她知道接下来将会发生什么，试图在短短几小时里将一生的爱都倾注给他。也许她正哼着她从篝火旁学到的西印度群岛灵歌哄他入睡呢。

　　我向朱丽恩修女汇报了情况，并告诉她我的担心。她说："你说得对，她丈夫看到孩子时必须有人陪着她。不过，最好是个男人。这个地区的社工都是女的。我去和社区牧师商量一下。"

　　最终，社区牧师没去，我们担心他去了反而会激化矛盾，而是派了一位年轻助理牧师从下午五点就待在桃瑞丝家里。

　　据助理牧师说，事情正如大家预料的一样。西里尔一脸错愕默默地瞧着宝宝，对着自己的妻子就是一记重拳，幸好被助理牧师拦下了。然后他又抓起宝宝，想把他摔到墙上，又多亏助理牧师才保住了孩子的命。西里尔对妻子说："如果这个孽种敢在这个家里待一个晚上，我就杀了他，还有你！"

西里尔双眼喷火，他真的会说到做到。"你给我等着，你这个贱人！"

一个小时后，助理牧师用柳条筐装着宝宝，手里提着一包宝宝的衣服离开了桃瑞丝家。他把宝宝送到了农纳都修道院，当天晚上由我们照顾。第二天，儿童福利院接收了他。从此母子再未相见。

二十八

混血宝宝 III

　　妻子过世时，特德已经五十八岁了。妻子得了癌症，特德在她生命的最后十八个月里尽心尽力陪在她身边。为此他辞了工作，妻子生病期间两人只靠积蓄生活。他们婚姻幸福，相亲相爱，互相为伴，并无子嗣，两人都不是特别外向或喜爱社交的人。妻子走了之后，特德孤苦无依。他几乎没有朋友，辞职之后，同事也差不多把他忘了。他从不喜欢去酒吧或俱乐部，也不打算近六十岁时再改变性格。他把房子收拾得干干净净，可鼓不起勇气收拾妻子的房间。每天随便填饱肚子，长时间出去散步，经常去电影院和公共图书馆，或听听收音机打发时间。他是个卫理公会教徒，每个星期日去教堂，也试着参加过教会的男人俱乐部，可不喜欢；最终他选择了

《圣经》学习班，这个倒是更对他的脾气。

一个孤独的鳏夫总能得到女人的安慰，这似乎是天经地义的事。如果同时还要抚养年幼的孩子，则更会博得女人的同情。女人们会排着队想向他和孩子展示她们的关爱。孤独的寡妇或离异的女人就没有这个好运气了。即便不是人人避之唯恐不及，也会觉得被大家有意疏远。男人们争先恐后献上爱和关心？那只存在于孤独寡妇的梦中。如果同时还有孩子，男人早就跑到一公里开外去了。她只有孤身奋战，苦苦挣扎，养活自己和孩子，生活往往意味着无穷无尽的艰苦工作。

温妮单身多久啦？已经久到她都不在乎了。她的丈夫年纪轻轻战死沙场，留下她和三个孩子。微不足道的救助金勉强能支付房租就已经不错了，又怎么能补偿她失去丈夫的损失呢？她在报刊亭工作，工时长且工作辛苦，每天从早上五点工作到晚上五点半。早上四点半就要出门去报刊销售商那里取报纸，然后打包、分类、上架。温妮的母亲每天早八点到她家，叫孩子起床，打发他们上学。也就是说，孩子有四个小时是独自在家，可这也无可奈何。温妮的母亲曾提议让他们搬去和她一起住，可温妮不忍连累母亲，谢绝了她的好意，说："等我应付不了再说。"他们一直也没搬过去，因为温妮是个什么事都能应付的人。

特德和温妮相识于报刊亭。特德已在温妮工作的报刊亭买了很多年的东西，温妮从未特别注意过他。直到特德逗留的时间完全超过了购买一份晨报正常的时间时，温妮和其他同事才开始注意到他。特德会先买份报纸，再瞧瞧其他报纸，然后浏览一下杂志栏，偶尔也买本杂志。接着拿起一条巧克力，在手里翻来覆去地瞧，随后叹口气，再把它放下，转而买了一盒忍冬牌香烟。同事对温妮道："那个怪家伙肯定有问题。"

一天，特德正拿着巧克力时，温妮好心上前询问有什么可以帮忙的。

特德道："没有，亲爱的。你帮不上我的忙。我妻子过去喜欢吃这种巧克力，我总买给她。她去年已经过世了。谢谢你的好心，亲爱的。"

两人目光相接，其中的同情和理解不言而喻。

自此之后，温妮总找机会和特德说上两句。一天，特德说："我今晚去看电影，一起去怎么样——如果您丈夫不反对的话。"

温妮道："我没有丈夫，我想我可以去。"

一件事连着另外一件事，不到一年，特德向温妮求婚了。

温妮考虑了一周。他们认识已有二十年之久。她喜欢特德，但不是爱。特德尽管并不那么有趣，但心地善良，是个好人。她向母亲征求意见，两个女人商量之后，温妮最终接受了特德的求婚。

特德欣喜若狂，两人在卫理公会教堂举办了婚礼。特德不想让新娘住在他和前妻生活了多年的老房子里，他把租的房退掉，改租了连栋的房子。温妮再也不用挤在抚养孩子长大的狭小公寓里，连栋房子正适合他们。对温妮来说，这房子简直像是一座宫殿。婚后几周、几个月过去，温妮心中渐渐充满了幸福，她告诉母亲，这次的选择没有错。

富有远见的特德年轻时就购买了保险，满六十岁就不用再出去工作了。温妮则不愿意放弃报刊亭的工作，这些年她已习惯了繁忙的工作，突然闲下来会让她发疯的。不过既然特德希望她多留在家里，温妮也设法缩短了工作时间。两人的生活美满快乐。

四十四岁的温妮月经突然停止了。她以为是绝经，并且觉得身体有点奇怪，但母亲告诉她，女人这时都会感觉怪怪的，让她不用担心。温妮继续在报刊亭上班，没有理会时不时的恶心。六个月后，温妮变重了。又一个月过去，特德发现温妮的肚子肿了。经历过前妻的癌症之后，特德对这个情况甚为关心，坚持让温妮去看医生，并陪她一起去了医院。

检查结果证明温妮怀孕了，而且就快生了。两人听了这个消息都呆住了。为何这么显而易见的原因他们从没想过？这已无可考证，事实是这完全出乎两人的意料，他们被这个消息搞得措手不及。

宝宝即将诞生，没给他们留下多少准备时间。温妮当天就不再去报刊亭上班了，并在农纳都修道院做了分娩登记。他们急匆匆布置了卧室，购买了宝宝用品。或许是购买婴儿车和小白床单深深触动了特德，一夜之间，他从一个手足无措、不知所谓的老头变成了兴高采烈、自豪满满的待产父亲，人仿佛一下子年轻了十岁。

温妮分娩了。我们安排了医生在场，因为时间太紧，我们几乎没时间为她做产前检查；另外温妮四十五岁，分娩时的年龄过大。

特德详细记下分娩所需要做的准备和建议，再没人比他准备得更细致、更充分了。他告诉温妮母亲不用过来帮忙，等孩子出生他会通知她。他搞到有关分娩和婴儿护理的书，一直读个不停。温妮开始分娩时，他给我们打来电话，声音里除了一丝焦虑之外，满是喜悦和期待。

医生和我几乎同时抵达了特德家。温妮刚开始分娩，时间尚早，我们决定由我一直陪着温妮直到分娩结束。医生检查过温妮，说先离开，晚上手术之前再来看下分娩进展。

我留下观察守候。我建议温妮不要总躺着，要适当活动一下。特德温柔地挽着温妮的胳膊，小心翼翼地带她在花园小路上来回散步。温妮其实可以自己走，可特德坚持呵护着她，并对两周前任由温妮向报刊亭飞奔而懊恼不已。我还建议温妮洗个澡。他们家有令人引以为傲的浴室，特德烧开水，小心扶着温妮进了浴室。他给她洗了澡，又小心地带她出来，帮她擦干身体。我建议温妮应该少吃点东西，特德就给她煮了一个鸡蛋。特德照顾妻子真是无微不至。

我瞧了瞧特德从图书馆借来的书：格兰利特·迪克—里德的《自然分娩》《玛格丽特·迈尔斯的助产术》《新婴儿》《积极的父母》《成长中的儿童》和《从宝宝到少年》。特德还真做足了功课。

下午刚过六点，医生回来了，温妮的分娩还没任何进展。鉴于温妮的年龄，如果第一产程超过十二小时，我们建议送温妮去医院。特德和温妮对此表示同意，但都希望最好不要去医院。

晚上九到十点，温妮宫缩渐渐频繁，力道也加剧了。我给她吸了麻醉混合气，让特德出去给医生打电话。

医生赶到后给她注射了一点镇静剂，我们坐下来等。特德客气地要给我们准备饭、茶、酒，只要我们需要尽管开口。

没等多久，午夜刚过，第二产程就开始了，不到二十分钟宝宝就诞生了。

一个小男孩儿，显然是有色人种。

医生和我，你瞧瞧我，我瞧瞧你，然后瞧着孩子的母亲，惊讶得哑口无言。我们三个人谁也没说话。这是我第一次知道，原来分娩时还会出现这种令人紧张不安的寂静。大家在想什么只有天知道，可我们心中肯定都在想同一个问题：特德看见孩子可怎么办？

还有第三产程等着我们呢，整个过程中房间死一般寂静。医生忙着检查妈妈，我给宝宝洗澡、检查和称重。他绝对是个漂亮的小家伙，黑黝黝的皮肤，弯曲的褐色卷发，漂亮到可以上杂志封面——前提是你希望看到的是混血宝宝。特德可不这么想，他正满心期待看到自己的骨肉。一想到之后可能发生的事，我忍不住闭上眼睛不敢再想。

一切结束且清理干净了。妈妈穿着白色睡衣，精神焕发。被白色毛巾包裹着的宝宝看上去漂亮美丽。

医生道："我觉得现在最好让丈夫进来吧。"

这是自宝宝出生后，房间里响起的第一句话。

温妮道："总要面对的。"

我下楼告诉特德，温妮平安生下一个儿子，他可以上楼了。

特德大喜道："是男孩儿！"他跳上楼梯，一点儿也不像年过六旬的老人，倒像二十二岁的小伙子，一步跨两个台阶，冲进卧室，抱住妻子和宝宝。他亲吻着怀抱里的两个人，道："这真是我这辈子最开心最自豪的时刻。"

医生和我对视了一眼。特德还没注意到哪里不对头，对妻子道："你不知道这对我意味着什么，温妮。我可以抱抱宝宝吗？"

温妮默默将宝宝递给他。

特德坐在床边，笨拙地搂着宝宝（所有刚成为父亲的男人抱宝宝时看上去都笨手笨脚的）。他久久瞧着他的小脸蛋，抚摩着他的头发和耳朵。他解开裹着宝宝的毛巾，瞧着他小小的身体。他摸着他的小腿，动动他的小胳膊，握着他的小手。宝宝脸一抽，咪咪小声哭了起来。

特德默不作声地盯着宝宝半晌，然后抬起头，一脸喜悦："我没见过太多宝宝，但我认为这绝对是世界上最漂亮的宝宝。我们给他起个什么名字，亲爱的？"

医生和我愕然盯着对方，谁也没说话。他竟然没注意到，这可能吗？刚刚貌似紧张得无法呼吸的温妮被特德的突然一问吓得深吸了一口气，道："你做主，特德。亲爱的，他是你的孩子。"

"我们叫他爱德华吧，那是我们家过去用过的名字。我爸爸的祖父就叫这个名字。他是我的儿子。"

待特德一家三口其乐融融地坐在一起，我和医生离开了。出了门，医生道："有可能特德还没注意到。黑皮肤的孩子在出生时颜色浅，这孩子显然只有一半黑色基因，甚至可能更少，他的亲生父亲可能也是混血后裔。不管怎样，肤色会随着孩子长大变得越发明显，特德总有一天会发现，并开始质疑的。"

随着时间的推移，特德并没注意到，或者说不管怎样，貌似没有注意到。温妮一定提前和母亲及其他女性亲戚打了招呼，让她们在特德面前不要提孩子的肤色，大家也确实做到了守口如瓶。

六周后，温妮又回到报刊亭兼职。特德每天有更多时间陪着宝宝，承担起大部分抚养孩子的责任。他给宝宝洗澡喂饭，骄傲地用婴儿车带他出门，逢人便打招呼，让他们欣赏"我的儿子"。随着宝宝渐渐长大，他总陪着宝宝一起玩耍，为他发明各种学习游戏和玩具。十八个月大时，孩子显得比同龄人聪明得多。瞧着特德父子深厚的感情，令人心情愉快。

宝宝上学时，活脱脱就是一个黑人了，可特德似乎依然没发现。他现在的朋友比之前多了很多，这大半要归功于他总带着孩子四处转，通过这个聪明漂亮的小男孩儿认识了更多人。他总自豪地向别人介绍"这是我儿子"。孩子也同样以自己的父亲为傲，当然是以孩子的方式，孩子会紧紧握住呵护他的那双大手，盯着父亲的黑色大眼睛里透着喜欢。在学校里，他总说"我爸爸"，那语气好像特德是个国王一样。

特德此时已步入七十岁，每到孩子放学他丝毫不在乎和几乎比他年轻五十岁的年轻妈妈一起候在学校门口。只有两三个黑人或混血小孩从学校里出来，跑向等候他们的黑人妈妈，其中有一个会冲进特德的怀抱，嘴里大喊"爸爸"。

"今天我们去码头，儿子，"他亲吻着儿子道，"今天上午来了一艘巨大的德国船，有三个烟囱，这可不多见。等回家妈妈的茶也就准备好了。"

他似乎依然没有注意到。

当然，特德的邻居和认识他的人难免会窃窃私语或背后说三道四，但没人当着特德面说什么。至多不过暗地里讥笑道："再没有比这个老傻瓜更傻的人了。"其他人听了哈哈大笑，附和道："你说得没错。"

对此我有我自己的看法。

俄罗斯东正教有一个说法是"聪明的傻瓜"。意思是世人眼中的傻瓜，其实是上帝眼中的智者。

我觉得从看到宝宝第一眼起，特德就知道他不是自己的骨肉。他一定也深感震惊，但他控制住情绪，坐在那里抱着孩子思考了良久。他考虑的是将来。

他当时清楚，质问孩子的生身父亲，代表孩子令他蒙羞，这可能会彻底断送他的未来。他抱着孩子，意识到任何类似举动都会毁了他的幸福。也许他明白自己在性方面无法满足像温妮这样独立自主、精力充沛的女人。也许当时有个天使在他脑袋里告诉他，最好什么都别问。

于是他作出了一个最令人意想不到又最简单的决定：做一个视而不见的"聪明的傻瓜"。

二十九

午餐会

"没门，吉米，你想都别想。你和迈克不能在农纳都修道院的锅炉房里过夜。我也许可以对医院的负责人撒谎，但我绝不会欺骗朱丽恩修女。另外，我不相信你的鬼话，才不相信你们又走投无路了。我觉得你就是想跟其他男孩儿子吹嘘，说你们在女修道院睡过！"

吉米和迈克看上去有点垂头丧气。他们一直劝我喝酒，对我说甜言蜜语，满以为我会相信他们一堆的鬼话，说什么又不走运，手头没钱了，问我能不能偷偷从后门放他们进农纳都修道院。男人有时真蠢得可爱。

今晚过得很愉快——忘掉每天繁忙的工作，放松一下。啤酒味道不错，大家相谈甚欢，可我该走了。回伦敦东区要走不短的路，晚上十一点一过，公共汽车就不多了，明天早上还要六点半起床，迎接繁忙的一天。我站起身，突然一个想法蹦到我脑子里，毕竟让眼前这两位男士失望我有点于心不忍。

"不过，你们想不想星期天来修道院共进午餐？"

刚还沮丧的两人一听立刻来了精神，忙不迭地点头答应。

"好吧。我要先征求朱丽恩修女的同意，然后打电话给你们，确定时间。我现在必须走了。"

第二天，我把这个主意讲给朱丽恩修女听。她之前听说过吉米，就是凌晨三点我去布莱顿海滩游泳，早上十点才赶回来上班那次。朱丽恩修女马上同意为男孩儿们举办一次午餐会。

"那样很好。来这儿的经常是退休的传教士或到访的牧师。几个可爱的年轻男孩儿来做客大家肯定喜欢。"

修女将日子定在三周后的第一个周日，那天没有其他客人来访。我打电话给吉米告诉他日期。

"你觉得修女们会欢迎三个人吗？艾伦也想去。他感觉说不定有料可挖。"

艾伦是名记者，刚加入英国新闻界，正想方设法闯出点名堂。我完全确定对朱丽恩修女来说在长餐桌旁加把椅子并不是难事，但我完全不确定艾伦能否在午餐时挖到他想要的"料"。不管怎样，年轻记者都志存高远——不撞南墙不回头。

听说三位年轻男士星期日要来参加午餐会，农纳都修道院的女孩儿们激动不已。我们都是"名花无主"的单身护士，每周七天忙得连轴转，很难遇到可心的男士。大家对这次午餐会充满了期待。

我饶有兴趣地幻想过这次午餐会的情景。男孩儿们会怎么看我们？他们如何应对修女，尤其是那个莫妮卡·琼修女？如果艾伦真能挖到故事，写成报道，读起来一定非常有趣。

午餐会的日子到了，当天天气温暖，阳光明媚，我们负责的孕妇预计今天都不会分娩，否则就办不成午餐会了。人人都面露兴奋之情。如果那几个年轻人知道有这么多女士为他们的到来心潮澎湃，肯定会沾沾自喜，得意扬扬。哦，不，也许不会。说不定小伙子们以为这是理所当然的，自认为有勾魂摄魄的魅力呢。

大约十二点半，客人到了农纳都修道院，修女们刚好去小礼堂做午祷去了。

我打开门，男孩儿子看上去个个干净整洁，身穿灰色西服，新洗过的衬衫，皮鞋擦得闪闪发亮。我从没在周日早上见他们穿戴这么整齐过。显然，这些经常出入社交场合的年轻人从没参加过修道院的午餐会，所以有点拘谨。

我们行了亲吻礼，比往常正式——没有搂抱，没有大笑，也没有互开玩笑——只是一个正常的亲吻，一句客气的"你好吗"和"来的路上顺利吗"。

我有点不知所措，不知该说什么打开场面。人和人相熟往往是在某个特定环境下，离开熟悉的环境，会发现对方好像变了一个人。我和吉米打小就认识，可和其他人都是在酒吧认识的。所以我尴尬地站着，不知该说些什么，心想举办午餐会也许不是个好主意。男孩儿们也尴尬得无所适从。

辛西娅救了大家。不知为何，也不知道她是怎么做到的，关键时刻只要她一出场，问题就会迎刃而解。她走上前，脸上带着温柔的微笑，刚才还紧张的气氛不但瞬间不见了，还令人觉得心里暖暖的。辛西娅一张口，舒缓性感的声音就把几位男士的魂勾住了。她不过说："你们一定就是吉米、迈克和艾伦吧？真是太好了——我们都盼着你们呢。现在说说，你们哪位是哪位？"

她的魔力到底是来自她说话的方式，含着笑意的大眼睛，还是她欢迎时自然不做作的热情呢？男孩儿们一定遇到过很多更漂亮、故作妩媚的女孩儿，可他们很少，也许从没遇到过有这种声音的女孩儿。他们显然都被辛西娅迷住了，三个人同时向前自我介绍，撞到了一起。辛西娅见状哈哈大笑。尴尬的场面就这样被化解了。

"修女们马上过来，先到厨房喝杯咖啡吧，我们可以先聊一聊。"

咖啡、神酒、仙肴？他们迫不及待地跟过去，仿佛什么东西只要和这个女孩儿沾边就会变成天上之物。我则被忘在了身后。谢天谢地，我如释重负地长出了一口气。午餐会看来会成功的。

B太太既没有如花的美貌，也没有动听诱人的声音。"你们不要弄脏我的厨房，我还要准备午餐。"

吉米赔着笑脸，信誓旦旦保证道："不用担心，夫人。我们不会弄脏这漂亮的厨房的，是不是，小伙子们？厨房真大，这味道闻起来香极了！我猜都是您自己做的，对吗，夫人？"

B太太鼻子一哼，不信任地瞧着吉米。她的儿子也像他们一般大，她对男孩儿们的奉承已有免疫力了。"你们最好记住我的话，都给我小心点。"

"噢，我们肯定会小心的。"迈克保证道，眼睛一直盯着正在往水壶里装水的辛西娅。辛西娅打开水龙头，厨房四壁上的水管马上呜呜作响上下乱颤。她大笑道："这就是我们的供水系统，你们习惯就好了。"

"噢，我会习惯的。"迈克热情洋溢地说道。

辛西娅听了哈哈一乐，面露红晕，抬手将落在面前的一缕头发捋到脑后。

"让我来。"迈克殷勤地从辛西娅手中接过水壶，将它放在炉子上。

这时，查咪突然出现在厨房门口，她正埋头看着《泰晤士报》。

"伙计们，你们知道彬琦·宾厄姆—宾豪斯终于要结婚了吗？这真是太好了！她妈妈肯定乐坏了！他们还以为她一辈子要做老姑娘了。老彬琦好样的，嚯嚯！"

查咪抬头瞧见男孩儿，脸腾地一下就红了，握着报纸的手猛地向后一缩，撞在橱柜上，柜子里的杯子被撞得乱颤。报纸卡在几个碟子中间，查咪一拉，碟子掉到地板上，摔得粉碎。

B太太冲过来，大吼道：

"你这个毛手毛脚……你——你——你给我从厨房出去，你这个笨手笨脚的……你！"

可怜的查咪，她总是这样。社交对她来说就是一场噩梦，尤其有男人在场时，她就是不知道该和他们说什么，也不知道该怎么做。

又是辛西娅出来救场，她抓起畚箕和扫把，道："没关系，B太太。幸好都是有裂纹的盘子，反正也要扔的。"

辛西娅把碎片扫到一起。迈克趁着辛西娅弯腰的时候，盯着她小巧的屁股欣赏。

查咪尴尬地站在门口，张口结舌，不知该说什么。我让她过来和我们一起喝咖啡，可她满脸涨得通红，嘟囔着要上楼，午餐前要先洗手什么的。

男孩儿们惊奇地你瞧瞧我，我瞧瞧你，在女修道院吃午餐本就是新奇事，没想到还瞧见一个女巨人打碎碟子，这真出乎他们的意料。艾伦掏出笔记本，在本子上狂乱地涂写起来。

这时传来了小礼堂的钟声，稍后听到修女的脚步声。朱丽恩修女快步走进厨房，个子矮小、身材圆润的她像位慈母。她一脸欣喜地瞧着男孩儿，伸出双手。

"总听别人说起你们，这次终于见到你们了。B太太为你们准备了烤牛肉和约克郡布丁，稍后还有苹果派。不知道你们喜不喜欢？"

三位年轻的小伙子衣着时髦、精于世故，在修女面前却好像正从最喜爱的阿姨手中拿糖果的三个小孩子。

我们进了餐厅，开始做餐前祷告，男孩儿们饶有兴趣地互相瞧瞧，扭捏地跟着念了声"阿门"。我们在大方桌前坐下，B太太推着午餐小车过来。依然由朱丽恩修女分发食物，特里克茜拿着盘子跟在后面。

艾伦是个特别酷的帅小伙。五官端正，皮肤光滑，黑色卷发，长长的睫毛下温柔的黑眼睛是女孩儿的杀手。我和他见过几次，瞧着女孩儿们一窝蜂围着他祈求他能多看一眼时，我发现他只把她们当作取悦自己、可以随意抛弃的玩具。他自认为是"意见领袖",有剑桥大学哲学系的金字招牌在身,尽管刚来到世间没多久,就已形成了自己的人生观,当然是二手的,从前人那儿借鉴得来的。在众生遇到的苦难和困惑的衬托下,他心生骄傲,认定自己高人一等,自认为智力超群。我觉得他确实聪明,但谈不上超群。此刻,艾伦桌旁摆着笔记本和钢笔,这么做很没有礼貌,可他一点儿也不感到羞愧。他是来工作,不是吃饭做客的。

艾伦被安排坐在莫妮卡·琼修女身旁,对这一安排他有点恼火,也许他觉得莫妮卡·琼修女太老了,无法拜倒在他的文章之下。他想和伯纳黛特修女坐在一起,跟她谈谈全民医疗保健制度对旧医疗制度的影响。他不是轻易放弃目标的人,隔着桌子对伯纳黛特修女说道:

"鉴于修女为上帝服务,而国家已接手助产士的工作,你们现在如何看待助产士的角色,是不是认为自己在为国家服务?"

这个问题可不是随口问的,艾伦早有预谋,他想在文章里突出宗教无用这一观点。这能勾起编辑的兴趣。

伯纳黛特修女正开心地吃着约克郡布丁,被艾伦问得措手不及,她想了足有十秒钟要如何得体地回答这个问题,这时莫妮卡·琼修女突然站了出来。

"人类的智慧微不足道,犹如一盘散沙。国家为所有人服务,而这个仆人要比生命分化而成的不同有机个体更聪明。你如何看待自己的角色,认为自己是四十二位死神审判者[①] 中的一位吗?"

---

① 出自埃及的《死亡之书》。按照书中所说,人死后会进入裁决厅,接受四十二位死神审判者的裁决,每位审判者代表着一种罪行,受审者要证明自己没有犯过对应的罪行,通过四十二次审判的人就可以进入天堂。

"什么？"艾伦停止吃饭，目瞪口呆，手里举着叉子。

"嗯，这个……我是说……你说什么？"

"请不要对我这样挥叉子，年轻人。放下！"莫妮卡·琼修女厉声道。她高傲地盯着艾伦："在你如此无礼，差点把叉子捅到我耳朵之前，我们正在探讨由各中枢融汇而成的一个自由人的认知问题。桌子上那是什么东西？让我们听从上帝的旨意，顺其自然。心灵的静修是个孤独的过程。还有烤土豆吗？给我一个软乎点的，再来点洋葱肉汤，拜托。"

莫妮卡·琼修女递过自己的盘子，瞥了一眼艾伦，显然对他的无礼感到不悦，但依然和艾伦继续探讨。

"你是如何提升自我认知的，独一无二的圣灵或宇宙的映像？"莫妮卡·琼修女客气地问道。

一桌子的人都盯着艾伦，瞧着他搜肠刮肚在想如何作答。我心里乐开了花，这真比预想的还有趣。

"我真不知道，我从来没想过这个问题。"

"噢，现在开始想想吧。你们这些聪明的年轻人必定以为思想越有冲击力，就越显得身体各中枢释放的活力充沛，思想应当是登高博见的共鸣，是权衡利弊后的折中。我真不敢相信，你竟没反思过自己的思想。每个伟大之人有义务反思智慧的不凡之处，或者用简单的话来说，就是在对方有可能听不懂的情况下，反思奇妙的观念对听者所造成的影响。你说对不对？"

迈克忍不住扑哧笑出了声，辛西娅悄悄捅了他一下。特里克茜几乎被噎住，将豆子喷到了桌对面。吉米和我互相看了对方一眼，暗暗笑开了怀。可怜的艾伦发现大家都盯着自己，竟然难得地脸红了。

莫妮卡·琼修女嘴里嘟囔着，像在自言自语，但声音大到所有人都听到了："多好啊。老到无所不知，小到知羞知臊。各有各的好。"

随后，她把全部注意力都放在了烤土豆上，完全忘了艾伦。

朱丽恩修女乐呵呵地瞧着大家："谁还想再来点烤牛肉？我确定 B 太太锅里还有约克郡布丁。迈克，你好像切东西不错，谁再想要，你来给大家切，如何？"

迈克拿过切肉刀，兴奋地磨磨刀，将牛肉切成漂亮的几份。B太太又拿来一份约克郡布丁，还冒着热气。男孩儿们带来了酒，大家找了几个玻璃杯。我们通常中午不喝酒，但朱丽恩修女说今天日子特殊，不用循规蹈矩。修女们喝着杯中酒，咯咯咯笑得像学校的小女孩儿："哦，真不错——太美味了——你们必须再来做客。"

吉米和迈克光彩照人，这要归功于他们非凡的魅力和社交手腕。午餐会获得了巨大成功。连伊万杰琳修女都放下架子和吉米放声大笑。确实，和亲爱的吉米在一起，想不笑都难，我心中暗道。只有查咪安静地坐着，看上去没有不开心，只是小心谨慎，害怕一不小心把玻璃杯中的酒碰洒，或是把碗盖碰飞，所以不敢纵情欢乐，但也一直面带微笑，似乎自得其乐。

唯一不开心的人就是艾伦。事实上，他很恼火。朱丽恩修女几次试着让他和大家一起聊天，可他毫不领情。他觉得自己被一个九十岁的修女搞得像个傻瓜，他不准备宽恕她，或者不准备宽恕所有人。据说，他那天回去后并没有写任何文章。

让我深感不安的是，迈克突然提起在护士学校烘干室住了三个月的事，说他们如何在漆黑的冬天，每天必须爬两次一点儿也不牢靠的防火梯的故事。我早已离开那家医院，不用担心被开除，可我担心朱丽恩修女会怎么看待我的罪过。我瞥了一眼朱丽恩修女，瞧着她因为喝酒略微泛红的脸庞，我悄悄松了口气。修女瞧着我哈哈大笑。

"你太冒险了。我记得他们在圣托马斯医院一个护士的卧室抓到一个年轻人，那个女孩儿马上就被开除了。很可惜，她是个不错的护士。然而，几个月后，清洁用具橱柜——或是洗衣房里，我记不清了——又发现四个男孩儿，这次最终也没查出是谁干的。那样也好，天知道有几个护士会因此丢了工作。那时是战前，我们需要尽可能多的职业护士。"

布丁端上桌，朱丽恩修女起身给大家分发布丁。我突然听到对面桌传来奇怪的动静，我顺着动静望过去，大吃一惊，是伊万杰琳修女正在大笑。事实上，她笑得太猛都噎住了，正用手帕捂住嘴。吉米好心地给她轻轻拍背，递给她一杯酒。伊万杰琳修女一口喝掉酒，身体坐直，擦擦双眼和鼻子，一边咳嗽，一边咯咯笑，嘴里嘟囔着："哦，天啊。笑死我了……我想起过去当……噢，我永远都记得……"

吉米马上又耐心地拍着她的背，修女似乎感觉好些了，不过头巾歪到了一边。

我们大家都想一探究竟。之前从没在修道院见伊万杰琳修女笑成这样，都快抽筋了，这显然和在护士卧室被抓的年轻人的事有关。

"什么事这么好笑？快给我们讲讲。"

"快点，别扫兴。"

朱丽恩修女也感兴趣地停下，手里拿着分发食物的勺子。

"噢，讲讲吧，修女。你不能把大家的胃口都吊起来又不说。发生了什么事？吉米，再给她来杯酒。"

可伊万杰琳修女不能或是不想说。她擤擤鼻子，擦擦眼泪。咯咯笑，咳嗽，就是闭口不谈，只是淘气地对大家咧嘴一乐。伊万杰琳修女咧嘴笑了，还是淘气的样子，这真是太阳从西边出来了。

莫妮卡·琼修女一直瞧着眼前的一幕，眼睛半闭，嘴角浮起一丝浅笑。我不知道她此刻正在想什么。不过伊万杰琳修女现在看上去显然一团糟，头巾歪在一侧，满脸涨得通红，两个鼻孔潮乎乎的。我担心莫妮卡·琼修女会对伊万杰琳修女冷嘲热讽，伊万杰琳修女似乎也是这么想的，她正提心吊胆瞧着这个总令她痛苦的人。可我们都错了。

莫妮卡·琼修女等大家的笑声散去，以一个演员的本能恰到好处地充满戏剧性地缓缓朗诵道："噢——我绝不会忘记我们共度的时光，我将铭记吾心，永不后悔。"

她停了一下以加强效果，然后俯身趴在桌子上，对桌对面的伊万杰琳修女眨眨眼，接着用舞台上那种所有人都能听见的低语，神神秘秘地说道："别再说了，亲爱的，一个字也不要再说了。这帮好打听的人，聒噪啰唆，唠唠叨叨。别理会他们无聊的好奇，亲爱的，那只会让你的回忆不值钱！"

她盯着伊万杰琳修女的双眼，又眨眨眼，目光热切，还好像知情。这是真的吗？我是不是在做梦？难道灯光晃了我的眼？伊万杰琳修女竟然也对着莫妮卡·琼修女眨了眼？

伊万杰琳修女最终也没说，我敢说她会把那个故事锁在心里，一直带到坟墓里去。

布丁是彰显 B 太太独创性的大师之作。莫妮卡·琼修女吃了两份冰激凌加巧克力奶油酱，还吃了一点苹果派。她吃得心满意足。

"我记得有一个年轻人被关在夏洛特皇后医院的衣柜里，"莫妮卡·琼修女回忆道，"他被关了三个小时。本来一切顺利，谁也不会发现他，可这个傻瓜借了他父亲的马，把马拴在医院的栏杆上。你可以在衣柜里或床下藏个年轻人。但我现在问你，你能藏下一匹马吗？"

趁莫妮卡·琼修女停下来，我意识到这些回忆应该是 18 世纪 90 年代的事。后来怎么样了，莫妮卡·琼修女记不起来了。

"我只记得马拴在栏杆上。"

真可惜！生活如白驹过隙，历史又如此丰富多彩。我想听更多的故事。莫妮卡·琼修女此刻头脑正清醒，说不定一会儿就糊涂了，我问她，她是否觉得严苛的护士规章制度令人难以忍受。

"完全没有。在摆脱了家族的管制和束缚之后，护士生活对我来说意味着自由和冒险。我们当时可不像你们现在这样，你们这些年轻人多无拘无束。那时大家都活在条条框框中。我还记得我堂兄巴尼的故事。他母亲，我的阿姨，有一个法国女仆。一天——是大白天，亲爱的——我的阿姨走到阳台上发现法国女仆坐在椅子上，巴尼跪在地上，正在给女仆粘鞋，只是鞋。"

莫妮卡·琼修女停下，瞧瞧我们。

"不是裙子或其他东西，只是鞋。据说我阿姨尖叫了一声就晕倒了。那个女仆马上被开除，家族感到蒙受了极大的耻辱，他们给了巴尼十英镑（约合现在人民币 88 元）和一张去加拿大的单程票。从此再也没有看到或听到过他。"

迈克猜测说被送到加拿大也许对巴尼来说是最好的结果了。莫妮卡·琼修女听了这话若有所思了半晌，才答道："我想可能是的，但可怜的巴尼也可能因为饥饿或疾病死在加拿大的冬天了。"

这个想法很合乎情理，说明她还没糊涂。我让她再多讲点故事，她宽容地对我笑笑。

"我来不是为了给你们讲故事的，亲爱的。我来是因为上帝的旨意。已经过去了四个二十年，再加上一个十年。二十年真是太长……太长了。"

她沉默了足有一分钟，大家都不敢出声。她一生中曾见识和做过太多事情——年轻时争取独立；步入中年时开始信奉上帝；战时做过护士；近八十高龄还在伦敦码头区做助产士。这种人生经历有谁能媲美？

莫妮卡·琼修女美丽的眼睛中闪现出些许欢愉、些许迷茫，她瞧着桌旁的我们，那么风华正茂，那么年少轻狂，见识浅薄。她的双肘支在桌上，下巴放在修长的手指上。我们都出神地瞧着她。

"你们真年轻，"她沉思道，"青春是春天最先盛开的漂亮花朵。"

她抬起头，对着我们伸出那双手。脸上神采奕奕，双眼闪亮，声音中透着欢欣鼓舞。

"所以……歌唱吧，亲爱的！放声歌唱吧！在你的花瓣凋零之前，用歌声迎接下一个春天的花朵。"

三十
烟雾

　　孔奇塔·沃伦即将迎来她的第二十五个宝宝。过去一年里，我常和沃伦家人见面，因为丽兹·沃伦是我的"御用"裁缝。她是沃伦家的长女，今年二十二岁，从她得到人生第一个洋娃娃就开始了其裁缝生涯。成为裁缝是她的梦想，她是这么告诉我的。十四岁离开学校后，她直接去高档裁缝公司当了学徒，并一直工作到现在。她一般不带自己的客户去家里，因为家里乱哄哄的，无法让女士们在家里试衣服。我则不同，她的家我常去，所以这对我们来说都不是问题。她是个很棒的裁缝，喜欢给我做衣服，一做就是很多年。

　　我喜欢时装，在衣服上面花了不少时间和心思。我对成衣不屑一顾，我穿的衣服都是量身特别定制的。现在，定制衣服不常见，价格也贵得离谱，20世纪50年代则完全不同，定制衣服特别便宜。自己做高档衣服的价格只有高级时装店售价的几分之一。在市场上能买到漂亮的料子，价格低到让你想放声歌唱。我一般自己设计服装或借鉴别人的灵感。住在巴黎时，我会参加伟大法兰西的时装秀——如大牌迪奥、香奈儿和斯奇培尔莉①的时装秀。当然，巴黎时装秀的开幕只有媒体和特别有钱的人才能参加，但两三周后，等一切热闹过去，依然会有时装秀，大约每周两次，任何人都可以参加。我喜欢去看时装秀，经常会记特别详细的笔记，把我觉得适合自己的服装画下来，然后自己做。

唯一的问题是要找到一个能自己做样板衣的优秀裁缝。丽兹正是理想的人选。她不但自己做样板，还是个有品位的时装设计师，经常在衣服的选择和裁剪上给我出主意或进行改进。我们年龄相仿，简直是最好的搭档。

一次去找丽兹，她哭笑不得地告诉我，她妈妈又怀孕了。我们一起猜孔奇塔还能再生多少个孩子。孔奇塔的准确年龄谁也不知道，应该在四十二岁左右，她有可能再生六到八个宝宝。从过去的经验来看，我们估计她可以生三十个宝宝。

孔奇塔又在农纳都修道院做了分娩登记，要求产前家访。因为之前她的分娩就由我负责，所以修道院安排我继续负责。孔奇

---

① 由伊尔莎·斯奇培尔莉（Elsa Schiaparelli）创建的时装品牌，第二次世界大战后不久关闭。她被认为是20世纪最有名的服装设计师之一，代表作品有高跟鞋、帽子、龙虾裙等。

塔身体依然非常健康，看上去神采奕奕，直到怀孕第二十四周才看出怀孕的迹象，当然这次预产期又无法确定。她最小的女儿才刚一岁。伦恩忙前忙后，兴奋不已，就像这只是他的第二个或第三个孩子。

那年冬天，天气异常寒冷，到处结冰。城市上空因为降雪而乌云密布，此外蒸汽火车、蒸汽引擎、国际货轮以及大部分都在烧煤的工厂冒出的大量的烟都散不出去，整个伦敦笼罩在浓浓的烟雾①之中。现今的人们没见过那种烟雾。雾浓得像化不开，散发着难闻的味道，深黄灰色。即便在白天，目之所及最远不超过一米远。交通几乎完全陷于停滞。驾驶交通工具的唯一方法是有人走在前面，手拿两盏明灯——一盏用来照亮前面的路，另一盏用来为后面的交通工具引路。那个时代，烟雾成了伦敦冬天的标志，要等气压升高，烟雾才能散去。

孔奇塔一定是去后院做什么，或是被冰滑倒了，或是因为大雾中目不视物，被东西绊倒了。总之，她一定因狠狠摔了一跤导致了脑震荡，她在冰冷的水泥地上躺了很久。在家里的都是不到五岁的小宝宝，所以当稍大的孩子放学回来才发现她。她清醒了过来，在不到十一岁的孩子的帮助下，爬回了屋里。有迹象显示，她之前也曾试图爬回屋里，可因为雾太浓，爬反了方向，反而离屋子越来越远。她没有被冻死简直是个奇迹，不过身体情况很糟糕。小孩子去找邻居帮忙，邻居用毯子裹住孔奇塔，给她喝了热水和威士忌。下午四点之后，大孩子们回到家才知道妈妈出了事。

_____

① 烟与雾的混合物，常见于某些重工业城市。

伦恩和年龄大的儿子们是最后回来的，他们在骑士桥干活，回家需要两个半小时。

当天晚上，孔奇塔分娩了。

晚上大约十一点半，农纳都修道院接到电话，孔奇塔由我负责，所以电话打给我。我听了大吃一惊——首先是因为孔奇塔的早产，其次是因为这恶劣的天气。我要如何找到路赶去莱姆豪斯区？跟我通话的是孔奇塔家稍大的孩子，他简单地跟我说了情况。我的第一个问题是："你给医生打电话了吗？"他说打过了，可医生出门了。"你必须继续打，"我说道，"因为你的妈妈可能生病了。如果她有脑震荡，挨冻时间过长，说不定需要救治，而不只是分娩。再给医生打，他赶过去可能有困难，我这边也是。"

我放下电话，望着窗外，什么也看不见。浓浓的灰雾正绕着窗框打转，试图钻进屋子里来。想到孔奇塔现在的情况，还有要在这样的天气出门，我不禁打了个寒战。这时，河船和码头里的船的汽笛声听着像空洞的呻吟。

我们已经三天没出过门了，都希望并祈祷雾散去前千万不要有人分娩。这个问题太棘手，我一个人无法处理。

我上楼来到修女所住的楼层，去找朱丽恩修女。修女们通常九点上床睡觉，每天早上四点要上第一次日课，十一点半正相当于她们的深更半夜。可我只轻轻敲了一下门，朱丽恩修女就醒了。

"谁啊？"修女问道。

我报了我的名字，说孔奇塔·沃伦早产了。

"稍等。"

三十秒后，朱丽恩修女开门出来，关上房门。她身上穿着一件粗糙的棕色羊毛睡衣，令我吃惊的是她的头巾，难道她睡觉时还戴着头巾？我心中快速闪过一个念头，那一定特别不舒服。

现在不是考虑修女睡觉习惯的时候。我简单扼要地把电话里的情况告诉了朱丽恩修女。

她想了想，道："莱姆豪斯在五公里之外，你可能赶不过去。而且我和其他助产士跟你去也没有意义，多一个人也和一个人一样，容易迷路，必须让警察陪你去。现在去给警察打电话求助，上帝保佑你，亲爱的。我会为孔奇塔·沃伦和她肚子里的孩子祈祷的。"

听到朱丽恩修女说会为我们祈祷，我的心好像立刻平静了，不再感到紧张焦虑，充满自信。我渐渐开始对祈祷的力量心存敬意。一年前，我还觉得祈祷是个笑话，是什么令我这个倔强的年轻姑娘的思想发生了转变呢？

我给警察打电话，告诉他们事情紧急。警察说去那里最安全的方法是步行，但骑自行车去最快。警察说道："无法派车，因为最远只能看到引擎盖，我们会派人在前面给你带路，另外再派人骑车保护你。"

我告诉他们我十分钟后就可以出发。我的助产包已经准备好了。我现在只担心孔奇塔——孩子只有二十八周，很可能保不住了。我冒着浓雾在车棚里找到车子，把助产包放到车上着实费了一番工夫，但不到十分钟我已经候在农纳都修道院门前，可以出发了。

两位警察很快赶到修道院，他们的自行车前后挂有强力探照灯，能照到一米远。一位警察在前面带路，让我跟着他，我贴着马路边前行；另一位警察骑车跟在我身侧。我们向莱姆豪斯赶去，速度惊人，因为路上一辆车都没有。

五十多年后回想此事，骑着自行车，以大约十迈的速度赶去给人紧急分娩，似乎听着很滑稽，但到今天我也想不出更好的方法。在几乎目不视物的情况下，即使开着速度最快的警车又有什么用？

不到十五分钟，我们就赶到了沃伦家。我自己一个人处理不来，所以警察说他们会等我，以防我万一需要他们帮忙。沃伦家几个女孩儿带着警察去厨房喝茶了。

我上楼去瞧孔奇塔，她看上去让人害怕，面色惨白如纸，两眼下有红色的血渍，人正在呻吟。我给她测了体温，快到40℃了。一开始没测到脉搏，又仔细测了下是每分钟120次，时断时续，血压几乎感觉不到，呼吸浅而急促，每分钟大约呼吸四十次。我默默观察了几分钟，宫缩开始了，强劲有力，孔奇塔痛苦得面容扭曲，嘴里发出一声尖利的呻吟。她双眼圆睁，可我觉得她其实什么都看不见。

伦恩抱着妻子摇晃，脸上痛苦的表情令人心碎。他抚摩着她的头发，对她轻声低语，可孔奇塔似乎完全感觉不到，也听不到。丽兹也在房间里

我询问医生的情况，伦恩打了电话，医生还没回来。电话被转接给另外一名医生，他也出去看病了。那时所有医生都很忙，伦敦的烟雾可是臭名昭著的杀手。

我说我们必须尽快送孔奇塔入院。

"她的情况有那么严重吗？"伦恩问道。

人们在面对厄运时的故意视而不见简直令人震惊。在我看来，孔奇塔已危在旦夕，这是再清楚不过的事了，尤其是如果分娩时再出现任何并发症。可伦恩却好像意识不到有多危险。

我去找警察说明情况。一名警察说他会给医院打电话。另一名警察准备去找医生，如果能找到的话，他会陪医生赶过来。可救护车如何赶过来，再返回医院，大家都没想到好主意。

我回到孔奇塔身边，把分娩所需的东西摆好。看来这次我必须一个人面对即将早产、病情严重、生命有可能危在旦夕的女人了。

这时，我突然想起朱丽恩修女正在给我们祈祷。刹那间一股暖流涌入心间，再次感到心安，所有恐惧烟消云散，身体和精神都平静下来。我想起诺维奇的朱利安修女曾说过的一句话：一切都应该是好的，也都会好的，一切的一切都会好的。

我当时一定长出了一口气，伦恩听到，问道："你觉得她会没事的，是不是？"

我要告诉他朱丽恩修女正在为我们祈祷吗？那听起来好傻，而且好像也无关紧要，但我还是告诉了他。我很了解伦恩，他也没有对此嗤之以鼻。

"那么，我也觉得一切都会好起来的。"

伦恩的情绪与我刚进屋相比，似乎平和了许多。

这时候最好给孔奇塔做宫检以确定分娩进展，但我无法让她摆好姿势。她不让伦恩和我移动她。丽兹用西班牙语向妈妈解释，可她好像听不懂或没有反应。我只能根据宫缩的力度和时间来估计进展，现在宫缩的频率接近五分钟一次。我听了一下胎心，什么也没听到。

"孩子还活着吗？"伦恩问道。

我不想直接告诉他"孩子没了"，于是婉转地说只是猜测。"不太可能还活着。你的妻子今天冻了很久，一直昏迷，现在还在发烧，这都会对胎儿有影响。我现在听不到胎心。"

像孔奇塔所处的这种孕期，最大的问题是胎儿的体位，此刻胎儿一般会横躺在子宫里。胎儿出生的最佳体位是头位，也就是头部向下。臀位分娩也可以，但有困难。而肩膀位和身体横着是不可能的。正常情况下，胎儿头部会在怀孕三十六周后降入骨盆。孕期二十八周的胎儿如果宫缩时身体横着，身体足以卡在骨盆中。这种情况下，除非进行手术，否则胎儿必死无疑。我用手摸摸孔奇塔的肚子，试探下能不能测出胎儿的体位，测不出来。宫检应该可以，可孔奇塔一点儿也不配合。

别无他法，我只能等。宫缩的间隔时间在慢慢缩短。已经三分钟一次了。她的脉搏加快，达到每分钟 150 次。呼吸貌似也越来越浅，血压几乎感受不到。我暗暗祈求现在马上有人敲门，说医生或救护车到了，可那只是我的幻想而已。房子里静悄悄的，只听到每次宫缩袭来和停止时孔奇塔发出的低声呻吟。

宫缩不可避免地越来越强，孔奇塔开始放声尖叫。别说以前，这之后我也没听到过这么吓人的声音。她正在发烧，人已疲惫不堪，可痛苦的身体却以一种我想象不到的力量和强度发出骇人的声音。她不停地叫啊叫，看不见东西的双眼里满是恐惧，声音经过房间墙壁和天花板的阻挡，在整个屋子里回荡。她紧紧抱着自己的丈夫，又抓又挠，伦恩的脸上、胸上和胳膊上都被抓出了血。

伦恩试图抱紧安慰她，可不起任何作用。

我感到自己真的一点儿用也没有。我不敢给她注射止痛剂以减轻痛苦，让她安静，她的血压和脉搏很反常，用药可能会让她丧命。我心中暗想，如果正常分娩，她也许还有救，如果胎儿横在体内，肯定活不成了，除非救护车马上赶到。我无法近前触诊，甚至按不住她的一条腿，孔奇塔在床上用力折腾，像一只掉入陷阱的野兽。

可怜的丽兹看上去吓坏了。伦恩出于无条件的爱，努力抱着孔奇塔，试图安慰她。她像斗牛犬一样用牙狠狠咬住伦恩的手，死不松开。伦恩忍住疼没有出声，面部抽搐，额头和脸上直流汗。他没有用力掰开妻子的下巴或抽回手，就任由妻子咬着。我甚至担心孔奇塔会咬伤他的肌腱。幸好，她终于松开口，身子滚到床的另一侧。

随即，正如开始时一样突然，一切也在瞬间突然结束了。孔奇塔一声狂叫，身体猛一用力，羊水、鲜血、胎儿和胎盘——所有东西——全都落在了床单上。孔奇塔身子向后一倒，精疲力竭地躺在床上。

我完全摸不到孔奇塔的脉搏，她的呼吸似乎也停止了，但我感到还有心跳，于是用听诊器听了听。有微微的心跳，虽不正常，但确实还在跳。胎儿浑身发蓝，瞧上去早已没气了。我马上从柜子上拿下一个大肾形盘，将所有东西都扫进去，然后放在柜子上。

"我们现在必须马上给她取暖，"我说道，"给她清理干净，让她感觉舒服，也许她还能活下来。你得帮我，丽兹——干净暖和的床单，几瓶热水。我马上检查胎盘是否完整。最好能给她喝点热乎的东西，热水和蜂蜜就行，加一勺威士忌更好。现在关键是对付休克。我们希望和祈祷最好不要大出血。"

伦恩出门吩咐大家准备，安慰着聚在门口被吓坏了的孩子们。丽兹和我开始换掉孔奇塔身下的脏床单和床上用品。伦恩很快拿来了干净床单和热水，丽兹和我开始清洗孔奇塔毫无知觉的身体。

丽兹和我背对着伦恩正在忙，伦恩一定是走到了柜子旁。我们听到他突然倒抽一口气。

"宝宝还活着！"

"什么！"我大喊道。

"宝宝还活着，我看见了，我们的宝宝还活着。宝宝在动。"

我连忙跑到柜子前，瞧着肾形盘里血淋淋的一堆东西。宝宝动了，真的在动。我的心一下子定住了，我瞧见躺在血泊里的那个小家伙在动腿。

噢，天啊，我差点淹死宝宝！我心中暗骂自己。

我一只手拎起小得可怜的宝宝，让宝宝头冲下，感觉轻若无物，我曾经举过和这个宝宝差不多大小的刚出生的小狗。我的脑子开始飞快运转。

"我们必须马上钳住并剪断脐带，然后让宝宝保持身体温暖。"

宝宝是个小男孩儿。

我内心无比愧疚，脐带早该在五分钟前就剪断。如果宝宝现在死了，那全是我的错，我心中暗道。是我把这个小家伙淹在一盘血和羊水里。我应该检查得更仔细些，早该想到宝宝有可能还没死。

　　自我责备现在毫无用处。我钳住并剪断脐带，瞧见宝宝脆弱的胸腔正在动。他正在呼吸，他活下来了。伦恩在热水瓶里浸湿一块小毛巾，把宝宝包起来。宝宝轻轻动了动头和胳膊，我们三个人被宝宝惊人的生命力惊呆了，从来没见过这么小的宝宝。早产两个月的宝宝一般不到四斤重，看上去已经很小了。眼前这个宝宝大约只有一点四斤，像个小玩偶。胳膊和腿比我的小拇指还细，都长着完整的指甲。他的头还不如一个乒乓球大，可与身体一比，竟显得特别大。胸腔看上去像鱼，小小的耳朵，鼻孔小得只有大头针头那么大。我从没想到二十八周的宝宝竟如此可爱。我应该把他喉咙里的黏液吸出来，可担心会伤到他。我拿了黏液吸管才发现管子太粗，根本塞不进宝宝嘴里。即使将橡胶管硬塞进足月宝宝的嘴里也是不应该的。所以我只能一只手拎着他，让他保持几乎头冲下的姿势，一边用一根手指轻轻抚摩他的背部。

　　我完全没有照顾早产儿的经验，不知道该怎么做。我的本能告诉我，应该让他保持温暖和安静，最好不要见光，给他频繁进食。婴儿床还没准备，要把他放在哪儿？正在这时，一直静悄悄躺在床上的孔奇塔突然开口了。

　　"Niño. Mi niño. Dóndee stá mi niño?"（宝宝，我的宝宝，我的宝宝在哪儿？）

　　大家互相对视了一眼。我们都以为她半昏迷或睡着了，可显然她知道发生了什么，她想看看自己的宝宝。

　　"我们必须把宝宝给她看看。丽兹，告诉你妈妈，他非常小，抱他的时候必须小心。"

　　丽兹跟妈妈讲了几句，孔奇塔面露微笑，疲惫地松了一口气。

伦恩从我手中接过孩子，坐在妻子身旁。他一只手举着宝宝，好让孔奇塔能瞧见他。孔奇塔双眼无神，目光涣散，我觉得一开始她根本看不见或是不知道该瞧哪里。她本以为看到的会是足月的宝宝。丽兹又向妈妈解释了一番，我听到孔奇塔说道：

"El niño es muy pequeño."（宝宝好小。）

孔奇塔两眼挣扎了一分钟，努力瞧向伦恩的手里。你几乎能瞧出她费了多大劲。终于看清了，她深吸了一口气，一只手颤抖着抚摩着宝宝，笑着低声道："Mi niño. Miquerido niño."（我的宝宝，我亲爱的宝宝。）然后迷迷糊糊睡着了，手还放在宝宝身上。

正在这时，医疗救护队赶到了。

三十一

医疗救护队

多数的伦敦大医院，我相信还包括所有地方医院，都有产科医疗救护队，他们是处理家庭分娩紧急情况的专业力量。产科医疗救护队肯定已经拯救了成千上万产妇的性命，20世纪40年代之前，没有医疗救护队，如果分娩出现危急情况——如胎位不正、大出血、脐带脱垂① 和前置胎盘等情况——助产士只能孤身奋战，至多可以打电话找本地的全科医生帮忙，但医生有可能并不精通助产术。

---

① 当脐带脱出于胎先露的下方，经宫颈进入阴道内，甚至经阴道显露于外阴部，称为脐带脱垂。脐带脱垂可导致脐带受压，胎儿血供障碍，发生胎儿窘迫甚至危及胎儿生命。

令人最感到骄傲的是，伦敦医院的产科医疗救护队可以在二十分钟内抵达现场。但这是在伦敦没有大雾的情况下。当警察联系了医院，说明孔奇塔的情况后，医院没有救护车可以运送医疗救护队。伦敦每年有成千上万的老年人因为烟雾引发致命的呼吸疾病，所有医生和救护车都在忙着救治老人。终于有一辆救护车回来了，可司机已连续工作了十六个小时，必须下班，需要再找另外一名司机。随后，救护车只能跟在警察后面，由警察在前面用灯照明——因而一共耽搁了近三个小时的时间。但最终，医院派来了一名住院部医生、一名实习医生和一名产科护士。

正如人们所说的好事成双，几分钟内，一名全科医生也步行赶到了现场。愿上帝保佑他，我心想。医生看上去筋疲力尽，他已经工作了整整一天，而且我猜他昨天晚上很有可能也没来得及休息。尽管这样，他还是秉持着专业态度和礼貌为自己的迟到道歉。

孔奇塔家一下子来了这么多专业人士，有必要开会讨论一下救治母子的最佳方案。大家下楼到了厨房，我让伦恩也跟着我们，丽兹留下来陪着妈妈和宝宝。两名救护车上的人员和警察也加入了我们——不能让他们顶着寒冷去室外，而且外面也没地方坐。当然，伦恩的一个年长的女儿给所有人泡了茶。

我先介绍了分娩的情况，给大家看了我的分娩记录。所有医生都认为必须立刻送母子去医院。伦恩很担心。"她必须去医院吗？她不喜欢那样。她之前从来没有离开过家，她会感到迷茫和害怕的，我知道她会的。我们可以照顾她。我可以留在家里，女儿们也可以，直到她身体恢复。"

医生们互相瞧了一眼，叹了口气。当时人们普遍对医院心存恐惧。上一代人害怕去医院，主要因为大多数医院是由济贫院改造而成，这往往比死亡本身更令人感到恐惧。医生后来同意，鉴于孔奇塔已安全分娩，如果没有产后并发症，可以留在家里治疗。几剂抗生素能治疗引起发烧的感染。至于导致脑震荡和精神错乱的头部撞击可通过静养恢复。医生们也指出相比在家里围着这么多孩子，孔奇塔最好入院静养，可伦恩坚持不同意，医生们最后只好让步了。

宝宝则另当别论。我还没给宝宝称过体重，估计体重应该在一斤左右，大家都没有意见，并且都说二十八周的早产儿很少能活下来，必须入院治疗，医院有最先进的医疗设备、二十四小时的专业护士和医疗护理。医生建议将宝宝马上送往大奥蒙德街儿童医院。伦恩有些犹豫，但听说不这样宝宝会死，他无奈地同意了。

随后，我们一起上楼去卧室。我不知道这些医生怎么挤过走廊过道里的三辆婴儿车的，也不知道他们爬木质楼梯时，是如何躲避头上飘扬的衣物的。我没问，但心里想想就想笑。

孔奇塔正在睡觉，小家伙躺在她的胸口上。孔奇塔一只手放在宝宝身上像在保护他，另一只手无力地放在身侧。她面露微笑，呼吸虽然浅，但已趋于正常，速度也不那么快了。我走到床前测了一下她的脉搏。脉搏跳动稍强，速度降了些略有改善，但还是异常，依然为 w120 次。丽兹正默默快速地打扫屋子，整个房间里一片宁静。

孔奇塔的手放在宝宝身上，宝宝只露出头，这让他看起来显得更小了，看着不像活着，但身体的颜色是正常的。

医生想给孔奇塔做检查。我告诉他因为分娩和救护车赶到，我还没来得及检查胎盘，于是我们一起检查了胎盘。胎盘看上去破破烂烂，"情况不太妙，"医生低声道，"你说它们是一起出来的？我必须检查一下产妇。"

医生掀开被单，看了看孔奇塔的肚子，然后瞧了瞧阴道分泌物。他按了按子宫，下面有血出来，孔奇塔似乎没有感觉，一动也不动。

"再拿张垫子来，"医生对实习医生道，"准备注射 0.5CC 的催产剂。"

针头扎在孔奇塔的臀部，她也没任何反应。医生给孔奇塔盖上被子，对伦恩道："我觉得她体内胎盘还没排净，也许要去医院扩张子宫颈① 和刮宫② ，只需住院几天，在家里会有大出血的危险。这种情况如果出现大出血会非常危险。"

我瞧见伦恩听了这话脸色煞白，不得不手扶着椅背才没有跌倒。

"不过，"医生和蔼地继续说道，"说不定不需要去医院。接下来的五分钟就看刚才那一针能不能奏效了。"

然后，他给孔奇塔测了血压。

"我什么也听不到。"医生说，三位医生意味深长地互相看了看。伦恩痛苦地呻吟了一声，跌坐在椅子上。他的女儿手搭在他肩上，伦恩用力握住女儿的手。

----

① 将宫颈内口机械性、药物性缓慢扩张，以利于宫腔操作，排出宫腔内容物。

② 指在子宫内刮除及收集子宫内膜组织的一种手术，可用于清除胚胎组织。

大家都在等。医生道："没必要检查婴儿了。宝宝显然活着，不过我们谁也不是儿科医师。必须等儿科医师来做检查。"

他问电话在哪儿，想给大奥蒙德街儿童医院打电话，可伦恩家没有电话。他吐了口气心中暗骂了一句，问最近的电话亭在哪里。最近的电话亭在沿路向下两百米远的路对面。坚韧的实习医生受命冲进冷冰冰的大雾里，脚踩着结冰的路面，带着大家凑的满满一兜便士去给医院打电话，并让医院做相应准备。

我们留下继续等。孔奇塔没有一点宫缩迹象。五分钟过去了，实习医生回来汇报说大奥蒙德街儿童医院会马上派一名儿科医师和护士带恒温箱以及特殊设备来接宝宝，但到达时间取决于路上的能见度。

五分钟又过去了。孔奇塔下体一直在流血，没有宫缩。

"再注射 0.5CC。"医生道，"我们必须给她进行静脉注射。肚子里的东西必须出来。如果这样还不行，"他对伦恩道，"就必须带她回医院进行刮宫。如果你不想她死，就必须同意我们这么做。"

伦恩痛苦地呻吟了一声，无奈地点点头。

我绑住孔奇塔的上臂，想努力找到血管，可找不到。她的血压太低，找不到血管。医生试了试，用手指戳戳，终于在第三次努力时找到了血管。医生将 0.5CC 催产剂注入孔奇塔的静脉中，随后我松开她的手臂。

不到一分钟，孔奇塔面露痛苦，腿开始动了。一股鲜血从下体喷出，上帝保佑，还有几块暗黑色的大块状物一同出来。宫缩停了一会儿，随即又开始。医生抓住宫底位置，用力向下向后压，随之有更多的血和胎盘排出。

整个过程中，孔奇塔一动也不动，但我瞧见她护着宝宝的手貌似在用劲。

"这应该就行了，"医生道，"但必须再等等观察一下情况。"

医生终于松了一口气，开始和任何愿意听他讲的人说起他在格林尼治的高尔夫球技，在杜尔威奇买的房子和他在苏格兰度假。

接下来的十分钟里孔奇塔没有出血，也没有宫缩。感谢现代产科医学，孔奇塔终于摆脱了产后大出血的危险，但人看上去依然病得不轻。呼吸和心跳速度快，血压异常低，还在发烧。虽然双眼紧闭像在熟睡，可更像失去了知觉。她的手依然紧紧护着宝宝，谁也别想把她的手挪开。

我和丽兹费力地又把床清理了，实习医生则承担起将刚排出的胎盘碎块与一早排出的胎盘进行比对的艰巨任务，而且还要测量我们尽量保存下来的血液的容量。

"胎盘貌似都在这儿了，先生，我测出的血量是一点五品脱，再加上床上的血大约有八盎司，失血量差不多有两品脱。"

医生自言自语嘀咕了几句，然后大声道："她需要输血，血压很低了。在这儿可以输血吗？"他最后补充了一句，转身瞧着本地的全科医生。

"可以，我现在取血样比对血型。"

我一直纳闷，全科医生本可以离开，却为何一直留下来，现在我才恍然大悟，他原来是在履行自己的职责，一旦孔奇塔留在家中治疗，他需要了解病人的全部情况。

正在这时，大奥蒙德街儿童医院的救护车赶到了，他们来接早产儿。

三十二
早产儿

真令人扼腕叹惜，从提升莱姆豪斯区小道消息质量的角度来说，这场伦敦大雾让人们与百年一遇的好素材失之交臂。如果夜色明朗，大家就能亲眼看见和奔走相告了——一个助产士、警察、一队医生、两辆救护车，每辆由警察护送。这盛大场面足以成为人们一年的谈资。可现在，伦恩家的隔壁邻居都瞧不见家门口正停着两辆救护车，也看不到警察整夜进进出出。唯一值得安慰的是，整条街道的人都曾被毛骨悚然的尖叫声惊醒，那恐怖的叫声至少持续了二十分钟。

从第二辆救护车上下来的人员令人惊叹。一名医生，手提恒温箱，匆匆而过，身后紧跟着拿着通风装备的人。护士提着大箱子跟在后面。最后从车上下来的是两名救护车随车人员和警察，每人提着一个氧气瓶。所有设备要先设法挤过排在走廊上的三辆大婴儿车和两架梯子；头顶上飘扬的衣物还时不时捣乱，缠在设备上；房间里几件年轻女孩用的精致小物件不得不暂时先挪到楼上去。上下床的孩子们整夜或趴在楼梯扶手上，或躲在门廊里，不想错过眼前的大阵仗。

到了楼上，医疗人员直接进了卧室，警察和救护车随车人员被领到楼下厨房和之前来的同事一起喝茶去了。现在，这间普通大小的卧室里有五位医生、两位护士、一位助产士，还有伦恩和丽兹。房间到处都是医疗设备。我的助产工具还摊在柜子上，五斗柜抽屉则被产科医院的设备占领了。在我们匆忙腾地方时，儿科医院的设备只能暂时先放在地上。

"我们可以撤退了，"医生对同事道，"很高兴你们赶到了。母亲留在家里治疗。祝宝宝好运。"

第一辆救护车上的人走了，本地的全科医生留了下来。

儿科医师瞧了一眼宝宝，惊得倒吸了一口气。

"你觉得他能挺过来吗，先生？"年轻医生询问道。

"我们得好好努力一把了，"儿童医院的医生道，"接上氧气和吸管，给恒温箱加热。"

整个队伍忙了起来。

孔奇塔貌似正在睡觉或处于半昏迷中，儿科医师俯身想从孔奇塔手中接过宝宝，可她胳膊一用劲，抓住了宝宝。

儿科医师对伦恩道："请你告诉她，把宝宝给我，好吗？送宝宝入院前，我必须先给他做检查。"

伦恩俯身对妻子低声说了几句，试图劝她松手。可孔奇塔不但没松手，另一只手也抬起来护住宝宝。

"丽兹，亲爱的，告诉你妈妈，宝宝必须送到医院去。"

伦恩轻轻摇摇孔奇塔，想叫醒她。她的眼睛扑闪了几下，稍微睁开了一点。

丽兹弯腰跟孔奇塔讲了几句西班牙语，我们谁也听不懂。孔奇塔的眼睛又睁开一些，努力瞧着躺在自己胸口的小家伙。

"不。"她说道。

丽兹又对她说了几句，这次的语气更急迫，更有说服力。

"不。"她妈妈依然在抗拒。

丽兹试了第三次。

"Morirá! Morirá!"（他会死的！他会死的！）

这句话像有魔力，孔奇塔听了马上有所反应。她睁大双眼，拼尽全力想瞧清楚四周的人。她瞧见了医疗设备和白大褂。我觉得她正在思考，然后试图坐起来。丽兹和伦恩扶她起来。她迅速瞥了一眼周围的人，然后一把将宝宝放在双乳之间，双臂合拢，护住孩子。

"不，"她说道，随后大声重复了一遍，"不！"

"妈妈，你必须同意，"丽兹温柔地说道，"Si no lo haces, morirá."（否则，他会死的。）

孔奇塔神色茫然，一脸痛苦，脑中一定在想着什么。她显然正努力理清头绪，试图思考和回忆。她抱紧怀中的小宝宝，低头瞥了一眼他的小脑袋。看到那个小家伙她一定想起了所有事，不再糊涂，似乎下定了决心，一双黑色的大眼睛透着坚定。

她瞧着屋里的所有人，眼神不再迷茫。她态度坚决地说道："Se queda conmigo."（他和我在一起。）"Nomorirá." 然后更加坚定地说道："No morirá."（他不会死。）

医生们不知所措。貌似现在除了强抢没有其他办法，可伦恩肯定不会同意他们这么干的。

儿科医师对丽兹道："告诉她，这孩子她照顾不了。她没有医疗设备，也不知道该如何照顾他。告诉她，孩子会被送到世界最好的儿童医院，接受专业治疗。宝宝没有恒温箱肯定活不成。"

丽兹刚说了几句，就被伦恩打断了，他向我们展示了他真正的力量和男人的刚毅。他转身对着医生和护士道："这都是我的错，我要向你们道歉。我没和妻子商量就擅自做主，说可以让孩子入院。我不应该那么做。关于孩子，我妻子有最终决定权。她现在不同意，你们也看到了，她不愿意。那么这个孩子只能留在家里，和他的家人在一起，我们会为他洗礼命名。如果他死了，我们会为他举办基督教葬礼。除非他母亲同意，否则他哪儿也不能去。"

伦恩瞧着自己的妻子，她对他报以微笑，轻轻抚摩着孩子的头。她似乎明白丈夫是在支持她，一切都已决定了。她满怀爱意地瞧着丈夫，低声道："No morirá."（他不会死。）

"你说得对，"伦恩乐观地说道，"他不会死。如果我妻子这么说，那他就不会死。我就是这么认为的。"

事已至此，医生们无话可说，只好开始收拾设备了。

伦恩再次向医生们致以诚挚的歉意，感谢他们不辞辛苦赶过来，说这都是他的错。他提议支付救护车和医疗人员的所有费用。

他还提议大家到厨房喝杯茶，大家谢绝了。他对着众人露出无法拒绝的微笑，道："来吧，喝一杯。跑了这么远的路，喝杯茶暖和一下。"

伦恩说得如此动情，医生们虽然对白来一趟感到不满，可还是接受了他的好意。

他和丽兹帮助医生把所有医疗设备搬到楼下，楼上只剩下我和全科医生。过去的三个小时里，医生几乎没有讲过话，我喜欢他这一点。我们都知道我们的责任巨大，母亲和孩子还没脱离生命危险。孔奇塔的情况本就不妙，又失了两品脱血，生命危在旦夕。

"必须给她输血，"医生说道，"我已经做了交叉配血，一旦血库能提供血液，马上就可以输血。输血时需要有社区护士陪着她，修女能安排社区护士吗？"

我告诉他没问题。医生说道："我现在马上给她注射抗生素，她现在只有上肺部在呼吸。我想听下她的胸部，可我怀疑因为宝宝，她不会让我听。"

他说得没错——孔奇塔是不会允许的。于是他在孔奇塔的臀部打了一针盘尼西林。

"必须连打七天，每次一支盘尼西林。"他一边说，一片掏出笔记本，开药方。

"现在我去看下血液情况，目前我只能做这些了。坦白说，护士，我不懂怎么护理宝宝。我想只能交给你和修女们了。她们肯定比我更有经验。"

"也比我有经验，"我说道，"我也从没护理过早产儿。"

我们两人无助地互相瞧了瞧，然后医生离开了。上帝保佑他，我心中暗道。天知道他多久没睡过觉了。此刻大约早上五点，外面雾蒙蒙的，他必须步行穿过浓雾去配血型。早上九点还有一场手术，之后还要忙碌一整天。

我累得脑子已停止了运转。一晚上我的身体在不停分泌肾上腺素，现在感觉筋疲力尽。孔奇塔正在熟睡。据我的观察，宝宝看着可能活着，也可能死了。我努力思考我还能做点什么，可脑子已经停工了。我要返回农纳都修道院吗？怎么回去？警察已经走了，一个人在大雾里骑自行车，我可办不到。

正在这时，丽兹拿了一杯茶进来。

"坐下吧，亲爱的，好好休息一下。"她劝我道。

我坐在扶手椅上，记得喝了半杯茶，接下来一睁眼已经是第二天上午，天光大亮了。伦恩在屋子里，坐在床边，正一边抚摩着孔奇塔的头发，一边甜蜜地对她低语。孔奇塔微笑地看着他和孩子。伦恩瞧见我醒了，对我道："感觉好点了吗，护士？现在十点了，新闻上说今天大雾就会散。"

我看着坐在床上的孔奇塔，孩子依然放在她的双乳之间。她正在抚摩小家伙的头，逗弄着他，整个人看上去虚弱得令人心疼，可肤色和呼吸好了很多，尤其是眼睛，已经可以看清人了，似乎恢复了理智。脑震荡导致的神志混乱症状已经消失。

自此以后，孔奇塔的身体恢复得非常快。盘尼西林起了作用，这点毫无疑问，但仅是抗生素不会有如此惊人的效果，让一个濒临死亡、连丈夫都认不出来的人几个小时就恢复理智，变得平静又能干。

我觉得是幸存的宝宝和宝宝要被带走的危机治好了她。当时，她内心充满了强大的母爱，脑子里有个声音告诉她，她还要保护和照顾孩子，没有时间生病，不能糊涂，因为宝宝的命都指望着她呢。

如果宝宝一出生就不幸夭折或被送进医院，我觉得孔奇塔也活不下来。动物世界里这种例子比比皆是。我曾经听说过绵羊或大象的幼崽死了，母亲也会随着丧命。

昏迷和清醒的界限也令人玩味。这些年，我陪护过很多奄奄一息的病人，我怀疑所谓的昏迷并不像我们以为的彻底失去意识。人在完全昏迷的情况下也可能知道身边发生的事，通过直觉感知事物。孔奇塔当时貌似完全昏迷，可当儿科医师试图抱走宝宝时，她却护住了宝宝。她看不到屋子里有谁，眼神已涣散，目不视物，也不知道大家在说什么，她不懂英语。可冥冥之中，她知道大家正打算带走宝宝，她拼劲全身力气反抗，死死护住孩子，这让她的身体开始恢复了。

道格拉斯·巴德[1]，大不列颠空战中的王牌飞行员，也有过类似的经历。飞机事故发生后，他正在做双腿截肢手术，他听到有人说："嘘，一个年轻飞行员在那个房间里要死了。"他听到了这句话，脑袋里琢磨着："死了？我？我倒要让你们好好看看。"接下来，他创造了辉煌的历史。

孔奇塔伸手拿过身边的浅碟，挤出几滴初乳滴在盘子里，然

---

[1] 英国皇家空军少校。1931年在一次飞行表演中痛失双腿，然而第二次世界大战爆发后，他装上假肢继续驾机作战。1941年8月，巴德的战机被德军炮火击中后坠落起火。当他被德军俘虏时，大家才震惊地发现，这位英军王牌飞行员居然是名"无腿飞将军"。

后拿过一根精致的玻璃棍儿，那是她女儿用来给蛋糕涂糖衣的。她左手抱着宝宝，用玻璃棍沾了点初乳，放在宝宝的嘴唇上。我饶有兴趣地观察着。宝宝的小嘴唇比雏菊的花瓣大不了多少。他伸出小小的舌头舔着初乳。孔奇塔如此重复了六到八次，然后又将宝宝放在双乳间。

伦恩告诉我："从六点开始，孔奇塔每隔半小时这样喂宝宝一次。然后母子睡了一小会儿，现在又开始喂了。她说过宝宝不会死，那他就不会死。你知道吗，她知道如何照顾他。"

我检查了孔奇塔，她的出血正常，然后我离开了。我必须回农纳都修道院报告，请求社区护士等血液送过来后监督输血。浓雾正渐渐散去，已经能看见对面的马路了，随着臭烘烘的雾气消失，整个世界仿佛又充满了新生命，我骑着自行车心情愉快地返回了修道院。

朱丽恩修女为我准备了一大份早餐，双份培根和两个鸡蛋，按照她的话"要将饿狼拒于门外"①。她一边看着我吃早餐，一边听我汇报。她说道："我也从来没护理过早产儿，不过其他修道院的一位修女有经验，要向她请教。我们必须密切关注孔奇塔的情况，以防她继续失血。"

朱丽恩修女惊讶地听完整个故事，静静地说道："这都是上帝的旨意。"然后离开去安排人监督输血。

孔奇塔没有再出血。输血后，她的两颊又恢复了红晕，伦恩

---

① Keep the wolf from the door，古时英国常有狼群四处觅食，袭击人畜，所以，在英国人眼中，狼往往是饥饿的象征。

也随之气色转好。孔奇塔还很虚弱，但没有生命危险了。宝宝整日整夜躺在她的双乳之间，孔奇塔用我刚描述的方式每隔半小时喂宝宝一次。农纳都修道院所有非神职人员和修女都去看过他们母子，那可是难得一见的美妙情景。宝宝出生第四天，我用手帕给宝宝称了体重，重一点五斤。

三周后，孔奇塔可以短暂离床了。在此之前我想过，这时要怎么带孩子。孔奇塔显然也早想过这个问题，而且知道该怎么办。她让丽兹向裁缝要来几条最好的未漂白过的丝绸，在精通裁缝的大女儿丽兹的帮助下，做了一件吊兜或可称作结实的罩衫，把它围在双肩和胸前，下紧上松。把宝宝放在里面，正好位于妈妈的双乳之间，她就这样五个月来和宝宝形影不离。

这是谁教她的？这种护理早产儿的方法前所未有，我也从未在任何书中见过，也没听说过，此后也没见人这样做过。难道这纯粹出于母爱的本能？我又回想起分娩后，当医生想抱走宝宝时，孔奇塔那令人震惊的反抗，当时我就有种感觉，她正试图思考，努力在回忆着什么。她一定是突然想到了什么，所以才坚定地说："No morirá."（他不会死。）

难道她回忆起小时候在西班牙南部，曾见过农妇或吉卜赛女人这样护理小小的早产儿吗？是不是正因为那早已模糊的记忆又被唤起，所以她才确信宝宝不会死？

几年后，当我在尤斯顿的伊丽莎白·加勒特·安德森医院里当夜班护士时，护理过同样孕期和体重的早产儿。他们被放在恒温箱里，都活了下来。医院以通过优秀的现代护理挽救婴儿生命为荣。医院和孔奇塔的护理方式完全不同。恒温箱里的宝宝整日整夜孤零零一个人，躺在坚硬的平台里，通常需要接受强光照射。孩子所能感受到的触碰除了手就是医疗设备，食物一般是配方牛奶。孔奇塔的宝宝则一直不孤单，他可以感受到母亲的体温，温柔的触摸，母亲的气味和皮肤的湿润。他听得到母亲的心跳和声音。他喝的是母乳，尤其是能感受到母亲的疼爱。

　　如果此事发生在现在，即使孔奇塔拒绝，医生也可能会强行将宝宝送进医院，因为法庭认定只有受训人员和先进的医疗设备才能保住早产儿的性命。20世纪50年代，我们还不会强行干涉家庭事务，人们尊重父母的决定。于是我得出一个无奈的结论，现代医学也并非万事皆灵。

　　我们必须承认，孔奇塔是幸运的。她分娩的速度之快可能会对孩子脑部造成损伤，万幸孩子没事。除此之外，早产儿最大的危险是生命器官尚未成熟，尤其是肺部和肝脏。宝宝在头几个月里，确实发生过严重的新生儿黄疸[①]，还不止一次，但每次都挺过去了。我粗心地将新生儿留在肾形盘里，他的肺部没有损伤，这真是个奇迹。这都是上帝的功劳，与我无关。不管怎样，他开始呼吸了。我觉得当时头朝下拎着宝宝，用一根手指轻拍他脆弱的后背对呼吸起到了促进作用。我们建议孔奇塔每次喂食之后也这么做，早产儿不能像正常婴儿一样咳嗽，一旦液体进入呼吸道就会发生危险。我们还给了孔奇塔一根极其纤细的吸管，并教她如

---

① 医学上把未满月（出生28天内）新生儿的黄疸，称为新生儿黄疸，是由于胆红素代谢异常，引起血中胆红素水平升高，而出现的以皮肤、黏膜及巩膜黄染为特征的病症，肝脏胆红素代谢障碍是引发新生儿黄疸的原因之一。

何使用。

除此之外，宝宝几乎再没接受过任何医疗护理。他母亲皮肤的温度保证宝宝体温一直处于恒温，呼吸时胸口上下起伏可能也对宝宝度过头几周危险期有所帮助。我确定她喂奶的方式——定期在宝宝嘴唇上放几滴母乳——是正确的。据说，孔奇塔整夜用这种方式给宝宝喂奶。孔奇塔没有对喂奶工具消毒，只简单地把浅碟和玻璃棍擦干净，留待下次使用。宝宝能够活下来，你可以说他生命力极度顽强，但也许是我们过于看重现代科技和设备了。

前六周，我们每天去孔奇塔家探视三次，接下来减少到每天二次，继续探视了六周。那个年代的家庭护理很完善。四个月后，宝宝体重达到六斤了，可以微笑回应，也会摇头了。他会伸出小手抓住一根手指，咯咯咯自己笑。据说他几乎没哭过。

在产后的几个月里，有几次我回想起宝宝诞生的那个可怕的夜晚，记起朱丽恩修女在我离开时对我说的话："上帝保佑你，亲爱的。我会替孔奇塔·沃伦和她肚子里的宝宝祈祷。"她说的不是只为孔奇塔祈祷，也没事先假定孔奇塔肚子里的孩子会死，而是为母子祈祷。事实上，她为我们所有人都祈祷了。

在一个美好的仲夏日，我去探视，要给宝宝称重。下楼时，听到楼下厨房里传出笑声。宝宝正躺在自己的小床上，他的兄弟姐妹围在身边，大家在哈哈大笑。一股香味扑鼻而来。孔奇塔面带微笑，看着大家，站在铜蒸锅前正在做李子酱。孔奇塔手中的大木勺在锅中搅动，锅里咕噜咕噜冒着泡。感谢上帝，孔奇塔当时有智慧和胆量留住孩子，没把他送到医院去，我心中暗想。否则，孔奇塔必然会香消玉殒，这一大家子的幸福和欢乐也将随她而去。

三十三

人之老矣

　　莫妮卡·琼修女很有趣，我被她迷住了，同时心里也有个大大的问号：她是真的老糊涂了吗？我总忍不住怀疑，她是装出来的，为了达到个人目的，狡猾地把我们玩弄于她的股掌之中——这是步入迟暮之年的老人特有的权利。毫无疑问，莫妮卡·琼修女聪明过人，见多识广，在某些方面知识渊博，所以有时说的话高深莫测，让人摸不着头脑。回顾一下她的历史，她在伦敦东区做了五十年专职修女、护士和助产士，对宗教的虔诚不容置疑，可其行为却往往与宗教信仰不符。她经常表现得自私自利，不体谅别人。时而耳聪目明，时而如痴如梦，转瞬间又完全颠倒过来。她心地善良，同时又残忍恶毒。时而记忆犹新，时而说东忘西。这个老人还真是有趣，我经常去看望她。但到底哪一个才是真正的莫妮卡·琼修女？我不知道。

莫妮卡·琼修女日常行为古怪，大家有目共睹，就连去教堂都令人瞠目结舌。她出了农纳都修道院，步履轻盈地沿利兰街向下，转个弯，直穿过东印度码头路，一路上几乎只看前面，不看左右两侧。卡车司机们不得不猛踩刹车紧急停车，轮胎发出声嘶力竭的怒吼。可这位老修女就像没事人一样，穿过伦敦最繁忙的公路，留给司机们一个长袍和头巾飘飘的背影。

一天，一位骑着黑色高头大马的警察正安静地走在路中间。他头上戴着华丽的白色头盔，手上戴着一双雪白的长手套，看上去像是冒险故事里的国王穿着歌剧舞台服。警察瞧见莫妮卡·琼修女，知道接下来会发生什么，于是他掉转马头靠在路边，举起戴着手套的双手命令街道两侧的车都停下，然后示意莫妮卡·琼修女过马路。莫妮卡·琼修女穿过马路，转身抬头瞧着那匹大马和马上的警察，清晰地大声说道："谢谢你，年轻人，你真是个大好人。但不需要麻烦你，我很安全，天使们会保护我的。"说完，转头快步离开了。

这是很多年前发生的事，那时我们还不认识，这证明她的行为其实一直很古怪，而且随着年岁渐大变得越来越夸张。有时候我在想，她这种越来越奇怪的举止是不是故意装出来的，是期望大家注意她孩子气的举动。就好像那次的大提琴手事件。那个可怜的人，他一定心都碎了，还有那个钢琴师肯定也一样，想到这儿我不禁气得浑身发抖。

诸圣堂，位于东印度码头路，一直是深受伦敦东区人喜欢的教堂。这是一座摄政王朝时经典式样的建筑，结构比例完美，内部珠光宝气，音响效果无与伦比，是举办演奏会的绝佳场所。

教区牧师设法请来一位世界著名大提琴演奏家来此演奏。晚上修道院特意给我和辛西娅放假，让我们去参加演奏会。临行前，我们突然鬼使神差地想，如果带上莫妮卡·琼修女一起去该多好啊。后来再也不敢了！

一开始，她坚持要带织毛衣的家什。辛西娅和我像正常人该做的一样，对此表示抗议，事后才知道这其实埋下了一枚定时炸弹。我们进了教堂，里面都是人，莫妮卡·琼修女想坐第一排。她像公爵夫人一样大摇大摆从中间过道向第一排走去，我和辛西娅则一路小跑跟在她身后，像两个跟班的女仆。莫妮卡·琼修女坐在第一排中间，正对为大提琴演奏家预留的椅子，我和辛西娅则分别坐在她身旁两侧。莫妮卡·琼修女人人都认识，从一开始我就觉得我们太引人注目了，心里隐隐有些不安。

椅子太硬，莫妮卡·琼修女一边抱怨，一边扭来扭去，想让瘦得只剩骨头的屁股坐得舒服一点。我们给她垫上跪垫，她觉得还不舒服，必须要找个坐垫。助理牧师在放圣器的橱柜里四处翻找，可惜没找到。教堂里随身用品应有尽有，就是没有柔软的坐垫。最理想的代替物只有一条天鹅绒帘子。我们将天鹅绒帘子叠起来，放在莫妮卡·琼修女的屁股下。她对年轻的助理牧师叹了一口气，助理牧师是新来的，很想讨好修女。

"如果你已经尽了力，那我只能凑合了。"尖厉的声音抹去了助理牧师脸上的笑容。

教区牧师上台致欢迎辞，说中场休息时为大家准备了咖啡。

"下面，我特别荣幸地欢迎——"

话被打断了。

"你们给不喝咖啡的人准备了无咖啡因的咖啡吗？"

教区牧师愣住了，一只脚刚踏上舞台的大提琴演奏家也停住了。

"无咖啡因的咖啡？我真不知道，修女。"

"也许你应该去看一看。"

"好的，当然，修女。"

教区牧师示意一名助理牧师去看看。我还从未见过教区牧师有含糊的时候，这倒是件新奇事。

"我可以继续了吗，修女？"

"当然。"修女极其优雅地点了一下头。

"……特别荣幸地欢迎著名大提琴演奏家和钢琴演奏家来到诸圣堂……"

演奏家们先向观众鞠躬致敬，然后钢琴家在钢琴旁落座，大提琴家则调整着凳子，整个教堂里鸦雀无声。

"她穿的是织锦，亲爱的。"

莫妮卡·琼修女讲话时吐字异常清晰，她的低声轻语最厉害时在交通高峰期的火车站里都能听得清。而我之前曾说过，诸圣堂的音响效果极好，所以她的话教堂里的人听得一清二楚。

"19世纪90年代，我们经常这么干，把旧窗帘裁了，废物利用，做条裙子。不知道她身上这件是用谁家窗帘做的？"

钢琴家怒目而视，但大提琴家是个男的，没听出莫妮卡·琼修女这句话哪里不对，他开始调弦。莫妮卡·琼修女在我身边扭来扭去，想坐得舒服一点。

终于大提琴演奏家调好弦，面带微笑，对着观众自信满满地举起琴弓。

"不舒服，这样坐不成。我必须在后背垫个垫子。"

大提琴演奏家放下手，教区牧师无可奈何地瞪着助理牧师们。坐在后排的一位女士走上前，她恰好给自己准备了一个坐垫，愿意拿给莫妮卡·琼修女用。

"真是太好了，十分感谢。你太好了。"

莫妮卡·琼修女展现出来的优雅恐怕连英国王后也自愧不如。她摸了摸坐垫，决定把它坐在屁股下，转而把帘子放在背后，辛西娅和教区牧师帮她调整好。与此同时，大提琴演奏家和钢琴演奏家就坐着，默默盯着自己的乐器。我坐在那里，忸怩不安，祈求大家别注意到我，可根本没用。

演奏开始，莫妮卡·琼修女也终于坐舒服了，她掏出织毛衣的家什。

听演奏时织毛衣，这情景甚为少见。事实上，我没见人这么做过。莫妮卡·琼修女不在乎别人做或不做什么，她只做她想做的。一般来说，织毛衣算不上一项特别吵的消遣活动。我经常瞧见莫妮卡·琼修女默不作声静静织毛衣，可今天让我大跌眼镜。修女今天织的是花边图案，要用三根针，这引发了一场大混乱。

针不停地掉到地上。针是钢制的，一掉下去都会在地板上啪嗒作响。我和辛西娅不得不时不时给她捡针，至于由谁捡，则取决于针掉在哪一侧。毛线球掉了，滚到椅子下，坐在靠里第四把椅子的人把毛线球踢了回来，可毛线缠在椅子腿上，线一拉紧就让莫妮卡·琼修女织好的毛衣脱了几针。"小心点！"她对我们厉声道。这时大提琴家正闭眼陶醉，即将演奏一段特别难的音乐。他被莫妮卡·琼修女的话吓得双眼猛地睁开，琴弦立刻发出不和谐的嘧嘧声。瞧见莫妮卡·琼修女正笨手笨脚拽毛线，大提琴演奏家重新融入演奏之中，绝对堪称敬业。他以大师般的表现完成了这段乐章的演奏。

接下来的乐章以静谧舒缓的曲段作为开篇，而取回毛线球的斗争正进行得如火如荼。坐在靠里第四把椅子上的人抓住球，试图按照球滚过去的路线再把它滚回来，可没成功。毛线球滚到后面，缠在坐在后排一个人的脚上，那个人捡起毛线球，一下子拉紧毛线，莫妮卡·琼修女的毛衣又被拉脱了几针。

"瞧你干的好事！"她对坐在后面的男人凶狠地说道。

钢琴家正在演奏一段缠绵悱恻、情意绵绵的乐曲。她的眼睛从钢琴上挪开，目光像刀子一样射到前排。

乐曲临近结束时，一根针掉在地上啪嗒作响，彻底毁了大提琴家本要表现的意境深远的哀伤。

教区牧师一脸绝望，上前小声提醒修女安静点。"你说什么，牧师？"莫妮卡·琼修女大声问道，好像突然聋了一样。牧师被吓得不敢再上前，害怕越弄越糟。

演奏的第三乐章是《如火一般热情的行板》，两位演奏家的弹奏比我以往听过的版本更激烈，火气更足。

辛西娅和我几乎要羞死了，我们一分一秒地盼着，恨不得马上中场休息，好把莫妮卡·琼修女送回家。我气得直咬牙，心里甚至盘算着要怎么谋杀修女。辛西娅比我更善良，更有耐心，也更善解人意，可最糟的还在后面。

终于，演奏家们顺顺利利没有波折地演奏完第三乐章。随着大提琴演奏家的琴弓华丽地上扬，他一只手高举，自信满满地笑对观众。

几秒，只需几秒掌声就会响起，只要几秒时间就足够了，但莫妮卡·琼修女猛地站起身。

"真是太痛苦了，我一秒也忍不下去了！我必须走了！"

毛衣针散落了一地，她当着全场观众的面，走过音乐家身旁，沿着中间通道向门口走去。

波普拉的观众发出雷鸣般的掌声。跺脚声、喝彩声、口哨声——任何一位音乐家都不可能再遇到比这更热烈的"喝彩"了。可音乐家知道，我们也知道，而且音乐家知道我们知道，这掌声不是献给他们或音乐的。音乐家们勉强地鞠躬谢礼，硬挤出一丝笑容，然后下了台。

我简直要被气炸了。我非常敬重演奏家，知道他们有多不容易，需要多年的勤学苦练才能登台，莫妮卡·琼修女刚才对他们最后的羞辱，我简直无法宽恕，觉得她是故意的。真恨得我差点当着几百人的面痛扁莫妮卡·琼修女。我浑身一定在颤抖，因为辛西娅瞧着我时一脸惊恐。

"我带她回去。你留在这儿，到后排找个位置，继续欣赏下半场。"

"我哪还有心情继续欣赏！"我咬牙切齿道，声音听起来肯定怪怪的。

辛西娅哈哈大笑，依然如往常般温柔亲切："你当然有，去喝杯咖啡。他们接下来会演奏勃拉姆斯[①]的大提琴奏鸣曲。"

她捡起所有毛衣针，从椅子腿上解开缠着的毛线，将它们都放进织衣袋里，然后给了我一个飞吻，低声说了句"再见"，就跑去追莫妮卡·琼修女了。

有很多天，可能有几周，我都不愿意和莫妮卡·琼修女说话。我确定她是故意搞砸演奏会和羞辱音乐家的，还想起她之前一不如意时的坏脾气，达不到目的时的闷闷不乐，尤其是对伊万杰琳修女残忍的折磨。我算彻底看清楚了，表面上的老糊涂不过是她自娱自乐、精心设计的把戏。我决定再也不理她。只要我想，我也可以像莫妮卡·琼修女一样顽皮，每次再遇到她，我都扭头不理，一句话也不和她说。

可接下来的事证明我错了，莫妮卡·琼修女的糊涂不是装出来的。

那天早上八点半左右，修女们和其他人都出去做上午的探视了。查咪和我最后离开。我们刚要出门，电话突然响了。

"是农纳都修道院吗？这里是西德鱼店。我觉得应该给你们打个电话，莫妮卡·琼修女刚穿着睡衣从我店前走过。我派了伙计跟着她，她应该不会有危险。"

我听了惊恐地倒抽了一口凉气，马上把这事告诉了查咪。我

---

① 约翰内斯·勃拉姆斯，德国古典主义最后的作曲家，浪漫主义中期作曲家。

们丢下助产包，从衣架上扯下一件修女的大衣，向西德鱼店冲去。没错，在东印度码头路上正沿"Z"字形走着的人正是莫妮卡·琼修女，鱼店的伙计跟在她身后。莫妮卡·琼修女只穿着一件长袖睡衣，薄薄的衣服下突起的是她消瘦的肩膀和胳膊肘。你甚至能数清她脊柱上的椎骨。她没穿任何外衣，没穿拖鞋，也没戴头巾，接近秃顶的头上有几根细白发被风向上吹起。那是一个寒冷的清晨，她的脚和脚踝冻得发紫，正在流血。我从她身后瞧着她那双可怜苍老的双脚，好像只剩骨头，仅覆盖着一层冻得发紫的皮肤。这双脚正顽强坚定地向只有莫妮卡·琼修女知道的目的地进发。

莫妮卡·琼修女没戴头巾，没穿平日里穿的衣服，看上去很奇怪，几乎认不出来是她。她的眼圈红红的，眼泪汪汪，鼻子通红，鼻尖上挂着露珠。我看着她心里一阵抽搐，突然意识到自己有多爱她。

我们追上去跟她讲话。她看着我们的样子好像我们是陌生人，还想把我们推开。

"小心，让开。我必须去他们那里。羊水破了，那个畜生会杀了孩子的，上一个孩子就死在他手里。我发誓，我必须赶过去，不要挡着我。"

她流血的脚向前迈了几步。查咪将暖和的羊绒大衣披在她肩上，我脱下我的帽子给她戴上。突然间的温暖似乎让莫妮卡·琼修女恢复了理智。她的眼神不再涣散，认出了我们。我凑近她，慢慢地说道："莫妮卡·琼修女，现在该吃早饭了。B太太给你冲了麦片，还加了蜂蜜。如果你现在不回去，麦片就凉了。"

莫妮卡·琼修女热切地瞧着我，道："麦片！加蜂蜜！哦，太好了。那赶紧回去吧。你们还站着干吗？你刚才是说麦片了吧？加了蜂蜜？”

她刚走两步，突然痛得大叫，显然才注意到自己的脚扎伤了正在流血。多亏有查咪，多亏她人高马大力大无穷。她抱起莫妮卡·琼修女，像抱着小孩子，把修女一路抱回了农纳都修道院。一群好奇的孩子跟在我们身后。

我们通知了B太太，她担心得不得了。

“哦，可怜的迷路羔羊。把她放床上去，一定冻坏了，可怜的家伙。她会得重感冒的，说不定会把命丢了。我去拿几瓶热水，给她做点麦片，加点热巧克力。我知道她喜欢吃什么。”

我们把莫妮卡·琼修女送到床上，留给能干的B太太照顾。我们上午还要去探视，必须走了。

整个上午我都心不在焉，恍恍惚惚像在做梦。生命中的爱有时会出其不意俘获你的心，照亮你心中黑暗的角落，令你心生温暖。而有时候，令你心灵愉悦的美和喜悦会突然从天而降，让你措手不及。那天早上我骑着自行车，我突然想明白了，我爱的不只是莫妮卡·琼修女，还有她所代表的东西：宗教信仰、职业、修道院的生活，钟声、修道院里不停的祈祷、宁静肃穆和为上帝所做的无私工作。有没有可能——我震惊得差点从车上掉下来——我已经开始信仰上帝了？

三十四

信仰的开始

莫妮卡·琼修女患上了肺炎。在那个寒冷的清晨，当我、查咪和 B 太太把她放到床上，她就昏沉沉睡过去了，一整天昏迷不醒，发高烧、心跳加快、心脏悸动、呼吸吃力。整个农纳都修道院沉浸在悲痛压抑的气氛之中，连小礼堂日课的钟声听着都像是丧钟。大家都以为莫妮卡·琼修女会离开我们了，然而我们忽略了两个关键因素：抗生素和莫妮卡·琼修女惊人的体质。

现在服用抗生素像喝杯咖啡一样普通，然而在 20 世纪 50 年代，抗生素才刚刚投入使用。现在因为抗生素滥用导致药效降低，而那时候抗生素简直是灵丹妙药。莫妮卡·琼修女之前从未使用过盘尼西林，所以一用上抗生素病立刻好转了。几针下去烧退了，心跳恢复正常，胸口的杂音消失了，人也清醒了过来。她睁开眼瞧瞧四周："我真不知道你们都无所事事站在这儿做什么。难道没有工作要做吗？我猜你们以为我要死了。你们错了，我不会死。你们去告诉 B 太太，我早餐要吃煮鸡蛋。"

接下来的几周里，莫妮卡·琼修女明显恢复了体力。假如她之前过的是贵族家庭本该享有的奢侈悠闲生活，这次即使有盘尼西林，她肯定也难逃死神的魔爪。她一辈子辛苦工作，像旧靴子一样坚韧不拔。要打败一丁点肺炎根本不在话下。莫妮卡·琼修女的身体恢复神速，她对医生坚持让她卧床感到非常恼火。她以为自己只是得了小感冒，根本不记得自己为什么会卧床了。她虽然没当面称医生是傻瓜，可她瞧着医生的样子，她想说什么，医生和大家都心知肚明。

"医生，对你们那些高深的知识，我不会不懂装懂，但我们做什么都依照上帝的旨意。我想知道，别人可以探视我吗？"

当然没问题，莫妮卡·琼修女可以被探视（只要访客不打扰她休息），她可以读书（只要不累到她的眼睛），她可以吃任何东西（只要不会导致消化不良）。

莫妮卡·琼修女靠在她的枕头上，心满意足。书拿来了，B 太太接到命令，满足莫妮卡·琼修女的一切要求。

修女卧室的准确说法应该是单间，空间不大，简朴，没有家具，一点儿也不舒服。但从助产士一线退休后，莫妮卡·琼修女使了几个小花招，所以她的单间不但比别人的大，还配了合适的家具；确切地说，她的房间是一间漂亮典雅的卧室兼客厅。非神职人员一般不允许进入修女的房间，但莫妮卡·琼修女有医生这块挡箭牌，医生已经说了可以探视，所以我度过了我人生中一段快乐的时光。

我每天都去看她，一进她的房间，整个人好像立刻沉浸在平和宁静之中。莫妮卡·琼修女总坐在床上，看着没有一丁点儿疲倦或生病的样子，头巾整洁，白色睡衣的高领竖在脖颈旁，皮肤柔软，大眼睛清澈透明，目光敏锐。她的床上总铺满了书，她还写了很多日记，字迹遒劲漂亮。

我发现莫妮卡·琼修女原来是个诗人。这应该不令人意外，可我还是吃了一惊。她一直在写诗，日记本里一共有几百首，最早始于 19 世纪 90 年代。

我对诗歌不在行——欣赏不了。可莫妮卡·琼修女的诗令我印象深刻。我问她能否瞧一瞧，莫妮卡·琼修女无所谓地耸耸肩。

"看吧。我没什么不能见人的，亲爱的，都是些微不足道的东西。"

这些诗伴我度过了很多个漫长的夜晚。我原以为修女写的应该都与宗教有关，可我错了。她写的很多都是爱情诗、讽刺诗，还有很多诗很幽默，如：

瞧着停下不飞的苍蝇
是生命中一件最新奇的事，
他霸占了我要读书的地方
一边洗着他那张不讨喜的脸。
几条腿一边在屁股旁捻搓
不慌不忙，
像个照镜打扮的美人。

或者：

> 肥胖的达克斯母猎狗[①] 之诗
>
> 它们个个都漂亮，
>
> 我的脚趾头或称之为我的姐妹，
>
> 带着我漫步或飞奔。

> 到底会发生什么，
>
> 如果我的肚子盖住脚，
>
> 我的乳头会磨坏，
>
> 会被磨没吗？

这是我最喜欢的一首：

> 挤在布莱顿海滩上，
>
> 没关系。
>
> 啊，但我要说：
>
> 小心，别是霍夫[②]。

这些诗也许不怎么好，但我觉得有意思。我之所以觉得好，或许出于我对莫妮卡·琼修女的喜爱。

我发现一首有关她父亲的诗，从中能一窥她早年的生活：

---

① 一种短腿长身的德国种猎犬，因体形修长，俗称"腊肠犬"，也称猪獾犬。

② 布莱顿镇是英国著名旅游胜地，以海滩闻名；霍夫则为紧邻布莱顿的镇子。1997年两镇合并，成为布莱顿-霍夫。

急躁、冷酷、粗鲁的爸爸，

你是多么难以接近啊——

应该这么做，跟我做！

你吹号角像个蹩脚的舞台明星，

应该这么吹，照我吹！

结果呢，爸爸，

白费力气了吧？

"都要听我的。"

爸爸徒然说道。

面对这样一个自大、刚愎自用的父亲，莫妮卡·琼修女能坚持自己的主张，奋力抗争，离家出走，真是太了不起了。但凡意志稍微薄弱一点的人早就被打垮了。

对于我这个饱受相思之苦的年轻女孩儿来说，她的爱情诗打动了我的心扉，让我双眼含泪。如：

致未知的上帝

我对你歌唱

在我狂喜之时

你就在我身边

我想着你

情人的亲吻中

我感受到你

我转向你

我们的爱稍纵即逝
我从你那里得到力量

我需要你
经年悲伤
最终，懂你

"我们的爱稍纵即逝。"哦，这句我深有感触。难道必须痛彻心扉才能了解那位未知的上帝吗？莫妮卡·琼修女稍纵即逝的爱是在什么时候？那个人是谁？发生了什么事？我很想知道，但不敢去问。是他不幸死了，还是莫妮卡·琼修女父母反对，她为什么得不到他？他已婚，还是不再爱她，离她而去？我很想知道，可不能问。像这样斗胆去探听隐私，肯定会被那张不饶人的嘴批评得体无完肤，而且也罪有应得。

当我迫切想一窥她对宗教的看法时，却发现她的宗教诗出奇地少。就这个疑问我问过她，她用济慈《希腊古瓮颂》中的句子回答我：

"美即真，真即美"——
尔等所知、须知，悉数包罗。

"歌颂伟大的生命奥秘这种事我可做不来。我只是个卑微的劳动者。想感受美，就去看《圣经》的《诗篇》①，看《以赛亚

---

① 《圣经》的《诗篇》共收录了150篇以诗歌的形式赞美神或祷告或忏悔的内容，它由许多个小的诗歌集组成，共分五大部分，每个部分都以颂赞神而结束。

书》①，看圣十字若望②的诗。我那可怜的笔怎能写出那样美妙的诗篇？想寻求真理，就去看《福音书》③，瞧瞧那四卷上帝如何教诲人的书。我只能告诉你这么多了。"

那天她看上去比往常疲惫，她后背倚着枕头，冬日阳光透过窗户，令她的皮肤看起来更白皙，更像贵妇人，我瞧着她满心怜爱。我，一个毫无信仰的女孩儿，误打误撞来到修道院。我不认为自己是那种觉得信仰是一派胡言的无神论者，我认为自己是个不可知论者，心中充满了怀疑和不确定。我之前从没和修女打过交道，一开始把她们当作笑话。之后，态度有所转变，对她们的所作所为感到惊讶，有点不敢相信。最终，我对她们心生敬意，喜欢上了她们。

是什么促使莫妮卡·琼修女抛弃本来优越的生活，毅然决然选择到伦敦码头区的贫民窟从事艰苦工作？"是因为对世人的爱吗？"我问她。

"当然不是，"莫妮卡·琼修女嚷道，"你怎会爱无知粗野的陌生人？有人爱污秽肮脏之物吗？或爱虱子和老鼠，谁会爱难以忍受的疲劳，尽管筋疲力尽还要继续工作？一个人是不会爱上这些

---

① 《圣经》的第 23 卷书，是上帝默示由以赛亚执笔，大约在公元前 723 年之后完成。记载关于犹太国和耶路撒冷的背景资料，以及当时犹太国的人民在耶和华前所犯的罪，并透露耶和华将要采取判决与拯救的行动。

② 圣十字若望是圣女大德兰同时代的人，他和圣女一同改革加尔默罗男修会。在他一生的不同阶段中，兼任各种职衔，他曾是医院中的看护，也是诗人、作家、建筑师——建造修院和水渠，同时也是神修指导者。

③ 《圣经·新约》中记录耶稣基督生平和教诲的四卷书。

东西的。人只能爱上帝，通过上帝的仁慈去爱他的子民。"

我问她如何得到感召，开始信仰上帝的。她引用了英国诗人弗朗西斯·汤普森《追寻天堂》中的诗句。

> *我逃离他，日夜不停；*
>
> *我逃离他，年复一年；*
>
> *我逃离他，迷失在自我*
>
> *心灵的迷宫中；*
>
> *我对他避而远之*
>
> *泪流满面。*

我问莫妮卡·琼修女，"我逃离他"是什么意思，她发怒了。

"问题，问题——真受不了你有这么多问题，孩子。你要自己寻找答案——我们最终都要自己寻找答案。信仰不是别人给你的，信仰是上帝给你一个人的礼物。只要去找，自然就会找到。去读《福音书》，只有这一个办法。别再用你无休无止的问题烦我了。听从上帝的安排，孩子，只需听从上帝的安排。"

她显然累了。我吻了她，然后溜出了房间。

她不断念叨的那句"听从上帝的安排"让我一直困惑不已。突然我恍然大悟，这是在告诉我一个道理——接受。想到这儿我心生喜悦。接受生活，接受世界，接受灵魂和上帝，随意在后面加任何词吧，都能顺理成章。这些年我苦苦探索人生的意义，或至少能与其达成妥协。这短短的一句话"听从上帝的安排"成了我信仰的开始。

当天晚上，我翻开了《福音书》。

相关专业词汇表

蛋白尿：现在，产前护理依然要测试尿液中的蛋白，但不再需要加热尿液，而是用试纸浸入尿样，根据试纸颜色判断尿液中蛋白含量。

枕前位：胎儿在临分娩时由腹腔进入骨盆通道最先进入的应该是头部，头部俯曲到位的为枕先露，即最先通过的是胎儿的枕骨。枕是指胎儿的后脑勺（枕骨），枕前就是宝宝的后脑勺朝前，胎儿和妈妈是面对面。枕前的胎位是最利于顺产的。

新生儿窒息：生命器官的氧气供应不足，尤其是脑部供氧不足，有时可导致胎儿死亡或对胎儿造成永久伤害。

臀位：胎儿在母体内臀部向下的位置，而非正常的头部向下。

臀位分娩：书中所描述的臀位分娩方法几十年来几乎没变，但现在臀位分娩多在医院进行，在家中分娩的情况极少。臀位分娩比头位分娩时间长，因为胎儿身体先通过骨盆，而最宽的部位——胎儿的头部需要最后出来。

宫颈：子宫口部，近似圆锥体。

梅毒硬下疳：由梅毒螺旋体所产生的一种传染性疾病。常初发于外生殖器部位，经淋巴液、血液进入全身各器官，因而有多种临床症状与体征。

水合氯醛：一种在分娩早期使用的药性温和的镇静剂和止痛剂。通常放在葡萄糖水或橘汁中饮用。这种药对胃有刺激作用，常引发呕吐，现已不再使用了。

初乳：产后，母体内的激素水平发生变化，乳房开始分泌乳汁。但泌乳有一个逐渐的质与量的变化，一般把产后2—3天以内的乳汁称作初乳，产后4—10天的乳汁称作过渡乳，产后11天到9个月的乳汁称成熟乳，10个月以后的乳汁叫晚乳。母乳的这种质与量的变化，正好适应了新生儿的消化吸收以及身体需要。

宫缩：分娩时子宫肌肉间歇性收缩，产妇因此而感到疼痛。

脐带：胎儿出生前，连接胎儿与胎盘的管状结构。

分娩技巧：现分娩已不再采用将掌根放在肛门处推的方式，这种方式没有必要，而且可能造成伤害。

灌肠：一种清空直肠的准备工作。过去分娩前都要进行灌肠，认为这可以促进宫缩，为宝宝分娩腾出空间。但研究表明灌肠不会促进宫缩，所以已经不再采用了。

会阴切开术：分娩时切开阴道以扩大阴道开口。可防止产妇会阴撕裂，保护盆底肌肉。

足月：正常怀孕期为四十周（九个月）。足月是指怀孕时间达到三十八周。

麻醉混合气：分娩时常用的一种镇痛手段。现在的麻醉混合气由氧气和一氧化二氮，即俗称的"笑气"组成。

肾形盘：肾脏形状的盘子，大小不一，用来装医疗器械。如肚子是凸的，可以拿凹面紧贴。

左侧卧位分娩：让女性左侧卧位分娩曾流行一时，现在已极少使用，更多地鼓励女性采用自己觉得最舒服的体位分娩。

莫斯韦分娩法：用于臀位分娩的一系列操作方法，现在一些产科医生和助产士依然还在使用此方法。

黏液吸管：现在，电子吸引器已取代了口吸吸管，以避免传染。

会阴：阴道开口与肛门中间的部位。会阴在分娩时通常会受到损伤，会阴撕裂或切开需要缝合，但很快会痊愈。

胎盘：怀孕期间胎盘连接在子宫壁上，胎儿出生后与子宫壁分开。

产后精神病：症状较轻的被称为产后抑郁症。

早产儿护理：现在，早产儿护理广泛采用贴身护理的方式。尽可能不让母子分离，不将婴儿放在现代新生儿重症监护中心护理，鼓励母亲和婴儿多接触。这种方式也被称为"袋鼠婴儿护理法"。这种方法的使用最早可以追溯到 20 世纪 80 年代的哥伦比亚首都波哥大，当时因为为早产儿保持体温的恒温箱数量不足，所以发明了这种护理方法。现在，全世界都在使用袋鼠婴儿护理法。此方法之所以可行，是因为婴儿体温恒定时消耗的卡路里更少，需要的氧气也少，而呼吸频率更适中。研究表明，相比恒温箱护理，用这种方式护理的婴儿哭得更少，睡得更香。

备皮：20 世纪 80 年代之前，分娩前要将阴部的毛剃净，认为这样可以让皮肤变得更干净，但研究表明，分娩前会阴部的清洁程度并未因此而改变。

胎脂：新生儿皮肤上的白色黏状物，通常位于皮肤的褶皱中。

致　谢

———

感谢五十年前与我共事的所有护士和助产士，她们中很多人业已故去。

感谢特里·科茨对我回忆的帮助。

感谢韦尔克洛斯信托基金会主席卡农·托尼·威廉森。

感谢伊丽莎白·菲尔贝恩的鼓励。

感谢帕特·斯库林格勇于出版此书。

感谢娜奥米·史蒂文斯在伦敦方言方面的帮助。

感谢苏珊娜·哈特、詹妮·怀特菲尔德、多洛蕾丝·库克、佩姬·塞尔、贝蒂·豪内和丽塔·佩里。

感谢曾为本书打字、读过和提过建议的所有人。

感谢陶尔哈姆莱茨地方史图书馆和档案馆。

感谢岛屿历史信托① 负责人。

感谢码头区博物馆档案管理员。

感谢西蒙斯 Aerofilms 公司图书馆管理员。

———

① 一项专门收集道格斯岛历史照片并记录道格斯岛人生活的社区历史项目。

爱让生命降临，让女人唯命是从；

爱让人伤心欲绝，却也能为之感动。

图书在版编目（CIP）数据

呼叫助产士 /（英）珍妮弗·沃斯著 ；房小然译.
—— 北京 ：现代出版社，2016.8
ISBN 978-7-5143-5322-8

Ⅰ．①呼… Ⅱ．①珍… ②房… Ⅲ．①长篇小说－英
国－现代 Ⅳ．①I561.45

中国版本图书馆CIP数据核字(2016)第206842号
北京市版权局著作权合同登记图字：01-2016-7162

Call The Midwife: A True Story of the East End in the 1950s
Copyright © Jennifer Worth 2002
All Rights Reserved.

作　　　者：[英] 珍妮弗·沃斯
译　　　者：房小然
责任编辑：张桂玲
监　　制：黄利　万夏
丛书主编：郎世溟
特约编辑：李媛媛　申蕾蕾　李圆
出版发行：现代出版社
地　　址：北京市安定门外安华里504号
邮政编码：100011
电　　话：010-64267325　64245264（传真）
电子邮箱：xiandai@cnpitc.com.cn
印　　刷：北京中印联印务有限公司
开　　本：880毫米×1230毫米　1/32
印　　张：12.5
版　　次：2016年11月第1版　　2016年11月第1次印刷
书　　号：ISBN 978-7-5143-5322-8
定　　价：45.00元
